KB154495

오마이
오마이

초판 1쇄 찍음 2016년 6월 13일
초판 1쇄 펴냄 2016년 6월 17일

지은이 | 정인수
펴낸이 | 정　필
펴낸곳 | **(주)뿔미디어**

기획 · 편집 | 안리라, 조미연

출판등록 | 2002년 9월 11일 (제1081-1-132호)
주소 | 경기도 부천시 원미구 소향로 17, 303(두성프라자)
전화 | 032)651-6513 / 팩스 | 032)651-6094
E-mail | dahyangs@naver.com
블로그 | http://blog.naver.com/dahyangs
홈페이지 | http://bbulmedia.com

값 9,000원

ISBN 979-11-315-7183-5 03810

정인수 장편 소설

DAHYANG ROMANCE STORY

으라식
으라식

contents

1

작업 준비

잘한 짓인가 모르겠네.

처음 앉아 본 퍼스트 클래스 자리라 몸은 정말로 편한데, 차오르는 불안감에 잠을 잘 수가 없다. 오늘 새벽까지 맡았던 일의 마지막 작업을 겨우 마무리 짓고, 오전에 의뢰인에게 확인을 받고, 대리인에게 입금 시간을 확인받은 후에야 세영은 급하게 짐을 쌀 수 있었다. 그나마도 이번 의뢰인의 배려로 가능한 일이었다.

'작업실, 작업 기간 동안 머무를 장소, 식사 비용은 물론 작업 도구까지 저희가 준비하겠습니다.'

'그 외 부가 물품도 사전에 말씀만 하신다면 준비해 드리겠습니다.'

"더 필요하신 것이 있으십니까?"

"아뇨. 괜찮습니다."

세영은 아름답게 웃는 스튜어디스에게 사양하고는 2주 전 갑작스럽게 찾아온 의뢰인을 떠올렸다.

"당신이 미스터 '케인'?"

자신을 찾는 낯선 남자의 모습에 케인, 한국 이름으로 세영은 남자의 가슴에 붙어 있는 방문자 카드를 유심히 확인하며 대꾸했다.

"미스터는 빼 주시죠. 그런데 무슨 일로?"

"실례합니다. 통칭 '케인'으로 불린다기에 남성분인 줄로만 알았습니다."

바로 그 점을 노렸다.

세영은 살짝 고개를 까닥이며 사과하는 남자에게 그저 덤덤히 괜찮습니다라고 대답하고는 작업실 밖으로 안내했다. 어떤 사람이기에 작업실까지 안내했는지는 몰라도, 이곳은 의뢰인의 중요한 예술품을 작업하는 곳이다. 전문가가 아닌 일반인이 함부로 들어와서는 안 되는.

"다시 한 번 사과드립니다. 제 착각으로 불편하신 건 아닌지 모르겠습니다."

"괜찮습니다. 그……."

"하킴 술라이만입니다. 하킴으로 불러 주시죠."

"그럼 하킴 씨. 저는 어떻게 알고 오셨죠?"

"아, 미스터 홀랜드가 당신을 소개해 주더군요. 세간에 잘 알려지지 않은 굉장한 실력자라고. 그렇기에 저희 쪽 일정을 맞춰 줄 수 있을 거라면서요."

보스, 저에게 왜 이러세요.

앞에 앉아 있는 혼혈 아랍인의 누군가에 대한 충정 어린 눈빛을 바라보며 냉정한 모습을 유지하려 했지만 속으로는 비명이 절로 터져 나왔다. 굉장한 실력자? 그건 자신의 보스인 마이크의 뻥튀

기였다.

처음 일을 배우기 시작했을 때부터 그랬다. 무엇을 하든 역시 아시안, 그것도 근면성실의 코리안이라며 얼마나 치켜세우던지…… 동기들의 눈총을 혼자서 받아 내야 했다. 기초 작업이든 메인 작업이든 마이크의 태도는 똑같았다. 실상 미국 내 최고의 복원가는 단연코 자신의 보스, 마이크 홀랜드임이 분명했지만 그는 어쩐지 작업할 때 외에는 나사 빠진 인간처럼 행동했다.

도대체 무슨 꿍꿍이람.

"겸손 떠는 것이 아니고 저는 그렇게 대단한 기술을 지닌 복원가가 아닙니다. 찾으시는 분은 홀랜드 씨가 맞는 것 같군요."

"똑같은 제 의문에도 계속해서 당신을 소개하더군요."

"정말 죄송합니다만, 저는 그렇게 대단한 작품 작업을 해 본 적도 없어요."

"화가 애클리가 그린 '꽃밭의 사랑스러운 그녀들'을 작업하셨더군요."

"그건……."

애클리? 그건 몇 년 전 작업한 그림인데, 그게 왜?

"파손 원인은 밝혀지지 않은 채 화가는 자살. 살아생전 그다지 조명 받지 못한 화가였지만 그의 비하인드 스토리가 소개되면서 그의 유작이 불티나게 팔리기 시작했고, 집에 남은 작품은 그 그림 하나였죠. 하지만 파손 때문에 팔지 못하는 애클리의 유가족이 이 작업실에 의뢰를 했고……."

하킴이라는 남자가 눈을 가늘게 뜬 채 자신을 바라보았다. 세영은 그 시선에 저도 모르게 침을 꿀꺽 삼켰다.

"다른 곳에서는 절대 불가능이라고 한 작업임에도 이 작업실에서는 불과 석 달 만에 완벽하게 복원된 상태로 유가족에게 돌아갔다. 그리고 그 작업은 케인, 당신이 하셨지요?"

"그건."

다시 한 번 말을 중단시키기 위해 세영이 입을 열었지만 하킴은 단호히 고개를 내저으며 말을 이었다.

"꼭 그 작품만이 이유가 아닙니다. 일정을 맞추려면 당신이 적임자라고 미스터 홀랜드가 적극 추천을 해 주더군요."

"그, 보스의 일정이 꽤 바쁘지만 작업실로 작품을 전달만 해 주시면 그가 충분히……."

"아뇨. 작품은 밖으로 유출될 수 없습니다."

여전히 단호한 하킴의 대답에 세영은 순간 할 말을 잃었다. 작품을 밖으로 가져올 수 없다니, 그러면 작업을 어떻게 하라고?

파손 정도에 따라 다르지만 저렇게 급하게 요구할 정도면 간단한 작업으로 끝날 정도는 아닐 터였다. 그렇다면 무슨 작업이든 최소 한 달 이상은 걸릴 텐데…… 한 달 동안이나 외부에서 작업하기 위해 자신의 작업실에서 얼마나 많은 도구를 옮겨야 할지 감도 잡히지 않았다.

"잠깐. 그렇다면 이쪽이 외부로 움직여야 한단 말씀이신가요?"

"예. 정확히 말씀드리면 '사마르'로 와 주셔야 합니다."

처음 들어 본 이름에 당시에는 거기가 어딘가요, 하고 멍청하게 물었지만 이후 인터넷 검색으로 아라비아 반도 남단에 있는 산유국 중에 하나로 석유 수출과 무역으로 빵빵하게 잘살고 있는 독립국가임을 알게 되었다. 땅덩어리가 좁다 하지만 그래도 한국보다는 컸다. 게다가 검색하면서 찾은 가장 큰 이슈는 세영의 사마르 행을 결정하는 데 지대한 영향을 미치기도 했다.

"못 합니다."

"예?"

세영은 자신도 모르게 자리에서 벌떡 일어나 강력히 거부했다. 하킴이라는 남자는 놀랐는지 자신을 멍청하게 올려다보았지만 그것은 문제가 아니었다.

"솔직하게 말씀드리죠. 뒷거래 작품은 의뢰를 받지 않습니다."

"잠시만요! 케인!"

"세계 뒷거래 시장이 얼마나 큰지, 또 많은지 저도 잘 모르지만 얼마나 대단한 그림이길래 그렇게 쉬쉬하는 겁니까? 저는 이런 식의 작업은 못 합니다."

"오해입니다. 저희가 의뢰하는 작품은 명화가 아닙니다. 실력 있는 화가가 그린 것은 맞지만 명화는 아닙니다. 어쨌든 파손 정도가 심한 데다가, 파손으로부터 시간이 좀 지난 뒤라 실력 있는 복원가를 찾아 제가 나온 것입니다. 절대 이만큼의, 아니 티끌만 한 불법 행위도 이뤄지지 않은 순수한 작품입니다."

"……."

"사실 절박한 상황입니다. 일단 저희 쪽 제안을 먼저 들어 봐 주십시오. 저희는 케인, 당신이 꼭 필요합니다. 맡아 주실 작품은 사마르 왕국의 보물인……."

"잠깐, 왕국의 보물? 의뢰인이 정확히 누구죠?"

"이번 의뢰는 제가 모시는 사마르의 국왕이신 라마르 님께서 하시는 것입니다. 저는 대리인으로 방문……."

뭐? 국왕? 이 남자가 지금 장난하나!

갑작스럽게 떨어진 일정에다가 의뢰인의 신분이 부담으로 다가왔지만 세영은 결국 그 의뢰를 받아들였다. 보스는 역시 최고 실력의 직원이라며 잘하고 오라고 엄지를 치켜들었지만 세영은 그저 한숨만 푹 내쉬었다.

그냥 못 한다고 할걸. 돈에 혹해선…….

이미 사마르로 가는 비행기에 앉아 있으면서도 순간순간 불안으로 후회스러웠다.

20만 달러가 넘는 미대 학자금은 평생에 걸쳐서 갚아 나가야 하는 데다가 한국에 있는 엄마나 언니에게 보내는 돈도 만만치 않았다. 그나마 다행이라 할 것은 이모와 함께 사느라 집세는 절반이었다. 아무튼, 지금 자신에게는 돈이 필요했다. 그리고 당시의 하킴의 제안은 정말 꿀처럼 달았다.

"의뢰비는 US달러로 오십만 달러입니다."

"예?"

"전문가가 확인해야 작업 기간을 정확히 판단할 수 있겠지만, 저희 쪽에서는 작업 시작 후 두 달 안에 완료되었으면 하고 있습니다. 아, 미스터 홀랜드에게도 소개비를 따로 챙겨 드릴 예정이니 해당 의뢰비는 모두 케인 씨의 구좌로 송금될 예정입니다. 물론 계약금은 사전에, 나머지 비용은 작업이 모두 끝난 후 처리가 될 것이고…… 아, 작업실은."

"아니, 전 아직 수락 안 했습니다! 그리고 오십만 불이라니, 작업 정도에 따라 다르긴 합니다만 그 금액은 너무 많습니다."

"이 금액은 미스터 홀랜드가 제시한 금액입니다."

이 사람이 진짜!

"솔직히 말씀드리자면 금액은 더 부르셔도 상관없습니다. 그 정도 금액은 제 선에서도 쉽게 결정할 수 있는 데다가 갑작스럽게 의뢰를 요청드리는 것은 이쪽이니까요. 하지만 홀랜드 씨께서 그 이상 금액을 부르면 당신이 분명 거절할 거라고 하셔서 적정선을 불러 주신 것인데……."

"아뇨. 금액이…… 너무 많습니다."

"너무 낮은 것도 왕가의 체면이 달린 문제라, 이해해 주십시오. 자세한 내용은 이 계약서를 봐 주시면 됩니다. 일정이 일정인지라 다른 복원가도 수소문하고 있습니다만 저희는 케인 씨를 가장 최우선에 두고 있습니다. 사실 만일의 사태에 대비해 이미 두 명과 계약했습니다만, 만약 당신이 이 계약서에 사인해 주신다면 그 두 명에게는 애초에 제안했던 계약금을 지불하고 계약을 취소할 예정입니다. 혹시라도 필드에서 같은 제안 내용을 전해 들으시고 다른 쪽으로 오해하실까 미리 말씀드립니다. 연락은 이쪽 명함으로 부탁드립니다."

"아니, 왜 그렇게까지 저를……."

도무지 이해가 가지 않는 얼굴로 자리에서 일어나는 하킴을 바라보았지만 그는 말없이 빙그레 웃을 뿐이었다. 도대체 왜?

"아, 제가 방문할 것을 보고 드리니 라마르 님께서 말씀을 전달해 달라 하셨습니다."

"무슨……?"

"꽃밭의 사랑스러운 그녀들, 정말로 아름답다고 하시더군요."

❈　　　❈　　　❈

　게이트로 나오면서 팻말을 든 사람들을 쓱 훑었다. 비행기표를 끊어 준 하킴은 도착하는 시간에 맞춰 사람을 보낸다고 했다. 직접 마중을 나가지 못해 미안하다며 묵을 곳을 안내해 줄 테니 오늘은 쉬라고 했는데…… 사람이 어디 있다는 거지.

　"케인! 케인 님! 여기입니다!"

　들려오는 자신의 이름에 고개를 돌리자 어려 보이는 사내아이가 내 이름이 적힌 팻말을 머리 위로 열심히 흔들고 있었다.

　"혹시 하킴의?"

　"맞습니다! 이리로 오시죠. 안내해 드리겠습니다!"

　활발한 목소리의 아이는 자신을 타미라고 소개했다. 어려 보이긴 했지만 이런 일이 익숙한지 내 짐까지 뺏어 들고는 앞장섰다.

　"짐은 제가 들게요."

　"아니에요. 귀중한 손님께 그럴 수는 없지요! 하킴 님께서 몇 번이나 당부하셨거든요. 아, 식사는 하셨나요?"

　"기내식을 먹었으니 괜찮아요."

　"말 편하게 하셔도 돼요. 저는 케인 님께서 이곳에 계실 동안 곁에서 도움을 드릴 테니."

　"음, 그러면 우선 날 세영이라고 불러 줘요. 케인은 일할 때 쓰는 이름인데 이런 휴양지에서까지 듣기엔……."

　"세영?"

　"내 원래 이름이에요. 한세영. 한국에서 태어났거든요."

　"그렇군요! 소리가 참 예쁘네요. 앞으로 주의하겠습니다. 아, 차가 저기 있네요."

타미가 몇 번 작게 그녀의 이름을 웅얼거리더니, 다가온 차를 발견하고는 세영을 안내하기 시작했다.

리무진이었다. 점점 세영의 예상 그대로 진행되고 있었다.

"타세요!"

리무진의 문을 열어 준 타미는 세영이 떨떠름하게 올라타고 나서 트렁크에 그녀의 짐을 실었다. 그러곤 세영의 옆자리에 앉아 이것저것 물건을 건네주었다.

"일단 계약서에 명시된 대로 휴대폰은 이쪽에서 제공해 드리는 이것으로 사용 부탁드립니다. 외부에서 추적이 불가능하거든요. 그리고 의뢰비의 20%는 계약금으로 출국하시기 전에 입금해 드렸는데 확인하셨습니까?"

"……아뇨."

"지금 확인시켜 드릴까요?"

"아, 괜찮아요."

"네! 다음은 묵으실 장소에 대해 안내드리겠습니다. 사실 하킴 님께서 왕궁 주변 시내에 독채를 마련했었는데 제2 왕녀님께서 갑자기 친구들을 초대하시는 바람에…… 막무가내로 점령해 버린 터라 같은 시내의 다른 건물로 바뀌었습니다. 확인해 보시고 불편하신 점이 있으시다면 제가 하킴 님께 보고 드린 뒤 바로 조치를 취하겠습니다."

무슨 애가 이렇게 싹싹하지? 기껏해야 열여섯 살 정도인데, 영어도 잘하네. 발음은 나보다 더 나을지도…… 속사포처럼 안내하는 타미의 태도에 세영은 거의 벙찐 채로 고개만 끄덕였다.

"그리고 작업 기간은 내일 세영 님께서 파손 정도를 확인해 주시는 대로 계약서에 기재하자고 하셨습니다."

"아, 그래요."

"오늘은 일단 푹 쉬시고 작업에 관한 이야기는 하킴 님께서 내일 자세히 전달 드리겠다고 하셨습니다. 혹시 다른 필요하신 물품이 있으시다면 지금 쇼핑센터로 방문할까요?"

"미안하지만 오늘은 좀 쉬고 싶어요. 비행기에서 한숨도 못 잤거든요."

"그러면 바로 숙소로 모시겠습니다. 글릭 아저씨, '거기'로 가주세요."

리무진의 부드러운 코너링에 세영은 타미 모르게 작게 한숨을 내쉬었다. 어쩐지 잘못되어 가는 느낌이 드는데…… 하지만 계약서에 사인을 하고 계약금까지 받은 마당에 물릴 수는 없겠지. 지끈거리는 머리를 창문에 기댄 지 얼마 지나지 않은 것 같은데, 어딘가에 도착한 것인지 차가 부드럽게 멈춰 섰다.

그리고 도착한 곳이 여기란 말이지…….

타미가 얼른 들어오라며 안내한 건물 로비는 대리석이 깔려 있고, 엘리베이터 우측에는 경비실까지 딸려 있었다. 타미와 운전수 글릭의 모습에 안쪽에서 튀어나온 경비원 2명이 자리에 바짝 얼어선 뭐라고 말을 했다. 아랍어인가? 세영이 멍하니 서 있는데 타미가 무어라 받아치자 경비원의 눈이 일제히 나에게 꽂혔다.

"이 건물을 담당하는 경비원이세요. 그런데 두 분 다 영어를 못하셔서 아마 내일쯤 영어가 가능한 사람으로 바뀔 테니 너무 걱정 마세요. 올라가시죠."

"아…… 저는 몇 층을 쓰면 되나요?"

세영의 질문에 타미가 이상한 표정으로 그녀를 빤히 쳐다보았다. 뭔가 이상한 말을 했나? 왜 저렇게 보지?

"여기 건물 전체가 세영 님께서 쓰실 곳입니다만……."

"뭐라구요?"

멍청한 세영의 표정에 타미가 씩 웃더니 엘리베이터의 문이 열리자 먼저 안쪽으로 걸어 들어갔다.

"침실은 2층에 있으니 먼저 안내해 드리겠습니다. 따라오세요."

허……. 멍청하게 굳은 그녀는 타미의 안내를 들으며 대충이라도 이해하기 위해 노력했다. 결국 이 건물 전체가 한 저택이고, 지하 2층에는 주차장, 지하 1층에는 수영장, 지상 1층에는 로비, 건물 뒤쪽으로 테라스와 정원, 2층부터 침실 및 주방, 3층부터는 각종 문화 시설이 있고, 게다가 옥상에는 스파 시설까지…… 이게 무슨 돈지랄이란 말인가.

그것보다 여기를 나보고 쓰라니, 무서워서 편하게 지낼 수나 있을까?

"휴대폰 단축번호는 1번은 하킴 님이고 2번은 저, 3번은 글릭 아저씨 전화번호예요. 저랑 아저씨는 거의 같이 있으니 제게 전화하시는 게 빠르지만 혹시 모르니까요. 청소는 하루에 한 번 사람이 와서 할 테니 신경 안 쓰셔도 되고요."

"알겠어요. 고맙습니다."

"에이, 아직도 그러시네요. 내일부터는 편하게 말씀해 주세요."

"……노력해 볼게요."

"하하, 내일 오전쯤에 하킴 님과 함께 오겠습니다. 그럼 편히 쉬세요."

엘리베이터를 타고 타미가 시야에서 사라지고 나서야 세영은 소파 한쪽으로 엉덩이를 걸쳐 앉았다. 이건 일반 서민이 감당할 수 있는 규모가 아니었다.

'벌써부터 피곤해. 집에 가고 싶다. 하지만…….'

작업을 맡은 세영보다도 더 좋아하던 이모의 모습이 떠올라 그럴 수도 없다. 돈 때문만이 아니라 그렇게 대우가 좋은 일을 하게 되면 이제부터 더 좋은 일들이 들어올 거라며 손뼉을 치며 좋아했다. 드디어 네가 성공을 하는구나, 하며 아이처럼 웃던 이모의 모습 때문에라도 도망칠 수 없었다.

이모한테 전화해야지.

타미에게 건네받은 휴대폰으로 익숙하게 이모의 번호를 찍어 국제전화를 걸었다. 다행히 통화 음질은 나쁘지 않았다.

"이모."

―세영아! 잘 도착했어?

"응. 여기 되게 좋아."

―그래? 의뢰인이 갑부라며. 좋은 정도가 아니라 우리 세영이한테 극진하게 대접해 줘야 하는데!

이모는 이번 일의 의뢰인이 사마르에 있는 석유 부자 중에 한 명으로 알고 있다.

"잘 해 주겠지. 오늘은 쉬고 내일부터 일할 거 같아. 내일 일정 확인해 보고 다시 전화할게."

―하루에 한 번씩은 꼭 전화해. 타지로 가서 걱정돼 죽겠다. 사람들은 괜찮고? 너 아랍어는 하나도 못 하잖아.

"그렇긴 한데, 사람 하나 붙여 줄 건가 봐."

―어디 이상한 데는 절대 가지 말고. 그냥 일만 빨리 하고 돌아와. 이모 집에 혼자 있는 거 무서워.

"알았어요. 최대한 빨리 갈게."

―참, 그…… 다영이가 전화했었는데…….

언니.

웃던 얼굴이 단번에 굳는 것이 느껴졌다. 자연스럽게 무어라 해야 하는데, 입만 뻐끔뻐끔 움직였다.

―자세히는 말 안 했어. 그냥 한두 달 작업하러 간다고만 했거든. 통화 안 될 거라고 하니까 다영이가 네 메일주소라도 알려 달라고 해서 알려 주긴 했는데…….

"괜찮아요. 메일주소야 뭐…… 노트북 가져왔으니까 틈틈이 체크할게."

―미안해. 내가 잘 둘러댔어야 하는데 귀신같이 어떻게 알고 전화했는지.

"정말 괜찮아요. 이모 저 좀 쉴게요. 비행기에서 잠을 못 자서."

―그래. 내일 또 통화해.

세영은 끊긴 전화를 멍하니 내려다보다, 이내 고개를 두어 번 내젓고 침실로 향했다. 짐을 먼저 풀고, 깨끗이 씻고, 잠이나 자자. 자는 게 남는 거다!

기세 좋게 가방을 들고 침실로 들어가자 다시 한 번 엄청난 크기의 침대가 자신을 반겼다. 하얀 시트가 얼마나 반질반질한지 창가로 들어온 볕에 반사되어 반짝반짝 빛이 났다.

"그래도 역시 좀 덥네……."

주위를 두어 번 휙 둘러보는데 아니나 다를까 침대 안쪽 협탁 위에 리모컨 하나가 덜렁 놓여 있었다.

에어컨 정도는 틀어도 되겠지?

넓은 침대 한쪽 천장에 달려 있는 냉난방장치를 빤히 쳐다보다, 이왕 이렇게 된 거 마구 사치스럽게 지내야지, 하고 결심했다.

바닥에 주저앉아 짐을 푸는데 급하게 싼 짐이라 그런지 어쩐지 시원찮은 옷뿐이었다. 세영은 자신도 모르게 절로 혀를 차고 있었다. 기간이 늘어나면 모를까 일단은 가져온 옷으로 버텨 보고, 정 안 되겠다 싶으면 타미에게 부탁해 옷 가게라도 데려가 달라고 해야 할 판이었다. 짐 좀 미리 싸 놓을걸. 가끔 모자란 자신의 주의력에 한탄만 하게 된다.

주위의 고급스러운 가구에 기가 질렸지만 대충 훑어보니 거의 빈 공간이었다. 무언가 차 있다 싶으면 예비용 침대시트라든가, 수건과 비슷한 생활용품이었다.

누가 쓰지도 않는 집인데 항상 이렇게 깨끗하게 유지하는 건가? 사람도 하루에 한 번씩 온다면서. 원래 부자들은 다 그런가?

퍼스트 클래스도 오늘이 처음이었다. 가끔 업무상 호텔에 묵게 되더라도 비즈니스 호텔 정도였지 이런 고급 맨션에서 묵어 본 적은 없다. 이모와 함께 사는 아파트는 시내와 조금 벗어나 있어 렌트 비용이 저렴한 데다 낡기까지 해, 솔직히 여자 두 명이 지내기엔 위험한 편이었다.

하지만 이모도 목표하는 바가 있고, 나는 당분간은 여유가 없어서 서로 합의한 내용이었는데 막상 이렇게 부르주아를 맞이하니 조금 억울하다고 해야 할지, 부럽다고 해야 할지. 걱정되기도 하고 복잡한 마음이다.

"에이, 그냥 즐기자. 언제 이런 곳을 와 보겠어."

시끄러운 속을 달랠 겸 목욕을 하러 욕실을 찾았다. 보스턴에 있는 자신의 방보다 큰 욕실이었다.

욕조도 얼마나 큰지, 거짓말 좀 보태서 수영을 해도 될 정도였다. 무엇보다도…… 천장과 옆면이 죄다 거울이었다.

"이건…… 내가 아는 19금의 인테리어가 맞겠지……."

저도 모르게 한국말로 중얼거리며 세영은 민망함에 괜히 머리를 긁적였다. 대리석으로 꾸며진 욕실 안에 잔잔하게 세영의 목소리가 퍼졌지만 곧 어차피 혼자 있는데 무슨 상관이람 하며 훌훌 옷을 벗어 던졌다.

'우와, 욕조가 뭐 이렇게 번쩍번쩍해? 이거 진짜 금인가?'

따뜻한 물을 틀고 욕조가 차기를 기다리던 중이었다. 발가벗은 몸으로 멍하니 물줄기를 바라보고 있는데 문 밖에서 띵, 하는 소리가 작게 들렸다.

'어…… 무슨 소리 들리지 않았나?'

너무 피곤해서 헛소리까지 들리나 보다 싶어 다시 고개를 돌렸는데 다시 한 번 부스럭거리는 소리가 욕실 문 너머로 전해져 왔다.

잠깐, 이거 뭐야? 뭐지? 여기에 누가 있나? 경비원이 순찰하나? 아니 그래도 그렇지 사람이 있는데 이렇게 막 들어온다고? 아, 혹시 청소해 준다는 사람이 온 건가? 그래도 나한테 미리 말을 해 줘야지. 난 아무것도 모르는데!

'휴대폰, 휴대폰을 어디다…… 침대 위!!!'

순간 머릿속이 빙빙 돌았다. 자신은 말도 안 통하는 나라에 홀로 있는 처지였다. 좀 더 조심했어야 했는데! 중동 국가도 총기 소유가 합법이지 않나? 나도 내일 총을 사러 가야 하나? 아니 그것보다 밖에 도대체 누가……

일단 알몸을 가리기 위해 욕실 한쪽에 단정히 걸려 있는 목욕 가운을 집어 들어 몸에 둘렀다. 사이즈가 커서 헐렁거렸지만 허리끈을 최대한 졸라 가슴팍을 가렸다.

'무기로 쓸 만한 게……'

그래 봐야 자신이 있는 곳은 욕실이었다. 세탁 세제라도 억지로 먹일까 싶었지만 이 부르주아 맨션은 세탁실이 별도로 있음이 분명했다. 신경이 곤두선 채로 세영이 조심스럽게 움직였다. 욕조에 콸콸 쏟아지던 물은 이미 오래전에 껐기에 자신만 소리를 내지 않는다면 밖의 괴한이 자신을 발견하지 못하고 돌아갈지도 모른다. 아니, 그래야만 했다.

하지만 밖의 소리는 점점 더 자신을 향해 다가왔다. 슥, 슥, 하는 뭔가 끌리는 소리가 점점 귓가에 크게 들려왔다. 조심스럽게 침을 꿀꺽 삼켰다.

차라리 얼른 뛰쳐나가 침실로 들어가 문을 잠그는 게 나을지도 몰랐다. 휴대폰으로 하킴에게 전화를 걸면 경비에게 연락해 주겠지. 아니, 근데 정말 선입견이지만 아까 그 무서운 눈빛의 경비가 밖에 있는 거라면 어떻게 하지?

생각은 많았지만 결론은 하나였다. 휴대폰이 관건이었다. 그냥 빨리 침실로 뛰어가자. 혹시 총이라도 갖고 있다면…… 모르겠다, 나도.

'슥—'

소리가 멈추었다. 세영은 눈을 질끈 감고 문을 벌컥 열어 침실 방향으로 뛰쳐나가려 움직였다.

하지만 상황은 자신의 계산대로 되지 않았다. 누군지 모르겠지만 얼마나 반응이 빠른지 왼쪽 침실 방향으로 몸을 틀기도 전에 두 팔이 모두 잡혔다. 너무 놀라 비명도 새어 나오지 않았다. 세영은 여전히 눈을 질끈 감은 상태였다.

"……!"

뭐라는 거야.

높은 언성의 말이었지만 알아들을 수가 없었다. 아마 아랍어인 듯했다. 몇 마디가 더 들려왔지만 세영은 아무 말도 하지 않고 두 팔을 잡힌 채로 서 있었다. 실상은 공포감에 몸을 덜덜 떨었지만 자신은 몰랐다. 세영은 귓가를 때리던 목소리가 멈추고 한참이 지나서야 자신의 팔을 잡은 괴한의 모습을 확인하기 위해 천천히 눈을 떴다. 살려 달라는 영어는 알아들은 것이 아닐까 희망을 갖고서.

하지만 상대는 전혀 뜻밖의 사람이었다. 질끈 감았던 눈이 열리고 그 상대의 모습이 천천히 자신의 눈에, 그리고 뇌로 전달되고 몇 초 지나지 않아 세영의 입에서 멍청히 세 단어가 튀어나왔다.

"오, 마이, 갓."

"뭐야, 영어를 할 줄 아나? 이봐, 넌 누군데 내 집에 있는 거지?"

"세상에……."

"이봐! 대답해!"

신경질적인 남자의 목소리에도 세영은 정신을 차릴 수 없었다. 그저 머릿속에는 신이시여, 하고 스스로가 중얼거리는 말뿐이었다.

'사마르'를 인터넷에 검색하며 찾았던 수많은 뉴스 기사와 포스팅, 사진, 그리고 특집 칼럼. 그 중심에 있던 남자가 자신의 눈앞에서, 그것도 자신을 내려다보고 있었다.

자신이 몰랐던 '사마르'를 해외에 널리 알리고 있는 장본인이기도 했으며 경제 뉴스에 툭하면 튀어나오는 인물이었다. 신경 쓰고 찾아보니 금세 시야에 들어왔던 남자. 그리고 노트북 화면 너머 처음 본 기사 사진 한 장만으로 자신을 홀린 그 사람이었다.

"카미드."

"역시, 이럴 줄 알았어. 이봐, 누가 보냈어? 내 아버지인가?"

"세상에……."

"내 아버지가 보냈나?"

사마르로 자신을 이끌게 한 '돈' 이외의 가장 큰 이유였다. 신이 내렸다는 미친 미모의 카미드가 자신의 눈앞에 있었다.

신이 내려 준 미친 미모라더니 신이 성격을 내려 줄 때 좀 삐끗했나 보다. 하지만 세영은 얼른 정신 차리기 위해 노력했다. 어찌됐든 자신은 가운 하나만 걸친 알몸 상태였고, 제아무리 눈앞에 완벽하게 아름다운 인간이 있다 하더라도 지금 이 상황에서 그의 외모는 도움이 되지 않았다.

"죄송합니다. 정신을 못 차리겠네요. 뭐라고 하셨죠?"

"허……."

기가 차다는 듯 카미드의 미간이 잔뜩 찌푸려졌지만 세영은 그 순간에도 속으로 감격의 한숨을 내쉬었다. 세상에, 인상을 쓰는데도 이렇게 잘생겼다니. 말도 안 돼.

지금 자신이 호들갑을 떠는 것은 절대 아니었다. 완벽하게 아름다운 인간. 그가 타인의 입에 오르내릴 때 항상 이런 수식어가 붙었던 것이 어렴풋이 기억났다. 자신이 이제까지 어떻게 아무것도 몰랐을까 싶을 정도로 그는 많은 사람들의 입에 오르내리는 존재였다.

사마르의 왕자라는 타이틀도 그랬지만 뉴욕에서 잘나가는 회사 CEO에 모델 뺨치는 키, 몸매, 그리고 그의 패션은 경제 뉴스 외 패션 잡지에도 오르내렸던 것이다. 게다가 저 외모라니……. 혼혈이라지만 특유의 어두운 금발은 그에게 무섭게 어울렸다.

짙은 눈썹에 반듯하게 깎아 자른 듯 하늘로 뻗은 코에, 붉은 기가 도는 입술은 많은 여자들의 마음을 자극했던 것 같다. 의도치 않게 들어간 한 여성의 블로그에는 그에 대한 적나라한 망상 수십 개가 올라와 있었다.

하지만 무엇보다도 세영의 마음에 든 것은 그의 재력도, 키도, 키스를 부르는 입술도 아니었다.

눈. 맑은 바다처럼 푸른빛을 띠는 그의 눈이 자신을 끌어당겼다. 보스턴에서 지내면서 파란 눈의 미국인들을 수없이 만났지만 그의 눈은 달랐다. 더 맑고, 더 깊고…….

"이봐!"

"어, 아. 이제 정신 차렸어요. 저는 여기에 하킴 씨 소개로 묵고 있습니다. 데려다준 건 타미라는 아이였고요."

"뭐? 하킴이?"

"의뢰인은 라마르 님이라고도……."

"넌 뭐야? 어디서 놀았어?"

그의 완벽한 영어에도 세영은 조금 생각을 해야 했다. 어디서 왔냐는 뜻인가?

"보스턴이요."

"멀리서도 왔군. 검은 머리를 보아하니 아시아인인가? 어디?"

"한국입니다."

"그래? 하지만 난 당신한테 흥미 없어. 어서 옷 입고 꺼져."

"네?"

뭔가 뉘앙스가 미묘했다. 그제야 자신의 두 팔이 그의 손으로부터 풀려났지만 뭔가 아쉬웠다. 손도 참 예쁘네……. 근데 관심 없으니 얼른 꺼지라는 저 말투는 마치…….

"혹시 저를 매춘여성으로 생각하신 건가요?"

"뭐?"

이번에는 그가 놀랐나 보다. 크게 뜨인 그의 눈에서 다시 한 번 아쿠아빛 눈동자가 보였다. 어쩜 저렇게 예쁠까? 아, 너무 예쁘다.

"전 라마르 님께서 소유하고 계시다는 개인 소장 미술품을 복원하러 온 그림복원가입니다. 숙소는 하킴 씨께서 갑자기 마련하셨다고 전달받긴 했는데 자세한 사정은 모르고요. 일단 제 차림이 민망하니 잠깐만 기다려 주시겠어요?"

하고 대답하고는 쏜살같이 욕실 안으로 들어가 벗어 던졌던 옷을 꿰어 입었다. 서두르는 와중에도 혹시 그에게 부탁하면 그림 모델이 되어 주지 않을까 하는 희망을 품고 있었다.

세영은 미술복원가로 훈련받기 전에는 미대에서 순수미술을 전공했다. 그리고 싶은 것은 뭐든지 그렸다. 풍경화도 좋았고 인물화도 좋았다. 쓸데없는 발악이라며 동기들이 뭐라고 해도 그리고 싶은 것이 생기면 주구장창 그려 댔다.

하지만 그중에서도 가장 좋아했던 것은 초상화였다. 특히 아름다운 사람은 최고의 즐거움이었다. 얼마간은 초상화를 그리기도 했었지만 그건 이미 지나간 일이었을 뿐 다시 이렇게 타오를 줄이야.

"근데 저 남자, 이 나라 왕위계승권 갖고 있는 왕자 아닌가? 너무 쉽게 만났는데……."

다른 사람들이 외모지상주의라 손가락질해도 할 말이 없다. 세영은 스스로 외모지상주의자가 아닌 외모찬양주의자라고 이야기하기도 했다. 아름다움은 힘이고, 생명이고, 그리고 그 자체로 예술이라 생각했다.

그래서 카미드의 사진을 처음 보았을 때, 그를 그리고 싶어졌다. 물론 그가 뉴욕을 기점으로 활동하는 경제인인 것은 경제신문에서 찾아냈지만, 아주 조금의 기대를 버리지 못했었는데…….

'난 진짜 운도 좋지!'

한 5년 치 행운을 몰아서 받는다 치더라도 이건 분명 남는 장사다.

반바지의 지퍼를 마지막으로 올리고 욕실 문을 벌컥 열자 저 멀리 소파에 앉아 어딘가에 전화를 걸고 있는 카미드가 보였다.

"최대한 빨리 이곳에 오는 것이 좋을 거야, 하킴."

무시무시한 음성이었지만 그의 외모를 눈앞에서 보고 있자니 무섭다기보다는 하나의 컨셉 화보를 보는 듯했다. 하…… 어쩜 저렇게 잘생겼지? 다리 긴 것 좀 봐.

"이봐. 대충 이야기는 전달받았어. 하지만 이 집은 내 집이야. 당장 짐 싸."

"아……."

아쉽다. 여기서 같이 살겠다고 덤빌 생각은 추호도 없지만 이렇게 빨리 쫓겨날 줄이야. 조금 더 이야기해 보고 싶은데…… 마주 앉겠다 그러면 또 소리 지를까?

"정말 미술복원가라고?"

"네."

갑작스러운 그의 물음에 세영은 냉큼 소파로 가 앉았다. 이렇게 대화가 이어지면 이것저것 물어볼 수도 있고, 무엇보다도 저 얼굴을 정면으로 바라볼 수 있었다.

"내가 보기엔 학교도 졸업 못 했을 것 같은데."

사회생활을 하면서 몇 번이고 들었던 말이다. 세영은 익숙하게 대꾸했다.

"동양인이 조금 어려 보이긴 하죠."

"하킴이 곧 올 테니 바로 짐 싸서 나가."

"저기, 그런데 잠시만요."

"뭐야."

"초면에 이런 말은 실례지만 정말 잘생기셨네요."

"뭐?"

멍하니 내뱉은 세영의 말에 그의 얼굴은 점점 더 구겨졌다. 아까와는 비교도 되지 않을 언성이 이어졌다.

"당장 나가!!!"

❈　　❈　　❈

엘리베이터 안으로 억지로 밀어 넣은 작은 몸이 속절없이 움직였다. 험악한 태도에도 딱히 겁을 먹지는 않았는지 여자의 눈은 여전히 자신에게 꽂혀 있었다.

"저기, 기분 나쁘셨다면 죄송……."

카미드는 아무런 말 없이 닫힘 버튼을 누른 뒤, 몸을 뒤로 빼고 엘리베이터가 1층으로 내려가는 것을 쳐다보았다.

"저건 도대체 뭐야?"

기가 찼다. 자신의 이름을 정확히 부르는 것을 보면 자신이 누군지 안다는 건데, 감히 자신의 앞에서 외모를 거론하다니. 카미드는 불쾌함에 여전히 미간을 찌푸리고 있었다.

카미드는 완벽한 외모만큼이나 사람들의 입에 오르내렸고 때문에 한번 입에 오르내릴 때마다 말도 안 되는 소문이 자신과 자신의 가족을 뒤따랐다.

사마르는 아라비아 반도 남부에 위치해 있고, 따라서 왕족은 아라비안이다. 하지만 선대의 선대의 선대부터 첩이다 뭐다 복잡한 가족 관계도가 이어져 내려오다 보니 자연스럽게 아메리칸의 피가 섞였고, 문제는 거기서부터 시작되었다.

카미드의 머리칼은 어둡긴 했지만 금발이었고, 몸의 골격이나 외모는 아라비안보다는 백인에 가까웠다. 외모도 외모였지만 이러한 특징이 자신과 자신의 남동생에게서만 보였다는 것이 가장 큰 문제였다.

자신의 아버지이자 사마르의 국왕인 라마르 라자끄 알—미슈미쉬와 그의 아내이자 자신의 어머니 역시 사마르의 전통 있는 가문에서 태어나고 자란 전형적인 아라비안이었다. 어머니를 너무 사랑한 나머지 자신의 부인은 단 한 명뿐이다, 라고 선언했던 자신의 아버지는 그 약속을 지켰다. 어머니가 돌아가시기 전까지 첩은 한명도 두지 않은 채 오로지 어머니만을 곁에 두셨다.

그런데 전형적인 아라비안 사이에서 태어난 아들 두 명 모두 눈에 띄게 외모가 다르니, 시간이 흘러 하나둘씩 말이 튀어나오기 시작했던 것이다. 차라리 자식 모두가 그랬다면 상관없었을 텐데 안타깝게도 자신의 누이 두 명은 어머니를 똑 닮았다. 겉잡을 수 없이 커진 추잡한 소문은 끝내 왕궁 안으로 스며들었다.

물론 어머니의 죽음이 그 소문 때문만은 아니었지만 어찌 됐든 자신과 자신의 나라에 수십 년 동안 끊임없이 딸려 오는 괴소문은 그를 짜증나게 하다못해 광폭하게 만들었다. 그래서 조금이라도 매체에 모습을 드러내지 않기 위해 지랄 같은 파파라치를 떼 놓으려 보안과 경비에 막대한 지출을 하고 있는 실정이었지만, 애석하게도 그 미친놈들은 어디선가 자신의 얼굴이 대문짝만 하게 나온 사진을 찍어 신문과 잡지에 팔아 댔다.

그래서 그는 자신의 외모를 별로 좋아하지 않았다. 오히려 싫어한다면 싫어하는 편이었다. 인터뷰를 하더라도 사진은 찍지 않는 것이 태반이었고(비록 인터뷰하는 사진이 파파라치에게 찍혀 30분 뒤 인터넷에 떠다니더라도) 공식적인 등장에서 자신의 외모에 대한 이슈가 나올 때는 불쾌한 기색을 감추지 않았다. 아예 그러한 인간들은 자신의 눈앞에서 신랄하게 깎아내렸다.

그래서 이제 자신의 주위에 있는, 혹은 다가오는 대부분의 사람들이 자신의 앞에서 자신의 외모를 거론하지 않는 현명한 사람들뿐이라 생각했다. 그런데.

'초면에 이런 말은 실례지만 정말 잘생기셨네요.'

맹한 얼굴로 내뱉는 말이라니, 다시 한 번 떠오르는 여자의 모습에 카미드는 이를 부득 갈았다.

이야깃거리를 위해 파헤치는 의도의 말이 아니었음은 카미드도 은연중에 알고 있었지만, 아무렇지 않게 자신의 치부 아닌 치부를 건드는 말에 순간 화가 치솟았던 것이다.

"카미드 님."

그때 엘리베이터가 열리며 헐레벌떡 하킴이 맨션 안으로 들어왔다. 얼마나 급하게 왔는지 숨까지 헐떡이고 있었다.

"하킴. 네게 실망이다. 일 처리를 이따위로밖에 못 하나?"

"카미드 님. 제가 설명 드리겠습니다."

"그 여잔 또 뭐지? 내 공간에 함부로 사람을 들이다니."

"갑자기 귀국하실 줄은 몰랐습니다. 사전에 준비한 저택은 힐리 공주님께서……."

"변명은 필요 없어. 저 침실 안에 있는 여자의 짐을 갖고 가도록 해. 그리고 청소부를 불러."

"카미드 님. 정말 죄송한 말씀이지만 궁으로 거처를 옮겨 주시면 안 될까요?"

"뭐?"

하킴의 말도 안 되는, 그와 동시에 완곡한 부탁에 카미드가 되물었다. 어머니가 돌아가시고, 이후 절대 그럴 리 없다고 생각했던 아버지가 자신보다 어린 여자들을 궁으로 불러들이기 시작했을 때 카미드는 더 이상 궁에서 살지 않겠다고 선언했다. 사별로 힘들어 하는 아버지가 애잔하기도 했지만, 그와 동시에 어머니가 살아 계셨을 적 했던 맹세는 어디로 사라져 버린 것인지 회의감과 동시에 분노했기 때문이다.

그때까지만 하더라도 자신의 보좌관은 하킴이었기에, 그 사실을 모를 수 없었을 텐데. 하킴은 저 맹하게 생긴 아시안 여자를 위해 나보고 그 '궁'으로 들어가라는 것이었다. 감히!

"밖에 계신 분은 살리마 님의 초상화를 복원하기 위해 일부러 모신 복원가입니다."

"어머님의?"

카미드는 그 순간의 놀람을 감추지 않았다. 끽해야 경매물품들을 보수하러 온 사람인가, 가볍게 생각했었을 뿐이었다. 그런데 어머님의 초상화를 복원하러 온 사람이라니.

"예. 라마르 님께서 직접 지명하셨기에 제가 직접 모시고 왔습니다. 살리마 님께서 생일 선물로 갖고 싶다고 직접 말씀하셨던 애클리의 그림을 복원한 기술가입니다. 그래서 극진히 대접하라 라마르 님께서 이르셨기에 준비를 하고 있었습니다."

별다른 욕심이 없으시던 어머니가 드물게 갖고 싶어 했던 애클리의 유작. 예술품에 큰 관심이 없는 자신도 아직까지 기억하고 있는 그림이었다. 화가가 갑작스럽게 사망하고 부랴부랴 유가족에게 그림을 구입하겠다 연락했던 때, 돌아온 회신에는 처참한 그림의 모습이 담긴 사진이 담겨 있었다.

병상에 누워 희망에 부풀었던 어머니가 그 연락에 얼마나 낙담을 하셨던지 옆에서 지켜보던 자신이 다 안타까웠다. 그리고 네 달 뒤, 기적처럼 전시회에 걸렸던 것과 똑같은 상태의 애클리의 유작이 어머니에게 전달되었다. 실제로 그 복원된 그림은 지금도 아버지의 침실에 걸려 있을 터였다.

"그 여자가 그걸 복원했다고?"

"예. 인적 자료 조사는 모두 마쳤습니다. 확실합니다."

"……그렇다 해도 이 맨션을 넘겨줄 생각은 없어. 다른 곳으로 데려가든지 해."

"카미드 님. 그럼 공주님을 설득해 주십시오. 미리 준비한 저택에 갑자기 친구 분들을 초청하셔서 지금 난리도 아닙니다."

하킴이 절망적으로 한숨을 푹 내쉬었다. 인내심 많고 묵직한 그가 이런 반응일 정도면 지금 꽤 일이 복잡하게 진행되고 있다는 반증이었다.

"힐리가?"

"유학 시절 함께 지내던 친구 분들이신데, 요즘 궁에도 안 들어가시고 밤낮을……."

"단속시켜."

"카미드 님도 아루야 님 때문에 급히 귀국하셨지요. 저도 그 때문에 정신이 없습니다."

"……상태가 많이 안 좋은가?"

"예."

싸늘하던 카미드가 처음으로 슬픔과 안타까움에 소파에 기대어 앉았다. 네 형제 중 가장 어머니를 닮고 가장 아름다운 셋째 여동생은 닮지 않아도 되는 어머니의 건강까지 쏙 닮았다. 일 년 중 절반 이상은 침대에 누워 병간호를 받고 있는 처지의 아루야는 카미드의 외국 생활 중 가장 큰 걱정을 차지하는 사람이었다.

"그러니 카미드 님께서 궁으로 들어가 주시면……."

"나보고 지금 어린 첩들을 둘러앉혀 희희낙락하는 아버지를 매일 보라는 것이냐?"

"요즘은 자중하고 계십니다만……."

"아버지를 뵙고 언성을 높이지 않을 자신이 없다."

경외와 존경이 배신감과 실망으로 바뀐 것은 이미 시간이 많이 흐른 뒤였다. 카미드의 냉정한 대답에 하킴이 중재안을 내세웠다.

"그럼 제가 빠른 시일 내에 다른 저택을 구해 모시고 나갈 테니, 집을 구할 때까지만이라도 이곳에서 함께 지내시면 안 되겠습니까?"

"뭐?"

"세영 님도 최대한 빨리 작업을 마치고 보스턴으로 돌아가야 하니 하루 중 대부분은 궁에 준비된 작업실에서 지내겠다 하셨습니다. 잠만 이곳에서 주무시겠다고요."

"그걸 어떻게 믿어? 아니 그 말이 진짜다 하더라도 내가 왜 다른 사람과 함께 지내야 하지? 게다가 그 사람은…… 여자잖아!"

카미드는 스스로 자의식 과잉이라고 생각하지 않았다. 미국이든 사마르든 어디서든 그랬다. 여성들은 언제나 자신을 알몸으로 유혹해 오든가, 카미드의 방에 조심스럽게 숨어들든가 둘 중 하나였다. 물론 저 맹한 여자는 자신의 취향이 절대 아니었지만 저쪽에서 그럴 마음만 먹는다면 소란을 피우는 것은 문제도 아니었다.

"아, 그 부분은 걱정 안 하셔도 됩니다. 세영 님은 카미드 님께 '그런 쪽'으로 흥미가 없다고 딱 잘라 말하셨거든요. 애초에 제가 찾아뵙고 제안을 할 때도 사마르가 어딘지도 모르시던데요. 카미드 님에 대해서도 그때 인터넷 검색해 보시더니 잘생겼네요, 하고 끝이었다고요. 딱히 카미드 님을 노릴 마음은 없어 보였습니다."

카미드를 안심시키기 위한, 혹은 의혹을 떨쳐 내기 위한 순수한 의도의 말이었지만 카미드는 다른 의미에서 충격을 받은 상태였다.

뭐? 나에게 그런 쪽으로 흥미가 없어? 나를 몰랐었다고?

카미드는 자의식 과잉이 맞았다.

"일이 꼬이긴 했습니다만 세영 님께서는 당장 내일부터 작업에 착수해 주시기로 했고…… 저는 더 이상 세영 님을 뵐 면목이 없습니다. 오늘 새벽까지 복원 작업을 끝내고 잠도 못 주무신 채 급하게 저 멀리 보스턴에서부터 사마르로 와 주셨는데, 제가 부족해 당분간 지내실 숙소 하나 마련해 드리지 못하고 하루 종일 이곳저곳을 떠돌아다니게 해 드리니 이것 참……."

하킴이 최후의 카드를 꺼내 들었다.

부러질지언정 굽혀지지 않는 그 하킴이! 앓는 소리를 시작한 것이다!

아무리 뻔뻔하고 자기중심적인 카미드라도 오래 함께 지낸 친우의 우울한 비명을 듣자니 조금은 동정심이 들기 시작했다.

"그 여자, 신변 확실해?"

"그럼요!"

"감히 내 앞에서 내 외모를 지적했다고. 그딴 건방진 여자 따위……."

실상은 지적이 아니라 칭찬 내지 찬양이었건만 카미드는 딱 잘라 불쾌감을 표시했다. 하킴은 그의 말에 얼른 사족을 달았다.

"지금 밑에서 세영 님께서 기다리고 계신데 제가 올라가 보겠다하니 '불쾌하게 만들었다면 죄송하다'고 말씀을 전해 달라 하셨습니다. 절대 나쁜 뜻은 없으셨다고요."

그래 보이긴 했다. 어린아이로 보이는 그 맹한 얼굴이며 말투며, 자신의 손에 끌려올 때도 놀라지도 않고 자신을 쳐다보며 미안하다고 하던 담담한 얼굴이 떠올랐다. 그래, 나에게 그런 관심은 없지만 내가 잘생겼다는 것은 인정하는가 보군.

"그래서, 그 여자는 아래에서 뭐 하는데?"

"카미드 님께서 자신의 사과를 받아 주시면 들어오시겠답니다. 제가 처음 제안하러 갔을 때부터 느꼈지만 절대 무례한 사람은 아닙니다. 외모는 어려 보여도 성격은 확실합니다. 어떻게 보면 좀…… 아니 그건 일단 중요하지 않지요. 일단 올라오시라 말씀드릴까요?"

"……."

경영 일선에서 벗어난 카미드는 어떻게 보면 단순한 구석이 많았다. 물론 냉정한 면도, 불같은 면도 있지만 그건 어디까지나 다루는 사람에 따라 달라질 수 있었다. 제1 왕자에게 이런 식의 비유는 가당치 않긴 했지만, 십 몇 년간 옆에서 지켜봐 온 하킴만이 내릴 수 있는 결론이었다.

그런 의미에서 카미드는 지금 굉장히 갈팡질팡하고 있었다. 아마 그의 어머니, 살리마 님의 초상화라는 존재가 꽤 그를 뒤흔들고 있을 터였다.

"카미드 님?"

"그래도 안 돼."

"……내려갔다 오겠습니다."

뒤돌아 엘리베이터를 타는 하킴의 표정이 우울하게 가라앉았다.

"세영 님! 지금 일어나셔야 시간을 맞출 수 있을 것 같습니다! 일어나셨나요?"

"……어…… 네. 저 일어났어요."

시트로 몸을 둘둘 만 세영이 자리에 일어나 눈을 비볐다. 눈을 뜬 이곳은 하킴의 집이었다. 결국 카미드의 얼굴을 다시 보지도 못한 채 하킴이 자신의 짐을 들고 맨션에서 내려왔다. 그럼 호텔에서 묵겠다는 자신의 말을 무시한 하킴은 자신의 명의로 된 집으로 안내했다. 도착한 집은 깨끗하고 말고의 문제가 아니라 휑했다. 가구도 없는 것이 많아 썰렁했고, TV도 없이 소파만 덩그러니 놓여 있는 것이 쓸쓸해 보이기도 했다.

"이것 참, 없는 게 너무 많아서 죄송합니다. 오랜만에 집에 왔더니…… 이럴 줄 알았으면 호텔로 모실 것을 그랬습니다."

그 의견엔 세영도 동의했지만, 어제 늦은 밤까지 하킴에게서 전해 들은 왕족의 가계도를 머릿속으로 다시 한 번 그리며 어떤 의미에서는 차라리 어제 이곳에서 묵은 것이 잘된 일이라고 생각했다.

"그럼 오늘은 궁에 있다는 그 초상화를 보러 가나요?"

"예. 아침 식사가 끝나는 대로 바로 출발할 수 있도록 차를 준비

시켜 놓았습니다."

세영의 앞에 하킴이 접시 하나를 놓아 주며 말했다. 부담스러울 것도 없는 스크램블드에그, 그리고 간단한 샐러드가 준비되어 있었다.

"근데 카미드라는 사람은 왜 갑자기 들어온 거예요? 그 사람 미국에서 주식 주무르는 사람 아닌가?"

"어제 말씀드린 아루야 공주님께서 갑자기 발작을 일으켜서 지금 입원 중이시거든요. 그래서 급하게 들어오셨습니다."

"아……."

여동생을 끔찍하게 아끼나 보네. 그 사람이 한 시간에 얼마를 번다고 추정 계산하던 기사를 떠올리며 세영은 샐러드를 포크로 찍어 입에 넣었다.

어찌 됐든 오늘부터가 정식 작업이다. 두 달 안에 모두 끝내고 돌아가야 해. 휴대폰으로 개인메일계정을 확인했지만 엄마나 언니에게서 들어온 연락은 다행히도 없었다. 휴대폰을 가방에 던지고서 아침 식사에 집중했다. 샐러드 그릇을 깨끗이 비우고 나서야 세영은 자신을 기다리고 있던 하킴과 함께 집을 나섰다.

"혹시 더 궁금하신 것은 없으십니까?"

"글쎄요……."

어제 왜 그렇게 카미드란 남자가 화를 낸 건지 물었던 것에 대한 답을 들은 세영은 어쩐지 그 외에 궁금한 것들이 있더라도 더 이상 입을 열어선 안 될 것 같다는 느낌이 들었다. 자신도 이야기하고 싶지 않은 것이 있는 것처럼, 그 사람도 똑같은 처지라고 생각했다.

"궁에서 제가 조심해야 하는 것은 없나요?"

"궁내에서 돌아다니는 것만 자제해 주시면 됩니다. 작업실을 하나 마련했는데 보시고 불편하신 점이나 필요하신 점이 있으시면 타미에게 말씀해 주세요. 그리고 오늘은 국왕께서 제1 공주 아루야 님을 만나러 병원에 가셨다고 하니 인사는 다음으로 미뤄지겠지만, 다음에 만나더라도 말을 절대 길게 하지 마십시오. 그냥 단답형도 좋습니다."

"아…… 예."

"그리고 묵으실 곳은 최대한 빨리 마련하겠습니다. 당장 오늘 밤은 호텔 스위트룸으로 예약해 놓겠습니다."

"그냥 일반실이 더 좋습니다. 스위트룸은 묵어 본 적도 없어서, 넓기만 하고 불편합니다."

"그래도……."

"그런데 여기는 건물들 양식이 외국과 크게 다르지 않네요."

"저도 사마르의 왕족을 위해 일하고 있습니다만, 사마르는 역사가 긴 국가라고 보긴 힘듭니다. 석유 자원 발견과 동시에 개방된 휴양지에 가깝죠. 워낙 외국 자본들에 의해 개발되었으니…… 석유 자본이 동이 나면 본격적으로 바뀌게 되겠죠."

"석유요?"

"네. 뭐, 한 백 년은 석유가 마를 일이 없으니 제 후손이 걱정이죠."

석유라…… 하긴, 이곳은 기본적으로 국민들도 부유한 나라다. 오히려 자신이 지금 몸담고 있는 미국이 더 약육강식의 세계에 알맞을지도 몰랐다. 순간 세영은 애초에 이곳은 두 달만 지낼 곳이니 자세히 아는 것도 쓸데없다는 생각이 들었다. 관심을 끄자.

"저 앞의 궁이 보이시나요? 저곳입니다."

"우와……."

엄청난 위용의 궁이었다. 넓이가 얼마일지 멀리서 보더라도 감이 잡히지가 않았다. 사진으로도 봤었는데 그와는 비교가 되지 않았다.

"아름답네요."

건축에 대해서는 잘 모르지만 건물이 아름답다는 것만큼은 절절히 깨달았다. 햇빛이 닿아 바스러지는 둥근 천장이며, 그 주위를 둘러싼 벽들의 아름다움까지. 가까이 가 봐야 정확하겠지만 저건 분명 대리석이겠지?

어느덧 근처에 도착하고서야 차에서 내렸다. 하킴은 익숙한 듯 다가온 관리자로 보이는 남자에게 차 키를 건네고는 자신의 앞으로 걸어 나갔다. 세영은 빠른 걸음으로 하킴을 뒤쫓아 갔다. 궁 안으로 입장하고 나서도 한참을 걸었다.

"오늘은 바로 작업실로 안내해 드리겠습니다."

"아, 예. 그림도 그곳에 있나요?"

"네. 옮겨 두었습니다. 봐 주시고 정확한 작업 일시를 알려 주시면……."

앞으로의 일정에 대해 짧게 이야기를 나누는데 하킴이 한 철문 앞에서 걸음을 멈추었다. 작업실이 이곳인 듯했다.

전체적인 궁의 단면도를 모르기에 이 작업실이 어디쯤인지는 모르겠지만, 외각에 위치해 있는 것 같았다. 뭐, 차라리 이게 낫다 싶다. 사람들이 많이 움직이는 곳은 아무래도 자신이 불편할 것이 분명했고. 무엇보다 자신은 아랍어를 못 하니…….

"들어가시죠."

친절하게도 하킴이 먼저 문을 열어 주었다. 보안 등의 문제로 비밀번호 시설과 복도 주변에 CCTV를 설치해 놓았다는 하킴의 설명을 들으며 작업실 안으로 들어가자, 세영은 눈앞의 광경에 자신도 모르게 숨을 들이켰다.

투명한 눈동자가 작업대에 있는 물체에 머무르다, 고개를 들어 자신과 마주쳤다. 불과 어제만 하더라도 봤던 얼굴인데 다시 보니 할 말을 잃게 만드는 외모였다. 자연스럽게 이마에 흩어져 있는 어두운 금색의 실타래가 자연스러우면서도 참 인위적이라는 생각이 들었다.

"왜 이리 늦어?"

한 올 한 올, 이마에 가장 아름답게 보일 수 있는 위치에 누군가 고정해 놓은 것이 아닐까 하는 실없는 생각을 하던 중에 카미드가 오른손으로 그 자연스럽던 금발을 이마부터 쓸어 올렸다. 탄력적인 머리카락은 다시 그의 이마에 반짝이며 흩어졌지만 그것은 큰 문제가 되지 않았다.

"카미드 님."

"그때 그 초상화가 이 꼴이 되어 버린 거야?"

그의 목소리는 어딘가 힘이 빠진 것처럼 안타깝게 들렸다. 미간 사이가 찌푸려진 것도 같았다.

"예. 그때 그 그림이 맞습니다."

하킴의 말을 듣고 뒤에서 카미드의 얼굴에 홀려 멍하니 서 있던 세영이 서둘러 작업대로 다가갔다. 그 그림이란, 분명 자신이 복원해야 하는 초상화가 분명했다.

"이런……."

두 사람에게 겁을 줄 의도는 아니었지만 심각하게 훼손된 그림을 마주하자마자 흘러나오는 탄식은 어쩔 수 없었다. 하킴은 물론이고 카미드마저 세영의 입에서 나올 다음 말을 초조하게 기다렸다.

"상태가 심각하네요."

루페를 이용하지 않아도 그림의 처참함은 여실히 드러났다. 두 명 다 세영의 의견에 동의하는지 별다른 말은 없었지만 그들의 표정에서 그래서 가능하다는 거야 불가능하다는 거야, 하는 물음이 떠오르는 것이 보였다.

그림의 상태는 정말로 처참했다. 캔버스 스트레처(stretcher)에서 뜯어낸 듯 그림 가장자리가 우둘투둘하게 찢겨져 있었는데, 인물의 상체 쪽으로도 찢어진 흔적이 있었다. 게다가 굳어진 유화물감이 한쪽 면에서 떨어져 나간 흔적이 보였다. 캔버스 이곳저곳이 구겨진 것은 말할 필요도 없었다. 게다가…….

"이 부분, 발자국으로 보이는 건 저뿐만이 아니죠?"

그녀의 질문에 역시 대답은 없었다. 아무리 생각해도 이건 아니다 싶었다. 정확한 훼손 이유는 모르겠지만 육안으로 보아도 이 그림은 보존 상태라고 칭하기도 민망한 훼손 단계를 거쳤다. 그리고 그것은 사람의 손으로 이루어진 것이 분명했다.

"못 하겠습니다."

"세영 님!"

순간적으로 세영을 부르는 절박한 하킴의 목소리가 쩡, 하고 귓속을 후벼 팠지만 어쩔 수 없는 것은 어쩔 수 없었다.

"이야기가 길어질 것 같네요. 같이 들으시겠어요?"

세영은 더 이상 이곳에 있을 필요가 없었다. 이야기를 끝내기 위해 아까부터 자신을 바라보는 카미드에게도 말을 전했다.

"그러지."

거만하지만 아름다운 사람이 대답했다. 그의 아름다움은 정말로 아쉽지만, 이젠 안녕을 고할 때였다.

2

양심과 욕심, 그리고 새하얀 거짓말

"다시 한 번 말씀드리죠. 전 작업 못 합니다."

"세영 님. 혹 아까 말씀하신 발자국 때문에 그러시는 거라면……."

카미드는 1인용 소파에 느긋이 앉아 자신의 앞에 앉아 있는 두 명의 대화를 경청했다. 하지만 시선은 냉정하게 연신 '복원은 안 된다.'고 하는 세영에게 향해 있었다.

사실 흥미 위주의 방문이었다. 아버지에게 대충 얼굴을 내비치고 바로 아루야가 있는 병원으로 갈 생각이었다. 그런데 문득 어제 쫓아 버린 여자가 떠올랐고, 앞으로 이곳에서 작업을 해야 한다는 하킴의 말이 떠올랐다.

그래서 고용인들에게 물어 저 여자가 쓸 작업실에 온 것이었다. 그리고 방 안으로 들어오자 이름 모를 장비들이 즐비해 있었고, 깨끗이 정돈된 방을 눈으로 훑으며 안쪽으로 들어오니 그림이, 3년 전 마지막으로 보았던 어머니의 초상화가 방 한가운데에 놓여 있었다.

"흠."

일반인인 자신이 봐도 상태가 좋지 못하다는 것은 금방 알 수 있었다. 과연 그 여자는 이 그림을 보고 어떤 반응을 보일까 하는 작은 궁금증이 피어났다.

그래서 기다렸고, 그 여자가 방 안으로 들어오자 자연스럽게 둘의 시선이 얽혔다. 어제도 느꼈던 것이지만 저 여자의 시선은 다른 사람들과 달랐다. 좀 더 끈질기게 달라붙지만 성격이 미묘하게 달랐다.

'이 부분, 발자국으로 보이는 건 저뿐만이 아니죠?'

조금은 차갑게 들리는 여자의 목소리가 방을 울릴 때 카미드도 세영을 끈질기게 바라보았다. 그림을 발견하자마자 맹하다고 생각했던 얼굴이 바뀌었다. 좀 더 냉철하고, 좀 더 매섭게.

그림에 닿지 않게 조심스럽게 캔버스를 훑는 얇은 손가락이 어쩐지 애잔하게 느껴졌다. 처음 보는 그림일 텐데, 그 여자의 태도는 마치 염원하던 만남을 이룬 것처럼 슬픈 눈으로 어머니의 초상화를 바라보았다.

'하.'

냉철하고 매서운데 슬퍼 보인다고? 자신의 마음속 중얼거림에 카미드의 또 다른 속내가 비웃음을 흘리며 받아쳤지만, 진심으로 그렇게 보였다.

"훼손된 이유도 문제지만 객관적인 그림의 상태도 문제입니다. 저렇게 무자비하게 뜯겨져 나오다니…… 그 바람에 캔버스에 구김이 간 데다 캔버스에 물감 층이 벌어져 있어요. 정확히는 모르겠지만 이미 저 상태로 꽤 오래 방치된 것 같은데, 왜 이제 와서 복원을 하려고 하시는 거죠?"

상당히 불쾌한 듯 세영이 말을 쏟아 냈다. 그 바람에 하킴이 그 앞에서 땀을 뻘뻘 흘리고 있었지만 카미드는 입을 열지 않았다. 어머니의 초상화 상태를 보는 것은 자신도 처음이었다. 자신도 놀랐는데 그림에 죽고 사는 예술가 족속이야 어련할까 싶었다.

"제가 그림에 왈가왈부할 일은 아닙니다만, 저렇게 되어 버린 그림을 복원해 봤자 나중도 똑같을 것 같다는 생각이 먼저 드는군요."

"세영 님."

"하킴. 거두절미하고 정확하게 말씀드리죠. 계약 기간에 명시한 2개월 가지고는 저 초상화를 복원하는 것은 어렵습니다."

"그러면 기간을 좀 더 늘리는 방향으로……."

"아뇨. 거만하게 행동하려는 것은 아니지만 제게도 일정이 있습니다. 보스의 프로젝트가 얼마 뒤 중간 완료가 되면 제가 담당할 작업이 있습니다. 그 때문에 이 일을 맡지 않으려 했던 것이고요. 굳이 중요도를 따지자면 그 프로젝트가 저에게 훨씬 더 중요합니다. 따라서 이 초상화 복원을 위해 시간을 더 내긴 어렵습니다."

세영의 딱딱한 표정과 말투에 하킴은 더 이상 말을 하기 어려운지 입을 다물었다. 그러면서도 무언가 웅얼거리는 것이 아쉬움이 남는 듯했다.

"그럼 새로 그리는 건 어때?"

"예?"

"예?"

카미드의 제안에 두 사람 모두 멍청한 소리를 내며 고개를 돌렸다. 시선이 꽂힌 카미드는 아무렇지 않게 찻잔을 들어 한 모금 들이켜며 한 박자를 쉰 다음 말을 이었다.

"그림을 새로 그리라고. 어머니의 그림을 말이야."

자신의 말을 듣던 여자의 표정이 미묘하게 일그러졌다. 이건 또 무슨 헛소리야, 하고 말하는 표정에 카미드는 피식 웃었다. 자신의 앞에서 저런 표정을 짓는 여자라니, 여자는 지금 이 상황이 상당히 불쾌한 듯했다.

"저보고 지금 복제품을 만들라는 말씀이세요?"

"그 말이 싫다면 모작으로 하지."

"이봐요!"

드디어 폭발한 여자가 자리에서 벌떡 일어나자 하킴도 따라 일어섰다. 안절부절못하는 하킴의 모습에 두 번째 웃음이 터졌다.

"계약서와 함께 첨부된 이력서를 보니 미대를 졸업했더군. 이력에 인물화가로 활동한 내용도 있던데? 나도 잘 아는 인물 여럿을 그리기도 했고."

"그건 이번 계약과 무관한 내용입니다. 소속 연구소에서 멋대로 발송한 내용일 뿐이에요."

"어머니의 초상화가 저런 상태라니, 나도 오늘 처음 봤어. 사랑하는 내 어머니의 모습이 저렇다니 나도 가슴이 아프다고."

최대한 안타까운 표정을 지으려는 카미드의 노력이 통했는지 여자의 표정이 아주 미세하게 느슨해졌다. 카미드는 이를 놓치지 않고 몰아붙였다.

"내가 두 번째 고용주가 되겠어. 첫 번째 고용주인 아버지에게는 비밀로 하고 그림을 하나 더 만드는 거야. 안타깝지만 원래의 그림은 당신이 그림을 완성한 이후에 소각시키고…… 완벽하게 새로 그린 초상화를 아버지에게 넘겨주면 계약은 끝이지."

"저를 범죄자로 만들려고 하시는군요."

"아니, 선의의 거짓말일 뿐이야. 이 계약은 나와 당신 그리고 하킴, 이 셋만 아는 비밀이지."

맞다. 이것은 새하얀 거짓말일 뿐이다. 어이없어 하는 여자의 얼굴을 한 번 바라본 뒤, 하킴의 얼굴을 바라보았다. 안절부절못하던 하킴의 얼굴이 어둡게 가라앉았다. 그도 자신 못지않게 이 일의 중요성을 알고 있을 테지. 아니, 자신보다 국왕의 곁에서 훨씬 더 절실히 느꼈던 바였을 것이다.

'이런 게 다 뭐라고. 이제는 다 필요 없어. 모조리 다 불태워 버려!'

사랑하는 여인을 잃고 삶을 놓아 버린 남자. 그것이 현재의 사마르 국왕이었다. 살리마가 죽은 것도 어언 3년이 지났다. 그리고 그 시간만큼 국왕은 어린 여자에 미쳐 있는 상태였다. 하루가 멀다 하고 여자들을 갈아치우며 향락에 빠져 있었다. 그런 그가 어느 날 하킴에게 요청을 해 왔다.

'하킴. 그 그림은 어디 있지? 살리마의 그림 말이야. 여기 어디 분명 있을 텐데 보이질 않아…….'

자신이 망가트린 살리마의 초상화가 다시 보고 싶다며 하킴을 붙잡고 중얼거리는 횟수가 점차 늘었다. 술에 취해 있긴 했지만 그의 애절한 마음은 그다음 날도, 그리고 그다음 날에도 계속되었다. 그리고 점점 가까이하는 첩의 수가 줄어들었다. 아예 어린 여자들과의 관계를 끊어 낸 것은 아니지만, 매일 찾던 첩들도 이제는 삼일에 한 번으로 기간이 늘어났다. 이것만으로도 변화의 징조는 확실하게 보였다.

사랑했던 이를 떠올리는 것이 굉장히 긍정적인 일이라 생각한 하킴은 일을 진행시켰다. 그리고 간밤에 카미드 역시 하킴과 동일한 생각을 했다.

아버지에게 어머니의 초상화를 안겨 드린다면 적어도 지금의 화려한 생활을 어느 정도 정리하지 않을까 생각했던 것이다.

"말도 안 돼."

질린 듯 읊조리는 세영의 말에 카미드가 천상의 웃음을 지으며 자리에서 일어났다. 그리고 맞은편 소파로 천천히 다가갔다.

"왜 말이 안 되지? 충분히 가능한 일이야. 우리 셋만 입을 다문다면. 안 그래, 하킴?"

"……세영 님. 부탁드립니다. 이건 단순한 문제가 아닙니다."

하킴까지! 세영은 속으로 '망했다'를 연신 외쳐 대며 이를 어떻게 타파하고 보스턴으로 도망갈지 생각했다. 인물화가로 활동했던 것은 사실이다. 그리고 자신에게는 2개월의 시간밖에 없으며 돈 역시 필요했다. 그것 또한 분명 사실이다. 하지만 복제품을 만들라고? 그것도 의뢰인 몰래? 이건 사기다.

"다른 복원가는 필요 없습니다. 애클리의 그림을 복원한 당신이 필요합니다. 그에게는 당신의 이름이 절박하게 필요합니다."

하킴이 말하는 '그'는 자신의 눈앞에서 환상적일 정도로 달콤한 표정을 짓고 있는 카미드의 아버지를 뜻했다. 도대체 자신과 애클리의 유작, 사마르의 국왕, 그리고 초상화의 주인공이 어떻게 엮여 있는지는 모르겠지만 골치가 아파 왔다. 하킴의 태도로 보아 쉽게 놓아줄 것 같지 않았기에.

"하지만 이건 사기예요. 게다가 그렇게 사랑하는 사람의 초상화라면 수천 번, 아니 수만 번 봤을 텐데. 아무리 똑같이 그리려 해도 붓 터치 하나하나를 베낄 수는 없어요. 게다가 제가 베낄 그림은 저 상태이고……."

말도 안 되는 제안에 세영은 냉정하게 생각할 수 없었다. 말도 안 되게 스케일이 커져 버렸다. 이래서 돈 많은 갑부들을 중개인도 없이 혼자서 상대해서는 안 되는 거였는데!

"걱정 마. 아버지는 옛날부터 시력이 별로 좋지 못했으니까."

"그런 문제가 아니에요!"

"애초에 그림을 받고 좋아하는 어머니를 위해 준비한 이벤트였을 뿐이야. 아버지의 관심사는 초상화가 아니라 초상화를 받고 행복하게 웃는 어머니였다고. 이제 와서 찾는 초상화는 어머니의 대용품에 불과해. 게다가 내팽개친 시간도 있으니 아버지는 절대 알아채지 못하실 거야. 내가 장담하지."

"원래 그림을 그린 화가는요? 화가가 자기가 그린 그림을 못 알아볼 것 같아요?"

"그자는 죽었어."

카미드의 짤막한 대답에 세영은 숨을 들이켰다.

"그럼 그 이후는요? 잘 모르시겠지만 복원은 뚝딱 하고 나오는 게 아니에요. 붓칠 한 번에 왜 그렇게 했는가에 대한 보고서를 써야 한다고요. 저 그림이 완성되고 난 후에 같이 제출할 이렇게 두꺼운 보고서도 위조할까요? 그것 말고도 나중에 또 다른 복원 작업을 하게 되면 이게 진짜가 아니라 복제품이라는 건 너무 쉽게……."

"당신이 '열심히' 작업하던 서류는 내가 던져 버렸다고 해. 그림이나 빨리 그리라고 닦달했다 해도 좋고. 그리고 아버지가 돌아가실 때 그림은 함께 태우지. '사랑하는 아내와 함께 죽음을 맞이할 수 있도록'이라는 명목의 아들의 배려와 함께 말이야. 음. 아버지가 생전에 그림을 또 복원을 하게 된다면, 그건 당연히 당신에게 갈 거야."

산 너머 산이다.

세영은 아예 대놓고 머리를 쥐어뜯었다. 그 모습이 재미있다는 듯 카미드가 세영에게 다가왔다. 인기척에 놀라 고개를 든 세영은 아름다운 얼굴에 순간 넋이 빠졌다. 그녀는 정말로 골수까지 외모 찬양주의자였다.

"뭐든지 들어주지."

"……."

"원하는 것이 있다면 말해. 내가 너에게 못 해 줄 것은 없어."

달콤하게 속삭이는 말에 세영은 순간 마음이 동했다. 뭐든지? 세계적으로 이름을 날리는 무역회사 CEO에 석유 부자, 게다가 한 나라의 왕자라는 이 남자가 나에게 뭐든지 해 주겠다고?

"……뭐든지요?"

"그래. 뭐든지. 그러니까 너는 알겠다고 말하기만 하면 돼."

처음으로 상냥히 말을 건네는 카미드의 말에 세영은 침을 꿀꺽 삼켰다. 이건 악마의 속삭임이다. 넘어가면 안 돼. 넘어가면 후회할 거야. 나는…….

투명한 물빛 눈동자를 정통으로 맞이한 순간, 세영은 두 눈을 질끈 감았다.

❖   ❖   ❖

"제일 넓은 침실은 내 것이니 넌 저 어디 구석 옷방에서 지내도록 해."

"카미드 님!"

하킴은 세영의 짐을 옮기다가도 카미드의 불퉁한 음성이 들려오면 세영의 곁으로 다가가 감싸 주었다. 그것이 꽤 기분이 언짢았는지 카미드는 다시 인상을 쓰며 목소리를 높였다.

"시끄러, 하킴. 나는 최대한의 양보를 하고 있는 중이니까."

카미드의 짜증난다는 느낌이 팍팍 느껴지는 대답이었지만 표정은 딱히 무섭지 않았다. 저 얼굴이 무섭게 느껴지려면 얼굴에 피칠 갑을 하면 되려나, 싶을 정도였다.

"네. 호의에 감사드립니다."

세영은 천연덕스럽게 웃으며 인사를 건넸지만 그에 대한 답은 오지 않았다. 힘들게 짐을 옮기고 있는 하킴에게 그냥 두라고 말을 해도, 하킴은 상당히 책임감을 느끼는 듯 비어 있는 방 이쪽저쪽을 다니며 어디가 더 좋을지 고민하고 있었다.

"도대체 뭐야? 이곳에서 지내는 게 너한테 무슨 이득이지?"

카미드는 세영에게 무엇이든 해 주겠다는 말을 하면서 자신이 바로 융통할 수 있는 현금을 계산했다. 그리고 이 여자가 자신의 분수를 안다면 큰 문제는 없을 거라고 생각했다.

"······그건 노코멘트로 할게요."

당신을 매일 보는 게 제 이득입니다. 라고 이야기했다간 초상화고 뭐고 쫓겨나겠지······.

사실 자신도 놀랐다. 정신을 차리고 보니 하킴도 그렇고 저 카미드도 놀라 자신을 쳐다보고 있었으니까. 하킴이 때맞춰 "가, 가, 가, 같이 살게 해 달라니요?!" 하고 이야기하지 않았더라면 자신이 이런 제안을 했는 줄도 몰랐을 것이었다.

'나는 욕망의 노예인가······.'

아름다운 사람한테 약하긴 했지만 이 정도일 줄이야. 스스로가 한심하게 느껴질 정도였다.

"절대 당신에게 접촉하는 일은 없을 거예요. 맹세할게요."

"그 말 지키는 게 좋을 거야."

"당신을 불편하게 할 어떤 감정도 갖지 않을게요."

"그러니까, 어디 두고 보자고."

흑심을 갖지 않겠다는 말에 카미드는 거만한 표정을 지으며 네가 과연 그럴 수 있을까 하는 뜻을 듬뿍 담아 자신을 쳐다보았다. 물론 기회만 되면 훔쳐보기야 하겠지만······ 그가 걱정하는 그런 유의 일이 벌어지게 하지 않는 것은 자신 있었다.

"세영 님! 여기가 어떨까 싶은데요!"

"아, 예. 갈게요."

그 뒤부터는 일사천리였다. 깨끗하게 비어 있던 방에 손님방에 있던 침대를 옮기고 필요한 가구는 하킴이 즉시 사람을 불러 넣어주었다. 사실 이런 일을 할 필요 없이 다른 손님방으로 들어가면 됐지만, 그 손님방이라는 곳은 카미드가 지내는 방과 너무 가까웠다. 솔직히 자신은 그게 더 좋았지만 카미드와 하킴의 걱정이 어떤 것인지 알기에 그저 하킴이 추진하는 대로 고개를 끄덕였다.

"와, 그래도 빨리 끝났네요. 도와줘서 감사해요."

몇 시간 지나지 않아 방은 그럴듯해졌다. 소란스러운 것이 짜증 났는지 카미드의 방에서 큰 음악 소리가 닫힌 문 틈 사이로 흘러나왔다.

순간순간 이게 잘하는 일인가 싶었지만 뭐 어쩌겠는가. 내가 언제 저렇게 아름다운 사람을 이렇게 가까이서 보겠어. 진짜로 초상화를 그리고 싶은 것은 카미드였지만 그건 불가능할 테니 연습장이나 사서 몰래 그려야지. 그렇게라도 할 수 있다면 이번 작업은 자신이 남는 장사라고 생각했다.

"욕심도 많지."

어떤 면에서는 스스로가 참 간사하다고 생각했다. 그림 상태를 보고 그렇게 정색을 했는데 같이 살게 해 주면 사기에 동참하겠다고 넙죽 미끼를 물었으니.

"고마워요. 하킴. 이렇게 늦게까지."

"아닙니다. 제가 완벽하게 더 도와드리지 못하는 것이 죄송스러울 뿐입니다. 세영 님. 잘 부탁드리겠습니다. 사마르는 세영 님 손에 달렸습니다."

그녀의 손을 꼭 잡고 애절하게 쳐다보는 하킴의 시선에 세영은 벌써부터 후회가 밀려왔다.

"……노력할게요."

그리고 하킴은 맨션을 떠났다. 여전히 카미드의 방은 굳게 닫힌 채였다.

띠리리리리.

단조롭지만 귀를 파고드는 알람 소리에 세영은 자리에서 벌떡 일어났다. 말도 안 되는 계약의 첫날이 시작되려 하고 있었다.

오늘은 작업실에 일찍 가서 하킴에게 초상화 주인공의 자료를 요청하고, 일정을 파악해서 작업 분량을 짜 보자. 2개월 안에는 꼭 끝내서…….

"하암."

어제 밤늦게까지 정리한 서랍에서 속옷을 꺼내 방문을 열었다. 그저께 난리를 쳤던 욕실 말고도 2개의 욕실이 더 있었으니 저번처럼 민망한 상황은 벌어지지 않겠지.

"에그머니나."

"엄마야!"

문을 열자마자 앞에 우두커니 서 있는 인영에 너무 놀라 자리에 주저앉아 버린 세영을 내려다보는 풍만한 체구의 중년 여성이 세영에게 손을 내밀었다. 한동안 아랍어로 중얼거리다 '아차' 싶은 표정을 지었다.

"원래 지내기로 하셨던 손님 아니신가요?"

"어…… 네. 맞아요."

"어제 아침, 카미드 님께 손님이 다른 곳으로 가셨다고 이야기를 들었는데."

"어쩌다 보니 다시 여기서 묵게 됐어요."

"어쩐지. 아무도 없어야 하는 방인데 무슨 소리가 들려서 열어 보려고 했어요. 손님이 계신 줄 알았다면 이런 실례를 하진 않았을 텐데. 많이 놀랐나요?"

"아……아뇨. 소란 피워 죄송합니다."

"소란은요. 이름이 어떻게 되시는지?"

"그냥 세영이라고 불러 주세요."

"전 편하게 마사라고 불러 주세요. 씻고 나오시면 식사를 준비해 놓을게요."

"감사합니다."

손에 든 속옷을 슬그머니 뒤로 숨기며 인사를 하니 마사는 주방 쪽으로 사라졌다. 서둘러 욕실로 들어가 샤워를 하고, 젖은 머리를 타월에 비비며 복도로 나오는데 큰 방이 열리는 소리가 들렸다. 마사의 호들갑 떠는 목소리가 들렸지만 애써 모른 척하고 방으로 돌아왔다. 같이 지내게 해 달라고 한 것은 자신이었는데, 막상 2개월 동안 이런 식의 아침을 맞게 된다니 후회도 되고 떨리기도 했다.

'하지만 일부러 피하기엔 아깝지. 얼른 나가서 아침에는 어떤 얼굴인지 구경해야지!'

"세영. 식사 준비가 되었는데요."

"네. 금방 나갈게요."

보스턴에서 챙겨 온 옷들은 거기서 거기였다. 별다를 것 없는 반바지와 민소매, 혹은 반팔이었는데 그저께부터 겪은 바, 민소매도 덥게 느껴졌다. 맨션이나 궁의 작업실은 에어컨이 있어서 괜찮았지만 차를 탈 때에도 느껴지는 텁텁한 공기의 느낌 때문에 남은 기간이 걱정될 정도였다.

"안녕하세요."

식탁에 마주 앉으며 나름 용기를 낸 인사를 건넸는데 돌아오는

답이 없다. 어쩐지 시무룩한 마음으로 식탁에 마주 앉는데 다가온 마사가 카미드에게 쏘아붙였다.

"아니, 애인이 인사하는데 무시하는 남자가 세상에 어디 있담?"

"풉!"

"뭐? 이게 내 애인이라고?"

마사의 너무도 어이없는 착각에 카미드가 버럭 소리를 질렀고 세영은 당황한 나머지 삼키던 주스를 입 밖으로 뿜어 냈다. 덕분에 애써 갈아입은 상의가 주스로 젖었다.

"아닌가요? 여자와 함께 지내시는 건 처음이시잖아요."

"이 여자가 멋대로 달라붙은 것뿐이야."

"어머. 그렇지만 달라붙는다고 그냥 놔둘 카미드 님이 아니니까 그렇죠."

"진짜 애인이었다면 방을 줬겠어?"

노골적인 말을 내뱉는 원색적인 카미드의 표정을 본 세영은 지금 이 표정은 나중에 꼭 그려야지, 생각했다.

카미드와 마사는 꽤 오랜 기간 동안 알고 지냈는지 대화에 거리낌이 없었다. 미묘하게 꼬인 오해를 풀기 위해 대화에 끼어들려고 했지만 어찌나 죽이 맞는지 도저히 대화에 참견할 수가 없었다.

"세영. 왕자님은 포기하는 게 좋아요. 얼마나 나쁜 남자인지 울며 나가떨어진 여자가 한둘이 아니랍니다."

"마사. 저는 그런 의미로 같이 지내는 게 아니에요."

"뭐, 이해는 해요. 저 얼굴에 혹하지 않을 여자는 없죠."

측은한 눈빛으로 세영을 보던 마사가 몸을 돌려 다시 주방으로 사라졌다. 낭패의 기색이 어린 세영의 얼굴을 보던 카미드가 입을 열었다.

"오늘은 궁으로 가기 전에 다른 곳에 들를 거야."

"예? 어디요?"

"병원."

"병원에는 왜요? 어디 아프세요?"

"동생 병문안을 갈 거야."

근데 나는 왜?

되물어야 하는 타이밍을 놓치고 카미드의 얼굴을 넋 놓고 바라보았다. 커피 잔을 들고 한 모금 삼키는 모습이 예상했던 것처럼 한 폭의 그림이다. 살짝 감긴 눈 위로 흩어진 금발이 예술이었다. 어쩜 속눈썹도 저렇게 길지? 완전 빽빽하네. 우와, 손가락도 진짜 길다.

'그나저나 병문안이라면 아프다는 제1 왕녀가 맞겠지?'

아침을 먹는 모습도 화보라서 말을 걸 엄두가 나지 않았지만 무엇보다 카미드 혼자 만들어 내고 있는 분위기를 깨기가 싫었다.

"동생 이름은 아루야인데…… 내 형제 중에 어머니를 가장 닮았어. 어제 본 그림보다도 그 아이를 보는 것이 작업에 도움이 될 거야."

"동생이면 몇 살이죠?"

"23살."

"아…… 아직 어리네요."

"당신도 그쯤 아닌가?"

"전 미국 나이로 27살이에요."

"뭐?!"

58

커피 잔이 요란스러운 소리를 내며 받침에 떨어졌다. 다행히 컵 밖으로 커피가 튀진 않았지만 소리의 임팩트에 세영은 놀라 두 눈을 커다랗게 뜨고 카미드를 바라보았다.

"왜 그러세요?"

"27살? 네가?"

그러고 보니 그저께 쫓겨날 때 어려 보인다는 등의 이야기만 하고 나이 이야기를 안 했구나. 하긴, 외국의 이력서에는 나이를 기재하지 않는다. 정확히 모르는 것이 당연했다.

"한국 나이로는 29살이에요."

"말도 안 돼."

자신이 보기엔 딱히 놀랄 것도 없는데, 매번 나이를 밝힐 때 이런 반응이었다. 불편하기도 하고 어떤 면에서는 좋기도 하고, 어떻게 반응해야 할지 미묘했다.

"그렇게 빤히 쳐다보지 마세요. 나이는 진짜니까."

"새삼스럽게 뭘 그래? 당신도 날 볼 때 이렇게 빤히 보잖아."

그건 그렇지만…… 성격이 다르지 않나? 나는 예술품을 감상하듯 보는 건데. 아, 이건 사람에게 실례지.

"제가 그렇게 빤히 보나요?"

"엄청."

이런. 이건 조금 창피하다. 최대한 모른 척 훔쳐본다고 본 거였는데.

"동생 분은 어디가 아픈 건가요?"

"선천적인 거야."

"아, 예."

하긴 한 나라의 공주가 아픈 건데 쉽게 병의 원인을 알려 주진 않겠지. 냉정한 카미드의 대답에 세영은 속으로 생각했다. 카미드는 접시에는 그다지 손을 대지 않고 커피만 마시고 있었다. 사실 예상했던 바로는 자신과 같이 식탁에 앉지도 않을 거라 생각했는데 의외로 같이 지내게 된 것에 대해서는 별말이 없었다. 거만하고 자기중심적인 면이 없진 않지만……

"다 먹었으면 출발하지. 시간이 없어."

"네."

"마사. 다녀올게."

"예. 점심이나 저녁은 어떻게 할까요?"

"아마 점심은 먹고 들어올 거야. 저녁만 준비해 줘."

"알겠습니다."

서두르는 카미드의 널찍한 등을 보아하니 옷을 갈아입을 시간도 없을 것 같다. 자신이 뿜은 주스 덕에 얼룩덜룩해진 상의를 내려다보며 세영이 발을 움직였다.

「오빠!」

"아루야."

상냥하다 못해 세영이 처음 보는 화사한 웃음을 지으며 카미드가 자신의 여동생을 껴안기 위해 침대로 다가갔다. 뒤에 우두커니 남겨진 세영은 어색하게 서서 그 광경을 바라보고 있었다. 그나마 다행인 것은 공항에 마중을 나왔던 타미가 집 앞에 차를 준비하고 기다리고 있었으며 병원까지 함께 동행했다는 점이었다.

사실 세영은 다시 한 번 주눅이 든 상태였다. 자신이 달라붙은 상대가 왕자임을 까먹는 것처럼 자신이 처한 상황을 잊고 있었다. 정문 앞에서 들어오면서 카미드의 뒤를 쫓아 종종걸음으로 가고 있는데 지나가는 모든 사람들이 카미드를 향해 정중히 인사했다. 지나가는 노인의 허리가 걱정될 정도였다. 점점 더 후회의 정도가 커지고 있었다.

게다가 주차장부터 시작해서 병원 입구, 해당 병실 앞 보디가드까지 총으로 무장한 덩치 좋은 사내들이 의사보다 더 눈에 띄었다. 병실 안에는 간호사로 보이는 여자가 두 명, 그리고 인상 좋아 보이는 중년 여성이 1명이 있었다. 그리고 가장 넓은 침대 위에는…… 카미드의 여동생 아루야 공주가 앉아 있었다.

「몸은 좀 어때?」

「괜찮아. 오늘은 기분이 아주 좋아.」

서러워서 아랍어를 배우든가 해야지 원…… 그래도 미남미녀가 눈앞에 있으니 눈은 호강하는구나.

어제 본 초상화 속 인물을 떠올리며 세영이 아루야의 얼굴을 빤히 쳐다보았다. 확실히 이목구비가 카미드와 달리 정통 아라비안의 모습이었다. 까만 머리카락과 얼굴 윤곽이 빼도 박도 못하는 초상화 주인의 핏줄이었다.

"저기……."

조심스럽게 말을 건네자, 여성의 시선이 움직였다.

「누구셔?」

아마 카미드에게 자신이 누구냐고 묻는 거겠지. 하지만 나는 댁들의 하하호호 즐거운 만남을 기다릴 시간이 없다고.

"안녕하세요. 공주님. 저는 어머니의 초상화를 복원하러 온 한세영이라고 합니다. 갑자기 끼어들어 죄송하지만 공주님께 용건이 있어 무례를 무릅쓰고 말씀드립니다."

"한……세영?"

"애클리의 그림을 복원한 사람이야. 이번에 어머니 초상화를 복원하려고 초청했지."

"정말? 당신이 애클리의 그림을 복원한 사람이라구요?"

"네. 안녕하세요."

"반가워요. 저는 아루야입니다."

카미드는 세영이 갑자기 끼어들어 옆으로 밀려난 것이 불쾌한지 표정을 찡그렸지만 금세 반색하며 웃는 아루야 때문에 참는 듯 입을 다물었다. 세영도 모르는 바는 아니지만, 눈앞에서 행복한 모습의 남매를 보고 있자니, 자신이 이제껏 지나온 언니와 자신의 모습과는 너무나 달라 거북스러웠다. 빨리 이곳에서 나가고 싶은 생각이 들었다.

"그럼, 잠시 실례하겠습니다."

"예?"

공주의 침대에 턱 걸쳐 앉은 세영이 공주의 뺨을 두 손으로 감싸 얼굴을 가까이 가져가자 주위의 사람들이 무어라 중얼거리는 소리가 들렸다. 그 안에 카미드의 놀란 목소리도 들렸지만 세영은 굴하지 않고 고작 몇 센티 앞의 여성의 얼굴을 빤히 쳐다보았다.

"어…… 저기……."

"잠시만요."

뺨을 감싸고 있던 오른손이 공주의 이마를 훑고 눈썹을 쓸었다. 움찔하는 아루야의 움직임에도 세영은 멈추지 않았다. 그리고 눈꺼풀이 있는 아이홀을 지나 광대를 쓸고 마지막으로 턱을 살짝 잡고 얼굴 왼쪽과 오른쪽을 훑어보는 것으로 세영의 기이한 행동은 끝이 났다.

"죄송합니다. 놀라셨죠?"

"아, 아니에요."

괴인이 얼굴을 붙잡고 이리저리 만져 댔으니 놀랄 만도 하지. 불편했는지 발그레해진 뺨으로 공주가 괜찮다고 대답했지만 카미드는 자신의 행동이 마음에 안 들었는지 꽤 굳어진 표정이었다. 나중에 해명해야겠다 생각하며 공주에게는 립서비스를 시작했다.

"피부가 굉장히 좋으시네요. 게다가 비율이 굉장히 좋아요. 눈동자 색도 맑아서 보면 볼수록 빠져들 것 같네요. 게다가……."

마지막 말은 해도 될지 걱정이 되었지만 아무렴 어떠랴. 그냥 천연덕스럽게 입을 열었다.

"초상화의 그분과 정말로 닮으셨습니다. 굉장히 아름다우세요."

"어머나……."

공주의 눈이 금세 축축하게 젖었다. 이렇게 갑자기 울음을 터트릴 줄은 생각도 못 했기에 세영은 침대에 엉덩이를 걸친 채로 굳었다.

「에그머니, 공주님.」

「괜찮아. 그저 오랜만에 듣는 이야기라서…….」

다시 한 번 다짐하지만 작업을 하지 않는 밤에는 아랍어 공부를 해야겠다.

"죄송합니다. 혹 기분이 상하셨다면……."

"아니에요. 굉장히 기쁘네요. 저는 그 말을 굉장히 좋아한답니다. 당신이 보기에도 어머니와 제가 닮았나요?"

세영은 더 이상 입을 열면 안 되겠다는 생각으로 고개를 작게 끄덕였다. 처음으로 카미드를 화나게 한 것도 뭣도 모르고 잘생겼다, 이야기를 면전에서 했기 때문이었다. 이제 그 이유는 하킴을 통해 들었으니 조심하겠지만, 자신이 모르는 이야기는 충분히 더 있을 수 있다. 밖에 총기로 무장한 보디가드들에게 총이라도 안 맞으려면 이제부터 카미드의 앞에서도 말을 더 조심해야겠다는 생각이 들었다.

"그럼 편히 쉬세요. 카미드 님. 제 용건은 끝났으니 타미와 함께 먼저 차로 가 있겠습니다. 천천히 이야기 나누시고 오세요."

도저히 영어로 프린스라 부를 자신이 없어 주위 사람들이 그를 부르는 것처럼 따라 불렀다. 다른 사람이 듣기에도 큰 문제는 없는지 별다른 반응은 없었다.

"굉장히 반가웠어요. 혹 나중이라도 괜찮다면 다시 한 번 들러 주세요. 함께 차를 마시고 싶네요."

"감사합니다. 쾌차하시길 빌어요."

세영은 말없이 카미드에게 눈인사를 건네며 먼저 병실 밖으로 나왔다. 카미드의 시선이 집요하게 세영의 뒷모습을 좇았지만 세영은 알 수 없었다.

3

모두의 행복과 개인의 슬픔

"벌써 나오세요?"

병실 밖 보디가드와 이야기하던 타미가 문을 열고 나오는 그녀에게 말을 건넸다. 어린 나이라는 것만 제외하면 타미는 꽤 능력 있는 어시스턴트라고 세영은 생각했다.

"두 분이서 할 얘기가 많아 보여서 먼저 차에 가 있으려고요."

세영의 말에 고개를 끄덕이던 타미가 보디가드들에게 인사를 건네고 앞장섰다. 어느새 편해진 타미와 이런저런 이야기를 하면서 엘리베이터에 오르고 나서야 세영은 생각해 두었던 부탁을 건넸다.

"혹시 오늘 작업이 끝나고 쇼핑몰에 같이 가 줄래요? 편한 옷을 좀 사야 될 것 같아."

"물론이죠! 그게 제 일인데요. 작업하시는 동안에도 제가 옆에 있을 테니 별도로 필요하신 게 있으시면 꼭 말씀해 주세요."

하킴은 생각보다 바쁜 사람인가 보다.

한 번 더 생각을 정리하며 사마르에 대한 이런저런 이야기를 타미에게 전해 들었다. 사마르는 유명 휴양지로 꽤 볼거리가 많으니, 작업 시간 외에 시간 날 때마다 이곳저곳 다녀 보라는 말이었다. 자신이 안내하겠다는 말과 함께.

"나는 수영을 못 해서 휴양지를 안내해 줘도 구경하는 게 고작이에요."

"그렇다면 이번 기회에 배우시는 건 어떠세요? 괜찮으시다면 실력 있는 강사로 모실게요."

"으음⋯⋯."

눈을 반짝이며 의욕을 내보이는 타미에게 단칼에 거절하는 것이 어쩐지 어려웠다. 차라리 동년배의 사람이었다면 둘러서 거절해도 됐겠지만⋯⋯.

"그, 단순히 안 배운 것보단 물 공포증 같은 게 있어서 수영은 어려워요. 욕조는 들어갈 수 있지만 처음엔 그것도 어려웠거든요. 바다는 멀리서밖에 구경을 못 해서⋯⋯."

최대한 상냥하게 웃으며 설명하려는데 타미가 하얗게 질린 얼굴로 미안하다고 사과했다. 자신이 경솔했다는 듯 과도하게 사과하는 바람에 세영은 웃으며 타미의 어깨를 토닥여 주었다.

"그럼 관광지와 맛있는 식당으로 안내해 드릴게요."

"고마워요."

이제는 측은지심까지 더해진 타미를 말릴 수는 없었다. 세영이 웃으며 고개를 끄덕이던 찰나, 차 문이 열렸다.

"카미드 님! 공주님과 이야기는 잘 끝나셨어요?"

"궁으로."

"예. 글릭 아저씨!"

타미가 운전사 글릭에게 다가가자 카미드는 작게 한숨을 내쉬었다. 뭐가 그리 심각한지 미간에는 주름까지 잡혀 있었다.

"괜찮으세요?"

"……"

어디 아픈 건가 싶어 물었지만, 카미드는 대답 대신 고개를 돌려 세영을 바라보았다.

"화가들은 원래 그렇게 만지나?"

"네?"

"내 동생 말이야. 아까 만졌던 것처럼 다른 사람들한테도 그러냐고."

"글쎄요. 다른 화가들의 작업 방식을 모두 알지는 못해서."

"흐음."

"혹시 불편하셨다면 죄송합니다. 제가 좀, 입체적으로 예쁘고 잘생긴 사람들을 보면 주체를 못 해서요. 주의하겠습니다."

"내 동생한테 딴마음이 있는 건 아니고?"

딴마음? 설마 또 그 질문인가?

"그…… 혹시 동성애자냐고 물으시는 거면 아닙니다. 단순히 너무 예쁜 얼굴이라 가까이서 보고 싶었던 것뿐이에요."

사실 미대에 다닐 때에도 이런 일이 몇 번 있었는데, 대학 캠퍼스에서는 한 시간만 죽치고 있어도 그리고 싶은 사람이 대여섯 명을 찾을 수 있었다. 고등학교 시절에 비할 바가 아니었다.

'모델 좀 해 주세요!'

용기 반, 객기 반으로 모델 요청을 하던 초반에는 대뜸 다가가 말을 붙이면 거절은커녕 무시당하는 것이 대부분이었지만, 졸업 즈음에는 직접 찾아와 모델로 삼아 달라는 요청을 받기까지 했었다. 그사이 모델을 해 주었던 여럿에게 노골적인 제안을 받았었는데 그 중에는 여자도 있었다. 예술가에게 영감이 되는 뮤즈가 자신이라는 것에 스스로 감동한 케이스들이었다.

"난 아무 말도 안 했어."

"아니면 말고요."

그나저나 홧김에 같이 살게 해 달라고 하긴 했는데 여기에 모델까지 해 달라고 말 꺼내면 단박에 쫓아내겠지? 저런 얼굴은 전 세계 어딜 가도 보기 힘들 거야. 두 달뿐이지만 눈에 잘 담아 놨다가 나중에 몰래 그려야지. 욕심부리지 말자.

가끔이지만, 이런 순간이 올 때마다 자신의 능력이 아주 조금은 좋아졌다.

그나저나 잘 훔쳐본다고 훔쳐봤는데 이미 눈치챘을 줄이야. 눈앞에 이런 A++의 외모가 있는데 모른 척하는 것도 고역이다.

"도착했습니다."

"오늘은 그, 당신의 아버지를 뵙나요?"

"첫 번째 의뢰인인데 인사는 해야 하지 않겠어?"

자신도 가기 싫다는 티를 팍팍 내고 있는 카미드였지만 그 모습마저 아름다웠다.

아, 그리고 싶다. 드물게 사진 한 장이라도 갖고 싶은 얼굴이었다.

"카미드 님! 세영 님!"

"하킴. 안녕하세요."

"아침에 모시러 못 가서 죄송합니다. 국왕께서 아침부터 호출하셔서요. 지금 두 분을 기다리고 계십니다. 이쪽으로 오시지요. 아, 타미는 작업실에서 기다려 주렴. 그리고 세영 님께서 말씀하셨던 자료들은 작업실에 가져다 두었습니다."

속사포처럼 내뱉은 하킴은 빠른 걸음으로 그들을 안내했다. 다리 긴 남자들을 쫓아가려니 꽤 힘들었다. 작업실도 꽤 안쪽에 있다고 생각했는데 지금 쫓아가는 거리를 생각하면 그것도 아니었나 보다. 한참을 걸어가고 나서야 입구부터 화려한 복도에 다다랐다.

"혹시 제가 익혀야 하는 인사말이나 예법 같은 거 없어요? 조금 긴장되는데요."

"너무 걱정하지 않으셔도 됩니다. 애클리 그림의 복원가가 직접 왔다는 거에 감격하신 상태라, 크게 신경 쓰지 않으실 겁니다."

그러니까…… 저는 그게 무섭다고요.

문 앞에서 작게 숨을 내쉬는데 옆의 카미드의 입꼬리가 올라가는 것이 느껴졌다. 네가 왕자가 아니었어 봐. 나랑 똑같이 긴장했을걸? 아니다. 저 외모라면 안 그랬을 가능성이 더 높나?

"라마르 님. 카미드 님과 세영 님이 오셨습니다. 들어가겠습니다."

무거워 보이는 문이 열리고 그 안에서 전형적인 아라비안의 중년 남성이 뛰어나왔다.

"오오오. 당신이 애클리의 그림을 복원한 그 사람인가?"

다가와 그녀의 두 손을 끌어 잡은 왕의 모습에 세영은 거절도 못 하고 안녕하세요, 하고 어색하게 인사말을 건넸다.

"이야, 동양인일 줄은! 일본에서 왔나?"

"보스턴에서 왔습니다. 고국은 한국입니다."

"그렇군, 그렇군! 이야, 피부도 참 뽀얀 것이……."

어…… 이건 조금…….

두툼한 손이 얼굴로 다가오는 것을 보며 어찌할 바를 몰라 굳어 있을 때였다.

"아버지."

"어이쿠. 나는 아무 짓도 안 했어!"

옆을 보니 화가 난 듯 굳어 있는 카미드의 얼굴이 보였다. 단정한 눈썹이 살짝 경사가 생겨 위로 향해 있다. 게다가 그 푸른 눈동자에 담겨 있는 감정이 너무 강렬해서, 흘깃 훔쳐본다는 것이 하마터면 또 넋을 놓고 볼 뻔했다.

얼른 고개를 돌렸다.

"크흠. 그래, 자세한 일은 하킴을 통해서 전달해 주시게. 필요한 게 있으면 언제든지 말하고. 나는 당신만 믿소이다."

그러고는 다시 그녀의 두 손을 꼭 붙잡는다.

정면으로 보이는 왕의 얼굴에서 요목조목 카미드의 얼굴을 뜯어보았다. 얼핏 보면 초상화 속에서 봤던 여성의 모습에서 더 닮은 구석이 보였지만 핏줄은 속일 수가 없었다.

"그럼, 라마르 님. 이만 물러가겠습니다."

"오, 그래. 하킴. 뒤를 잘 부탁한다."

그것을 마지막으로 짧은 인사가 끝이 났다. 카미드는 방에 들어가고 나올 때까지 '아버지' 한 마디가 전부였다. 분위기에 압도되어 무거운 문이 닫힌 뒤에 겨우 입을 떼었다.

"전 이젠 작업실로 가도 될까요?"

"세영 님. 기분 나쁘셨다면 제가 사과드리겠습니다."

"노인네가 얼굴을 주물럭거리려는데 가만히 있다니. 너 바보야?"

빨리 이곳에서 도망가야겠다고 생각했을 뿐인데, 굳어 있던 카미드가 대뜸 신경질을 부렸다. 아니 웬 짜증이야? 내가 잘못한 거야? 만지려는 네 아빠가 잘못이지!

"뭐라고요?"

"카, 카미드 님."

"스물일곱이나 먹은 여자가 그렇게 맹해서 무슨……."

아니, 내가 왜 당신한테 그런 말을 들어야 해?

카미드의 말에 어이가 없어 벙쪘던 세영은 금세 머리를 흔들며 이만 가 보겠습니다. 하고 몸을 돌렸다. 하지만 카미드는 그를 놓치지 않았다.

"이야기 안 끝났어!"

'—너……이야!'

순간 머리가 핑, 돌았다. 익숙한 일임에도 순간 자리에 주저앉을 뻔했다.

"이봐요!"

"카미드 님! 궁 내부입니다. 소란은 삼가 주세요. 그리고 세영 님이 무슨 잘못이 있다고 이러십니까."

세영의 팔을 붙든 카미드의 팔을 하킴이 중재하자 카미드의 손아귀 힘이 느슨해졌다. 세영은 그때를 놓치지 않고 팔을 뿌리쳤다.

"제 몸에 함부로 손대지 마세요. 그리고 그렇게 추궁하는 말투 상당히 불쾌합니다."

"세영 님!"

또 기억이 겹친다. 이대로라면 미치는 것은 일도 아니겠다 싶었다.

'—너 때문이야!'

시끄러운 머릿속을 빨리 잠재우기 위해선 뭐라도 해야 할 것만 같았다.

❖　　❖　　❖

"필요한 것은 다 산 것 같네요."

"그럼 집으로 모셔다 드리겠습니다!"

쇼핑 내내 옆에서 기다려 주었던 타미가 기다렸다는 듯 대답했다. 이것저것 구경하고 사느라 시간이 좀 걸렸나 보다. 미안한 마음에 아이스크림 가게라도 찾으려는데 타미가 우물쭈물하며 입을 열었다.

"으음……."

"저, 세영 님. 주제넘지만 부탁드리고 싶은 것이 있습니다."

"뭔가요?"

"저는 어리지만 벌써 4년째 하킴 님 밑에서 일하고 있습니다. 그래서 이런저런 이야기를 전해 들어도 입조심해야 한다는 건 잘 알지만, 세영 님께서 카미드 님을 오해하시는 것은 싫습니다."

생각지도 못한 이야기에 세영은 잠시 말문이 막혔다.

"……."

"사실 왕비님께서 갑자기 돌아가신 뒤부터 젊은 여자들이 궁에 드나드는 일이 많아졌습니다. 카미드 님께서 그 당시엔 라마르 님께 엄청 화를 내셨어요. 그리고 많이 힘들어 하셨다고 하킴 님이……."

"저기, 타미."

"카미드 님은 사실 상냥하신 분이에요. 세영 님께서 카미드 님을 너무 오해하지 말아 주셨으면 해서……."

"타미."

"죄, 죄송합니다. 세영 님. 제가 너무 주제넘었지요?"

"괜찮아요. 말해 줘서 고마워요."

쓱쓱 작은 머리를 쓰다듬자 타미가 눈을 두 손으로 비볐다. 아무리 야무져도 애는 애였다.

"그럼 집으로 부탁할게요."

갑작스럽게 밀려든 기억 때문에 자신의 반응이 지나쳤다는 것을 깨달았을 땐, 이미 늦어 있었다. 카미드가 소리치든 말든 아무렇지 않게 대처했으면 됐을 일이었는데.

작업실에 있었을 타미가 이렇게 말하는 것을 보아하니 저쪽에는 이야기가 다 퍼졌나 보다. 이래서 중개인이 필요하다니까…….

'그런데 저 사람은 뭐지?'

타미를 따라 주차장으로 이동하면서 생각을 정리하고 있는데, 다시 한 번 시야에 잡힌 사람이 있었다.

지금 있는 쇼핑몰은 여행객들이 주로 이용하는 곳이라서 다양한 인종이 모여 있었다. 동양인도 드문드문 보이는 터라 자신에게 시선이 몰릴 일도 없었다. 그런데 처음 이곳을 도착했을 때부터 누군가가 자신을 쳐다보고 있는 것을 느꼈다. 처음에는 착각이겠거니 했는데, 한 시간도 넘게 이 상태라면…… 꽤 멀리서, 그것도 오랜 시간 동안 훔쳐보는 사람이라니.

'혹시 나를 감시하나?'

자신을 감시하고자 하는 사람, 자연스럽게 카미드의 얼굴이 떠올랐지만 결국 피식 웃고 말았다. 그 사람이 나를 신경 쓰기나 할까?

내가 지금 정신이 없긴 없네, 하며 세영은 타미와 함께 보폭을 맞추며 걸었다.

쇼핑몰에서 숙소까지는 꽤 가까웠다. 금세 도착하고서 글릭이 트렁크에 실었던 짐을 모두 방까지 옮겨 주었다. 다행히 카미드는 집에 없었다.

"고마워요, 글릭."

말없는 글릭이 고개를 끄덕이고 나갔다. 타미 역시 발랄하게 인사하고는 엘리베이터 너머로 사라졌다.

"후우."

주방에는 마사가 차려 놓고 간 음식들이 있었지만 딱히 식욕이 생기지 않았다. 그냥 내버려 두면 내일 마사가 섭섭해할 텐데, 하는 생각만 들 뿐 손이 가질 않았다. 결국 주저하다 짐을 방 안에 가져다 두고, 침대에 대자로 누웠다.

8시 25분.

그렇게 늦은 시간은 아니었지만 딱히 할 일이 없었다. 차라리 작업실이 궁 밖에 있었으면 거기서 밤이라도 새면서 작업 기간을 줄일 텐데, 장소와 시간에 제약이 있으니 여러모로 힘들다. 결국 세영의 손이 가는 것은 쇼핑백 안에 있는 새 드로잉 북.

비닐 커버를 벗겨 자세를 잡고 기억나는 대로 손을 놀렸다.

커다란 궁, 화려한 방, 병실의 공주, 작업실, 쇼핑몰, 그리고 카미드.

방금 본 것처럼 선명한 기억으로 그림을 그리다 인식한 남자의 얼굴에 손이 공중에서 멈췄다.

'먼저 사과를 해야 할까?'

자신의 반응이 과민했다는 것을 제외하면, 그 남자가 자신에게 무례하게 군 것도 사실이었다. 아니 좋게 이야기하면 되지! 마치 자신이 제 아버지에게 꼬리라도 친 것처럼 윽박을 지르는데 세영도 기분이 좋을 리 없었다.

결국 드로잉 북을 덮고 사마르에 도착한 이후 처음으로 가져온 노트북의 전원을 켰다. 이모에게는 시차를 계산해 전화로 연락을 주고받았지만 기본적인 업무와 관련해서는 메일로 연락하는 일이 많았다. 로그인을 하고 메일을 살피는데 익숙하지 않은 한글이 눈에 띄었다.

《발신인 : 한다영》

언니였다. 쿵쿵, 익숙하지 않은 심장 울림이 다시 한 번 머리를 아프게 하는 것 같았지만 방법이 없었다. 누군가에게서 받은 메일을 자신에게 회신한 듯 내용에서 거론되는 인물은 자신이 아닌 언니의 이름이었다.

《다영 씨! 좋은 아침이에요.

지금은 캐나다에서 CF 촬영하고 있다고 소속사에서 그러더라고요~ 첫 CF 축하드려요.

시차 때문에 전화가 힘들 것 같아서 회사 측에 전하고 메일로 연락드리니 보시고 꼭 회신 주세요.

다영 씨 특집은 말했던 대로 미국 안에 자연스럽게 녹아든 다영 씨의 일상생활을 엿보는 컨셉으로 촬영은 넉넉잡아 일주일 정도로 예상하고 있어요.

동생 분이 보스턴에서 미술 쪽으로 일하신다고 했던 것도 함께 촬영하는 방향으로 구성을 잡고 있구요. 전문직 쪽의 노출이 시청자들에게는 매력적으로 어필할 수 있을 거예요. 이왕이면 동생 분과 함께 하는 미국 관광 컨셉도 좋을 것 같은데, 이 부분은 천천히 조율하도록 해요.

다영 씨나 저희나 서로에게 좋은 기회니까 함께 잘 해 봐요.》

그 외에는 자세한 설명도 없었다. 그저 저 위의 메일이 전부였다. 조만간 미국에서 촬영할 테니 알아 두라는 건가? 그런데 나는 왜 끌어들여?

다른 메일은 읽을 기력도 없어 노트북을 껐다.

뜬금없이 한국에서 연기를 하겠다고 선언한 언니 덕택에 세영은 미대 졸업 전부터 초상화 작업을 시작했었다. 생활비를 보내라는 명목하에 언니가 재촉해 오는 돈을 벌어야 했다. 아무리 자신의 능력이 작업에 있어 큰 도움이 되었다 하더라도 그것이 직업이 되니 괴로웠다.

붓을 놀리는 기계, 그 이상도 이하도 될 수 없었을 거라는 생각에 빠져 있을 때 전화 너머로 들렸던 언니의 목소리.

'그깟 돈이 아깝니? 너 때문에 우리가 어떻게 됐는데!'

아니야. 나는 아무 잘못도 안 했어. 그게 어떻게 내 탓이야.

그 일 이후 수백, 수천 번 아니 수만 번 넘게 읊조렸던 말은 지금도 언니에게 닿질 못했다.

괴로워. 입안이 바싹 마르는 것 같다. 물이라도 마셔야…….

자리에서 일어나 터덜터덜 문으로 향했다. 문을 여니, 눈앞에 카미드가 서 있었다. 노크를 하려 했던 듯 그의 오른손이 허공에 멈춰 있었다.

"그, 언제 들어왔어?"

머쓱한 듯 그가 말을 꺼냈지만 어쩐지 말이 나오지 않았다.

"아까는……."

"미안해요. 내가 경솔했어요."

아니다. 빨리 사과하자. 그리고 그냥 아무 일도 없던 것처럼…….

"내가 잘못했어요."

아무것도 없던 것처럼? 어떻게?

한국에서 나만 미국으로 쫓겨 나온 것처럼?

"이봐."

뭔가의 위화감을 느꼈는지 카미드가 세영의 한쪽 어깨를 잡고 작게 흔들었다. 하지만 세영은 여전히 어딘가 얼빠진 것처럼 말을 이었다.

"내가 잘못했어요. 그러니 그렇게 이야기하지 말아요……."

또다. 기억이 밀려들었다. 이대로라면 미칠 것 같아.

고개를 들어 카미드와 눈을 맞춘 그때, 세영의 눈에서 물방울이 툭, 떨어졌다. 그리고 눈을 깜빡일 새 없이, 순식간에 카미드의 품에 안겨 있었다.

어렸을 때는 내가 다른 아이들과 다르다는 것을 생각조차 하지 못했다. 아빠는 나를 자랑스러워했고, 엄마는 예뻐했다. 드문드문 언니가 샘을 내긴 했지만 어린아이의 특성임을 생각하면 우리 가족은 여느 가족처럼 평범하고 행복했었다.

"여보, 아무래도 세영이 아이큐 검사라도 받아 봐야 할까 봐. 담임 선생님한테 오늘 연락 왔잖아. 혹시 학원 보내냐구."

"그래?"

"아니라고 했더니 세영이는 다른 애들이랑 다르대. 정말 특별한 뭔가가 있는 게 아닐까?"

갓 초등학교에 입학하고, 더 많은 친구들과 지내게 됐지만 아직 상황을 이해하기엔 여전히 어린 나이였다. 책에서 읽은 내용을 떠올리며 이야기를 하면 어른들은 놀라거나, 칭찬해 주거나 둘 중 하나였다. 그런 나를 보는 엄마는 항상 웃는 얼굴이었다.

"엄마. 나도 그림 배우면 안 돼?"

"너 발레 학원 다닌 지 두 달도 안 됐잖아."

언니는 예뻤다. 갓난아기였을 때부터 아동 모델을 시키라는 이야기를 곧잘 들었었다, 고 엄마가 드문드문 이야기를 하면 언니는 그 자체에 만족했다. 그때 당시에는 몰랐지만, 언니는 그럴 때마다 '봤지?' 하는 얼굴로 뽐내듯 나를 보곤 했었다.

"발레도 계속 하구……."

그리고 샘이 많았다. 내가 학원에서 재능 있다는 소리를 들었다고 엄마가 아빠에게 이야길 하면 언니도 곧 죽어도 나와 같은 학원, 같은 선생님을 고집했다. 그리고 그 고집은 나와 같은 칭찬을 들을 때까지 계속되었다.

"아빠. 나도 그림 배울래."

"다영이가 하고 싶으면 해. 아빠가 시켜 줄게."

"정말?"

아빠는 언니와 나를 가릴 것 없이 예뻐하고 사랑했다. 누구 하나를 칭찬하면, 곧 다른 하나를 칭찬했고 장난감, 옷, 간식 가릴 것 없이 평등하게 나누어 주었다.

하지만 엄마는 달랐다. 나에 대한 주위의 칭찬이 많아지면 많아질수록 욕심을 냈던 것 같다. 많은 학원, 많은 선생님, 많은 공부…….

"두고 봐. 세영이가 우리 집 기둥이 될 테니까."

엄마가 뿌듯해하는 목소리로 내 머리를 쓰다듬어 줄 때면, 아빠는 언니의 머리를 쓰다듬어 주었다. 언니는 아빠의 손을 차지하고 있으면서도 엄마의 손도 갖고 싶어 어쩔 줄 몰라 했다.

그런 날들의 연속이었다. 다를 것 없이 공부를 하고 책을 읽고 그림을 그렸다. 기억에 있는 풍경을 따라 그리기만 하면 됐기에 공부보다도 그림이 재밌었다. 그림은 그리기만 하면 상을 타서 전교생 앞에 나가 상장을 받았다. 그래서인지 엄마의 기대가 가장 높은 분야이기도 했다. 그 즈음 이모가 우리 집에 자주 놀러 왔다.

"세영이 그려 보고 싶은 것 그려 볼래? 이모가 보고 싶어서 그래."

이모는 미국에서 공부를 한다고 했다. 자주 보진 못했어도 어린 시절의 기억에 이모의 얼굴이 또렷이 남아 있었기에 큰 문제는 없었다.

"그래서 다영이도 그림 배워?"

"하겠다고 난리를 치는데 어떻게 하니, 그럼? 에휴, 세영이 따라다니기도 힘든데. 지지배가 욕심이 많아서 그래."

"언니가 너무 세영이만 챙기는 거 아냐? 다영이도 아직 어리니까 반발심에 그럴 수 있어."

"얘는. 세영이는 달라. 지금 내가 조금만 더 고생하면 세영이는 분명 우리나라에서 손꼽히는 사람이 될걸?"

"언니도 참…… 세영이 좀 봐. 아직 어린애잖아."

"아니야. 세영이는 달라."

그렇게 말한 엄마는 또 내 머리를 연신 쓰다듬었다. 마치 보물처럼 애지중지 나를 그렇게 아꼈다.

"기억력이 좋은 정도가 아니야. 책 한 번만 읽어도 내용을 줄줄 말한다니까? 이젠 영어도 시켜야지. 참, 너 이번에 미국 나갈 때 세영이 한 달만 데리고 있어 줄래?"

"언니. 세영이 아직 9살이야."

"세영이 고등학교는 미국으로 보낼 거야."

"형부랑은 이야기한 거야?"

"그이는 내 편이지."

이모는 그런 엄마를 타박했지만 엄마는 꿋꿋했다. 나는 엄마와 단둘이 있을 때 끊임없이 들었던 말이었기에 무엇이 잘못된 건지 몰랐다. 그저 나는 정말로 특별한 사람이구나, 어린아이다운 자만심에 똘똘 뭉쳐 있었을 뿐.

그리고 얼마 지나지 않은 시기였다. 이모가 다녀가고 27일째 되었던 날이었다.

학원을 다녀오고 나니 집 안이 뒤집어져 있었다. 텔레비전은 바닥에 굴러 화면이 깨져 있었고 엄마가 잘 널어놓았을 빨랫감들이 먼지와 함께 바닥에서 뒹굴고 있었다. 무엇보다 엄마의 머리가 잔뜩 헝클어져 있음에도 엄마는 정리할 생각도 하지 못한 채 아빠의 다리에 매달려 있었다.

"여보! 내가 잘못했어. 정말이야. 내가 죽일 년이야. 한 번만 용서해 줘, 제발!"

괴성을 지르며 엄마가 아빠에게 매달렸지만 아빠는 그런 엄마를 뿌리쳤다. 엄마는 나동그라졌지만 다시 기어가 아빠의 바지를 붙들었다. 그런 엄마를 내려다보고 있는 아빠의 얼굴은 혐오감에 가득 차 있었다.

"당신이 어떻게……."

지독한 배신감, 치욕, 분노.

아빠의 얼굴에서 난생처음 보는 표정이었다. 그래서 그것이 어떤 감정인지도 모르고, 아빠는 언제나 자식 사랑이 끔찍했기에 내가 나서면 금세 화를 풀 거라 생각했다.

아빠는 나를 사랑하니까.

"아빠……."

하지만 달랐다. 조심스러운 내 목소리에 고개를 돌린 아빠의 표정은, 옆에서 봤던 그것보다 더 일그러져 있었다. 엄마보다도 내가 더 징그럽다는 것을 온몸으로 말하고 있었다.

"세영이 너, 방에 들어가 있어!"

엄마가 울부짖었지만 나는 오직 아빠만이 눈에 들어왔다. 난생처음 겪는 상황에 당황한 나는 아빠에게 손을 내밀었다. 다정한 아빠가 내 손을 뿌리칠 리 없다고 생각했기에…….

"이 더러운……!"

아빠는 엄청난 말을 서슴없이 내뱉고 집을 나섰다. 충격으로 바닥에 고정된 듯 굳은 나와 주저앉아 울고만 있는 엄마는, 언니가 발레 학원에서 돌아올 때까지 그저 그렇게 엉망이 된 집 안에 남겨져 있었다.

그로부터 아빠가 집에 돌아온 것은 17일 뒤였다.

돌아온 아빠는 고모와 함께였다. 아빠는 어딘가 체념한 얼굴이었고, 고모는 아빠가 집을 나갔을 때처럼 화난 얼굴이었다. 엄마는 초췌한 얼굴로 자신이 잘못했다는 말뿐이었다.

"다영이는 우리가 데려가마."

"형님! 안 돼요. 다영이 없으면 저 죽어요!"

"흥! 그리 애지중지하는 딸년이 저기 있는데 왜 우리 한씨 핏줄에 매달려, 매달리긴!"

"형님!"

"대체 내 동생이 뭘 그리 잘못했다고……!"

"누님. 그만 갑시다."

그늘진 얼굴의 아빠는 더 이상 나에게 화를 내지 않았다. 그저 나라는 존재를 모르는 것처럼 무시했다.

"아빠! 엄마는? 응? 엄마도 같이 가아!"

언니는 눈치를 보더니 아빠가 오기 전 엄마가 시켰던 그대로 떼를 쓰기 시작했다.

'네가 잘해야 돼. 그래야 우리 가족 같이 살 수 있는 거야.'

언니와 나의 상황이 역전됐다. 어린 마음에 언니는 그것이 아주 마음에 드는 듯, 엄마 품에 안기며 걱정하지 말라고 말하기까지 했다. 그리고 언니는 나에게 화를 내기 시작했다. 아빠가 집을 나가게 된 것도, 엄마가 저렇게 아픈 것도 모두 내 탓이라고 했다.

"여보! 내가 잘못했어요. 정말 실수였어요. 나는 정말 꿈에도 몰랐어!"

엄마는 체면이고 뭐고 아빠에게 다시 매달렸다. 고모가 제지했지만 엄마는 그에 굴하지 않고 끊임없이 아빠에게 사죄하며 매달릴 뿐이었다. 그 난리가 있는 동안 나는 방에 방치되고 있었다.

결국 아빠와 고모는 언니만을 데리고 사라졌다. 휑한 집에 남겨진 것은 나와 엄마뿐. 엄마는 어딘가 고장 난 것처럼 위험해 보였다. 결국 나는 전화번호를 기억해 내 이모에게 연락했다. 이모는 그때까지 이런 일이 있다는 것을 하나도 모르고 있었다.

"언니!"

다급하게 이모가 집에 도착하고 나서야 엄마가 고개를 들었다. 그러고는 다시 울기 시작했다.

"아니야. 정말로 몰랐어. 딱 한 번뿐이었는데…… 그냥 너무 외로워서."

수백 번이나 들은 엄마의 변명은 온몸으로 나를 부정하고 있었다.

의도치 않은.

꿈에도 생각 못 한.

실수였던.

아무것도 모르는 9살의 나이에 심장이 난도질당하는 것만 같았다.

"언니. 일단 나랑 있어. 짐 챙겨서 우리 집으로 가자."

"어떡하니……. 네 형부 오늘 도장 받아 갔어. 어떡하면 좋아."

그렇게 한 달이 또 지났다. 나는 이모의 보살핌으로 학교에는 갈 수 있었지만 그 외에 엄마가 챙겨 주던 학원이나 공부는 할 수 없었다. 이모는 불안정한 엄마를 보살피는 것만으로도 바빴다.

일주일에 한두 번씩 걸려 오는 언니의 전화에 엄마는 집착했지만 큰 성과는 없었다. 그러면 그럴수록 엄마는 말라만 갈 뿐이었다.

"세영아. 밥 먹어야지."

"이모."

"왜?"

"나는 아빠 자식이 아니야? 그래서 아빠가 언니만 데려간 거야?"

"세영아. 아빠는 세영이를 사랑하셔. 지금은 아빠가 엄마한테 너무 화가 나서 그래. 세영이한테 화가 나신 게 아니야."

"……."

거짓말이다. 은연중에 나는 그런 생각을 했다.

"성은아."

"언니. 밥 먹으려고? 그래그래, 얼른 앉아."

"너 볼일 있다며. 나가 봐."

"아직 시간 있어. 천천히 준비하고 나가면……."

"아니야. 세영이랑 같이 준비하고 애 아빠한테 다녀오게. 이렇게 끝낼 수는 없어."

"언니. 조금만 더 시간을 갖고 기다려 봐. 형부도 얼마나 복잡하겠어."

"알아서 할게. 얼른."

유난히 엄마의 정신이 또렷한 날이었다. 그랬기에 이모도 안심하고 집을 나섰겠지.

함께 식탁에 앉은 엄마는 예전처럼 반찬을 집어 숟가락 위에 얹어 주었다. 눈치를 보며 밥을 먹으면 먹을수록 옛날 엄마의 모습에 마음이 놓였다.

그리고 오랜만에 엄마와 함께 목욕을 했다. 욕조에 들어가 물장난을 치는데 엄마의 얼굴이 이상했다. 우는 것 같기도, 웃는 것 같기도 했다.

"엄마."

"왜?"

"내가 아빠 만나면 잘못했다고 할게. 엄마한테 화내지 말라고도 할게."

우물우물 생각했던 바를 이야기하자 엄마가 환하게 웃었다. 그리고 바로 울기 시작했다.

그 순간이었다. 가슴께까지 차 있던 욕조 물에 머리가 처박혔다. 뭔지 채 깨닫기도 전에 엄마의 두 손이 내 뒷목과 머리를 짓눌렀다.

꾸르륵, 꾸르륵.

"엄……!"

쉴 새 없이 물이 목으로 넘어왔다. 본능적인 두려움에 팔다리가 이리저리 움직였지만 엄마의 힘을 이길 수는 없었다.

"언니~ 내가 뭘 좀 놓고 가서…… 언니!!!"

이모의 비명 소리가 귀에 꽂혔다. 겨우 압력에서 벗어났지만 삼켜 버린 물 때문에 숨이 막혀 괴로웠다. 끔찍한 고통이었다.

"119…… 119에 신고해야……."

이모의 허둥지둥하는 모습을 마지막으로 눈을 감았다.

엄마도 병원에 입원했다고 했다. 이모는 아빠가 내 입원 소식을 듣고, 자고 있는 사이에 다녀갔다고 했지만 나는 그 말을 믿지 않았다.

"세영아. 이모랑 미국 갈까?"

"……."

"엄마는 아파서 같이 못 가는데, 이모랑 단둘이 갈 건데 괜찮아?"

이모가 조심스럽게 건네는 권유를 나는 거절할 수 없었다. 엄마는 무서웠고, 아빠에게는 버림받았다. 나에게 남은 것은 이모밖에 없었다.

"이모……."

"응? 뭐 먹고 싶은 거 있어?"

"……나 반찬 투정도 안 할게. 공부도 열심히 할게……."

"그래. 우리 세영이 씩씩하지?"

"그러니까 이모도 나 버리지 마……."

끝내 이모는 울음을 참지 못했다. 충격으로 말을 잃었던 내가 쉰 목소리로 더듬더듬 말하는 그 모습이 얼마나 불쌍해 보였을까. 이모는 나를 껴안고 한참을 울었지만, 나는 울 수 없었다. 눈물조차 나오지 않았다.

4
호기심은 금물

    오랜만에 느끼는 타인의 체온이 너무 뜨거워서, 머릿속을 뒤집던 기억들이 단숨에 사라졌다. 자신이 그렇게 침 흘리고 훔쳐보던 남자의 품에 안겨 있다는 것이 믿기지가 않았다.

    "놔, 놔주세요."

    세영이 부자연스러운 팔로 카미드의 가슴팍을 밀었다.

    "괜찮아?"

    조심스럽게 건네는 말이 낯설다. 타인이 이렇게 다정하게 자신을 걱정해 준 적이 있던가? 세영은 어쩐지 기분이 이상했다. 정확하진 않지만, 자신의 내면 안에서 위험 신호가 울리고 있다는 것만은 알 것 같았다.

    "기분이 갑자기 안 좋아서……. 죄송해요. 낮의 일 때문이 아니니까 너무 신경 쓰지 마세요."

    멀어져야 한다. 황급히 방 너머로 사라지려는데 그가 다시 한 번 저지했다.

"당신 뭔가 불안해."

"……."

"혹시 일 때문이라면……."

"아니에요. 아무런 문제도 없어요. 그냥, 기분이 안 좋았을 뿐이에요."

한 번 더 그를 밀어냈다. 그의 표정은 딱딱하게 굳어 있었지만 결국 고개를 끄덕이고 내일 봐, 하고는 시야에서 사라졌다. 아마 아픈 동생이 떠올라서 그랬겠지. 아니면 막내 여동생도 있다고 했으니 뜬금없이 눈물을 흘리는 자신이 황당하고 놀라 달래기 위한 방법이었을 것이다.

얼굴만 취향인 남자일 뿐이다. 그저 캔버스에 담고 싶은 외모의 남자. 그게 다야.

세영은 그렇게 자신을 타이르며 방으로 발걸음을 옮겼다.

'도대체 뭐가 문제야?'

금방 잠이 든 세영과 달리 카미드는 침대에 누워 방문을 노려보고 있었다. 정확히는 저 너머에 있는 세영을 보고자 했지만 가능할 리 없었다.

갑자기 우는 세영을 보기 전까지만 해도 그는 별 생각이 없었다. 며칠 뒤에는 다시 미국으로 돌아가야 했다. 아루야가 퇴원하기 전까지 함께 있어 주고 싶었지만 회사 일이 쉽게 될 리가 없었다. 최대한 일정을 다시 조정하여 빨리 돌아오긴 하겠지만…… 아루야 외에도 자신이 신경 쓸 사람이 더 생길 줄은 자신도 미처 몰랐다.

'내가 잘못했어요. 그러니 그렇게 이야기하지 말아요…….'

눈 동그랗게 뜨고 대답도 잘만 하더니, 갑자기 왜 울었을까.

카미드가 아무리 생각하더라도 정답이 나올 리가 없었다. 애초에 저 여자를 이 집에 들여선 안 되는 거였다. 아무리 어머니의 초상화가 중요하다지만 이렇게 저 여자가 신경 쓰일 거라면 처음부터⋯⋯.

사실 카미드는 집으로 돌아오기 전 그녀의 작업실에 들렀다. 늦은 시간이라 그녀가 없을 것이라는 생각은 했지만 딱히 상관없었다. 굳이 차를 돌려 궁으로 돌아가 그녀의 작업실로 향했던 자신을 지금도 이해할 수 없었다. 눈으로 훑은 작업실 내부에서 그의 시선을 사로잡은 것은 천으로 덮여진 이젤이었다. 가까이 다가가자 테이블 위에는 망가진 어머니의 초상화가 다른 천으로 덮여 있었다.

그는 별다른 생각 없이 덮여 있던 천을 걷어 냈다. 그리고 순간 그의 눈에 놀라움이 가득해졌다. 이미 망가질 대로 망가졌던 어머니의 초상화를 그녀가 어느 정도 손을 본 것인지 제법 원형이 잡혀 있었다. 얼추 모양이 돌아온 어머니의 초상화를 보며 카미드는 그림을 매만지던 슬픈 눈의 그녀의 모습을 떠올렸다.

이상하게도 그때 본 그녀의 모습이 자꾸만 마음에 걸렸다. 집에 돌아와 보았던 그녀의 이해할 수 없는 눈물과 마찬가지로 말이다.

그러나 카미드는 세영의 모습을 애써 지워 내며 잠에 들었다.

"이 정도면 괜찮겠지?"

거울 앞에서 옷을 체크하던 세영이 시간을 확인하고 나서야 부랴부랴 집을 나섰다. 갑작스러운 연락에 놀라기도 했지만 반가운 마음이 더 컸다.

"세영 님! 좋은 아침입니다."

"타미도 좋은 아침이에요."

차를 대기하고 있던 글릭이 운전석에 오르고 타미가 친절히 차 뒷문을 열어 주었다. 웃음으로 감사를 표하고 세영 역시 뒷좌석으로 몸을 넣었다.

"오전에 개인 일정이 있다고 하셨죠? 말씀하신 호텔로 가면 될까요?"

"네. 부탁할게요. 어렸을 적 은사님이신데 사마르로 휴가를 오셨다고 하셔서요."

타미가 웃으며 글릭에게 말을 전했다. 차가 부드럽게 이동하기 시작하자 세영이 작게 한숨을 내쉬며 좌석에 몸을 기댔다.

카미드는 밖에서 지내는지 이틀째 만나지 못했다. 마사는 카미드가 식사는 잘 챙겨 먹고 있는지 걱정이 된다며 아침 식사 시간 내내 한숨을 내쉬기 바빴다. 아마 마사도 자세한 일을 모르니까 그러겠지만······.

"저, 타미."

"예?"

"혹시, 그······."

"카미드 님이요? 회사 일 때문에 급하게 처리하실 일이 있으신지 갑자기 바빠지셨다고만 전해 들었어요. 현재 지내시는 곳은 잘 모르는데 혹시 급한 일이시면 하킴 님께 연결해 드릴까요?"

"아, 아니에요. 그냥 궁금해서 물어봤어요."

신경 쓰는 사람이 손해건만, 세영은 너무 정직하게 대답하는 타미의 말에 고개를 절레절레 흔들며 어색하게 웃었다.

그와 만나서 뭘 어쩌겠다는 것은 아니지만…… 그저 그날 밤 인사가 마지막이라는 것이 걸렸다. 마치 꽁꽁 숨겨 두었던 치부가 너무 어이없이 들킨 것 같은 어이없음과 황당함 때문이겠지.

'한세영, 네가 맡은 일이나 얼른 처리하고 보스턴으로 돌아가면 끝이잖아. 다른 일에 신경 쓰지 말고 잊자, 잊어.'

"만나시는 손님이 묵고 계신 호텔은 왕국 차원에서 운영, 관리하는 곳이라 즐겁게 휴가를 보내고 계시겠지만 혹시 관광 안내를 해 드려야 한다면 제게 먼저 말씀해 주세요. 인원에 맞게 차를 미리 수배해 놓겠습니다."

"아니에요. 간단하게 차만 마시고 인사드리기로 했거든요. 저도 일이 있으니 마냥 놀 수는 없죠."

"그래도……."

"정말 괜찮아요. 오전 시간이라도 뺄 수 있어서 다행이에요."

작업 기간은 두 달. 오히려 새로 그리는 만큼 시간은 널널했다. 자신의 능력이라면 남들보다 더 시간을 단축할 수 있겠지. 딱 그 한 가지가 이 사기극에서 자신에게 다행이라면 다행인 점이었다.

"한 시간 정도 걸릴 것 같아요. 타미도 들어와서 음료수라도 마실래요? 제가 살게요."

"아닙니다. 글릭 아저씨도 계시고 전 차에서 기다리고 있을 테니 천천히 이야기 나누세요. 나오실 때 전화 부탁드려요."

"고마워요."

자가용이 이래서 좋구나. 원하는 곳으로 금방 쑥쑥 다니니 시간도 절약되고, 나도 돌아가면 중고차 하나 뽑을까……

"안녕하십니까. 자리 안내해 드리겠습니다."

"아, 일행이 안에 있을 거예요. 제가 혼자 들어가겠습니다."

"예. 필요하신 것이 있으시면 편하게 불러 주십시오."

호텔 1층 커피숍에 들어가자마자 친절하게 응대하는 스태프에게 정중히 거절하고 세영이 주변을 훑었다. 비싸다는 호텔인데도 사람이 많았다.

"오, 여기다 여기!"

은색 머리칼의 백인 중년이 오른손을 들어 이리저리 흔들었다. 세영이 그를 발견하고 웃으며 다가갔다.

"선생님!"

"이야, 못 본 새 더 컸구나. 잘 지냈니?"

"그럼요. 정말 오랜만에 뵙네요. 아, 식사는 하셨어요?"

"조식 먹고 내려왔지. 이야, 역시 돈이 최고란 말이지. 사마르에서 제일 좋은 호텔이라기에 기대했는데 기대 그 이상이야."

여전히 물질만능주의의 대표자다웠다. 세영이 다가온 여자 직원에게 커피 한 잔을 주문하고 나서야 중년 남자의 목소리가 수그러들었다.

"그래. 여전히 그림 그리며 살고 있나?"

"네."

세영이 웃으며 대답했지만 남자는 그것이 성에 차지 않는 듯 미간을 찌푸렸다. 그러고는 대놓고 한숨을 크게 들이쉬고 내쉬며 마음을 가라앉히려 노력하는 듯했다.

"선생님. 전 지금이 좋아요. 어차피 전 머리도 좋지 않고."

"머리가 좋지 않다니! 차라리 다른 핑계를 대."

"정말이에요. 제가 할 줄 아는 건 기억하는 것뿐이잖아요. 그건 컴퓨터도 할 수 있는 일이구요."

"그러니까 딱 일 년, 아니 반년만 내 밑에서 일하면……."

"선생님. 저는 그림 그리는 게 정말로 좋아요. 지금은 복원하는 일이지만…… 어찌 됐든 그림과 관련된 일을 할 수 있어서 다행이라고 생각하고요."

미국으로 건너오자마자 세영은 두 달도 되기 전에 영어를 '습득' 했다. 어순과 문장 구조를 완전히 이해한 것이 아니라 외운 그대로 말하는 것뿐이었지만 의사소통에 문제가 없을 정도였다.

'세영은 천재예요! 틀림없어요. 이 아이는 수준에 맞는 교육을 받아야 해요.'

세영을 맡았던 초등학교 교사는 천재 동양인이 자신의 반에 있다며 학교 교장에게 흥분한 채 말했다. 그 이야기를 들은 교장은 자신의 인맥을 총동원해 도시에 있는 영재원에 세영이 갈 수 있도록 지원했고, 세영은 이모의 손을 잡고 낯선 기관에 방문하게 되었다.

'자, 말해 보겠니? 시간은 얼마든지 있어. 기억나는 대로 대답하면 돼.'

'……3, 5, 8, 1, 2, 3, 5, 7, 1…….'

'보셨죠? 벌써 11번째예요. 이 아이, 완전기억능력이 분명해요.'

어린 나이에 수학 논제를 풀며 토의하는 아이는 수없이 만났고 과학, 미술, 컴퓨터 등 분야별로 천재라는 천재는 모두 겪었다고 생각했던 남자는 책에서만 봤던 능력을 가진 소녀를 만나 단숨에 빠져들고 말았다.

"넌 천재야. 그걸 모르는 네가 너무나 답답하구나."

"저는 이 능력을 팔 수만 있다면, 선생님께 1달러에 팔았을 거예요."

"허튼소리."

"정말로요."

"……혹시라도 나중에 마음이 변하면."

"선생님."

일 년에 몇 번 만날 때마다 대화의 패턴은 비슷했다. 남자는 매달리고, 세영은 웃으며 거절하고. 하지만 이 이후에도 변함이 없을 것이다.

"그래도 넌 나한테 고마워해야 해. 어린 널 TV쇼에 내보내자고 난리들인 걸 내가 막은 거니까."

"그럼요. 감사하고 있어요."

"흥. 말로만."

"정말이에요. 미국은 언제 가세요?"

"모레 오전 비행기다. 보스턴에 돌아오면 연락하렴."

"그럼요."

아마 다음 연락도 중년 남자가 애타는 목소리로 먼저 할 것이다. 세영은 웃으며 마지못해 자리에 나와 커피나 밥을 먹고 또 정중히 그의 제안을 거절할 것이고. 언제나와 같은 관계였다.

"난 크루즈 투어 예약을 해 놔서, 이만 가야겠다."

"네. 오랜만에 만나 봬서 좋았어요."

"흥. 거짓말하기는."

또 허탕이라는 생각에 남자의 얼굴은 세영을 향해 손을 흔들 때처럼 밝지 못했지만, 또다시 엄포를 놓고 가는 모습이 포기하려면 먼 듯했다.

마지막으로 세영과 악수를 하고 나서야 남자가 미련이 남은 듯 천천히 커피숍을 떠났다. 단호한 세영의 모습에 서둘러 사라진 남자 때문에 타미에게 말한 한 시간은커녕 삼십 분도 지나지 않은 상태였다.

"하아……."

세영은 몰아치고 간 태풍 뒤로 잠시 자리에 앉아 생각을 정리했다.

은사는 은사였다. 만약 미대를 가겠다고 자신이 우기지 않았다면 다른 대학 학비는 무조건 그의 재단에서 지원해 줄 예정이었다. 뿐만 아니라 졸업 이후에는 그의 회사로 출근할 예정이었고, 그의 회사가 굴리는 모든 것들이 세영에게 쥐어질 예정이었다.

"그럼 뭐하나, 다 부질없는데……."

"저 남자는 누구야?"

"엄마야!"

멍하니 커피 잔을 손에 쥐고 있던 세영의 맞은편 빈자리에 갑자기 카미드가 나타났다. 생각지도 못한 상황에 세영이 화들짝 놀라 커피잔을 놓쳤고, 그대로 탁자에 쏟아진 커피는 세영의 옷에도 얼룩을 만들었다.

"뭐 하는 거야!"

"잠깐만, 꺅!"

하필이면 뜨거운 커피였다. 치마에 쏟아진 커피에 세영이 자리에서 일어났고, 카미드가 서둘러 테이블보를 둘둘 말아 세영의 치마에 가져다 대었다.

"쓸데없는 생각 하지 말고 얼른 치마 벗어."

"뭐, 뭐라고요?"

"어차피 옷도 버렸으니 위층으로 가지. 잡아 둔 방이 있으니까."

"이봐요!"

쓸데없는 상상이라 하더라도 세영은 붉어진 얼굴을 어찌할 바를 몰랐다.

"나도 좋아서 데려가는 거 아니야. 나 때문에 엎지른 거니까 책임을 지겠다는 거야."

그나마 저 잘생긴 얼굴로 단호히 말하지 않았더라면 세영은 이 자리를 박차고 도망을 갔으리라. 하지만 결국 세영은 고개를 끄덕이며 카미드의 뒤를 따랐다.

'타미가 기다리고 있어서 연락해야 되는데⋯⋯.'

'알겠으니까 일단 씻어. 내가 연락할 테니까.'

카미드는 세영에게서 휴대전화를 빼앗고 소파에 앉아 아까 일을 회상했다.

세영이 커피숍으로 들어오기 전부터 카미드는 오전 미팅을 마치고 한숨 돌릴 겸 커피를 마시고 있었다. 회사 주가가 갑자기 요동치는 바람에 지구 반대편에 있는 알렉스가 미친 듯이 연락을 한 뒤로 어긋난 시차 때문에 혼자 지내기 위해 호텔로 잠시 거처를 옮긴 상태였다.

급한 일을 처리해 두고 피곤함과 나른함에 커피 한 잔을 마시고 수영이나 할까, 생각하던 차에 입구에서 세영이 들어오는 것이 보였다.

아주 잠깐 카미드는 세영이 자신을 만나러 온 것인가, 생각했지만 애석하게도 곧장 향하는 곳은 카미드가 있는 곳과 반대였다.

'넌 천재야. 그걸 모르는 네가 너무나 답답하구나.'

보스턴에 거주하는 여자가 사마르에서 누굴 만날까 싶기도 했고, 반갑게 웃는 얼굴이 낯설기도 해 카미드는 둘의 대화를 엿듣기로 마음먹었다.

카미드가 움직일 때마다 커피숍 스태프들의 시선이 따라 움직였지만 세영과 중년 남자는 카미드를 알아차리지 못했는지 대화에 집중하고 있었다.

'선생님. 저는 이 능력을 팔 수만 있다면, 1달러에 팔았을 거예요.'

능력? 무슨 대단한 기술이라도 갖고 있나?

카미드가 궁금증에 더 대화에 집중했지만 중년 남자는 금세 자리를 벗어났다. 그리고 혼자 남은 세영의 숨소리가 자리에 가라앉기도 전에 카미드가 자리를 박차고 세영 앞에 나타난 것이었다.

딩동.

부탁한 룸서비스가 도착한 모양이었다.

카미드는 직접 자리에서 일어나 문으로 향했다. 일을 처리할 때에는 하킴이나 다른 인력들을 곁에 두지만 그 외에는 오롯이 혼자 있는 시간을 즐겼다. 워낙 사람들에게 주목 받고 치이는 인생이라 적막을 즐길 때가 더 많다면 많았다.

"부탁하신 옷과 얼음 팩입니다. 더 필요하신 것이 있으시다면⋯⋯."

"됐어."

흑심 가득한 호텔 여직원의 말도 자른 채 카미드가 문을 쾅, 하고 닫았다. 그리고 그와 함께 세영이 욕실에서 나왔다.

"타미는요?"

"아래에서 기다리겠지."

"연락은 해 주셨죠?"

"자."

카미드는 대답 대신 세영에게 얼음 팩을 건넸다.

"끓는 물도 아니었는데요, 뭘. 괜찮아요."

"혹시 모르니까 대고 있어. 여자 피부에 흉이라도 생기면 어떻게 할래."

"아⋯⋯ 네. 감사합니다."

어색하긴 했지만 세영이 웃으며 카미드의 손에서 얼음 팩을 건네받았다. 의도한 것은 아니었지만 손끝이 스쳤다. 세영은 순간 움찔했으나 겉으로 내색하진 않았다. 카미드 역시 별 반응 없이 소파에 기대앉았다.

"좀 가라앉으면 이 옷 입고 가."

"아, 감사합니다."

세영은 커피 물이 든 옷을 세탁 요청했지만 테이블에 놓인 것은 그 옷이 아니었다. 비슷한 색, 비슷한 디자인의 다른 옷.

감사 인사를 건네며 오랜만에 카미드의 얼굴을 마주한 세영은 딱딱한 그의 표정에서 얼른 나가라는 기색을 읽었다. 사실 크게 아프거나 붓진 않았지만 얼음 팩까지 구해다 주었는데 무시할 수는 없겠다 싶어 목욕 가운을 들춰 허벅지 위로 얼음 팩을 올려 두었다. 얼른 시늉이라도 하고 이곳에서 벗어나야 했다.

"그래서, 누군데?"

"네?"

"같이 있던 남자 말이야."

"아, 학생 시절 은사님이세요. 사마르로 휴가 오셨다고 어젯밤 연락이 와서 시간 봐서 커피나 한잔했죠. 그런데 거기에 계셨었어요?"

시도 때도 없이 훔쳐보는 주제에 자신의 존재를 몰랐다니, 카미드는 어떤 의미에서 자존심이 상했다. 물론 겉으로 티를 내지는 않았다.

"당신, 진짜로 천재 뭐 그런 거야?"

"설마 엿들었어요?"

"듣고 싶지 않아도 들린 거지. 그 남자 목소리가 워낙 커서."

"……."

세영은 딱히 대답하고 싶지 않아 카미드의 시선을 피했지만 카미드는 맞은편에서 팔짱을 낀 채로 세영의 대답을 기다리고 있었다. 하도 뚫어져라 쳐다보고 있어 결국 세영은 침묵을 이기지 못하고 말을 토해 냈다.

"천재 뭐 그렇게 대단한 건 아니고, 그냥 기억력이 조금 좋은 것뿐이에요."

"흐응."

기대했던 대답은 아니었다. 카미드가 흥미 어린 시선으로 세영의 얼굴을 뜯어보고 있을 때 즈음 세영은 될 대로 돼라, 이 호텔 방에서 빨리 벗어나고자 그의 흥미에 맞춘 이야깃거리를 던졌다.

"애클리 그림도 순전히 운이었어요. 애클리가 생전에 유명한 화가는 아니었다는 거 아시죠? 제가 대학교 다닐 때 우연히 소규모로 열렸던 전시회에 간 적이 있는데, 거기에 애클리의 그림이 있었어요. 복원한 그 그림이요. 단독 전시회도 아니고 여러 화가들이 함께 했던 전시회였는데…… 아무튼 원래대로라면 나한테 맡겨질 그림이 아니었어요. 파손 직전의 상태를 기억하고 있는 사람이 연구소에 나밖에 없었으니까 맡았던 것뿐이에요."

스스로를 깎아내리는 것을 좋아하지 않지만 카미드의 관심은 정말이지 부담스러웠다. 며칠 전 그날 밤도 그렇고, 이런 식으로 단둘이 한 공간에 있는 것도 세영에게는 긴장감이 장난이 아니었다. 세영은 그저 모른 척 그의 얼굴을 몰래몰래 훔쳐보다가 혼자서 종이 위에 옮기고 싶은 것이 욕심의 전부였다.

"기억력이 좋다?"

"그래요."

"재미있네."

세영은 카미드의 흥미 어린 반응에 자리에서 벌떡 일어났다. 가운 아래 두었던 얼음 팩이 소파 아래로 떨어졌지만 그녀는 신경 쓰지 않았다.

"이제 괜찮으니 옷 갈아입고 갈게요. 감사합니다."

"이봐!"

"안녕히 계세요!"

세영은 자신이 나왔던 욕실로 뛰어 들어갔다. 카미드는 붙잡을 새 없이 세영의 뒷모습을 어이없이 바라보았다.

❖　　　❖　　　❖

작업은 순조롭게 진행되고 있었다.

"세영 님! 정말로 대단하세요."

며칠 전까지만 해도 캔버스를 볼 때마다 고개를 갸웃하던 타미가 지금은 놀라워하며 몇 번이고 칭찬의 말을 아끼지 않았다.

"어때요? 타미가 봤을 때 좀 다른 점이 보여요?"

"아뇨. 정말로 똑같아요."

타미의 높은 목소리가 과장이 아니듯, 세영 스스로도 꽤 만족하고 있었다. 이렇게 만족스러운 결과물이 나올 수 있었던 데에는 하킴이 챙겨 준 엄청난 양의 사진 자료의 덕이 컸다.

돌아가신 왕비님이 그림을 받고 그렇게 기뻐했다고 하더니, 그 말은 정말이었는지 관련 사진이 굉장히 많았다. 뿐만 아니라 꽤 오래전에 찍은 사진부터 그림의 주인공의 얼굴이 어느 정도 선명한 사진이라면 모조리 챙겨다 주었던 탓에, 근래에는 하킴보다도 죽은 왕비님의 얼굴이 더 친근하게 느껴질 정도였다.

"이 정도면 예정 작업 기간보다 빨리 끝나시겠죠?"

카미드와 이중 계약을 한 지 벌써 3주째였다. 그리고 그가 미국으로 돌아간 지 벌써 2주일이 지났다.

"음. 그럴 것 같네요. 앞으로 한 2주 정도면 끝나지 않을까요?"

최대한 그에 대한 생각을 지우며 세영이 웃으며 말했다. 하지만 타미의 얼굴은 반대로 어두워졌다.

"세영 님은 작업이 끝나시는 대로 보스턴으로 돌아가시죠?"

"……그래야죠."

"정말 보고 싶을 거예요."

이제는 첫 만남 때 계약서를 챙겨 주며 설명을 해 주던 똑 부러지는 타미의 모습보다 이렇게 어린애답게 칭얼대는 모습이 더 익숙해졌다. 세영은 웃으며 타미의 동그란 머리를 쓰다듬었다.

"오늘 목표 작업량을 끝냈으니 타미한테 선물을 하나 줄게요."

"뭔데요?"

"이리 앉아요."

얼떨떨한 표정으로 타미가 세영의 손에 이끌려 볕이 좋은 자리에 의자를 놓고 앉았다. 세영은 잠시 그 모습을 서서 바라볼 뿐 별 반응이 없었다.

"세영 님?"

"타미. 조금만 웃어 볼래요? 너무 경직하지 말고."

"이, 이렇게요?"

"음. 그래요."

몇 분 더 지나서야 세영이 오케이를 했고, 타미는 겨우 의자에서 내려올 수 있었다. 영문을 모르는 타미의 표정은 여전히 궁금증을 띠고 있었지만 세영은 그저 웃을 뿐 별다른 말을 해 주진 않았다.

"선물은 며칠 뒤에 줄게요. 자, 이제 퇴근할까요?"

"어…… 네. 오늘 아루야 공주님 병실에 가시는 날이지요?"

휴대폰을 꺼내 글릭에게 전화할 자세를 취하는 타미를 보며 세영은 고개를 끄덕였다. 이러나저러나 사마르 생활에서 자신에게 가장 큰 도움이 되고 있는 것은 타미였다.

"이십 분 뒤에 나오시래요. 슬슬 정리하겠습니다."

타미가 익숙하게 청소를 시작했고 세영도 테이블 위의 도구들을 정리하기 시작했다.

"카미드 님은 요즘 굉장히 바쁘신가 봐요. 오늘 아침 인터넷 경제 뉴스에서도 보이시던데."

손을 놀리는 와중에 타미가 별다른 생각 없이 손을 움직이며 카미드에 대해 말을 꺼냈다. 그와 반대로 세영의 손은 공중에서 멈췄다.

"그러게요."

호텔 방에서 옷만 갈아입고 도망간 이후, 미국으로 가기 전 카미드는 세영의 작업실로 몇 번 찾아왔다. 생각을 읽을 수 없는 관심은 불편하기 짝이 없었으나 고용주를 몰아낼 수도 없어 구비되어 있던 홍차 티백에 뜨거운 물을 따라 주면 카미드는 조용히 차 한 잔을 마시고 나서야 작업실에서 떠났다.

"너무 갑자기 떠나서 놀라셨죠? 그래도 금방 오실 거예요. 아루야 공주님 걱정을 많이 하시거든요."

카미드가 작업실로 찾아오지 않더라도 작업을 끝내고 맨션으로 돌아가면 함께 저녁을 먹었다. 그때는 마사도 함께 있어서 하루에 있었던 시시콜콜한 이야기가 대부분이었지만 그래도 마음은 편했다. 카미드가 가끔 세영을 빤히 쳐다보는 일은 늘어났지만 크게 문제 될 것 없는 나날이었다.

그리고 다시 맨션에서 카미드가 보이지 않기 시작했을 때 세영은 하킴을 통해 카미드가 미국으로 돌아갔다는 이야기를 전해 들었다. 그로부터 2주일이 지났다.

"그래도 한 달에 한 번은 짬을 내서 오셨었는데 이대로라면 이번 달은 무리실 것 같아요."

세영은 조용히 고개를 끄덕였다.

어차피 얼굴이야 눈 감으면 떠오르고, 계약대로면 두 달 안에 정리될 고용주와 고용인의 관계일 뿐이다. 어차피 그의 얼굴만 좋았을 뿐이지 별다른 감정도 없다.

그런데 이 허전함은 뭘까.

'당신 뭔가 불안해.'

그는 자신에게서 무엇을 보고 그렇게 이야기했을까. 아무리 숨기고 있어도 역시 자신이 어딘가 이상해 보였던 걸까?

세영은 조용히 머리를 흔들었다. 어차피 다 끝이다. 자신은 기간을 앞당겨 그림을 완성시킬 것이고, 계약서대로의 금액만 받아 보스턴으로 돌아가면 그만이다. 어차피 그 사람과 나는 아무것도 아니야. 그 무엇도 필요 없는 사이라고.

세영의 손이 다시 부지런히 움직였다.

그 시각, 카미드는 레스토랑에서 사람을 기다리고 있었다.

팔자 좋게 전 세계를 유랑 중인 자신의 하나뿐인 남동생이자, 사마르의 실질 왕위계승자로 정해진 제2 왕자 사활은 일정 나이가 되면 군말 없이 사마르로 돌아오는 대신 그 이전에는 그 어떤 일을 하더라도 방해하지 말아 달라는 조항의 계약서를 아버지에게 받아

들고는 성년이 되기도 전 중국으로 도망을 가 버렸다.

그런 자유분방한 동생이 자신 때문에 왕위에 얽매여야 한다는 것에 미안한 마음이 있었지만, 이제 와서 아무리 후회해도 뒤집을 수 없는 일이었다.

어머니가 돌아가시고 아버지가 어린 여자에게 미치기 시작하자 카미드는 자신의 아버지이자 사마르의 국왕에게 이런 추잡한 왕족 생활이라면 스스로 때려치우겠다는 강수를 놓았던 것이다. 이는 대외적으로 알려지지 않은 가족 간의 사적인 대화였지만 어찌 됐든 이 사이에 놓였던 제2 왕자인 사할의 운명이 저울질당한 것은 부정할 수 없는 사실이었다.

"형!"

혹시 모를 파파라치 때문에 레스토랑 전체를 예약해야만 했다. 넓은 홀에 울리는 유일한 목소리에 카미드는 동생을 맞이하려 기쁜 마음으로 고개를 돌렸다. 하지만 상상 이상의 모습에 카미드의 표정이 기묘하게 일그러졌다.

"너 꼴이 그게 뭐야."

제아무리 자유로운 영혼이라고 외친다 한들 어엿한 왕가의 자손인 동생의 꼴은 남루하기가 이루 말할 수 없었다.

"하하. 오랜만이야. 잘 지냈어?"

태양에 그을린 건강한 피부가 좋아 보였지만 그것이 다였다. 청결과는 거리가 있어 보이는 먼지투성이 티셔츠와 바지. 진흙 범벅의 운동화. 엄청난 크기의 가방. 그리고 한참은 자르지 않았는지 목뒤까지 덮는 머리카락까지.

"너……."

"알아. 지금 내 꼴 보고 형이 놀랄 거 생각 못 한 건 아닌데 너무 배가 고파서 그냥 택시 타고 왔어. 밥 먹고 호텔 가서 씻을게."

넉살 좋게 웃으며 사할이 말하자 카미드는 어쩔 수 없다는 듯 웃으며 손을 들어 지배인을 불렀다. 미리 예약한 음식들이 때맞춰 등장하고, 테이블 위에 세팅이 되자마자 사할의 손이 바삐 움직였다. 얼마나 잘 먹는지 카미드는 조용히 나이프를 내려놓고 동생의 앞으로 접시를 밀어 주기까지 했다.

"그래서 다 정리하고 온 거냐."

"뭐, 그렇지."

어쩐지 씁쓸하게 들리는 동생의 목소리에 카미드는 진심으로 미안한 마음이 들었다.

"하킴한테 연락했더니 힐리 때문에 정신이 없나 보더라고. 매주 미국에서 친구들 불러다가 파티하는 데 여념이 없다며?"

"글쎄."

"아루야만 신경 쓰지 말고 힐리도 좀 챙겨 줘."

차별하려는 것은 아니지만 아무래도 몸이 아픈 아루야에게 좀 더 관심이 가는 것은 어쩔 수가 없었다. 이 부분에 있어 힐리가 자신에게 불평을 갖고 있을 수는 있지만, 워낙 바쁜 카미드였기에 힐리의 통제에 관해선 하킴에게 일임하고 있는 상태였다. 요즘따라 하킴이 바쁜 것도 다 힐리 때문이기도 했다.

형제 중 어머니의 죽음에 가장 충격을 받은 것은 힐리였다. 태어났을 때부터 사랑을 듬뿍 받던 막내 여동생에게 어머니의 존재가 어땠을지 상상은 가지만…… 예전과 다르게 자신이 아무리 타일러도 들은 척도 안 하니, 카미드도 이 부분에 대해서는 상당히 애를 먹고 있었다.

"이번에 궁에서 마주쳤는데 무시하고 지나가더군."

"삐진 거야. 보나마나 도착하자마자 아루야한테 갔지?"

"……."

정곡을 찔린 탓에 카미드의 입이 다물어졌다.

"네가 남 말할 처지냐."

겨우 카미드가 되묻자 사할이 이를 드러내며 활짝 웃었다.

"내가 빵점짜리 오빠이긴 하지."

"아무튼, 이번에 들어가면 네가 힐리하고 이야기 좀 해 봐. 노는 것도 자중하라고 하고."

"다음 주에 힐리 생일이잖아. 지금 최대 규모로 파티 준비하는 중이라고 하킴이 울리려고 하던데? 어제 힐리가 전화해서는 꼭 참석해야 한다고 으름장까지 났다고."

어제? 사마르를 떠나온 이후 카미드의 휴대폰에는 힐리의 이름이 찍힌 적이 없었다.

그런데 어제까지만 해도 지구 반대편에 있었을 둘째 오빠에게는 파티에 참석하라고 으름장을 났다라……

"나도 빵점짜리이긴 하군."

"뭐, 이번에 같이 들어가서 점수 좀 따든지."

"일정을 봐야 해."

급하게 떠나긴 했지만 그만큼 카미드는 정말 바빴다. 사마르에서 돌아온 이후 회사에 출근하자 비서인 알렉스가 서류 뭉텅이를 준비해 두고 있었다. 그중 가장 번잡스럽고 짜증나는 일은 일간지에 가십거리로 올라가 있는 자신의 사진을 내리는 일이었다.

"아루야는 좀 어때?"

"계속 입원 중이야. 언제 발작을 일으킬지 몰라서."

"아버지는 여전하시고?"

"그렇지."

"병원보다는 궁에서 지내는 게 건강에 더 좋을 텐데. 아루야도 어머니를 닮아 고집이 장난이 아니니까 어쩔 수 없지."

마지막 접시까지 깨끗하게 비운 사할이 만족스러운 듯 의자에 기대어 앉았다.

"그래도 요즘은 친구가 생겼대. 어머니 초상화를 복원하러 온 여자인데 아루야 병실로 자주 가나 보더라고."

카미드가 잡은 물 잔이 공중에서 멈췄다. 아무것도 모르는 사할은 그저 들은 대로 이야기하는 것이겠지만 단순히 이야기의 주제로 그 여자가 떠오른 것만으로도 카미드의 머리가 일렁였다.

"형이 나오기 전에 들어갔다던데 봤어?"

"……."

"하긴, 그래 봤자 앞으로 2주면 끝난다고 하던데? 꽤 실력이 좋다나 봐."

"뭐?"

사할은 이제야 자신의 형에게서 위화감을 느꼈다. 형의 얼굴을 바라보니 그 잘생긴 얼굴에 당황한 기색이 역력했다.

"왜 그래?"

"2주라고?"

"하킴은 그렇게 보고 받았다고 하던데. 뭐 문제 있는 거야?"

당황한 자신의 모습에 카미드는 어이가 없었다. 아니, 기간이 그렇게 줄었는데 하킴은 왜 나한테 보고를 안 한 거지? 그 여자는 또 뭐가 그렇게 급해서? 무엇보다 기간이 줄었다는 얘기에 왜 자신은 이렇게 동요하는 건가.

"……아니."

"형?"

사할은 이상하게 경직된 카미드의 모습에 괜찮은지 몇 번 물었지만 카미드는 듣는 둥 마는 둥 생각에 잠겨 있었다.

어떤 상황에서든 냉정하고 표정을 감추는 데 능숙한 카미드였지만 지금은…….

"무슨 일인데?"

"너 일주일만 기다려."

무언가를 결심한 듯 카미드의 목소리에 힘이 실렸다.

"뭐를?"

"일주일 뒤에 같이 전세기 타고 들어가."

결국 선택은 순식간이었다. 카미드의 얼굴이 다시 고고하고 노련함이 넘치는 사내로 바뀌었다. 생각을 마친 그의 입매가 단단히 다물어져 있었다. 저런 상태라면 자신의 의견이 받아들여질 리가 없었다. 전 세계를 유랑하며 익힌 눈치로 사할은 반박하기를 포기했다.

"나야 형이랑 가면 편하고 좋지."

그러고는 다시 한 번 이를 보이며 활짝 웃었다.

5
소문난 잔치의 희생양

"막내 공주님 생일 파티요?"

"네. 다음 주이긴 한데 세영 님 일정이 어떤지 모르니 빨리 전달해 드리고 참석 여부를 알려 달라 하셨어요."

작업실에 도착하고 도구를 준비하던 중 타미가 불현듯 생각난 듯 말을 꺼냈다. 막내 공주의 생일이라……. 자신은 아직 만나 보지 못한 카미드의 동생이었다.

"혹시 그 공주님이 제가 지내려고 했던 집을 선점하시고는 매일 매일이 파티라던 그분이에요?"

"네."

괜히 자신이 머쓱한 듯 타미가 아하하, 하고 웃으며 손을 바삐 움직였다.

"가족이나 친구들이 모이는 자리일 것 같은데, 내가 가 봤자 서로 불편할 테니 나는 못 갈 것 같다고 하킴에게 전해 줘요."

세영은 하킴의 제안을 미지의 공주에게 책임을 떠넘기며 거절했다. 외국의 파티 문화야 모르는 사람들과 친해질 수 있는 좋은 기회라고 생각하겠지만 적어도 세영에게는 불편하고, 따분하고, 재미없이 시간만 버리는 일일 뿐이었다.

게다가 사마르에서 아는 사람이라고 해 봐야 하킴과 타미, 기사글릭과 집안일을 봐 주는 마사뿐이다. 아, 병원에 입원해 있는 공주님과도 이런저런 담소를 나눌 사이가 되긴 했지만.

그렇게 생각하던 중 다시 한 번 카미드의 얼굴이 머릿속에 떠올랐지만 세영은 애써 그 기억을 지워 냈다. 어찌 됐든 막내 공주님의 파티라 하더라도 자신이 그 파티를 즐길 것 같진 않았다.

"이제 사마르에서 지낼 시간도 얼마 안 남으셨는데, 제가 제대로 관광 안내도 못 해 드렸잖아요."

"왜요. 저번에 같이 갔던 식당 굉장히 맛있었는데."

이전의 제안이 빈말이 아니었던지 작업실에 갈 수 없는 주말마다 타미는 외출을 권유했다. 매일 보는 얼굴이라 지겨워할 법도 한데, 막중한 책임감으로 현지 맛집이나 가까운 관광 명소를 안내해 주었다. 그리고 생각보다 타미와 함께하는 외출이 즐겁게 느껴지기도 했다.

"그럼 참석 못 하시는 걸로 말씀드릴게요."

그런데 축 처진 타미의 뒷모습에서 뭔가 이상하다는 생각이 들었다. 나를 위하는 생각은 알겠는데 오늘만큼은 뭔가 절박한 모습이었다. 뭐지? 설마…….

"타미."

"네?

불러 세우는 세영의 목소리에 순식간에 화색이 도는 타미의 얼굴이 그녀 쪽을 향했다.

"혹시, 내가 안 가면 타미도 파티에 참석을 못 해요?"

직구를 던지자 희망에 차 있던 타미의 얼굴이 삽시간에 붉어졌다. 정말 당황했는지 타미의 시선이 이리저리 움직였다.

"어…… 그게……."

맞구나.

세영은 속으로 한숨을 내쉬었다.

"아니에요. 세영 님. 신경 쓰지 마세요. 제가 생각이 짧았습니다."

당황한 타미가 극구 부인을 했지만 이미 표정을 읽은 세영에게 선택권은 없었다. 아예 모르면 몰랐을까, 저렇게 가고 싶어 하는데 더 이상 모른 척할 수가 없었다. 실제로 이 3주간 자신 옆에서 가장 고생한 것은 타미였다.

"……날짜가 언제예요?"

굳어 있던 타미의 얼굴이 순식간에 3주간 보았던 얼굴 중 가장 밝은 얼굴로 바뀌었다.

그날 오후, 세영은 예정에 있던 대로 아루야 공주를 만나기 위해 병원을 찾았다.

"정말요? 세영도 파티에 참석하나요?"

드로잉 북에 선을 긋던 아루야가 고개를 들고 세영을 바라보았다. 세영의 손에도 드로잉 북과 연필이 쥐어져 있었다.

"네. 어쩌다 보니 그렇게 되었어요."

이렇게 공주와 정기적으로 만나게 된 데에는 공주의 요청이 있었기 때문이었다. 카미드가 떠나고 며칠 지나지 않아 하킴을 통해 연락이 왔었다. 어차피 저녁에는 할 일도 없었고, 무엇보다 하킴이 정말 애절하게, 간곡히 부탁했기 때문에 도무지 거절할 수가 없었다.

끊임없이 부탁을 해 오는 하킴이나, 그를 거절 못 하는 자신이나 정말이지 어쩔 수 없다는 생각을 하며 세영은 결국 승낙했던 것이다.

"다행이네요. 저도 참석하긴 하는데 힐리의 친구들은 잘 알지 못해서 어쩌나 싶었거든요."

공주의 말에서 미묘한 거리감을 느낀 세영은 의아했다. 어차피 동생 생일인데 친구들을 몰라도 동생 생일만 축하해 주면 되지 않나? 하고 생각했지만 자신과 언니의 관계를 떠올리면 더 떨떠름한 관계가 있어도 그러려니 싶었다. 세영은 표정을 감추고 그저 웃었다.

"아! 그러면 내가 세영에게 의뢰 하나만 해도 될까요?"

여기 왕족들은 전생에 나한테 무슨 원한이라도 졌나, 자신이 도깨비방망이도 아니고 정말 끝이 없네.

어렸을 적 읽었던 동화 내용을 떠올리며 세영은 다시 한 번 속으로 한숨을 내쉬었다. 하지만 상대는 병상에 있는 연약한 공주였다. 말 한 마디라도 조심해야 했다.

"뭔가요?"

"혹시 힐리와 나를 그려 줄 수 있어요?"

"음......."

솔직히 말하면 거절하고 싶었다. 좋은 마음으로 결심한 타미의 그림을 주말 내에 완성하려 계획했던 차였다. 무엇보다 최우선 순위인 왕비님의 초상화도 아직 작업이 한창이었고, 하킴에게 완성까지 2주라고 전달했기에 기간을 늘리는 것을 피하고 싶었다. 출국 준비도 슬슬 해야……

하지만 이 많은 생각을 입 밖으로 꺼내지 못하는 것은 병상에 앉은 공주의 얼굴에서 타미에게서 보았던 그 절박함이 보였기 때문이었다.

"힐리의 생일 선물로 준비하고 싶어요. 사실 내가 이렇게 있다 보니…… 힐리가 여러모로 어렸을 때부터 피해를 받았죠. 이번 생일 파티도 나 때문에 약소하게 하자는 말이 있었다고 해요. 이번 해 내 생일을 병원에서 보냈거든요."

으음…….

"미안하기도 하고, 힐리를 위로해 주고 싶어요. 언니라는 사람이 동생에게 너무 신경 쓰지 못해서……."

아, 정말로 불편하다. 이 가족은 하나같이 나에게 불편하기만 했다. 거절하고 싶었다. 정말로 거절하고 싶지만!

"……작업 시간이 너무 부족해서 두 분을 직접 모시고 그릴 수는 없지만 제가 가지고 있는 사진을 참고해서 그리면 가능은 합니다."

"정말요?"

그냥 던져 봤던 것인지 공주가 예상했던 것 이상으로 좋아했다. 세영은 왠지 모르게 낚인 기분이 들었지만 이미 내뱉은 말을 어찌할 수가 없다.

"그리고 진행 중인 작업도 있고 제가 미리 정한 계획도 있어서 생각하시는 만큼 완성도 있는 그림은 어려울 것 같은데. 그럼 제 나름대로 작업하면서 중간중간 공주님께 보여 드리면서 진행하는 것은 어떨까요?"

"좋아요! 전 다 좋아요! 거기 내 노트북 좀 가져와 줘."

옆에 있던 중년의 여성이 한쪽에 놓여 있던 노트북을 간이 식탁 위에 세팅하고는 다시 한 걸음 뒤로 물러났다.

"제가 이런 의뢰는 처음이라, 비용은 말씀하시는 대로 드릴게 요."

공주는 정말로 기뻐했다. 의욕 과잉으로 당장 비용을 입금해 줄 기세였다. 하지만 돈은 그녀의 아버지와 오빠에게서 받은 것으로 충분했다. 돈보다는⋯⋯.

"혹시 돈 대신 다른 걸 부탁드려도 될까요?"

"뭔가요? 말만 하세요!"

"빚으로 달아 주세요."

공주가 얼빠진 목소리를 냈지만 세영의 표정은 진지했다.

'졸려 죽겠다⋯⋯.'

세영은 연신 하품을 하면서도 액자에 넣은 그림을 포장하는 데 손을 놀렸다. 지금부터 씻고 준비해도 타미가 아래에서 기다리고 있기로 한 약속 시간에 맞출 수 있을지 장담할 수가 없었다.

"그냥 돈으로 받을걸."

그림 앞에서 중얼대는 세영의 모습을 보다 못한 마사가 다가왔다.

"세영! 포장은 내가 할 테니 일단 좀 씻어! 꼴이 말이 아니야."

종이포장을 하고 리본으로 포장을 마무리하려는데 보다 못한 마사가 세영의 팔을 잡아 목욕실로 이끌었다. 잠이 부족한 세영은 마사의 팔 힘에 이끌려 몸이 휘청였다.

나흘 내내 잠을 못 자 퀭한 눈의 세영과 매일 함께 한 마사는 위에 부담 없이 먹을 수 있는 야채주스와 수프를 준비해 주기도 했고, 시간 부족으로 집에서도 그림을 그리는 세영이 여기저기 지저분하게 물건을 늘어놓으면 다음 날 깨끗하게 정리해 주었다. 아무리 마사의 직업이라 할지언정 이번 작업에서 가장 큰 도움이 된 것에는 변함이 없었다.

"마사. 내 얼굴 엉망이에요?"

"누렇다 못해 하얗게 질렸어! 얼른 씻고 나와. 내가 머리 말려 줄 테니까 잠깐이라도 눈 감고 있어."

카미드가 없자 단둘이 있는 시간이 많아진 마사와 세영은 꽤 가까워졌다. 마사는 보스턴에 있는 이모를 떠올리게 하는 사람이었다. 친절하기도 했지만 여러 면에서 자신을 신경 써 주는 것이 세영은 고마웠다.

졸다가 머리를 감고, 졸다가 샤워를 하고 나오니 며칠 전 하킴이 타미를 통해 전해 준 옷이 침대 위에 얌전히 놓여 있었다. 저걸 꺼낸 기억은 없는데…….

"세영, 뭐 하고 있어! 빨리 와서 앉아."

정작 당사자보다 마음이 급한 마사는 손목시계를 보며 세영을 닦달하기 시작했다. 터덜터덜 의자에 앉은 세영이 졸음에 눈을 스르륵 감았지만 마사의 입은 쉴 새 없이 움직였다.

"얼굴이 까칠해서 어째! 화장으로 가려지지도 않겠네. 세영, 저거 옷은 입어 봤어? 사이즈는 잘 맞아?"

"모르겠어요……."

더운 바람이 머리카락을 이리저리 휘저어 놓고 있었지만 세영은 정말로 너무 졸렸다. 옷이고 나발이고 그냥 침대에 눕고 싶은 마음이 간절했다.

"고개 좀 들어 봐!"

머리는 다 말랐는지 이번에는 축축한 뭔가가 얼굴에 발렸다. 뭔가 싶어 실눈을 뜬 세영에게 마사는 눈 감아! 하고 소리쳤다. 세영은 얌전히 눈을 감았다.

"동양인 화장은 처음이라 어색해도 어쩔 수 없어. 세영 스스로 하면 좋겠지만……."

마사의 손이 바빠졌다. 직접 보지는 않았지만 빠른 속도로 얼굴에 뭔가가 계속 얹혀졌다.

"우와. 마사, 나 화장도 해 주는 거예요?"

생각지도 못한 보너스였다. 세영은 미대 출신이라는 것이 무색할 정도로 자신의 얼굴에 칠하는 것은 젬병이었다. 어차피 졸린 마당에 마사가 해 주겠다는 것을 말리지는 않았다. 정 이상하면 도착해서 세수나 하자는 1차원적인 생각을 하고 있었다.

"어, 세영 님!"

타미의 목소리였다. 얼마나 졸았는지 벌써 약속 시간이 다 되었나 보다.

"마사?"

"다 됐어. 눈 떠 봐."

"우와, 세영 님! 화장하시니까 정말로 예뻐요!"

비몽사몽 잠에 취해 눈을 뜨고 손거울 너머로 보이는 모습이 썩

봐 줄 만했다. 어느 정도 다크서클도 감춰진 듯했다.

"와, 마사는 정말 대단하네요."

잘 안 떠지는 눈으로 거울을 보며 세영은 진심으로 감탄했다. 이렇게 능숙한 화장이라니, 마치 프로에게 서비스를 받은 것처럼 자연스러웠다.

"세영은 얼른 마저 준비해! 타미는 그림을 밑으로 가져가서 차에 좀 실어 주렴."

"네!"

체격에 맞춘 턱시도를 입고 기합이 잔뜩 들어간 타미는 신이 나서 그림을 들고 움직였다. 세영은 힘든 몸을 이끌고 방으로 들어가 옷을 갈아입기 시작했다.

숙소에서 파티가 있다는 호텔까지는 꽤 가까웠다. 뭐, 원래 카미드가 지낸다는 맨션의 위치가 워낙 도심 정중앙이기도 했다.

세영이 졸음 때문에 얼빠진 채로 창밖을 바라보며 시간을 죽인 지 얼마 안 되어 차가 멈춰 섰다. 타미가 먼저 자리에서 내리고는 문을 열어 주는 센스를 발휘하기까지 했다.

"세영 님! 어서요! 어서!"

그림이 무거울 텐데도 타미는 폴짝폴짝 잘만 뛰어다녔다. 익숙하지 않은 하이힐 때문에 세영이 걸음을 조심하며 로비로 이동하고 있을 때였다.

지이이잉.

첫날 타미에게 전달받은 휴대폰이었다. 액정을 보니 하킴이었다.

"여보세요?"

─세영 님! 지금 어디신가요?

"호텔 도착했어요. 지금 올라가려던 중이에요."

—아, 그러시군요. 카⋯⋯.

뚝.

전화가 갑자기 끊겼다. 뭔가를 말하려던 하킴의 목소리에 다시 전화를 걸까 싶었지만 엘리베이터가 때맞춰 도착했다.

"제일 위층 라운지라고 하셨어요."

타미가 엘리베이터에서 최상층을 누르고 콧노래를 흥얼거렸다. 세영은 작은 클러치 안에 있는 자신의 신용카드를 생각하며 파티 중간에 빠져나와 호텔방을 잡을까 진지하게 생각했다. 그만큼 피곤한 상태였다.

띵—

엘리베이터 문이 열리고 가장 먼저 보인 것은 검은 양복을 입은 보디가드 군단이었다. 놀라 얼이 빠진 그녀 대신 타미가 나서 말을 건넸다. 아랍어였다.

"세영 님! 들어가요. 아루야 공주님은 아직 도착 전이시래요."

"그래요?"

유리문 안쪽으로 들어가자 파티는 이미 시작한 뒤였다. 뉴욕의 클럽을 옮겨 놓은 것처럼 귀를 때리는 음악 소리와 눈이 아픈 조명, 그리고 지천에 널린 술들을 보아하니 격조 높은 왕족의 생일 축하 파티보다는 그를 빙자한 비행의 현장으로밖에 보이질 않았다.

일단 라운지 전체를 훑어보고 하킴을 찾은 뒤에 타미를 먼저 내보낼 생각이었다. 안쪽으로 들어가면 들어갈수록 넘쳐 나는 사람들에 정신이 어지러웠다. 바람이 부는 야외 라운지로 나가서야 겨우 숨통이 트였다.

파티 초반이라 그런지 꽤 넓은 수영장이 있는 야외 라운지에는 사람이 없었다. 조용한 주위를 훑으며 타미에게 말을 건넸다.

"아무래도 타미는 돌아가야 할 것 같은데요?"

타미가 기대한 것은 알지만 아직 미성년인 청소년이 즐길 만한 자리가 아니었다. 저항이 있을 줄 알았는데 의외로 타미가 순순히 고개를 끄덕였다.

"예. 저도 힐리 공주님께 인사만 드리고 가려고 했어요."

"그럼 일단 하킴을 찾은 뒤에……."

"세영!"

타미와 이야기를 하고 있는데, 누군가 팔을 강하게 잡아당겼다. 그녀는 하이힐 때문에 휘청거린 몸이 타인에 의해 끌어당겨졌다.

사마르에 와서는 굳이 가명으로 불릴 필요가 없어 그냥 세영이라고 오픈했지만, 대학을 졸업한 이후 타인이 나의 본명을 부르는 것은 굉장히 드문 일이었다. 게다가 낯선 이곳에서 이렇게 친근하게 부르며 몸을 끌어당기다니, 도대체 누가?

한참 높은 상대의 얼굴을 보기 위해 고개를 드는 순간, 낯선 이의 입술이 다가왔다. 어? 하는 순간에 세영은 입술 위로 타인의 체온을 느껴야 했다.

물론 아주 잠시였지만, 의도치 않은 스킨십에 너무 황당하여 무릎으로 상대의 중요 부위를 있는 힘껏 차 버렸다.

"악!"

"누구야, 너!"

손등으로 입술을 닦아 대는데 마사가 신경 써서 발라 줬을 립스틱이 묻어 나왔다.

"젠장! 세영! 나야! 나라고!"

음악 소리에 취한 사람들은 그저 남녀 간의 다툼인 줄 아는지 주위의 그 누구도 이쪽을 쳐다보질 않고 있었다. 타미를 빼고.

"네가 누군데!"

"나 모르겠어? 대학교 때! 네가 모델해 달라고 쫓아다녔던!"

니킥의 꽤 충격이 컸는지 그는 여전히 상반신을 앞으로 숙인 채였다. 하지만 조금도 미안한 마음이 들지 않았다.

"이름을 얘기해. 내가 쫓아다닌 사람이 한둘인 줄 알아?"

말에 어폐가 있었지만 사실은 사실이었다. 물론 자신이 쫓아다니긴 했어도 순수하게 그림 모델을 해 달라는 것뿐이었는데, 이런 식의 재회라니 기분이 매우 별로였다.

세영은 여전히 손등으로 입술을 비벼 대고 있었다. 손등에 번진 립스틱 자국처럼 얼굴이 엉망이겠지만, 찝찝함에 손을 멈출 수가 없었다.

"니하엘."

"뭐?"

"니하엘 엘리엇!"

잊을 수 없는 이름이었다. 대학 시절 자신이 최장기간 쫓아다녔던 남자이기도 했고, 최단기간으로 그림을 완성한 남자이기도 했다.

"세상에. 니하엘이라고?"

"젠장! 그래! 나라고!"

"세영 님! 보안요원을 부를까요?"

타미가 옆에서 당황한 목소리로 외쳤지만 그녀는 고개를 절레절레 흔들 뿐이었다.

"타미. 이야기가 길어질 것 같으니 잠깐 조용한 곳에 가서 기다려 줄래요? 이야기가 끝나면 전화할게요."

타미는 걱정스러운 표정으로 고개를 끄덕이고는 멈칫거리는 걸음으로 사람들 사이로 사라졌다.

그나저나 이런 머리 아픈 상황이 이 먼 땅덩어리에서 일어날 줄은.

"니하엘. 이건 성추행이야."

"성추행이라니! 우리 이 정도는 할 수 있는 사이잖아!"

억울했는지 니하엘이 소리쳤지만 모양새는 볼품없었다. 여전히 중요 부위의 통증이 사라지지 않은 모양이었다.

"괜찮아? 내가 너무 놀라서 있는 힘껏 차 버렸는데."

"아파 죽겠어. 너 내 몸값이 얼마인 줄은 알아?"

몸값이라니? 순수하게 궁금해서 되묻자 니하엘이 겨우 상체를 세워 얼굴을 정면으로 보여 주었다.

"너 나 몰라?"

알지. 대학 동창 니하엘 엘리엇.

법학부였던 니하엘은 모델해 달라고 매달리는 내가 공부하는 데 방해된다며 내 얼굴을 볼 때마다 치를 떨어 댔었다. 짜증 내는 그 모습이 유쾌하진 않았지만 결국 니하엘을 이젤 앞에 세미누드로 눕히는 것으로 결과는 그녀의 승리였고, 완성된 그림을 그에게 건네주는 것으로 우리 사이는 끝이 났다.

"지금 내가 뭘 하는지 모른단 말이야?"

"변호사 아니야? 너 법학부였잖아. 게다가 공부하는 것도 좋아했고."

"와, 어이가 없네. 너 집에 TV 없냐?"

이게 지금 누굴 놀리나.

"용건만 간단히 해. 난 여기 일하러 온 거거든."

"나 모델이야. 파리에서 제법 잘나가는. 자 봐."

꼭 그럴 필요까진 없는데 니하엘은 스마트폰으로 자신의 이름까지 타이핑하여 건네주었다. 어라, 꽤…… 검색 페이지가 많았다. 관련 이미지를 보니 제대로 된 모델인 듯 유명브랜드 로고가 박힌 사진이 즐비하게 늘어져 있었다. 하지만 관심은 거기까지였다.

"그래? 잘됐네. 축하해."

"그게 다야?"

"그럼?"

니하엘의 스마트폰을 건네며 시간을 확인했다.

저녁 9시 20분. 하킴은 어디 있는 거지?

하킴을 찾기 위해 고개를 빼 들고 사람들을 훑었지만 보이질 않았다. 전화를 해 봐야 하나, 하는데 아직 옆에 남은 니하엘이 이죽이듯 입을 열었다.

"너 예전에는 나한테 모델해 달라고 그렇게 매달리더니, 반응이 왜 이래? 조금 섭섭한데?"

"그럼 어떤 반응이어야 하는데?"

세영은 고개를 돌려 니하엘의 머리부터 발끝까지 쭈욱 훑어보았다.

"예전에는 도서관까지 쫓아와서……."

"그랬지. 너 정말로 멋있었거든. 네 모습 그리고 싶어서 손이 근질거릴 정도로."

"흐흠."

대답이 마음에 든 것인지 니하엘의 입가가 움찔거렸다.

하지만.

"근데 지금은⋯⋯."

"세영 님!"

세영은 말을 아끼고 그저 피식, 한 번 비웃어 주고 자리를 피하려고 했다. 그런데 오매불망 기다리던 하킴의 목소리가 소음을 타고 귀로 넘어왔다.

"하킴!"

이 어지러운 인파 속에 휩쓸리다 반가운 목소리가 들리니 자연스럽게 얼굴에 웃음꽃이 폈다. 세영이 활짝 웃으며 고개를 돌렸다.

그리고 그 많은 사람들 사이에서, 그 어두운 조명 아래에서 세영의 시선을 빼앗는 사람이 단 한 명 있었다.

카미드.

세영은 순간 그의 이름을 소리 내어 부를 뻔했지만, 겨우 그를 참았다.

카미드도 그녀를 보고 있었다. 서로 마주친 시선을 피해야 한다는 생각을 할 겨를도 없이 세영은 그를 보자마자 반갑다는 생각이 들었다.

갑자기 뉴욕으로 떠난 그에게 알 수 없는 원망의 말을 쏟아 내기도 했고, 섭섭했으며, 어쩐지 아쉬움을 느꼈다. 하지만 그런 생각을 언제 했냐는 듯 마주친 그의 푸른 눈동자가 자신의 눈에 다시 한번 새겨졌다. 거리가 상당히 떨어져 있음에도 세영이 그의 얼굴을 찬찬히 훑어보는 데 전혀 무리가 없었다.

"니하엘!!!"

세영과 카미드의 무언의 공유를 깨트린 것은 비명 소리에 가까운 여성의 목소리였다. 그리고 그 목소리의 주인공은 애석하게도 세영에게 다가오고 있었다.

"니하엘. 이년 누구야? 하, 니들 지금 내 생일 파티에서 키스했니?"

내 생일파티.

카미드의 막내 여동생이자 사마르의 힐리 공주였다.

분노가 서린 공주의 눈동자가 자신의 입가와 니하엘의 입가를 번갈아 오고 가는 것을 보고 나니 일이 상당히 꼬였다는 생각이 들었다. 자신은 정말, 정말로 조용히 있다 사라지고 싶었다.

"히, 힐리. 그게 아니고……."

"입 닥쳐! 이…… 이……!"

입을 연 것은 니하엘인데 왜 화풀이는 나한테 하는 건가.

첨벙!

분노에 휩싸인 공주의 손아귀 힘은 나흘을 밤샌 연약한 그녀가 견디기엔 무리가 있었다. 타인의 힘에 의해 몸이 완전히 뒤로 넘어가는 와중에도 세영의 시선은 자연스럽게 카미드를 좇았다.

22일 만의 재회였다.

물은 무섭다.

세영은 그 사건이 있던 그날 이후 물이 끔찍하게 느껴졌다. 한동안은 물도 마실 수 없어서 이모가 사 온 과일들을 억지로 씹어 삼키면서 수분을 섭취했다. 당연히 세수나 목욕은 생각할 수 없을 정도로 거부 반응이 일어나서 정신과 상담 치료도 병행해야 했었다.

이모를 힘들게 하기 싫어서 스스로 괜찮다고 아무리 타일러 보아도 트라우마는 쉽게 사라지지 않았다. 그래서 노력하고, 노력하고 또 노력했다. 노력 때문인지 시간 때문인지 잘 모르겠지만 그래도 점차 정도가 나아졌다.

이제는 상반신까지 오는 욕조나 샤워에는 큰 문제가 없었지만 수영은 무리였다. 멀리 있는 바다도 오래 바라보고 있으면 그때 당시 일이 선명하게 떠올라 속이 메스꺼워질 정도였다.

그런 세영이었기에 이런 감각은 너무나 오랜만이어서, 물속에 빠지고 몇 초간은 상황 파악이 되질 않았다. 온몸을 감싸는 물을 인지하기까지 오랜 시간이 걸렸다.

'내가 수영장에 빠졌다.' 까지 생각이 도달하고 나서야 온 팔다리가 공포감으로 딱딱하게 굳어졌다. 물속에서는 숨을 참아야 한다는 상식조차 잊어버리고 살려 달라 소리치기 위해 입을 열었다가 수영장 물을 단번에 삼켜 버렸다.

'엄마!'

그때의 기억이 떠올랐다. 거부하고 싶어도 유사 상황이기 때문인지 너무나 또렷하게 떠올랐다. 그때의 엄마의 눈물과 표정, 그리고 나를 물속으로 밀어 넣던 그 힘이 너무나도 선명했다.

괴로워. 무서워.

세영이 속으로 아무리 비명을 질러도 물속은 고요하기만 했다.

팔다리가 움직이면 허우적대기라도 할 텐데, 또렷한 시신경이 무색하게도 그녀는 자신의 몸을 제어할 수가 없었다.

설마 이대로 죽는 건가?

오랜 시간이 흐른 듯했지만 깊은 물속으로 가라앉는 것은 자신 혼자였다. 고요하고 외로웠다. 그리고 끊임없이 반복되는 기억 때문에 머릿속이 시끄러웠다.

그때였다.

물속에서 파동이 생긴다 했더니 물보라가 일었다. 그와 함께 시끄러웠던 머릿속이 모두 지워졌다. 그리고 그 원인이 무엇 때문인지 알아차리기도 전에 세영은 물속에서 물을 토해 냈다. 물을 어찌나 먹었는지 위가 아픈 느낌이었다. 아니, 폐가 아픈 것일지도 몰랐다. 극에 달한 통증에 세영의 눈앞이 흐려지기 시작했다.

그와 동시에 뭔가가 세영에게 다가왔지만 세영은 끝내 그를 확인하지 못하고 눈을 꽉 감아 버렸다.

"세영 님은 괜찮으시겠지요? 네?"

타미가 발을 동동 구르며 하킴에게 답을 요청했지만 하킴 역시 이 상황에 너무 놀라 이성을 찾기가 어려웠다.

"그래서."

"……저 기집애가 니하엘이랑 키스를 했다고! 내 생일 파티에서!"

물에 빠진 세영을 건져 올리느라 카미드는 온몸이 물에 적셔져 있었다. 건져 올리자마자 인공호흡을 해 물을 토해 내게 하고, 주위에 있던 테이블보로 세영의 몸을 감쌌다. 물을 토해 내고 세영이 잠시 눈을 떴지만 이내 다시 눈을 감았다. 목숨에는 지장이 없으리라 추측했지만 혹시 몰라 병원으로 이송했고, 현재 아루야가 입원해 있는 병원의 응급실 로비에서 이 상황의 주역들이 모인 상태였다.

물을 뚝뚝 흘리는 모습이 그리 좋지만은 못한데도, 니하엘과 힐리는 무시무시한 얼굴의 카미드 앞에서 고양이 앞의 쥐처럼 움츠러들어 있었다. 그나마 힐리는 자신의 입장을 항변했지만 그마저도 카미드 앞에서는 묵살되고 있었다.

"타미."

"저 남자가 세영 님한테 대뜸 얼굴을 들이댔어요! 세영 님은 바로 저 남자 거시기를 차 버렸다고요!"

카미드가 확인하듯 타미를 부르자 타미는 다섯 번은 더 말한 상황 설명을 목에 핏대까지 세우며 반복했다. 귀찮아하는 기색 없이 오히려 한 자 한 자 힘을 주어 똑똑히 대답했다. 아마 카미드가 몇 번이고 더 되물어도, 타미는 똑같이 대답할 터였다.

"수영도 못하는 사람을 물속에 밀어 넣다니, 제정신이야? 그것도 왕궁 내부 일로 미국에서 초청을 한 귀빈을?"

세영이 물에 빠지고 난 뒤, 그 모습을 본 사람들은 그저 '저 여자는 조금 황당하겠다.' 정도로 생각할 뿐 크게 놀라지 않았다. 하지만 시간이 흘러도 그녀가 수면으로 떠오르지 않자 각자의 머릿속에 물음표를 떠올렸다. 그리고 뒤늦게 나타난 타미가 엉엉 울며 말하기 시작하자 사람들의 얼굴에 긴박감이 서렸다.

하킴은 카미드의 말을 들으면서도 이전과는 다른 그의 태도에 미묘한 느낌을 받았지만 내색하지는 않았다. 그저 얼른 세영이 정신을 차리고 이 분위기를 타파해 주었으면 하는 것이 하킴의 바람이었다.

"형. 이제 그만해. 힐리도 반성하고 있을 거야. 그치?"

다정한 사할의 말에 힐리가 눈물을 쏟아 내기 시작했다. 시끄러운 울음소리에 입을 다물라 하고 싶었지만 역효과가 나타날까 카미드는 그저 입을 다물고 한 손으로 이마를 감쌌다.

"아루야는?"

"소식을 듣고 너무 놀라신 것 같아 병실로 다시 모시라 말했습니다."

"그래."

응급 처치가 잘 되어 걱정할 필요가 없다는 것은 의사에게 몇 번이고 확답을 받았지만, 그래도 걱정이 되었다.

"카미드 님. 일단 오늘은 들어가서 쉬세요. 오늘은 제가 세영 님 곁에 있겠습니다."

"아니야. 여기 있지."

"온몸이 젖었습니다. 이러다가 카미드 님께서 감기라도 걸리시면 제가 면목이 없습니다."

하킴의 제안은 보답받지 못한 채로, 카미드는 반대로 병실 안으로 들어갔다.

병실 안에는 카미드의 압박으로 세영을 둘러싸고 상황을 보던 의사와 간호사들로 득실거렸다.

"상태는?"

거짓말을 좀 보태서 벌써 수십 번은 되물었을 질문이었다.

"지금은 주무시고 계시는 것입니다. 크게 걱정하실 필요는 없습니다."

"퇴원해도 되나?"

"가능은 합니다만……."

떨떠름한 의사의 대답에 카미드의 눈빛이 세영의 손등에 꽂힌 링거에 닿았다.

"얼마나 남았지?"

"한 시간은 더 있어야 합니다."

"하킴!"

"예. 카미드 님."

카미드의 고함에 하킴이 헐레벌떡 병실 안으로 들어왔다. 세영은 여전히 잠에서 깨어나고 있지 않았다.

"저거 끌고 따라와."

"예?"

하킴이 되묻기도 전에 카미드는 세영이 누워 있는 침대로 다가가 이불로 그녀의 몸을 꼼꼼히 감싸고는 두 손으로 그녀를 안아 들었다.

"카미드 님! 세영 님은 아직 안정이 필요……."

"여긴 시끄러워서 안 되겠어. 집으로 간다. 잘 따라와."

먼저 발걸음을 옮기는 카미드 때문에 하킴은 어쩔 수 없이 그의 뒤를 졸졸 따라 나와야 했다. 그 때문만은 아니었겠지만, 병원 내에 있던 사람들의 시선이 단숨에 쏠렸다.

"카미드 님. 이러다가 사진이라도 찍히시면……."

"찍으라고 해. 고소할 거니까."

하킴은 그것을 마지막으로 입을 다물었다. 지금 자신이 아무리 뭐라고 한들, 자신의 주인이 멈추지 않을 것이라는 것을 깨달았기 때문에.

"오빠!"

"힐리. 넌 다음에 이야기해. 오늘은 더 이상 봐줄 수 없어."

얼굴이 눈물로 범벅된 여동생의 모습이 안타깝지도 않은지 카미드의 목소리는 여전히 차가웠다. 사할이 그녀를 다독이며 자신의 형에게 걱정 말라는 눈빛을 보냈다. 카미드 역시 사할에게 뒷일을 맡기고 마저 발걸음을 옮겼다.

속도를 어찌나 냈는지 얼마 되지 않아 주차장에 이르렀다. 옆에는 급하게 따라 나온 타미까지 달려 있었다.

"글릭 아저씨께 연락해 두었습니다. 저쪽이에요."

타미의 안내에 따라 빠른 걸음으로 이동할 때였다.

"······잘못했어요······."

세영이 잠결에 중얼거렸지만 한국말이었기에 카미드는 알아듣지 못했다. 하지만 곧바로 그녀의 얼굴을 타고 흐른 눈물을 보며 마음을 굳혔다. 그녀가 깨어나는 대로 상황을 정리할 필요가 있었다.

"하킴."

"예. 카미드 님."

"모레 아침에 변호사랑 같이 와."

"변호사는 왜······."

'설마 힐리 공주님을 상대로 고소하시는 건 아니시죠?'

왕궁 내외부 일을 도맡는 하킴에게 그런 가족 스캔들은 치명적이었다. 제발 그것만은 참아 달라는 하킴의 눈빛에 카미드가 말을 보탰다.

"설마 내 동생을 상대로 변호사를 대동하고 고소를 하겠어?"

병실 앞에서 이상하리만치 힐리 공주에게 화를 내던 카미드의 모습을 떠올린 하킴은 충분히 가능한 일이라고 생각했지만, 그것을 입 밖에 꺼낼 만큼 어리석지는 않았다.

"모레요?"

"그래. 모레."

"알겠습니다."

카미드는 여전히 온몸이 젖은 채였고, 성인 여성이 정신을 잃은 채로 그의 품에 안겨 있었지만 그것이 이상하다는 생각을 할 겨를이 없었다.

두 사람은 마치 영화 속 한 장면이라고 착각할 법한 모습이었는데, 하킴은 자신의 주인의 죄가 있다면 저 현실과 조화가 안 되는 외모가 죄라고 생각하며 속으로 한숨을 내쉬고는 차 문을 닫았다.

"음……."

너무 오랫동안 잠을 자서인지 눈을 뜨고서도 기억이 정리가 되질 않았다. 꿈벅, 눈을 두어 번 깜빡이면서 정신 차리려 노력하려는데, 눈앞의 이불이 높이 솟아 있었다.

'뭐지?'

눈을 비비며 몸을 일으키고 실체를 파악한 세영은 순간 비명을 지를 뻔했다.

'뭐야, 이 남자가 왜 내 침대…… 아니, 이 방은 내 방이 아닌데?'

찬찬히 훑어보고 나서야 이 방이 사마르에 도착하고 나서 짐을 풀었던 방, 그러니까 지금은 카미드의 방이라는 것을 기억해 냈다.

내가 왜 여기에 있는 거야? 이 남자는 왜 내 옆에서 자고 있는 거고? 설마 잠결에 내가 기어 들어왔나?

"아."

기억났다. 어제 이 남자 여동생이 날 수영장으로 밀어 넣었구나.

눈앞에 드리운 머리카락을 쓸어 넘기려는데 오른 손등에 연결된 링거가 보였다. 어젯밤 어떤 난리가 있었을지 안 봐도 비디오였다. 어디까지 이야기를 해야 할까. 일단 이 남자를 깨워야…….

자유로운 왼손으로 그를 깨우려는데, 공중에서 손이 멈췄다. 시트 아래에 있는 그의 상반신에 아무것도 걸쳐져 있지 않았기 때문이었다.

"꿀꺽."

저절로 침이 삼켜졌다. 보는 눈도 없고, 지금까지 살면서 가장 탐이 났던 사람의 반라라니. 시트 내려서 한 10초만 보면…… 저 사람이 깨기 전에 얼른 다시 덮어 주면 아무도 모를 일이다.

결심한 세영의 왼손 손가락이 섬세하게 움직였다. 살짝 끝 부분을 잡고 천천히 들고 아래쪽으로 걷어 내고 있었다. 그의 탄탄한 가슴부터 섹시하게 갈라진 복근, 그리고…….

"아예 벗어 달라고 하지 그래?"

"꺄악!"

갑자기 들리는 목소리에 너무 놀라 세영의 몸이 침대 바깥으로 넘어갔다. 아니, 넘어갈 뻔한 것을 카미드의 순발력으로 저지하긴 했다.

"……절 때리실 건가요?"

"잡을 데가 없어서 그런 것뿐이야."

순간 멱살을 잡힌 세영이 조심스럽게 묻자 카미드가 웃으며 남은 한 손으로 세영의 어깨를 잡아당겼다. 겨우 침대 위로 돌아온 세영은 굉장히 민망했다.

"저…… 몰래 보려고 해서 죄송합니다. 그런데 진짜 궁금해서요."

"뭐가 궁금한데?"

침대 위의 성인 두 명이 진지하게 대화하는 꼴이 어쩐지 요상하다고 느껴졌다. 하지만 세영은 이왕 이렇게 된 것 미친 척하고 부탁해 보자 마음먹었다. 어차피 예상보다 그림도 일찍 완성될 예정이고…… 그림?

"아. 저기, 기억난 참에 변명하자면 저는 절대 공주님 남자 친구한테 꼬리 친 게 아니에요. 대학교 동문인데, 예전에 제가 그림 모델 해 달라고 부탁해서 하루 같이 있었던 게 다예요."

완성된 그림을 보고 감동한 니하엘이 자신에게 키스한 것을 빼면 정말로 이것이 다였다.

"그래?"

"네. 정말이에요. 믿어 주세요."

"좋아. 믿어 주지."

그의 웃음이 환상적이라고 생각한 순간, 그의 얼굴이 가까이 다가왔다. 그리고 한순간에 입술에 뜨뜻한 뭔가가 닿았다.

어?

꿈벅꿈벅. 남이 보면 키스하는 도중에 눈도 안 감는 멍청이라고 욕할 테지만 세영은 정말로 정신이 저 멀리 날아가 버린 탓에, 현실로 돌아오는 데 꽤 오랜 시간이 걸렸다. 어느 정도였냐면 그가 고개를 비틀며 세영의 입술로 혀를 넣으려던 순간까지 그녀는 눈만 동그랗게 뜨고 굳어 있었다.

"자, 잠깐만요!"

지금 그녀의 얼굴 옆에서 라이터를 켜면 그녀의 얼굴이 타오를 것 같다, 고 카미드는 생각했지만 그보다 더 급한 일이 있었다.

"지금이 나를 밀칠 타이밍이야?"

카미드는 생각보다 애가 닳았다. 다시 한 번 그녀의 입에 키스하고 싶었다. 높은 그녀의 체온 때문에 입술마저 뜨겁다 생각될 정도였지만 생각보다 그것이 더 마음에 들었다. 그리고 촉감도 꽤…….

생각을 하던 카미드가 다시 상체를 움직여 세영의 얼굴에 가까이 다가가려고 하자 그녀는 기겁하며 침대 밑으로 달아났다.

"이건 아니죠!"

"뭐가 아닌데?"

도망간 세영을 보며 카미드가 몸을 일으켰다. 그토록 보고 싶었던 그의 반라였지만 세영은 순간 눈을 질끈 감았다. 자신이 보고자 했던 그의 몸은 지금 이 순간에 성질이 조금 달라져 있었다. 지금 그의 몸을 마주 보면 큰일이 일어날 것 같은 말도 안 되는 육감이 작동하고 있었다.

"왜? 보고 싶어서 몰래 보려고 했잖아?"

웃음소리에 젖어 든 그의 목소리가 지나치게 색정적이었다. 그는 지금 이 상황이 마음에 들지 않았다. 왜 침대 밖으로 도망을 가지? 어차피 그녀도 자신을 마음에 들어 한 것이 분명했다. 하긴, 자신을 훑던 그 눈에서 색욕보다는 예술적 갈망이 더 크다는 것은 첫날부터 알고 있었지만 뭐 어떠한가. 어차피 자신을 좋아한다는 것은 똑같다.

"이리 와."

카미드는 구석에서 두 눈을 감은 채 오들오들 떨고 있는 세영을 내려다보며 입술을 핥았다. 어떻게 할까? 즐거운 상상까지 곁들여 있었다. 그는 알아채지 못했지만 카미드는 제 생각보다 흥분 중이었다.

"당신, 나 좋아하지도 않잖아요!"

"내가?"

애석하게도 틀렸다. 세영은 여전히 두 눈을 감고 있는 상태였지만 목소리에 물기가 어려 있었다. 세영은 스스로도 이해할 수는 없었으나 눈물이 날 것만 같았다.

"난 당신이 생각하는 것보다 당신이 마음에 들어."

카미드는 말을 하면서도 세영의 환자복 아래로 손을 넣었다. 부드러운 살결이 경직되어 떨고 있었다.

"무서워?"

"이러면 안 돼요. 우리는 고용주와 고용인……."

"계약서에 그 둘이 섹스하면 안 된다는 조항이라도 있었나?"

그의 손이 점점 더 위로 올라갔다. 아마 병원에서 환자복으로 갈아입히면서 속옷을 빠트렸나 보다. 카미드는 그것이 마음에 들었다.

"자, 자, 잠깐만요!"

부드러우면서도 탄력 있는 세영의 가슴을 손에 쥐어 보기도 전에 세영이 몸을 비틀어 구석에서 탈출했다. 카미드는 어이없어 하며 도망간 세영을 쳐다보았다.

"도대체 왜 싫은데?"

"나는 이 상황이 납득이 안 간다니까요! 당신이랑 내가 사귀는 사이도 아니고, 하다못해 한번 자고 안 볼 사이도 아니고! 애초에 나는 결혼 전에는 섹스 안 할 거거든요!"

세영이 말려 올라간 환자복 상의를 내리면서도 꿋꿋이 말을 이어 갔다.

"뭐?"

요즘 10대 여자애들도 하지 않을 말을 27살이나 먹었다는 여자가 하다니 당황스러웠다. 그리고 꽤 즐겁기도 했다.

그녀는 지금 남자를 '모른다'고 고백하고 있지 않은가. 카미드는 자신이 이렇게 시대착오적인 사상을 갖고 있었나 싶을 정도로 세영의 대답이 마음에 들었다.

"구닥다리라고 놀려도 어쩔 수 없어요. 개인의 사상은 존중받아야 하고, 나 역시 그럴 권리가……."

"아니, 그럼 한 번도 남자랑 안 자 봤다고?"

"……그래요."

웃는 카미드의 얼굴이 마음에 들지 않았지만 어쩌랴. 도망가면서 떠 버린 두 눈은 주인의 의지에 반해 반라의 그의 몸을 훑고 있었다.

아, 지금 당장 캘빈클라인 속옷 모델로 내세워도 문제가 없을 몸매다. 검은색 드로즈와 함께 볕에 그을린 탄탄한 근육들이 어찌나 섹시한지 세영은 당장 그를 이젤 앞에 눕혀 두고 싶을 정도였다.

"나를 그렇게 쳐다보면서?"

"······이건 욕정의 눈이 아니라 예술적 혼이······."

세영은 얼른 시선을 돌렸다. 변명할 말이 없다. 애초에 그의 침대 위에서 그의 몸을 보겠다고 시트를 들추는 것까지 들켰는데, 성적 신호로 받아들였다는 그를 비난할 수는 없었다. 다만 그 신호가 잘못되었다고 열심히 항변하는 수밖에.

"그러니까, 나는 당신이랑 잘 수 없으니까 그렇게 알고······."

"젠장, 입 다물어."

오물오물 움직이는 세영의 입술을 빤히 쳐다보던 카미드가 결국 참지 못하고 성큼성큼 다가왔다. 세영은 순간적으로 오고 가도 못하고 다시 그의 품에 갇혀졌다.

"왜 이래요, 진짜."

세영은 이제 울 기세였지만 카미드는 봐주지 않고 세영을 끌어당겼다. 세영은 다시 눈을 질끈 감았다.

"그 얘긴 나중에 다시 해. 지금은 일단······."

아무리 밀어도 멀어지지 않는 카미드의 상체에 세영은 울며 겨자 먹기로 결국 턱을 들었다. 카미드는 여전히 긴장해 떨고 있는 세영이 마음에 들지 않았지만 일단은 아까 느꼈던 부드러움을 느끼기 위해 세영의 얼굴 위로 다가갔다.

일단은 이걸로 참아야겠군.

다시 닿은 말캉한 감촉에 카미드는 만족하면서도 이후를 기약했다.

6
동상이몽

이 남자는 키스를 못 해서 한이 맺혔나 보다.

입술 부은 것이 만지지 않아도 느껴질 정도로 화끈거렸다.

"섹시한데?"

이 남자는 하룻밤 사이에 뭘 먹은 건지 아까부터 식탁 맞은편에 앉아 기가 막힌 소리를 내뱉고 있었다.

"당신, 미국 다녀온 사이에 어디 다친 거 아니에요? 갑자기 무슨 심경의 변화가 있어서……."

"딱히 생각이 바뀐 건 아니야. 일 때문에 미국에 갔을 뿐이라고."

"우리 사이에 뭔가가 있던 것도 아니고, 내가 당신을 끈질기게 쳐다본 건 인정해요. 하지만 당신, 첫날에 외모 얘기했다고 나를 집 밖으로 내쫓았던 건 기억해요?"

"사소한 건 건너뛰고."

세세하게 따지고 드는 세영의 말이 지루한 듯 카미드는 상체를 내밀고 손으로 턱을 괴었다. 그 덕에 세영과 카미드의 얼굴이 더욱 가까워졌다.

"더 이상 키스는 안 해요."

"아쉽네."

그 금욕적이고 절제된 모습의 남자는 어디로 갔을까.

세영은 눈앞의 섹시한 한량을 바라보며 작게 한숨을 내쉬었다. 이 상태로라면 해결이 나지 않는다.

"앞으로 일주일이면 그림이 완성됩니다. 계약서상에 요구한 대로 당신이 먼저 확인하고 승인하는 대로 당신 아버지께 공개할 생각이에요. 그리고……."

"보스턴으로 돌아가시겠다?"

갑자기 사무적으로 바뀐 세영의 태도에 카미드의 목소리가 낮아졌다.

"네."

남자의 얼굴을 코앞에서 볼 수 있다는 것이 얼마나 큰 행운인지 스스로도 잘 알고 있지만 세영은 이런 식의 관계를 생각해 본 적은 없었다.

물에 대한 트라우마와 함께 엄마가 저지른 일의 파급력을 몸소 경험했기 때문인지도 몰랐다. 행복한 커플을 수없이 봐 왔지만 결국 떠오르는 것은 아빠의 절망적인 얼굴과 미쳐 버린 엄마였다. 그리고 그 사이에서 가해자이자 피해자로 남은 자신의 모습은 아무리 노력해도 아름답다는 생각이 들지 않았다.

"이제 그만해요. 설마 왕자님께 싫다는 사람을 억지로 괴롭히는 취미는 없으시겠죠."

"이유가 뭐야?"

세영은 섹스 자체에 대한 거부감보다 섹스에 도달하기까지 생기는 감정에 대한 거부감이 더 컸다.

자신이 기억하는 엄마는 가정에 헌신적인 사람이었다. 비록 그 모습이 자신이 저지른 부정에 대한 책임감이라 할지라도 적어도 엄마는 아빠를 사랑하고 언니와 자신을 끔찍하게 생각했다.

다영과 세영은 두 살 터울이었다.

자신이 태어나기 전, 그러니까 2년 동안 엄마에게 어떠한 일이 있었는지는 모르지만 그 사이에 있던 사건으로 인해 자신이 태어났다는 것이 아빠에게 어떠한 충격일지 감히 상상조차 할 수 없었다. 그토록 애지중지 키워 온 딸이 자신의 핏줄이 아니라니, 아빠가 자신을 보며 지었던 경멸의 표정이 어쩌면 당연하다 싶었다.

"그건 내 문제예요. 당신에게 설명할 필요는 없어요."

엄마는 도대체 어떤 마음으로 아빠가 아닌 남자와 잤을까.

그로 인한 결과를 아예 생각조차 하기 싫을 만큼 그 당시엔 절실한 사람이었을까?

그렇게 비이성적인 일을 저지를 정도로 변덕스러운 감정이라면 스스로 거부하겠다 생각했다. 세영은 한국을 떠나온 그때처럼 자신을 뒤흔들 만한 일들이 더 이상 없기를 바랐다.

"그러니 그만해요."

매력적인 남자다. 돈도 많은 남자였고, 엄청나게 취향인 얼굴과 몸을 가진 남자였다. 그리고 자신의 여동생을 대하는 것을 보니 심성이 나쁜 사람은 아니라 생각했다. 갑자기 미국으로 사라져 버렸을 때 섭섭하다 생각했지만 그것이 다였다. 카미드는 세영 스스로를 내던질 정도의 감정을 만들어 내진 못했다.

"당분간 내 곁에 있어."

"이봐요."

"내 몸을 보는 게 예술적인 감정 때문이라고 했지?"

이 남자가 지금 뭐라는 거야?

갑자기 삼천포로 빠진 이야기에 세영이 카미드를 쳐다보았지만 카미드는 여전히 매력적인 웃음을 지으며 말을 이었다.

"그림 모델을 하지. 당신이 원하는 게 그거 아냐?"

"……정말요?"

"그래. 대신 당분간 같이 지내는 거야."

"섹스는 안 해요."

상관없다는 듯 그가 어깨를 으쓱했지만 세영은 지금 심장이 날 뛰다시피 난리가 난 상태였다.

저 남자를 내 눈앞에서 벗길 수 있어!

상상만으로 멈췄던 이런저런 음심이 머릿속에서 마구 폭주하고 있었다.

"내가 원하는 건 누드인데 괜찮겠어요?"

"나야 좋지."

카미드도 노골적으로 반응했지만 세영은 겉으로 최대한의 평정 심을 유지했다.

"대신 계약서를 써야겠어."

"또 무슨 계약서요?"

"자세한 건 내일 변호사가 올 테니 그때 이야기하자고."

기분 좋은 웃음을 짓는 카미드에 세영은 의심스럽게 쳐다보았지만 의도를 파악할 수 없었다. 그리고 그다음 날, 낯선 변호사를 통해 받은 서류 뭉치를 정독하고 나서야 카미드의 생각을 짐작할 수 있었다.

"그러니까 이 서류가……."

"기간을 두고 카미드 님과 한세영 님이 교류하자는 일종의 제안을 확정 짓는 계약서입니다."

며칠 못 본 새 하킴의 얼굴이 많이 상했다. 직업의식 때문에 설명은 해 주고 있지만 하킴 역시 혼이 다 빠진 얼굴이었다. 변호사도 어이없다는 얼굴을 하고 있는 건 나만의 착각일까?

"그 기간이라는 게 3개월이고, 일주일에 두 번은 뉴욕과 보스턴을 오가면서 서로 만나야 한다는 거고요?"

"네. 거기서 발생하는 비용은 일체 사마르에서 부담하게 되어 있습니다."

이걸 도대체 어디서부터 바로잡아야 할까.

갑자기 몰려드는 두통에 정신이 없었다. 세영은 최대한 생각을 정리하고 나서 가장 큰 의문을 대뜸 물었다.

"도대체 왜요?"

"그건……."

하킴 역시 이 말도 안 되는 이야기의 피해자였다. 주인이 하라고 하니 준비하긴 했지만 이 계약서 자체가 조심스러운 모양이었다.

"내가 그러고 싶으니까."

문제 발단의 주인공은 참으로 도도하고 당당했다. 자신의 말이 진리라고 생각하는 얼빠진 인간들도 참 많이 봐 왔건만, 세영은 도무지 적응되질 않았다.

눈앞에 이 남자가 도대체 뭐가 부족해 3개월 동안 자신과 만난다는 말인가? 말이 제안이고 계약서지 결국 이 상황의 요지는 자신과 카미드가 교제할 것을 요구하고 있었다. 제아무리 한 나라의 왕자라고는 하지만 스케일이 터무니없었다.

"난 그러기 싫다니까요?"

"정확하게는 섹스하는 게 싫다고 했지."

"쿨럭, 쿨럭!"

듣다 못한 하킴의 사레가 터졌다. 변호사는 최대한 평정을 유지하려 노력했지만 눈동자가 마구 흔들리는 것이 세영의 눈에는 보였다.

"만나자는 게 섹스하자는 건 아니잖아?"

"아무튼, 그 3개월에 대한 대가가 당신을 모델로 세울 수 있다는 것 하나라는 거구요."

솔직히 말하면 대가가 모자라다는 생각은 들지 않았다. 대놓고 모델을 해 달라 조르지 못했던 입장이 지금까지 작은 욕망을 이만큼이나 키웠던 것일지도 몰랐다. 그만큼 카미드라는 인간의 외모에 탐을 냈던 세영이었다.

게다가 미디어에서 모습을 꽁꽁 감추는 카미드였다. 이번에 보스턴으로 돌아가고 나면, 나중에 이 남자를 뉴스에서 카미드라는 이름의 자막으로밖에 만나지 못할 것이 분명했다.

더군다나 뉴욕과 보스턴은 생각보다 가깝다. 차로는 5시간 정도 걸리지만 비행기를 타면 1시간이면 갈 수 있다. 비용 대비 비행기를 주된 수단으로 생각한다면 왕복 2시간의 거리가 큰 부담은 아니었다.

하지만 세영이 걱정하는 것은 그것이 아니었다.

"3개월이 지나면요?"

예정된 3개월이 끝나고 서로가 웃으며 헤어질 수 있을까?

하다못해 카미드가 손을 들면 끝날 관계인데 그 사이에서 자신의 감정이, 마치 엄마처럼 주체 못할 감정으로 변모한다면 자신은 어떻게 해야 한단 말인가?

그녀의 감정과 저 남자의 감정의 방향이 틀어졌을 때 그녀는 저 남자의 마지막 얼굴을 평생 기억해야 했다. 아빠가 자신을 거부했던 그 얼굴을 아직도 생생하게 기억하는 것처럼.

"지금 당장 사인하라고는 안 해."

세영의 복잡한 얼굴을 가만히 내려다보던 카미드가 작게 한숨을 내쉬고 양보하듯 서류 뭉치를 세영에게 건넸다. 얼떨결에 계약서를 받긴 했지만 분위기는 여전히 가라앉아 있었다.

"그, 세영 님. 카미드 님께서 재촉하시는 바람에 급하게 준비한 계약서라 보시다 문제가 되는 부분이 있으면 제게 알려 주시고요. 일단 이 문제는 천천히 생각해 주십시오. 다음은 파티에서 있었던 일 말입니다만……."

이게 본론이구나. 세영은 앉은 자리 옆에 계약서를 잘 갈무리하여 내려놓고 입을 떼는 하킴을 바라보았다.

"일단 힐리 공주님과 그 남자 친구인 니하엘 엘리엇 님과는 정확히 어떤 사이신지."

"대학교 동문에 그림 모델해 달라고 며칠 쫓아다닌 것이 전부라고 했어. 그렇지?"

니하엘의 이야기가 나오자마자 무시무시한 눈빛을 보내는 카미드의 시선에 세영은 그저 고개만 끄덕끄덕 움직이며 하킴에게 대답했다. 하킴은 세영을 보며 안도의 빛을 내보였다.

"사실 힐리 공주님께서 워낙 성미가 급하셔서 그런 사태가 났던 것 같습니다만, 만약 타미가 그 자리에 없었더라면 정말 큰일이 벌어졌을지도 모르는 중대한 문제라고 생각한 바……."

하킴이 중간에 말을 끊고 또다시 흰색 서류 뭉치를 건넸다.

"세영 님을 초청한 왕궁 측 입장에서 신변 보호에 대한 책임을 다하지 못한 것과 정신적 및 육체적 피해에 대한 보상금으로 아래와 같은 금액을 지급해 드리고자 합니다. 그와 함께 이 일에 대해서는 외부 언론에 발설하지 않겠다는 조항을 유념해 주셔야……."

결국은 돈 줄 테니 입 다물라 이거였다.

"좋아요. 그 돈 받을게요."

자신의 눈치를 보는 하킴이나, 말도 안 되는 요구를 해 대는 카미드나, 흰색 서류 뭉치나 지긋지긋하다. 오늘은 그저 편하게 쉬고 싶었다.

"그럼 여기에 사인해 주십시오."

인사를 제외하고는 아무 말 없던 변호사가 유창한 영어로 이리 저리 설명해 주기 시작했다. 결론은 입을 다물라는 거였지만 후한 금액과 함께 대리인으로서 사고에 대해 진심으로 사죄드린다는 사과까지 받았다.

"내가 사마르 국고를 너무 털어 가는 거 아니에요?"

"그 일에 대해선 진심으로 미안하게 생각해. 내 동생이지만 가끔 이해 못 할 행동을……."

"그래도 잘 대해 주세요. 친동생이잖아요."

세영은 웃었지만 카미드는 웃지 않았다. 그런 카미드를 보면서 세영은 어쩐지 입안이 씁쓸했다.

"세영!"

세영은 반갑다 못해 격한 환영을 받으며 아루야 공주의 병실 안으로 들어섰다. 병상 옆에는 자신을 물속에 밀어 넣은 장본인도 함께였다.

"세상에. 몸은 좀 어때요?"

"물에 좀 빠진 것 가지고 너무 호들갑 떨지 마. 죽은 것도 아니고……."

"힐리! 세영은 물 공포증이 있다고!"

"흥."

벌써부터 돌아가고 싶어졌지만 어른 된 도리로 그럴 순 없었다. 자신이 물에 빠져 병원에 실려 왔을 때 가장 놀라고 걱정했던 사람이 아루야 공주였다고 오늘 타미에게 전해 들었다.

그에 대한 인사를 하러 들른 것뿐이었다.

"전 괜찮아요. 푹 쉬었더니 지금은 멀쩡합니다."

"정말요? 어찌 됐건 정말로 미안해요."

"왜 애한테 다들 미안해하는 건데? 이 계집애가 니하엘이랑!"

"그림은 확인해 보셨나요?"

"뭐?"

도도한 작태가 마치 누구를 떠올리게 했지만 그 남자는 저처럼 재수 없진 않았는데……. 세영은 본래 파티에서 힐리 공주에게 그림을 건넬 때 말하려고 준비했던 멘트를 줄줄 내뱉었다.

"아루야 공주님께서 부탁하셨기에 급하게 그리게 된 그림이라 두 분을 직접 모시지 못하고 제가 받은 자료를 토대로 작업하게 되었습니다. 자매 간의 우애가 돈독해지시기를 바라고, 힐리 공주님의 21번째 생일을 진심으로 축하드립니다."

"이……!"

"힐리! 이제는 어른답게 굴어! 명색이 공주라는 애가 어쩜 그렇게 철이 없니!"

세영에게 한 마디 쏘아붙이려는 힐리 공주에게 참다못한 아루야 공주가 큰 소리를 냈다. 힐리 공주는 그것이 충격이었는지 내뱉으려던 말도 잊고 충격받은 얼굴로 자신의 언니를 멍하게 바라보았다. 그러고는 다시 눈물바람이었다.

"왜 다들 나한테만 그래? 진짜 너무해!"

예쁜 사람은 울어도 예쁘다더니, 세영은 자신의 취향이 죄라며 중얼거렸다. 자신이 칭송해 마지않는 카미드와 한 핏줄이니 오죽할까. 이전부터 생각한 거지만 참 이 집안은 축복받았다 해도 과언이 아니었다.

그러고 보니 파티에서 걸어오던 카미드와 마주쳤을 때 하킴을 제외한 나머지 한 명은 누구지? 이 자매보다도 그 남자가 카미드와 훨씬 더 닮았던데. 혹시 둘째 왕자인가?

"물 공포증 따위 내가 알 게 뭐야! 내 생일 파티에서 내 남자 친구가 딴 년이랑 키스를 했는데 어떻게 가만히 있어? 내가 바보야?"

엉엉엉.

병실 안에서부터 밖으로 퍼지는 울음소리에도 아루야 공주는 단단히 화가 난 듯 동생을 달랠 생각을 하지 않았다. 그저 굳은 표정으로 세영에게 '정말로 미안해요.' 라고 사과의 말을 다시 한 번 건넬 뿐이었다.

"힐리 공주님."

"뭐!"

"니하엘과 저는 대학 동문이고, 제가 그림 모델을 해 달라고 부탁했을 때를 제외하고는 이제까지 교류도 없던 사이예요. 어찌 됐든 공주님 생일 파티에서 니하엘과 그렇고 그런 상황을 보이게 해 드려서 저도 정말 죄송합니다."

"······정말이야?"

"네. 니하엘도 다른 생각이 있어서 그런 것이 아니라 그냥 분위기에 취해서 실수한 거랍니다."

그런 실수를 저지를 놈이라면 그다지 좋은 놈은 아니지만요.

마지막 말은 입안에서 삼켰다.

"······당신이 엄마 초상화를 복원한다고?"

거의 다 울었는지 눈물을 닦아 내던 힐리 공주가 대뜸 예의 그림에 대해 물었다.

"네."

"앞으로 일주일이면 완성된다며?"

"예정으로는 그렇습니다."

"내일 보러 갈래."

"네?"

갑자기 이게 무슨 소리야?

"어머, 그럼 나도 보러 가도 되나요?"

이럴 수가. 아루야 공주까지 합세했다.

"그럼 내일 점심에 우리 셋이 같이 밥 먹어요. 내가 근사한 데서 밥을 살게요."

굳어 있던 아루야 공주가 박수까지 치며 기뻐하는 모습을 보니 거절할 타이밍을 놓쳤다. 안 돼!

"흥, 내가 이대로 넘어간다고 생각하면 오산이야. 우리 엄마 그림을 어떻게 해 놨는지에 따라서……."

새로 그리고 있는 그림을 복원하는 중이라고 어떻게 둘러대지?

세영은 벌써부터 정신이 아득해졌다.

"세영은 이제 곧 작업이 마무리되면 사마르를 떠나겠네요."

"작업이 밀려 있어서 더 이상 체류는 어렵지만 다음 휴가 때 놀러 올게요."

웃는 얼굴로 아무렇지 않게 거짓말을 술술 내뱉는 세영에 아루야 공주는 감격이라도 한 듯 정말요? 꼭 놀러 오세요. 하며 반가워했다. 반대로 힐리 공주는 탐탁지 않은 얼굴이었지만 별다른 말은 없었다.

공주들과의 점심이 즐겁기 이전에 세영은 머리에 과부하가 올 지경이었다. 식사가 끝나면 작업실로 가 그림을 보여 주어야 할 텐데, 오전에 노력했지만 결국 마무리는 불가능이었다. 제대로 된 마무리 작업을 하지 못한 지금 가 봐야 가짜라는 것이 들통날 것이 뻔했다.

게다가 혹여 그림이 복제품이라는 것이 들통난다면 이 화기애애한 분위기가 어떻게 바뀔지, 상상만으로도 등골이 오싹할 지경이었다.

"엄마 그림…… 엉망이었지?"

식사를 제대로 하지 않고 깨작거리던 힐리 공주가 결국 나이프를 테이블에 내려놓고 세영을 향해 물었다. 이것이 묻고 싶었던 것인지 이제까지 본 힐리 공주의 표정 중에 가장 진지한 얼굴이었다.

"솔직히 말씀드리면 왜 복원하는 걸까 생각할 정도로 상태가 안 좋았죠."

누가 그랬을지 세영은 스스로 짐작한 바가 있었지만 그것까진 입에 올리지 않았다. 세영의 대답에 아루야 공주까지 식사를 멈추었다.

"그 그림을 그렸다는 화가가 죽었다는 건 들으셨나요?"

"네."

"화가 이름은 톨루이즈. 사마르 태생이지만 어렸을 적부터 그림에 천부적인 재능이 보여 그의 가족이 프랑스로 이민을 갔다고 해요. 혹시 그를 아시나요?"

톨루이즈.

현대미술에서 나름 활발히 활동하던 화가였다. 전시회에 직접 가본 적은 없지만 보스턴에서 전시회가 열리고 대학 동기가 다녀와 팜플렛을 건네준 적이 있었다. 그런데 그가 죽었다고? 예술 쪽 소식에는 꾸준히 관심을 갖고 있었지만 그런 이야기는 없었는데.

"그 남자 때문이야."

어쩐지 물기 있는 힐리 공주의 목소리에 세영은 더욱 복잡해졌다. 톨루이즈가 뭘 어쨌다고 사마르 궁의 공주들이 울상인 건가?

"다른 화가들을 초빙할 수도 있었지만 어머니가 그의 그림을 좋아하셨어요. 그래서 파리까지 가서 그를 데리고 왔죠."

"그런데 그 미친놈이 약쟁이였어!"

"네?"

약쟁이라니, 설마 마약을 했다고?

갑작스러운 고백에 입을 열고 눈앞의 두 공주를 번갈아 보는데 말을 이은 것은 힐리 공주였다.

"처음엔 몰랐지. 멀쩡했으니까! 계약 전 사전 조율할 때도 그런 낌새를 알아차리지 못한 데다, 뒷조사에서도 밝혀지지 않았어. 게다가 엄마가 그 사람이 좋다고 지목까지 했으니 일은 그대로 진행됐고."

"뒷조사?"

세영은 속사포처럼 쏟아지는 이야기에서도 그 단어만은 정확하게 잡아냈다.

사전 조율, 뒷조사.

이 말은 톨루이즈와 똑같은 입장의 자신도 뒷조사를 당했을 가능성이 있단 말이었다.

"음, 흠. 아무튼 그 안 좋은 몸을 이끌고 응접실에서 작업이 이뤄졌는데, 작업 기간 동안은 문제가 없었어. 그놈도 작업이 끝나니 조용히 사라졌고. 그런데 엄마가 죽고 나서 이상한 내용의 편지가 궁으로 들어오는 거야."

"이상한 내용이라면……."

어차피 자신의 계약을 추진한 것은 하킴과 카미드였다. 그렇다고 그 둘에게 자신의 뒷조사를 했는지 따지고들 수도 없는 문제였다. 세영은 혼란스러운 감정을 최대한 가라앉히고 과거의 이야기에 집중했다.

"왕비와 톨루이즈가 사적인 만남을 한다는 내용이었죠."

어디든 일정 인원의 사람이 모이면 태어나는 것이 소문이었다. 하지만 이런 종류의 소문은 질이 나빠도 한참 나빴다.

"어떤 면에선 다행이라고 생각했어요. 만약 어머니가 살아 계셨을 적에 이런 소문이 돌았다면 직접 죽고 말겠다고 우셨을 테니 차라리 아무것도 모르시는 채로 조용히 영면하시길 바랐죠."

"톨루이즈의 죽음과 그림이 파손된 것은 무슨 연관이 있는 거죠?"

가장 중요 맥락의 문제점을 짚자 아루야 공주는 잠시 한숨을 내쉬고 말을 이었다.

"아버지는 어머니를 진심으로 사랑했어요. 지금과는 다르게 여자라곤 어머니밖에 모르셨고, 젊었을 때부터 건강이 안 좋으셨던 어머니가 자식을 넷이나 낳은 것은 기적이라고 의사들이 이야기할 정도였으니까요."

말이 길어지면서 목이 마르는지 아루야 공주는 잠시 말을 멈추고 주스를 부탁했다. 뒤로 빠져 있던 중년의 여성이 빠르게 주방으로 움직였다. 세 개의 잔이 앞에 놓이고 나서야 공주가 입을 열었다.

"사실 오빠들과 저, 힐리의 외모가 많이 다른 것 때문에 출생에 비밀이 있는 것 아니냐는 소문은 예전부터 두 분 모두 알고 계셨어요. 하지만 평생을 함께하셨기에 두 분은 서로를 믿고 계셨고 그건 큰 문제가 되질 않았던 거죠. 하지만 어머니가 돌아가시고 아버지는 많이 힘들어하셨어요. 그 때문에 툴루이즈와의 소문이 진짜일지도 모른다고 생각하시기 시작한 거죠."

"그럼 그림은……."

"아빠가 부쉈지. 큰오빠가 말렸지만 소용없었고 결국 오빠는 궁을 나갔지."

왕을 만나면서 카미드가 그렇게 진저리 치던 것이 이해가 갔다.

힐리 공주는 침울하게 이야기했지만 비로소 전후 이야기를 모두 알게 된 세영은 한편으로 마음이 편했다.

"이런 가족사를 세영에게 모두 이야기하는 건 그만큼 어머니의 초상화가 우리에게 얼마나 중요한 건지 말해 주고 싶었기 때문이에요. 세영, 당신이 사마르에 직접 와 준 것만으로도 정말 고마워하고 있답니다. 애클리의 그림을 어머니가 얼마나 좋아하셨는지 알아줬으면 좋겠어요."

마음의 안정은 10초도 채 가지 못했다. 초롱초롱한 눈으로 이제 그림을 보러 가자고 하는데 도무지 당해 낼 재간이 없었다.

'어쩌지? 어떻게 해야 그림을 안 보여 주고 잘 넘길 수 있을까? 앞으로 며칠만 더 시간이 있으면 완벽하게 마무리할 수 있는데!'

이럴 줄 알았으면 같이 점심 먹자는 카미드의 제안을 거절하지 말 걸 그랬다. 같이 있었으면 옆구리라도 찔러서 알아서 처리하라고 떠넘기기라도 할 수 있었을 것이다.

"그럼…… 그렇게 부순 그림을 이제야 복원을 요청하신 이유는 뭘까요?"

"그림 잔해를 버리지 않고 보관한 것은 큰오빠의 명을 받은 하킴이었어요. 큰오빠는 예상했던 것 같지만, 아버지가 드디어 어머니를 믿을 마음이 다시 생겼기 때문이겠죠."

"그럼 톨루이즈는?"

"사인은 약물 과다 복용이었다고 해요."

그런데 왜 사망 소식이 돌지 않은 거지? 유족이 감췄나? 왜?

살벌한 이야기지만 그림은 화가가 사망하고 난 뒤에 값이 치솟는다. 애클리 역시 그랬고, 평생 지독한 가난에 허덕이다 죽은 고흐의 그림도 그랬다. 이런 측면에서 본다면 유족이 톨루이즈의 사망을 감출 이유는 없지만······.

"그렇군요."

세영은 고개를 끄덕이며 앞에 놓인 오렌지 주스를 한 모금 마셨다. 새콤달콤한 것이 진짜 생과일로 만든 것인지 맛이 좋았다. 쭈욱 삼키고 있는데 아루야 공주가 조심스럽게 화제를 돌렸다.

"세영. 큰오빠랑 3개월 동안 만난다는 계약서를 받았다면서요?"

"뭐?!"

조용히 잘 마무리되던 식사 자리가 아루야 공주가 터트린 폭탄에 초토화가 되었다. 가만히 잘 이야기하던 힐리 공주가 자리에서 벌떡 일어나며 의자를 내동댕이쳐 버린 것이다.

"너 꽃뱀이야?!"

"받긴 했지만 아직 사인 전이에요."

"할 생각은 있나요?"

"······."

정곡을 찌르는 아루야 공주의 질문에 세영은 입을 다물었다.

"세영. 섭섭해하지 말고 들어 줘요. 사실이 아닌 소문이 우리 가족을 끈질기게 괴롭혔고, 지금도 괴롭히고 있어요. 나는 그 고통을 알아요. 그저 짧은 시간일지, 긴 인연이 될지 모르지만……. 나는 세영에게 나와 같은 상처가 생기지 않길 바라요."

조용히 물러나라는 것인지, 심사숙고하라는 것인지 아루야 공주의 어조가 애매모호했다. 그와 달리 힐리 공주는 입에 거품을 물고 난리를 치는 중이었다.

"니하엘한테도 꼬리 치더니, 이번엔 내 오빠라고?!"

"힐리 공주님. 다시 말씀드리지만 그 제안은 공주님의 오빠께서……."

"듣기 싫어! 난 인정 못 해!"

누가 들으면 카미드와 자신이 결혼이라도 하는 줄 알겠다. 3개월간 만나자는 계약 연애가 그렇게도 싫은가?

"힐리. 이건 오빠가 결정한 거야. 우리가 관여할 문제가 아니란다."

"너한테 미안하다고 하나 봐라!"

힐리 공주가 사과할 생각으로 자리에 나오긴 했나 보다. 세영이 반박하기도 전에 분에 못 이긴 힐리 공주가 자리를 떴다. 아마 그녀를 오늘 중으로 다시 만날 일은 없을 것이란 확신이 들었다.

"미안해요, 세영. 힐리는 우리 남매 중에서도 어머니 죽음에 가장 충격을 받았어요. 어린 나이기도 했고, 그 이후 우리 가족이 조금…… 분열됐거든요. 예전과는 많이 달라졌죠. 그리고 나서는 매일 친구들과 하는 파티나 사치품을 사는 쇼핑에만 몰두하고 있어요. 아마 마음 둘 곳이 없어 그러는 것 같아요. 내색은 안 하지만 힐리는 둘째 오빠보다 큰오빠를 더 좋아하거든요."

"하하……."

가족 분열이라니, 아주 낯선 얘기가 아닌지라 세영은 그저 웃었다.

"정말 그림 보고 싶었는데 나 혼자만 보고 오면 또 힐리가 삐칠테니, 오늘은 안 되겠네요."

"아, 네."

천만다행이었다. 뛰쳐나간 힐리 공주에게 감사 인사라도 하고 싶을 지경이었다. 아루야 공주의 권유로 궁까지 함께 이동하기로 했다. 이미 준비되어 있던 리무진에 오르고 나서 공주가 마지막으로 입을 열었다.

"아버지가 어머니의 초상화를 부숴 버리고 딱 일주일 뒤에 나는 짐을 싸서 병원으로 나갔어요. 그리고 지금까지 궁으로 옮기지 않고 있죠. 세영은 왜 공주가 병원에서 요양을 할까 궁금하지 않았어요?"

세영은 아무런 반응 없이 그저 아루야 공주를 쳐다보고 있었다. 공주는 잠시 말을 고르는 듯했다.

"세영이 그랬죠? 어머니와 내가 아주 많이 닮았다고. 나는 그 말을 정말 좋아하지만 당시엔 그게 너무나 싫었어요."

"왜죠?"

"아버지가 매일 마주하는 나에게서 죽은 어머니를 꺼내 보았기 때문이에요. 그리고 그럴 때마다 상처 입는 아버지를 보며 나 역시 상처투성이가 되었죠."

"……."

"나는 똑같은 상처를 오빠와 세영이 받지 않길 바랍니다."

대화는 그것으로 끝이었다.

세영은 쓴웃음을 지으며 창밖으로 시선을 옮겼다.

❖　　❖　　❖

폭풍 같은 점심 식사가 끝나고 공주의 인사를 받으며 궁내의 작업실로 이동하던 세영은 마음이 복잡했다. 자신이 아무리 그럴 생각이 없다 하더라도 주위에서 볼 때는 분명 문제투성이로 보이는 것이 분명했다.

카미드를 통해 받은 흰색 종이 뭉치를 생각하며 복잡한 머리를 환기시켜야겠다고 생각한 세영이 작업실 문을 열자, 그곳엔 문제의 중심이 떡하니 자리하고 있었다.

"왜 이렇게 오래 걸려?"

"왜 여기 있어요?"

"커피나 한잔할까 하고."

카미드의 시선이 테이블 한쪽에 잘 놓인 주전자와 찻잔을 보았다.

"다시 준비할까?"

"일 안 바빠요?"

그만 가 달라는 완곡한 축객령이었는데 카미드는 모르는 건지 모르는 척을 하는 건지 누군가에게 전화를 걸어 다시 준비해 달라는 말을 하고는 자리에 앉았다.

"여기 앉아."

"······작업해야 하니까 커피만 마시고 가요."

이 남자한테는 직설 화법만이 통하나 보다. 카미드가 그러지, 하고 어깨를 으쓱였다.

뭐라고 한 마디 쏘아붙여 주려는데 시선이 마주쳤다. 처음 만났을 때도 느꼈던 푸른 눈빛이 이제는 묘한 감정까지 얽혀 더욱 노골적으로 느껴졌다. 자연스럽게 흩뿌려진 어두운 금발도 정말 매력적이었다.

인정한다. 자신은 이 남자가 자신에게 구애하는 것이 그다지 싫지 않았다. 이렇게 서로를 바라보고 있을 때에는 3개월의 제한이 있는 계약서쯤 고민하지 않아도 될 것 같은 기분이 들었다. 하지만······.

"고민하고 있군."

그의 말과 동시에 쟁반을 든 한 여성이 작업실 문을 열고 나타났다. 내려놓는 쟁반에는 이미 작은 주전자와 화려한 찻잔 2개가 놓여 있었다. 그녀는 이전에 놓아둔 쟁반을 들고 조용히 사라졌다.

"나는 아마 마지막까지 고민할 거예요."

"괜찮아."

그가 손수 주전자를 들어 찻잔에 액체를 따라 주었다. 커피가 아니라 홍차였다.

"우유?"

"아뇨, 괜찮아요."

막무가내로 밀어붙이던 때와는 달리 차분한 분위기 속에서 나누는 대화라 그런지 머리가 조용했다. 괴로웠던 기억은 아무것도 떠오르지 않고, 그저 눈앞에 있는 것들이 전부인 이런 시간이 세영에게는 가장 소중했다.

"당신이 겁내도 괜찮아. 나는 당신 대답을 기다릴 정도의 인내심은 있으니까."

"……."

"그 작은 머리로 열심히 생각하는 당신을 보는 것도 생각보다 즐겁고."

피식, 낮은 웃음소리에 세영의 귀 끝이 붉어졌다. 세영은 그 낮은 웃음소리에 왠지 모르게 부끄러워졌다. 예전부터 가면 쓰듯 무표정한 얼굴을 유지하는 것이 특기였는데 이제는 그마저도 마음대로 안 되는 것 같다.

"그림 봤어. 솔직히 이 정도일 줄은 몰랐는데……."

카미드는 눈치채지 못한 것인지 그림으로 화제를 돌렸다. 그 덕에 세영은 겨우 표정을 감추고 천연덕스럽게 대꾸했다.

"차이점이 보이는 게 있으면 지금 알려 줘요. 나중에 수정하려면 더 번거롭거든요."

"아니, 정말로 똑같아."

카미드는 진심으로 감탄하고 있었다. 그림이 찢겨졌던 위치, 어느 정도 구김이 가 있던 부분이 적당히 남아 있으면서도 옛날의 모습을 보이고 있었다. 그 외에 그림만 하더라도 예전 어머니가 살아계셨을 적 완성을 함께 보았던 그림의 모습 그대로였다.

"하킴이 사진 자료를 엄청 가져다줬거든요."

칭찬과 감탄에 익숙한 세영이지만 이 순간만큼은 정말 기뻤다. 희미하게 입꼬리가 올라가 있는 남자의 모습이 보기 좋았다. 인터넷에서 본 사진에서도, 첫 만남 때에서도 무표정이거나 잔뜩 찌푸린 표정이었는데 평범하게 웃는 카미드의 얼굴을 보니 이 작업을 한 것이 다행이라는 생각까지 들었다.

"마무리 작업은 이번 주에 끝날 거예요."

"그럼 대답도 그와 함께인가?"

"……그렇겠죠."

짧은 티타임은 금방 끝이 났다. 아마 카미드 역시 할 일을 미루고 시간을 내어 작업실을 방문한 것일 테지. 이런 생각을 하며 기뻐하는 자신이라니, 이미 어느 정도 이 남자에게 넘어갔다고 생각해도 무방할 정도였다.

자리에서 일어나 문 쪽으로 향하던 카미드가 몸을 돌려 세영에게 다가왔다. 세영의 입술을 향해 고개를 숙이다 잠시 멈추었다. 놀란 세영의 눈과 욕심에 찬 카미드의 눈이 마주쳤다.

"지금 키스하면 또 비명 지를 건가?"

"……아뇨."

겁쟁이가 아주 조금의 용기를 꺼냈다. 카미드는 그것이 마음에 드는지 매력적인 웃음을 보여 주더니, 마저 고개를 숙였다.

이미 경험했던 키스였지만 뭔가 달랐다. 세영은 채 그런 생각을 하기도 전 그의 등에 팔을 둘렀고, 카미드와 세영의 몸이 자연스럽게 밀착되었다.

"하아."

잠깐 입술이 떨어진 그 순간, 짧은 숨을 들이쉬기도 전에 다시 그의 입술이 다가왔다. 세영 역시 거부하지 않고 다시 입술을 열었다.

'너 꽃뱀이야?!'

귓가에 힐리 공주의 외침이 생생히 들렸지만 금세 잊혀졌다. 기억을 잊는다는 것은 세영에게 불가능한 일이었다. 하지만 카미드와 함께 있으면 가능할지도 모른다는 바보 같은 생각을 하며 세영은 마저 눈을 감았다.

7

참을 인(忍)

"생각보다 인내심이 없을지도 모르겠어."

"예?"

주인의 부름에 하킴은 처리해야 할 일들을 미루고 한달음에 카미드가 있는 접무실로 달려왔지만, 정작 연락한 사람은 계속 딴생각에 빠져 있었다.

"설마 세영 님 말씀이십니까?"

하킴은 다시 두통이 일었다. 마음 같아서는 진통제를 입에 털어넣고 싶었다. 작업 착수를 할 테니 카미드와 같이 살게 해 달라던 세영의 제안에 놀라긴 했지만 어쩔 수가 없었다. 겨우 일이 마무리가 되나 싶었더니 이번엔 자신의 주인이 핵폭탄을 투하시켰다.

"지금이라도 다시 생각해 보시는 것이 어떠십니까? 3개월 계약 연애라니, 만에 하나 언론사에 흘러 들어가기라도 하면······."

카미드 역시 이 과정이 그에게 득보단 실이 많고, 보이지 않는 리스크 역시 만만치 않음을 알고 있었지만 결국 그는 그녀에게 계약서를 넘겼다. 그리고 그는 그녀가 그 계약서에 서명을 하길 초조하게 기다리고 있었다.

"애초에, 세영 님을 별로 좋아하지 않으셨잖아요?"

이 상황이 기가 막힌 듯 하킴은 투덜거렸지만 카미드는 그저 씨익 웃었다.

"지금은 갖고 싶은데?"

"아아아. 저는 몰라요. 아무것도 못 들었습니다."

현실을 부정하는 하킴의 반응에 카미드는 보기 드문 웃음소리를 내며 소파에서 일어났다.

"하킴. 나는 지금 매우 즐거운 기다림 중이야."

"어찌 되더라도 언론사 노출 금지와 3개월 기간 제한은 명심해 주셔야 합니다."

하킴의 조언을 빙자한 압력에도 카미드는 그저 웃었다.

그녀가 그를 받아들였다. 어제의 키스는 대답이나 마찬가지였다. 이제 그 대답이 계약서의 사인으로 이어지기만 하면 되었다.

카미드는 사인된 계약서가 자신에게 돌아올 것이라 믿어 의심치 않고 있었다.

"그나저나 언제까지 계실 예정이세요? 저번처럼 갑자기 사라지시면 곤란합니다."

"사실 그것 때문에 부른 거야. 오늘 저녁에 급하게 가야 할 것 같아."

"아, 그러십니까? 오시는 건 언제쯤이 될까요?"

"디데이 전에는 도착해야지."

"일찍 오시겠군요."

카미드의 고집에 이번 일로 고생이 많았는지 하킴이 대놓고 콧방귀를 뀌었다. 생각할 가치도 없다는 듯 들고 온 서류를 훑고 있었다.

"그런데 그 자료는 아직인가?"

"한국에서 오는 거라 그런지 좀 늦네요. 받는 즉시 전송해 드릴 테니 회사 일 먼저 신경 써 주시죠. 엄연히 저도 투자자입니다."

"아루야한테 무슨 일 있으면 시간 상관없이 연락해."

"알겠습니다. 차를 준비할까요?"

"한 30분 뒤에."

"지금 안 가시고요?"

"애인이 될 사람이 같은 건물 내에 있는데 인사는 하고 가야지."

얼마 전만 하더라도 말도 없이 비행기에 오르신 게 누구였더라.

하킴은 혀끝까지 차오른 말을 삼키며 웃는 얼굴로 대답했다. 카미드는 기분 좋아 보이는 얼굴로 집무실을 빠져나갔다.

환상적인 뒷모습이 시야에서 사라지자마자 하킴은 한숨을 푹 내쉬었다. 몇 년 전만 해도 궁 내부의 분위기는 살벌하다 못해 무서울 정도였다. 왕은 추락해 갔고 첫째 왕자는 그런 부친을 경멸했다. 지금도 상황은 크게 바뀌지 않았지만, 저렇게 웃으며 궁을 거닌다는 것 자체가 어떤 면에서는 큰 발전이라 봐도 무방했다.

기본적으로 사람들에게 시달려 온 만큼 이성과의 만남에서 문제가 될 만한 요소는 깨끗하게 배제해 왔던, 철저한 계산하에 관계를 만들어 갔던 카미드였다.

그런데 왕족 문제가 얽힌 복원가랑 그렇고 그런 사이가 되고 싶어 변호사에게 계약서를 만들라고 하다니…… 세영에게 자신이 모

165

르는 엄청난 매력이 있는 것인지 하킴은 막연히 생각했다.

일 처리나 성격에 관해서는 호감이긴 했다. 특별한 흠을 찾지는 못했지만 그와 동시에 튀는 매력을 잡아내지 못했다.

"애초에 같은 건물에 살게 하는 것이 아니었는데……."

애달픈 하킴의 한숨 소리는 이후에도 계속 이어졌다.

그리고 다음 날, 세영은 심각한 표정으로 통화를 하고 있었다. 오랜만에 이모와 안부를 물으며 시시콜콜한 이야기나 하려던 세영에게 청천벽력 같은 일이 일어났다.

─난 세영이 네가 승낙했다고 다영이한테 들었는데, 아니야?

"그게 무슨……. 나는 이모한테 처음 듣는 얘긴데."

─어쩐지……. 그 지지배! 내가 세영이 네 스케줄 뻔히 아는데! 아닐 거다 얘기해도 맞다 우기더니 일을 키워 놓고 어물쩍 넘어가려고…….

흥분한 이모가 수화기 너머로 한껏 화를 내는 것을 들으면서도 세영에게는 그것을 배려해 줄 정신이 부족했다.

"하아."

─그럼 세영이 넌 아무 연락도 못 받은 거야? 아휴, 내가 미리 알려 줬었어야 했는데…….

이전에 연락이 오긴 했다. 몇 줄 안 되는 메일 한 통이.

이모는 자신에게 미리 확인하지 않은 것에 굉장히 미안해하고 있었지만 그것이 해결책이 되진 않는다.

"서둘러야 이번 주에 겨우 작업 끝나. 돌아가면 바로 다음 작업 들어가야 되고."

—2주 뒤 비행기로 온대. 촬영팀이랑 다 같이 움직이는 거라 미룰 수도 없다고 빽빽 우기던데.

"진짜 미치겠네. 무슨 일을 이렇게……."

—……그럼 형부랑 언니도 같이 온다는 것도 못 들었니?

인상을 쓰고 마우스 휠을 돌리며 노트북 화면에 뜬 메일을 뜯어 보던 세영의 오른손이 멈췄다. 가빠지는 호흡을 다듬느라 시간이 걸렸지만 이모는 조용히 대답을 기다리고 있었다.

"……아빠랑 엄마가?"

—이번 특집 컨셉이 '가족과 함께하는'이라나 뭐라나. 아무튼, 이모가 확실히 확인해 보고 다시 연락할게.

전화가 끊기고 한참이 흘렀지만 세영은 귀에 가져간 휴대폰을 거두지 않고 멍하니 있었다.

언니랑 같이 엄마 아빠가 온다. 고작 촬영 때문에. 20여 년 넘게 안부도 묻지 않았던 나를 만나러 오는 게 언니 방송 때문이라고?

역시 눈물은 나오지 않았다. 한참을 생각하다 세영은 손에 들린 휴대폰을 물끄러미 내려다보았다. 하지만 통화버튼을 누를 수는 없었다. 결국 세영은 전화 연결 대신 음악재생 버튼을 눌렀다.

카미드가 일 때문에 잠시 미국으로 떠난 것이 다행이었다.

이모의 연락을 받고 난 뒤 나흘간 세영은 작업에만 몰두했다. 아예 다른 생각을 하지 못하도록 아침부터 저녁까지 노래만 들으며 작업했다. 이런 상황에서 카미드까지 눈앞에 있었다면 초상화고 뭐고 정말 여권 들고 도망갔을지도 모른다.

자신이 뭐에 홀린 것마냥 그림을 마무리할 동안 작업실 한쪽에 우두커니 앉아 있는 타미에게는 미안하긴 했지만 방법이 없었다. 조곤조곤 설명하니 타미는 괜찮다며 멀쩡한 얼굴로 이어폰 줄을 거추장스러워 하는 자신에게 조용히 무선 헤드폰까지 사다 주었다.

점심 식사도 이제까지는 타미가 추천하는 곳으로 일부러 나가서 먹거나 다른 일하는 사람이 가져다주었지만 그것조차 신경 쓰였다. 타미는 용케도 그것을 알아차리고 자신이 직접 움직여 음식을 날라 주었다. 여러모로 타미에게는 고마운 점이 많았다.

"후우."

창밖이 어둑해져서야 헤드폰을 벗어 테이블 위에 내려놓은 세영은 천천히 그림을 뜯어보았다. 혹시 힐리 공주가 별안간 들이닥칠까 훼손된 원본은 테이블 아래 서랍에 잘 넣어 두고 있었지만 이제 계약대로 원본을 태울 때가 되었음을 직감했다.

"이제 완성인가요?"

"네. 한번 봐 줄래요?"

뒤쪽 의자에 조용히 앉아 있던 타미가 쪼르르 다가왔다. 이미 수백 번은 봤을 그림인데도 타미 역시 찬찬히 훑어보고 있었다.

사실 이 숨은 계약을 마무리 짓기 위해선 카미드의 확인이 필요했지만 지금 상황에서는 불가능이었다. 아침에 타미를 통해 하킴에게 연락을 해 두었으니 내일 늦은 오후쯤에는 이 작업실에 하킴이 올 것이다. 카미드 대리로서 하킴의 승인을 받으면 모레쯤 사마르 국왕에게 전달될 수 있을 것이다.

"색은 최대한 갖고 있는 자료를 토대로 비슷하게 맞추려고 했는데 직접 본 것이 아니라 분명 차이는 있을 거예요."

카미드와 하킴, 그리고 자신까지 셋만의 비밀이었을 이 복제품 사기에 타미가 함께하게 된 것이 전적으로 자신을 위한 결단인 것을 세영 스스로도 알고 있었다. 그래서 타미에게 미안한 마음이 컸던 세영은 이 나흘 동안 저녁과 밤의 시간을 이용해 겨우 타미를 위한 선물을 마련했다. 타미가 그림에 빠져 있는 동안 가방에 가져온 스케치북을 꺼내 타미에게 건넸다.

"사실 멋진 초상화를 그려 주고 싶었는데 시간이 부족했어요."

"세영 님. 이게 뭐예요?"

손에 닿는 종이의 질감에 타미가 화들짝 놀라며 스케치북을 받아 종이를 넘겼다. 차르륵 소리를 내며 수십 페이지의 종이가 천천히 넘겨졌다.

"어……."

첫 페이지에는 공항에 마중 나왔던 타미의 모습이 담겨져 있었다. 그리고 그다음 장에는 집을 소개하던 모습. 그다음에는 궁에 함께했던 모습, 병원, 쇼핑몰, 파티장……

"나는 타미가 생각하는 것보다 기억력이 좋거든요. 이건 내가 직접 봐 온 타미 모습이에요. 처음에는 어린 친구랑 지내는 게 막연히 힘들 거라 생각했었는데, 내 착각이었어요."

"……"

말 없는 타미는 그저 천천히 그림을 넘기고 있었다. 이윽고 마지막 장에 다다랐을 때, 타미는 결국 눈물을 보였다.

창가 앞쪽에 앉아 쑥스럽게 웃고 있는 타미의 모습이었다.

"시간만 있었으면 정말 제대로 그려 주고 싶었는데…… 미안해요."

혹시 마음에 안 드는 걸까, 세영이 조심조심 눈치를 살피는데 타미가 와락 세영에게 안겼다. 아직 어린아이라 작은 몸이 왠지 모르게 애처로웠다.

"정말 마음에 들어요. 세영 님. 정말 감사합니다."

울먹거리는 목소리에 세영은 그저 타미의 둥근 머리를 쓰다듬었다.

"나중에 보스턴으로 올 일 있으면 연락해요. 그땐 내가 타미를 맛있는 곳으로 안내할게요."

"꼭 갈게요. 카미드 님께 혼나더라도 꼭 같이 데려가 달라고 말씀드릴 거예요."

"······그래요."

타미의 마지막 말에 세영은 쓰게 웃었지만 고개를 숙인 채 울고 있는 타미가 알 수 있을 리 없었다.

그렇게 사마르에서 사귄 첫 친구와의 작별 인사가 조용히 끝나고 있었다.

세영은 정말 오랜만에 늦잠을 잤다. 그동안 식사 좀 제때 하라며 마사에게 잔소리를 들었지만 어제만큼은 초저녁부터 곯아떨어진 세영에게 아무런 터치 없이 조용히 있다 조용히 사라진 마사였다.

그리고 어제 하킴에게 확인을 받고 오케이를 받은 그 순간 세영은 타미에게 마지막 SOS를 보냈다. 타미는 마지막까지 프로다운 모습으로 집까지 안전하게 데려다주었다.

"잘 주무셨습니까?"

하품을 하며 씻으러 욕실로 향하던 세영에게 하킴의 목소리가 날아들었다. 놀란 세영이 거실 소파로 시선을 돌렸다.

"하킴. 설마 아침부터 기다린 건 아니죠?"

시계를 보니 벌써 11시가 넘은 시간이었다.

"아닙니다. 마사에게 연락해 보고 방금 도착했어요. 기다리는 동안 서류 확인하고 있을 테니 천천히 준비하세요."

매너 있게 웃는 하킴의 얼굴에서 평소와 다르게 이질감을 느낀 세영이었지만 큰 내색은 하지 않았다. 기다리는 사람이 있으니 편하게 씻기는 힘들었다. 서둘러 씻고 머리에는 수건을 둘둘 만 채로 하킴의 맞은편에 앉았다.

"혹시 갑작스럽게 수정이 필요한 것은 아니죠?"

겁에 질린 세영이 조심스럽게 물었지만 하킴은 호탕하게 웃으며 손사래를 쳤다.

"아닙니다. 그림은 정말 만족스럽게 생각하고 있습니다. 말도 안 되는 일정 속에서 말도 안 되는 일에 동참해 주신 것에 대해 진심으로 감사드립니다."

"……그럼 이번 계약은 제 이력에 복원 작업으로 남겨도 괜찮을까요?"

"예. 사마르에서는 세영 님께 초상화 복원을 의뢰했고, 시일에 맞추어 완벽하게 복원된 그림을 받았습니다."

오고 가는 대화 속에서 복제품이란 단어는 완벽하게 사라진 지 오래였다. 세영이 고개를 끄덕이며 납득하였고, 하킴은 그와 관련된 부가적인 사항에 대해 사족을 달았다.

"'그것'은 카미드 님께 보고 후 완전 소각되었습니다. 이 일을 아는 사람은 타미까지 총 넷이지만 이쪽에서 발설될 일은 없을 것입니다."

"알겠습니다."

"계약금을 제외한 나머지 잔금은 오늘 오후에 세영 님 계좌에 송금될 예정입니다. 그리고 힐리 공주님 사건에 대한 보상금은 삼일 전 처리가 되었는데 혹시 확인해 보셨는지요?"

"아니오. 마무리 작업 때문에 그럴 정신이 없었어요. 잘 처리해 주셨겠죠."

세영의 대답이 끝나고 나니 조용한 침묵이 이어졌다. 잠시 머뭇대던 하킴이 곧 자리에서 일어났다. 하고 싶은 말이 있지만 참는 표정이었다.

"이만 가 보겠습니다."

"하킴. 나에게 할 말이 더 남아 있는 것 아닌가요?"

"있습니다. 하지만 카미드 님께서 들으신다면 난리가 날 테니, 저는 여기까지만 말씀드리고 이만 돌아가겠습니다."

심란한 표정의 하킴에게 이야기를 털어놓을까 순간적으로 생각했지만 굳이 공범을 늘리고 싶지는 않았기에 세영은 그저 고개를 끄덕이며 내일 보자는 인사를 건넸다.

그리고 그날 밤, 아루야 공주의 발작이 있었다.

세영에게는 타미에게서 그 소식을 전달받은 카미드가 뉴욕에서부터 전세기를 타고 건너오고 있다는 얘기도 메시지로 도착했다.

병원으로 가 봐야 할까, 하는 생각이 잠시 들었지만 병실에는 가족들만 들어갈 수 있을 것 같다는 생각에 이내 몸을 다시 침대에 눕혔지만 동이 틀 때까지 쉽게 잠에 들지 못했다.

"일어났어?"

"……언제 왔어요?"

"방금."

세영이 눈을 떴을 때 눈앞에 보인 것은 침대에 걸터앉은 채로 자신을 바라보고 있는 카미드였다. 오랜만에 본 얼굴이 잠을 못 잔 것 때문인지 많이 상해 있었다. 목소리도 조금 잠겨 있었고, 무엇보다 표정이 좋지 않았다.

"공주님은요?"

"지금은 안정됐지만……."

"당신도 잠은 좀 자야죠."

"무서워."

카미드의 이런 약한 모습은 처음이었다. 이제까지 봐 온 카미드는 자만하거나, 비꼬거나, 자신만만한 태도뿐이었다. 그랬던 그가 지금 자신에게 이런 약한 모습을 보이고 있다는 것이 세영은 한편으로 안됐다는 생각을 하면서도 그 안타까움의 일면에서 기뻐하는 마음을 발견했다. 애써 그 마음을 외면하며 세영은 침대에서 몸을 일으켰다.

"뭐가 무서워요?"

"어머니의 소식도 자다가 들었어. 아루야도 그렇게 될까 봐 겁나."

"……앞으로 나아질 가능성은?"

"없다더군."

카미드는 겨우 토해 낸 한 마디를 마지막으로 일어나 있는 세영의 어깨에 머리를 기댔다. 체격 차이 때문에 어색했지만 세영은 두 팔을 벌려 그의 등을 껴안았다.

"같이 잘까요?"

"뭐?"

뜬금없는 세영의 제안에 잠겨 있던 그의 목소리가 크게 되물었다. 세영은 작게 웃으면서 그의 등을 쓸었다.

"나는 충분히 잤지만 당신은 피곤하잖아요. 내가 옆에 있을 테니까 푹 자요. 타미한테 부탁해서 차를 대기시켜 놓을게요. 당신이 일어나면 같이 병원으로 가요."

"잠이 올 것 같지 않아."

"그럼 내가 말하는 걸 들으면서 눈이라도 감고 있어요."

두 팔을 내려 카미드의 어깨를 당긴 세영이 자신의 침대 한쪽에 그를 겨우 눕혔다. 카미드는 세영의 제안이 그다지 마음에 들지는 않은 듯했지만 잠자코 시키는 대로 침대에 누워 눈을 감았다.

"나는 엄마를 좋아했어요. 아빠랑 언니도 좋았지만 엄마는 항상 내가 최고라고 말해 줬거든요."

어디까지 이야기할까, 머릿속으로 가늠하며 세영은 조심스럽게 입을 열었다. 이모가 아닌 다른 사람에게 자신의 이야기를 하는 것이 처음이었지만 그다지 어렵지는 않았다. 위로받고 싶은 마음은 없었다. 동정을 받고 싶은 것은 더더욱 아니었다.

그저 자신에게 다가오는 남자에게 세영은 한 번쯤 진심을 말하고 싶었다. 그리고 그때가 바로 지금이 아닐까 하는 생각이 들었다.

카미드는 잔잔히 들리는 세영의 말을 들으며 며칠 전 하킴을 통해 받은 파일 내용을 떠올렸다. 한국과 보스턴에 각각 조사원을 보내 확실한 자료들로만 구성되어 있는, 이른바 '한세영'에 관한 모든 내용이 담긴 보고서였다.

모두 확실한 근거를 토대로 나열되어 있는 사실들을 읽으면서도 그는 믿을 수가 없었다.

"이 내용이 전부 100% 사실이라고?"

—저도 놀라서 한 번 더 확인 요청을 했습니다. 첨부된 자료는 병원에서 직접 빼낸 것이라 확실하다더군요. 그리고 모친은 최근까지도 정신병원 치료를 병행 중이랍니다. 내용은 전부 사실입니다.

착잡한 하킴의 목소리가 귓가에 울렸지만 카미드는 더 이상 말을 잇지 않고 통화를 종료했다. 그의 두 눈은 여전히 종이 뭉치의 특정 부분에 꽂혀 있었다.

〈아동폭력으로 모친이 형사입건될 뻔했으나 부친 쪽에서 무마시킨 듯하다. 자료를 종합해 본 개인적 소견으로는 정신적으로 불안정했던 모친이 한세영을 직접 살해할 의도를 가지고 행동했던 것으로 보인다. 사건 이후 한세영 역시 정신과 치료를 병행했으며, 퇴원과 동시에 모친이 아닌 이모와 생활하며 미국행을 준비하였다.〉

모친이 직접 살해할 의도를 가지고 행동했다고?

이런 뒷조사에서 조사원의 개인적 소견은 배제하는 것이 자료의 신뢰도를 높인다는 것쯤은 카미드도 잘 알고 있는 사실이었지만 수많은 글자 중에서도 저 문장이 머릿속에서 떠나지 않았다.

부모가 자신을 죽이려 했다는데 어떤 인간이 멀쩡할 수 있단 말인가?

손이 부들부들 떨렸다. 무표정한 얼굴의 그 여자가 안쓰럽기도 하고, 얼굴도 모르는 그녀의 모친이 경멸스러웠다. 어떤 인간이어야 자신의 자식을 죽이겠다는 생각을 할까?

〈현재 한세영의 생물학적 친부는 찾지 못한 상태이며, 이에 대한 조사를 요청 시 한세영의 DNA 샘플 첨부 요망.〉

〈모친은 정신병원에서 퇴원한 이후 지금까지 약 4년간 한세영의 언니 한다영과 부친 한기철과 한 집에서 지내고 있다. 서류상으로는 여전히 이혼한 사이지만 한다영의 연예계 생활의 뒷소문을 잠재우기 위해 부모님의 재혼을 종용하는 소속사의 제안이 있었다고 한다.〉

결국 그녀만 떨어져 나왔다.

불완전한 가족이 얼마나 불행한지 카미드 역시 잘 알고 있었지만 이건 그녀에 대한 예의가 아니었다. 저 3명 중 한 명이라도 그녀를 생각하고 존중했다면 그녀가 이렇게 쫓겨나듯 제외되어서는 안 되는 거였다.

"구역질이 나는군."

'그건 내 문제예요. 당신에게 설명할 필요는 없어요.'

치근덕대는 자신의 질문에 그녀는 단호하게 대답했다. 그 말을 하면서 그녀는 어떤 생각을 했을까?

아무에게도 말 못 할 이야기라니 얼마나 외롭고 지쳤을까.

서류 뭉치 뒷부분은 사진 자료였다. 그녀의 자매가 한국에서 한참 이름을 알리고 있는 연예인이라는 사실을 보여 주는 사진들이었다. 화보 몇 개가 섞여 있는 수많은 사진 속에서 그 여자는 다양한 표정으로 웃고 있었다.

카미드는 그녀를 떠올렸지만 웃는 얼굴보다 무표정한 얼굴이 먼저 떠올랐다. 진심으로 그녀가 안쓰러웠다.

"음…… 그래서 미국으로 왔어요. 겸사겸사 미술 공부도 시작해서 지금 이렇게 밥벌이하고 있는 거고요."

떠듬떠듬 말을 잇는 세영의 목소리가 불안정했다. 눈물을 참고 있는 것인지, 아니면 화를 참고 있는 것인지 미묘했다. 하지만 카미드는 여전히 눈을 감은 채였다. 그저 손을 뻗어 세영의 작은 몸을 자신의 품으로 끌어당겼다.

"왜 미국으로 간 뒤의 이야기는 그거 한 줄이야? 고등학교 졸업 파티 때나 전 남자 친구 얘기도 해 줘야지."

"어……."

세영은 카미드의 반응에 당황했다. 가족에 대해 더 캐물을 줄 알았는데 반응이 너무 쿨했다. 왕족한테는 자신의 이야기보다 더 막장인 이야기가 있는 건가? 하는 멍청한 생각도 들었다.

"정말 그게 궁금해요? 한국에서……."

"미안한 말이지만 당신 가족은 정말 최악이야."

아하하. 세영이 카미드의 품에서 작게 웃었다. 노골적인 비난에 언짢아 하기보다 자신을 대신해 화를 내 주는 남자의 말이 기뻤다. 웃는 세영의 머리에 카미드가 조용히 입을 맞췄다.

"듣는 나도 기분이 이런데 말하는 당신은 어떻겠어. 그 정도로 충분하니까 다음 얘기로 넘어가자고."

"음…… 그래도 더 해 줄 말이 없어요. 남자 친구는 사귄 적이 없고, 졸업파티 때는 안 갔거든요."

"거짓말."

"정말이에요. 졸업파티 시즌 때는 대학등록금 때문에 아르바이트하느라 바빴고, 연애는 딱히 사귀고 싶은 사람이 없었어요."

대신 자신의 미적 감각에 취합하는 사람들에게 끝도 없이 들이대 그림을 그려 대긴 했지.

이 내용을 어떻게 꺼내야 할까 세영이 머리를 굴리던 중 카미드의 불퉁한 목소리가 들렸다.

"그럼 그놈은 뭐야? 힐리 남자 친구라던."

"니하엘이요? 얘기했잖아요. 대학 동문에 그림 때문에 하루 같이 있었던 게 다라고."

"흠……."

세영의 대답이 만족스럽지 않은지 카미드가 입을 다물었지만 그것이 정말 사실이었다.

"또 궁금한 거 있어요?"

"한국으로 돌아가고 싶어?"

"……."

세영은 숨을 들이켰다. 스스로에게 던져 본 질문이었다. 하지만…….

"그건 잘 모르겠어요. 나는 반평생을 이미 미국에서 지냈고, 지금 자리도 잡았지만…… 그래요. 가족과는 별개로 한국이 그리울 때가 있어요. 거기가 내 고향이니까……."

세영은 자신의 대답이 그에게 불쌍해 보이거나 동정심을 일으키지 않길 바랐다. 자신이 솔직한 만큼 그가 그만큼만 있는 그대로 이해하길, 그저 그뿐이었다.

"슬슬 졸려."

다행히도 그가 먼저 말을 돌렸다. 세영에겐 정말로 다행이었다. 진실게임은 이제 끝이 났다.

"괜찮아요. 아무 일도 없을 거예요."

카미드가 다시 한 번 세영의 몸을 끌어당겼다. 세영은 끌어당겨지는 대로 그의 품에 파고들었다. 그저 지금 이 순간만큼은 편안하게 잠들고 싶었다.

❖　　❖　　❖

다행히 눈을 뜨고 나서 마사가 준비해 준 아침밥을 먹고 서둘러 나서 병원에 도착할 때까지 별다른 연락은 없었다. 마사는 호들갑을 떨며 상상의 나래를 펼쳤지만 카미드는 그저 웃으며 커피를 받아 들었고, 세영 역시 애써 모른 척하며 오믈렛을 입안 가득 집어넣었다. 서둘러 옷을 갈아입고 카미드가 대기시킨 차에 올라 이동했다. 다행히도 타미의 모습은 보이지 않았다.

병원은 한층 더 인원이 보충됐는지 검은 정장의 남자들이 의사보다도 많아 보였다. 카미드에게 향하는 인사에 당황하자 카미드가 세영의 어깨를 잡고 끌어 주었다.

"아루야."

"왔어?"

병실 문을 열고 안으로 들어가자, 힘없는 웃음으로 맞이하는 공주의 모습은 생각보다도 더 안 좋아 보였다. 세영은 굳은 얼굴로 카미드와 함께 침대로 다가갔다.

"오늘은 어때."

"어제보다 숨 쉬기 더 편해."

카미드는 여전히 근심에 찬 얼굴이었다.

"세영. 그림 완성되었다면서요? 얼른 보고 싶네요."

"공주님 덕분에……."

"언니! 나 왔어."

갑작스럽게 병실 문을 열고 들어온 것은 힐리 공주였다. 힘차게 들어온 것은 좋았으나 카미드를 발견하고 급격하게 목소리가 작아졌다.

"오빠도 와 있었네."

힐리 공주는 여전히 떨떠름한 목소리였지만 그래도 마지막일지 모르는 자리였다. 세영은 웃는 얼굴로 인사를 건넸다.

"오랜만에 뵙네요."

"참, 그림 완성됐다며. 아빠가 그림 받자마자 데리고 있던 계집애들 다 내보냈다고 하킴이 싱글벙글이던데?"

"아……."

'데리고 있던 계집애들을 다 내보냈다.'는 대목에서 카미드와 아루야 공주의 시선이 한 번에 꽂혔다. 세영은 여전히 웃는 낯이었다.

"마음에 드셨나 보네요. 다행이에요."

타인의 입으로 전해 듣는 말이긴 했어도 어찌 됐든 의뢰인이 만족해한다니 자신의 역할은 모두 끝났다. 이제 정말로 결정해야 할 시기가 다가온 것이다.

세영은 속으로 생각했던 바를 곱씹었지만 여전히 심경이 복잡했다. 카미드가 건넸던 서류 뭉치와 오늘 새벽녘 함께 대화했던 카미드의 눈을 감은 얼굴이 떠올랐다. 하지만⋯⋯.

"역시, 하킴의 안목은 믿을 만해."

카미드가 환상적인 눈웃음을 지으며 세영의 머리를 한차례 쓰다듬었다. 몇 번 되지 않는 스킨십에 익숙해진 것인지 세영은 그의 칭찬에 쑥스러워하며 고개를 살짝 숙였다. 그래서 아루야와 힐리 공주의 경악에 찬 얼굴을 보지 못했다.

"오빠 눈이 이렇게 낮다니 말도 안 돼."

힐리 공주가 겨우 충격에서 벗어나 한마디를 내놓았지만 카미드의 시선에 금방 저지당했다. 결국 입을 다문 힐리 공주에게 카미드가 뜻밖의 질문을 던졌다.

"네 남자 친구는 지금 어디 있어?"

"니하엘? 미국으로 돌아간 지가 언젠데."

"헤어지셨어요?"

설마 나 때문에?

놀라 휘둥그레진 세영의 눈을 본 힐리 공주가 콧방귀를 뀌며 어이없다는 듯 대꾸했다.

"나라는 최대의 스캔들을 두고 딴짓하는 놈한테 흥미 없어."

"그게⋯⋯."

다시 한 번 니하엘과의 선을 그으려 했지만 힐리 공주는 더 이상 그에 대해 듣기 싫다는 제스처를 취했다. 결국 세영은 찜찜한 마음으로 입을 다물었다.

"아무튼 난 괜찮으니까 오빠랑 세영은 이만 돌아가요. 힐리는 방금 왔으니까 조금만 더 있다 보낼게."

"그래. 푹 쉬어. 밥도 잘 챙겨 먹고."

카미드가 아루야 공주의 이마에 짧게 키스했다. 그 모습이 참 예쁘다고 생각하면서도 자신과 언니의 모습이 오버랩되는 것은 어쩔 수 없었다. 세영은 애써 모른 척하며 자리에서 일어났다.

"세영. 나중에 봐요."

상냥한 공주의 목소리를 마지막으로 병실을 나섰다.

"오늘 특별한 일정 없지?"

"딱히 없지만……. 왜요?"

카미드의 푸른 눈이 아름답게 휘었다. 눈만 보고 있는데도 그의 기분을 알 수 있다니, 이건 거의 중증이다.

"완성된 그림 효과가 너무 파격적이라서 상이라도 줘야 할 것 같아."

'국왕이 먼저 떠난 왕비의 초상화를 전달받자마자 옆에 끼고 놀던 여자들을 정리했다.'는 말만 들어선 자신이 엄청난 일을 한 것처럼 느껴지지만 실상은 왕비에 대한 국왕의 그리움이 그만큼 엄청났다는 말이다.

하긴. 이제 다 끝났는데 그게 다 무슨 상관이야. 그저, 당신이 기쁘다면 상관없어.

세영은 조용히 웃으며 카미드의 손을 잡았다. 살이 맞닿는 그 순간 카미드가 눈에 띄게 움찔했다. 진득한 키스는 물론이고 서로 껴안고 침대에서 잠이 든 사이건만 고작 손을 잡는 것에 놀라는 모습이 어쩐지 귀여웠다.

그의 반응에 소리 내어 웃는데 곧 맞잡은 손에 힘이 실렸다. 자신의 손은 그의 손에 비하면 턱없이 작았다. 완벽하게 감싸진 손에 온기가 따뜻했다.

"바깥에서 이러다가 사진이라도 찍히면 어떻게 해요?"

자신이 먼저 잡아 놓고 덜컥 겁이 나는 세영이였다. 짐짓 손을 놓으려고 했지만 카미드의 손 힘은 그대로였다.

"나한테 아직 안 당한 잡지사가 있을까 모르겠네."

"그래도 사진 잘만 돌아다니던데요? 출발하기 전에 인터넷에 이름만 쳐도 사진이 쫘악."

병원 정문에서 대기하고 있던 차에 올라타자마자 카미드는 집으로, 짧게 지시를 하고 휴대폰으로 문자를 보내고서야 옆자리에 앉은 세영에게 시선을 옮겼다.

"바쁘면 나 혼자 들어가도 돼요."

아쉽긴 했지만 자신도 돌아갈 준비를 해야 했다. 연구소와 스케줄 확인도 해야 하고, 갑자기 터트린 언니의 방송에 대해서도 조율이 필요했다.

이 남자와 함께 있는 것은 분명 즐겁고 좋지만 어디까지나 계약 기간 동안 주어진 신기루일 뿐이다. 그리고 그 신기루의 기한은 모두 끝났다.

"당신이 나 좀 도와줘야겠어."

"무슨 일인데요?"

"파티를 할 거야."

"나는 초대하지 말아 줘요. 또 물에 빠지긴 싫어."

조용히 대꾸하는 세영의 말에 카미드가 큰 소리를 내며 웃었다.

"어머니의 그림이 완성된 기념으로 가족과 가까운 왕족들만 초청할 거야. 그리고 당신이 주인공이고."

"내가요?"

그녀의 입에서 작은 탄식이 흘러나왔다. 카미드는 알아채지 못했지만 세영은 지금 크게 당황하고 있었다. 가족과의 식사 자리, 그리고 그와 자신이 지금 서로를 대하는 자세…….

분명 그는 그 자리에서 어떤 식으로든 자신을 노출시킬 것이다. 그렇게 되면 자신이 그를 떠나기는 더 힘들어진다.

"역시 불편한가?"

카미드의 제안을 피하는 세영의 태도에 그가 섭섭한 듯 되물었다. 세영은 이러지도 저러지도 못하고 입만 우물거렸다.

"그게…….."

"당신이 싫다면 할 수 없지."

눈에 띄게 처지는 그의 기분에 세영은 어쩔 줄을 몰랐다. 짧은 시간이지만 그의 행복한 모습만 담아 가고 싶었다. 그런데 자신 때문에 그가 서운해하는 모습을 보니 머릿속이 이리저리 꼬이기 시작했다.

"칵테일 딱 한 잔만 하고 난 빠질 거예요."

투명한 그의 눈동자에 다시 한 번 기쁨이 차오르는 것이 보였다. 그래. 자신은 그것만으로도 충분하다.

"그래. 그다음은 당신이 하고 싶은 대로 해도 돼."

맞잡았던 손이 풀리고 그의 커다란 손이 세영의 머리를 감싸 당겼다. 세영의 상체가 자연스럽게 카미드의 품으로 향했다.

"어쩌지. 당신이 점점 더 사랑스러워."

읊조리듯 낮게 깔린 목소리에서 지금 그의 모든 감정이 느껴졌다.

세영 역시 시간이 흐를수록 그의 목소리, 그의 팔, 그의 품, 그의 눈동자를 점점 더 사랑하게 됐다. 그와 동시에 그녀는 자신의 한계를 직감했다.

어쩐지 심장 부근이 저렸다. 욱신거리는 것 같기도 했고 콕콕 찔리는 것도 같았다.

세영은 자신의 이마에 내려앉는 그의 입술을 느끼며 눈에 차오르는 눈물을 참기 위해 하염없이 입술을 깨물었다.

8

욕심의 근거

"아니, 그게 왜 어려워? 아빠는 내가 잘되는 게 싫은 거야?"

"너는 무슨 소리를……."

한기철은 한참 전에 서른을 넘긴 철없는 딸을 바라보며 속 깊은 곳에서부터 터져 나오는 한숨을 숨길 수 없었다. 하지만 그 한숨에도 다영은 상기된 얼굴과 표정에 변화가 없었다.

"어차피 엄마랑 같이 살고 있고 서류상으로만 이혼인데! 그냥 다시 예전처럼 서류만 바꾸라는 거잖아."

"네 엄마가 아프니 같이 지내는 건 어쩔 수 없지만……."

"아, 몰라! 이거 때문에 나 뒷소문 돈다고 일부러 이번 특집도 가족테마로 잡은 건데! 서류상으로 이혼한 부부가 미국 가서 하하호호 하면 사람들이 그걸 믿겠어?"

다영의 외침이 작은 방에 있을 그녀의 모친에게 들리지 않을 리가 없다. 아침부터 또 시작된 다영의 성난 소리에 아침도 먹지 않고 방 안에서 숨죽이고 있는 것이다.

"네 엄마랑 합치면 세영이도 데려와야지."

기철의 자조적인 읊조림에 이번에야말로 다영의 눈이 뒤집혔다. 손에 들고 있던 핸드백까지 내던지며 이제까지 중 제일 큰 목소리로 악을 질렀다.

"누구 때문에 이렇게 된 건데 걔를 데리고 와? 아빠. 걔는 남이야. 지 때문에 아픈 엄마 내팽개치고 좋다고 미국으로 도망간 애를 왜 이제 와서 우리 가족에 끼워? 난 싫어!"

그때 다영의 휴대폰 벨이 울리기 시작했다. 지하주차장에 도착한 매니저의 전화였다.

"지금 내려갈게. 차 대고 있어."

아직도 진정되지 않은 목소리에 작은 방의 문이 슬며시 열렸다. 조심스러운 거동으로 그녀가 나타나자 다영은 살짝 인상을 찡그렸으나 별다른 반응을 하지 않았다. 꼿꼿이 서 있는 다영과 달리 그녀는 거실에 여기저기 나뒹구는 물건들을 일일이 주워 가방에 넣어 다영에게 건넸다.

"엄마도 잘 생각해. 내가 성공해야 우리 집이 다시 살아나는 거야."

매몰찬 손길로 가방을 낚아챈 다영이 그대로 현관 밖으로 사라졌다.

다영의 부모가 지내는 곳은 경기권의 작은 아파트로 다영이 이번 CF 촬영 후 마련해 준 거처였다. 한참 잘나가던 기철이 뜻하지 않게 자신의 누이에게 들어 준 보증으로 직장과 상당 재산을 날리게 된 이후, 다영의 말처럼 딸의 성공에 기대 지내고 있는 형편이었다.

"다영 아빠…… 나는…….."

그간의 세월 동안 가족의 많은 것이 바뀌었다. 그 사건에 대해 전부 들었을 때 한기철에게는 선택권이 없었다. 아무리 오만정이 떨어진 전 부인이라 하더라도 다영의 엄마라는 생각이 머릿속을 지배했다. 그래서 온갖 연줄을 통해 사건을 종결하고 병원에 입원시켰다.

"당신이 자초한 일이야."

이십여 년이 흐른 지금도 한기철은 그녀를 원망했다. 그를 잘 알고 있는 그녀는 차마 뒷말을 이을 수 없었다.

침묵이 가라앉은 거실에서 끼익거리는 균열의 소리가 옅게 깔리고 있었다.

그와 동시에 다영을 태운 밴이 고속도로에 막 진입하고 있었다. 차에 오르자마자 온갖 짜증을 내는 다영의 성격을 받아 준 매니저가 조심스럽게 그 문제에 대해 묻자 다영의 신경질이 다시 시작되었다.

"나도 이야기할 만큼 했으니까 더 이상 묻지 마. 방송 전에는 꼭 서류 정리할 거니까."

"그래. 다영이 네가 잘 처리하겠지. 그렇게 대표님한테도 말씀드려 놓을게."

별것 아닌 가정사라고 볼 수도 있는 일에 이렇게 많은 사람들이 신경을 쏟는 데에는 이유가 있었다.

한다영. 그녀는 요즘 대한민국에서 뜨고 있는, 소위 잘나가는 연예인이다. 얼마 전 종영한 드라마에서 조연으로 출연한 것이 예상 밖에 히트를 치면서 그녀의 패션에 관한 기사가 뜨기 시작하더니 순식간에 그녀의 이름이 인터넷을 도배하기 시작했다.

빈말이라도 영향력이 크다고 볼 수 없는 그녀의 소속사에서는 다영이 기회였다. 대표도 이번에야말로 자신의 소속사에서 탑급 연예인을 발굴해 내겠다, 기합이 들어간 상태였다. 그런 대표를 한동안 따라다니며 얼굴을 내밀고 다니니 CF 자리가 손에 들어왔다. 물론 그에 공헌한 늙은이의 전화번호도 다른 한 손에 쥐어진 것 또한 마찬가지.

"아, 또 CF 찍고 싶다."

모델로 시작해 오랜 기간 대한민국 연예계의 정점에 서 있던 선기혜가 할리우드에 진출하면서 그녀가 차지하고 있던 많은 CF들이 공석이 되었다. 물론 그 와중에 선기혜가 아니면 안 된다며 인력과 장비를 챙겨 들고 촬영하러 미국까지 쫓아가겠다는 기업들도 있었지만 반대로 다른 여배우들에 눈을 돌린 기업들이 있었다.

그 와중에 다영에게 떨어진 CF 자리였다. 대표에게 이야기해 다른 모임에도 참석을 해 볼까 다영은 진지하게 고민했다.

돈도 돈이었지만 CF를 찍고 난 뒤 바뀐 인터넷 여론이 그녀를 더 짜릿하게 했다. 듣도 보도 못한 신인이라며 욕을 하던 글보다 이제는 그녀의 외모와 패션을 찬양하는 글들이 더 많아졌고 어떤 행사에 참석하든 인터넷 기사 수는 나날이 늘어만 갔다.

직접 인터넷에서 자신에 대한 이야기를 찾는 다영의 눈에 해외 기사가 눈에 띄었다.

"나도 드라마랑 영화 좀 더 찍고 선기혜처럼 할리우드로 나가야 될 것 같아."

"선기혜 기사 떴어?"

"아니. 그건 아닌데……."

다영은 타블렛 액정에 나타난 인물을 황홀하게 바라보며 기사를 읽어 내려갔다.

〈현재 사마르에서 지내고 있는 제1 왕자 카미드 샤힌 알―미슈미쉬의 평소 모습. 뉴욕에서 지내던 그가 왜 사마르로 돌아간 것인지 추측이 난무하나 혹자들은 그가 슬슬 왕위계승을 준비하는 것이 아니냐는 의견들을 조심스레 꺼내고 있다. 그는 25세에 개인상속 재산을 받은 뒤 뉴욕에서 무역 사업을 시작해 매년 흑자를 갱신하고 있는 젊은 CEO 중에 한 명으로…….〉

"끝내준다."

돈도 돈이지만 남자의 완벽한 옆모습에 다영이 작게 한숨을 내쉬었다. 뉴욕에서 사업 중이라…….

"오빠. 우리 특집방송 촬영하는 거 보스턴으로 간댔나?"

"어. 이모님이 보스턴에서 지내신다며."

"보스턴이랑 뉴욕이랑 멀어?"

"그건 잘 모르겠는데……."

"나 뉴욕에서 며칠 지내고 싶은데. 일정 변경하는 건 작가랑 얘기해야겠지?"

"그럼 사무실에 연락해서 조정해 보라고 할게. 근데 일정이 얼마 안 남아서 가능할지는……."

"아, 몰라! 나 뉴욕 가고 싶단 말이야!"

앙칼진 다영의 외침에 매니저는 입을 다물었다. 저런 상태라면 무슨 말을 해도 짜증일 테니 달래는 말도 소용이 없다.

"혹시 알아? 진짜 말도 안 되는 일이 일어날지."

여전히 다영의 손에 들린 타블렛에는 카미드의 모습이 떠 있었다.

시간은 잘도 흘렀다. 파티를 준비하는 것은 고용인의 몫이었지만 그를 관리하는 하킴은 날로 야위어만 갔다. 세영은 가끔 자신을 원망하듯 조용히 바라보는 하킴의 시선을 피하는 데 많은 노력이 필요했다.

카미드 역시 뉴욕에서 쉴 새 없이 날라 오는 비서의 회사 관련 요청에 회신하는 것만으로도 많은 시간을 쏟아야 했다. 새벽녘 조용히 대화를 나누던 여유의 시간은 더 이상 우리에게 해당되지 않는 것이었다.

다만 작업이 모두 끝난 세영만큼은 이때까지 경험하지 못한 여유로움에 이리저리 방황했다. 카미드 몰래 조용히 떠나기 위해 미리 짐을 정리해야 했지만, 따로 행동하더라도 카미드의 눈은 세영의 모습을 좇았기에 짐 정리는커녕 보스턴행 비행기표 예매도 아직 못 한 상태였다.

파티는 앞으로 일주일 뒤였다. 업무상 파티에 참석해야 하는 일이 종종 있었기에 미리 맞춰 둔 드레스를 이모를 통해 택배로 받을 생각이었는데 이 의견은 하킴에게 전달되기도 전 카미드가 기각시켰다. 결국 하킴을 통해 도착한 여성이 직접 치수를 재고 수십 벌의 디자인을 추천하고 나서야 프랑스로 드레스를 요청할 수 있었다.

세영은 적응을 하려 해도 이 메울 수 없는 인식의 차를 어떻게 해야 할지, 새삼 고민스러웠다.

"오늘 점심 같이 할까?"

와이셔츠 단추를 잠그며 카미드가 세영을 바라보았다. 세영은 그 모습을 위에서 아래로 한 번 스캔하면서 입을 열었다.

"보스턴 돌아가는 준비로 할 게 많아요."

그의 비서가 넘치는 일을 감당 못 하고 카미드를 만나기 위해 뉴욕에서부터 비행기를 타고 사마르로 날라 오고 있는 중이었다. 이전처럼 호텔에서 하루 동안 급한 일을 처리할 예정이라고 했다.

그사이 카미드가 호텔에서 점심이나 저녁을 같이 하자 제안했지만 세영에게는 이 하루가 기회였다. 세영이 딱 잘라 거절하니 카미드는 수긍하며 물러섰다.

"하긴. 파티 때문에 당신 일정이 늦춰지긴 했지……. 혹시 필요한 게 있으면 얘기해. 사람이라도 붙여 줄 테니."

"괜찮아요. 일정 조율만 하면 다른 건 금방 하니까."

세영은 침대에 앉아 옷매무새를 다듬는 카미드의 섹시한 뒷모습을 감상하며 머릿속으로는 오늘 처리해야 하는 일들 중 우선순위를 정했다.

"쉬고 있어. 금방 다녀올게."

준비가 모두 끝난 카미드가 몸을 돌려 세영에게 다가왔다. 다가오는 그의 아름다운 얼굴을 눈에 담으며 세영은 몸을 일으켰다. 이마에 조심스럽게 내려앉는 그의 입술을 느끼며 세영은 다시 한 번 소리 없는 사죄를 건넸다.

옷 정리를 하고 나니 벌써 저녁이었다. 중요한 물건들만 포장을
했다. 항공사 시간표를 확인하고 난 뒤로는 일사천리였다. 시간은
파티가 있는 날의 자정을 지나 새벽으로 선택했다. 앞으로의 작업
일정은 동료에게 메일을 보내 두었다. 마지막으로 남은 것은…….

—여보세요? 세영이니?

"응. 이모. 저예요."

—돌아오는 날짜 정해졌어?

"다음 주 목요일 아침에 공항에 도착해. 집까지는 택시 타고 들
어갈게."

—저기…… 세영아.

"응. 이모."

—오늘 이모한테 엄마랑 형부랑 재결합한다고 연락이 왔어…….

"……응."

괜찮아. 나는 아무렇지도 않아.

세영은 끊임없이 심호흡을 했지만 숨소리가 불안정했다. 그것이
전화기 너머에도 전달이 됐는지 이모가 다급히 말을 이었다.

—다영이가 연예인 활동하는 데 그게 문제가 됐나 봐. 이번에 만
나면 다 설명해 주겠다고 했어. 2주 뒤에 오면 해 줄 얘기가 많다
고…….

"이모."

이 감정을 어떻게 이야기해야 할까. 세영은 휴대폰을 꽉 쥔 채
다시 한 번 심호흡을 길게 했다. 그리고 담담히 목소리를 냈다.

"나 있지. 그때는 나 때문에 엄마가 정말로 미쳐 버렸구나, 전부
나 때문이구나, 하고 자책했어."

—······세영아.

"커 가면서는 화가 났지. 나는 잘못한 게 하나도 없는데 도대체 왜 나만, 이라는 생각이 계속 맴돌아서 아예 생각이라는 걸 안 하려고 그림만 미친 듯이 그렸고."

—······.

"그리고 여전히 가족이라고 엄마를 놓지 못하는 이모에게도 복잡한 마음이었어. 정말로 나를 불쌍하게 여긴다면 엄마 소식을 나에게 전할 수 없을 텐데 하는 생각도 했고."

—세영아.

"그런데 이모, 이제는 안 그래. 그냥 아무 생각이 없어. 이야기를 들으면 반사적으로 심장이 내려앉거나 놀라는 건 맞아. 맞는데 '내가 엄마를 용서해야지. 아빠를 미워하지 말아야지. 이모한테 섭섭하지 말아야지.' 이런 생각은 안 해."

—······.

"그냥 나는 나대로 열심히 살고 그 사람들은 한국에서 잘 살고······. 그냥 그렇게 흘렀으면 좋겠어."

—······정말 너한테 못할 짓인 거 아는데······.

"이모. 난 정말로 괜찮아. 난 다영 언니가 진심으로 잘됐으면 좋겠어. 저번 주에 짜증 냈던 건 갑자기 스케줄이 꼬여서 그런 거고, 아빠까지 다 같이 온다고 해도 크게 걱정할 건 없어. 엄마도 병원에서 퇴원하고 잘 지낸다는데 뭐가 문제야. 나도 나대로 여기서 자리 잡고 잘 살고 있는데."

세영이 열심히 말하는 동안 전화기 너머는 조용했다. 진짜인지 아닌지 걱정하는 이모의 모습이 눈앞에 그려지고 있었지만 세영은 그저 쉴 새 없이 떠들었다.

"내가 쓸데없이 기억력이 좋아서 이모가 뭘 걱정하는 건지 알지만…… 이건 이제 나한텐 생활이야. 언제까지 그 기억 때문에 피하면서 살겠어? 그냥 며칠 웃으면서 잘 지내고 떠나보내면 다시 괜찮아질 거야. 걱정하지 마, 이모."

—그래. 세영아. 우리 다음 주에 보니까, 그때 다시 이야기하자.

통화를 어떻게 끊었더라.

세영은 한 손에 휴대폰을 쥔 채 한참을 소파에 앉아 있었다.

"잘 어울려."

카미드의 만족스러운 웃음과 동시에 옆에 대기하고 있던 작업인 세 명이 작게 안도의 한숨을 내쉬었다. 프랑스에서 도착한 옷이라기에 그녀가 마음에 든다고 했던 디자인 한 벌인 줄 알았더니, 오늘 작업인 손에 들려 온 드레스만 15벌이었다.

게다가 그녀가 가장 마음에 든다고 했던 드레스는 처음부터 카미드에게 퇴짜를 맞았고 그 뒤로 입는 족족 세세하게 마음에 들지 않는다며 손을 까닥인 터였다.

"원래 그렇게 패션에 관심이 많았어요?"

"지금 내 최대 관심사는 옷이 아니고 당신이야."

게다가 이제는 사람들 앞에서 느끼한 말도 서슴없이 해 댔다. 분명 얼굴이 붉어졌겠지 싶어 고개를 살짝 숙였는데 카미드는 그것도 마음에 들지 않는지 굳이 자리에서 일어나 가까이 걸어왔다.

"대체 매번 얼굴은 왜 피하는 거야? 당신 의외로 내숭……."

"아, 그만! 거기 멈춰요. 다음 옷 입고 나올 테니까 저기 앉아서 잘 봐요. 나중에 별로라고 하지 말고."

이런 와중에 카미드가 기각한 드레스만 13벌. 14벌째의 드레스가 겨우겨우 합격점을 받은 것이다.

"이거 입으면 밥도 못 먹겠다."

몸에 딱 달라붙는 디자인을 선택한 카미드를 원망하듯 바라보았지만 카미드는 세영과 다른 것을 생각하는지 잔뜩 잠긴 목소리로 웅얼거렸다.

"당신은 내가 얼마나 참고 있는지 모르지?"

뜬금없는 소리에 세영이 잠시 고개를 갸웃했지만 이내 말뜻을 이해했다. 어머머, 잠시 말문이 막혔으나 겨우 아무렇지 않게 입을 열 수 있었다.

"내가 처음부터 말했잖아요."

"알아. 그래서 참고 있는데…… 아, 당신 오늘 너무 예뻤어."

점입가경이라고 하나? 참 말도 안 되는 상황이었다.

남들은 분명 열이면 열, 나보다 당신이 더 아름답다 칭송할 텐데, 이 남자는 저 황홀한 얼굴로 내가 예뻐 참기 힘들다고 말한다니.

"다른 사람들 앞에서 그런 말 하지 마요."

"왜? 거짓말 같아?"

"그게 아니고……."

사랑을 받는다는 것이 이런 걸까?

아니면 그냥 가벼운 연애라도, 모든 연인이 이런 감정을 느끼는 걸까?

세영의 내면에서 '사랑'이라는 단어는 어떤 의미에서 닳고 닳아 남은 것이 없었다. 가장 가까이서 찾는 사랑이란 이모와 자신의 관계 정도일 뿐, 세간에서 말하는 애끓는 사랑과는 거리가 멀었다.

로맨스 영화에서 나오는 남자 주인공과 여자 주인공의 눈빛 연기에도 감흥이 없었다. 겪어 보질 못했으니 그저 그렇구나, 하는 감정뿐이었다.

그런데 이 남자는 그 눈빛을 자신에게 보낸다. 달콤하기 그지없는 말들을 자신에게 건넸다. 어색해서 여전히 나무토막같이 뻣뻣한 반응이었지만 세영은 그의 표정과 몸짓, 눈빛 모든 것이 좋았다.

정말로, 중독이 될까 두려울 정도로.

여전히 바라본 그의 입가에는 미소가 걸려 있었다. 유머 감각이라고는 하나도 없는 자신인데 그는 언제부터인지 자신을 바라볼 때늘 웃는 표정이었다.

"내가 정말로 좋아요?"

"응."

망설임도 없었다. 차라리 예전처럼 의심이라도 했으면 좋겠건만 뭐가 좋은지 그의 말에 자신도 픽, 웃음이 나왔다.

"나도 당신이 좋아요."

그래서 너무 생각 없이 말이 튀어나왔다. 아끼고 아낀 말이었는데 순식간이었다. 가볍게 나온 말이 공중에 흩어지기도 전에, 그가 그녀의 앞으로 다가왔다.

"다시 한 번 말해 봐."

"……당신이 좋아요."

세영은 더 이상 자신의 감정을 숨길 자신이 없었다. 용기 내어 환하게 웃으며 그를 향해 두 손을 뻗었다.

그와 그녀, 둘에게 있어 완벽한 순간이었다.

❖　　❖　　❖

"잠깐……."

분명 아까까지만 해도 풋풋하고 사랑스러운 분위기였는데…….
물론 지금도 어떤 의미로 사랑이 넘치긴 했다. 다만 지금 세영은
말 한마디 잘못했다간 잡아먹힌다는 생각을 하고 있었다.

떨리는 입술에 그가 닿았다 떨어지고, 자신의 허리와 허벅지를
쓰다듬는 낯선 손길에 겁이 났다. 세영은 분명 자신이 의도한 바였
으나 카미드와 눈이 마주친 이후 패닉 상태였다. 성큼 다가온 그의
몸과 맞닿은 그의 피부에서 전해지는 뜨끈한 체온이 정신을 아찔하
게 했다.

"잠깐만요. 알겠으니까……."

아무것도 모르는 것은 아니었지만 어찌 됐든 그 영역에 대해 무
지한 것은 사실이었다. 일단 샤워를 하면서 정신이라도 다듬고 싶
었기에 피하려고 했지만 계속 저항하는 세영의 두 손을 결박한 카
미드가 저음으로 말을 씹듯이 내뱉었다.

"싫다는 당신을 어떻게 할 생각은 없어."

"……."

"지금은 당신이 선택할 차례야."

뒤죽박죽이었던 머리가 그의 말에 차가운 물을 부은 듯 가라앉
았다. 시종일관 정착하지 못하고 방황하던 시선도 그와 마주했다.

"……나는."

"선택해."

'그렇지만 당신은 온전히 내 것이 될 수 없잖아.'

그의 잘못은 아니었지만, 세영은 마음속 깊이 그에게 항변했다.

갑작스럽게 손이 멈춘 세영을 내려다보던 카미드가 초조해졌는지 다시 고개를 숙여 짧게 키스했다. 세영은 그런 남자를 보면서 살풋 웃었다.

"일단은 씻고……."

세영이 부끄럽다는 듯 카미드의 어깨를 살짝 밀었지만 그것이 기폭제였다. 옷도 다 못 벗은 세영을 어깨에 메고는 카미드가 욕실로 사라졌다.

시간에 맞춰 준비되는 욕조의 목욕물은 거울에 살짝 김이 서릴 정도로 따뜻했다. 카미드가 손수 세영의 원피스를 벗겨 내고 등 뒤로 팔을 둘러 속옷의 끈을 풀어냈다.

세영은 오롯이 스스로를 내보여야 한다는 사실이 어색하고 부끄러워서 자연스럽게 손으로 몸을 가리려 했지만 카미드가 세영의 손목을 잡아 그를 막았다. 갑작스러운 접촉에 세영이 흠칫 놀라자 곧 힘이 빠졌다.

"겁주려는 게 아니야."

노골적인 세영의 반응에 카미드가 기분이 상한 듯 불퉁하게 대답했다. 그 모습마저 귀여워 보이는 세영은 피식 웃으며 카미드의 뺨을 손으로 쓸어내렸다.

"알고 있어요. 그냥 내가……."

"욕실에서 덮칠까 봐 안 되겠다. 씻고 나와."

자신의 뺨에 닿은 세영의 손바닥부터 손목까지 카미드가 몇 번 짧게 키스를 하고는 간지럼에 움찔하던 세영을 내버려 두고 거실 저쪽으로 사라졌다. 아마 게스트용 욕실을 사용하려는 듯했다.

세영은 카미드의 뒷모습이 사라지자마자 패닉 상태에 빠졌다. 뭐부터 준비해야 하지? 아니, 나 지금 저 남자랑 자는 건가? 저 사람은 왕자인데?

멍한 상태로 뽀득뽀득 몸을 닦아 내면서 세영은 펄떡이는 심장을 진정시키기 위해 노력했지만 불가능이었다. 뜨거운 물로 씻는 것도 아닌데 얼굴에 열이 올라 내려갈 줄을 몰랐다.

'어쩌지…….'

다음 기회에, 라고 말한다면 분명 실망하겠지?

아니 무엇보다 세영 또한 싫지 않았다. 겁이 나는 것은 분명했지만 그와의 기억을 더 남겨 두고 싶은 욕심이 더 커졌다. 냉정하게 자신의 날짜 계산까지 끝마친 뒤였다.

후회할지도 모른다.

이 기억이 평생 자신을 잡고 늘어질지도 몰라.

세영은 머리를 말리며 거울 속 자신의 얼굴을 빤히 바라보았다. 십여 년 전 한국을 떠나오기 전 마지막으로 봤던 엄마의 얼굴과 많이 닮아 있었다. 엄마도 이런 감정이었을까? 위험을 감수하고서라도 아빠를 외면한 채 함께하고 싶었던 사람이었을까.

'아니야. 변명이 될 수 없어.'

부정을 저지른 엄마의 마음이 내 지금 심정과 같을 리 없다. 세영은 다시 한 번 마음을 다잡고 이제까지 수없이 봐 온 사내들의 피부와 근육을 떠올리며 심호흡을 하고 문고리를 돌렸다.

"왜 이렇게 늦어?"

물방울이 맺힌 어두운 금빛 머리카락이 단정한 이마 위로 이리 저리 흩어져 있었다. 하얀 가운 사이로 촉촉이 젖은 매끈한 피부가 심각하게 세영의 머릿속을 뒤흔들고 있었다.

'지금 스케치북 가져온다 하면 화내겠지?'

그는 눈에 불을 켜고 세영의 쇄골을 뚫어져라 보고 있는 카미드에게 말도 안 되는 일이었다.

카미드는 침대에 앉아 있는 자신의 모습에 얼이 빠진 세영의 얼굴이 귀엽다고 생각했지만 한편으로는 이렇게 얼굴을 밝혀서야, 잘 못했다간 이 여자가 다른 곳으로 눈을 돌릴지도 모른다는 생각이 들었다. 카미드는 순간 속에서 치미는 열을 가까스로 내리며 다짐했다.

홀린 듯 자신을 바라보는 이 여자의 눈빛은 자신의 것이어야만 한다고.

여전히 욕실 문 앞에 멍하게 서 있는 세영을 기다리던 카미드가 인내심의 한계가 다다랐다. 침대에서 일어나 성큼성큼 다가온 카미드가 세영의 앞에 서서 목욕 가운의 매듭을 풀기 시작했다.

"지금 뭐, 뭐, 뭐하는……!"

세영이 기겁했지만 카미드는 매끈한 얼굴로 아무렇지 않게 손을 움직였다. 매듭이 풀리고 가운 사이가 벌어지기 전 세영은 눈을 질끈 감았다. 그 모습에 피식 웃은 카미드가 마저 가운을 벗어 저 멀리 던져 냈다.

"계속 눈 감고 있을 거야?"

"갑자기 이러는 게 어디 있어요!"

"그래? 그럼 당신 옷은 내가 벗……."

"내가 벗을게요!"

귀엽기는.

카미드는 기겁하여 동그랗게 눈을 뜨고 가운을 야무지게 여미고 있는 세영을 내려다보며 기꺼이 기다리기로 마음먹었다. 물론 아주 잠시만이지만.

카미드는 이 상황을 즐기면서도 충분히 세영의 선택을 존중하려 노력했다. 얼마든지 얼이 빠진 그녀를 몰아 갈 수도 있었지만, 카미드는 자신과 함께한 것을 세영이 단 1%라도 후회하지 않길 바랐다. 자신이 기쁜 만큼 이 순간이 세영에게 또 다른 기쁨이 되길 진심으로 원했다.

그래서 놀리듯 말하면서도 그녀 스스로 자신의 품에 뛰어들기를, 카미드는 즐거우면서도 조금은 괴로운 기다림을 하는 중이었다.

이윽고 세영이 작게 숨을 들이쉬고는 손을 들었다. 허리춤에 크게 묶은 리본의 모양이 조금씩 뒤틀렸고, 이윽고 풀렸다.

"……나는……."

"예뻐."

세영은 더 이상 말을 할 수 없었다. 카미드가 나신이 된 세영의 허리를 잡고 단숨에 침대로 떨어트렸다.

놀란 세영이 반응하기도 전에 카미드는 자신의 몸 아래에 갇힌 세영에게 키스를 퍼붓기 시작했다. 입술부터 시작해 두 뺨, 눈 위, 턱, 목덜미까지 천천히 내려오는 그의 입술이 닿지 않은 곳이 없을 지경이었다.

"하아……."

세영의 입에서 나른한 한숨이 터져 나왔다. 노골적이다 못해 야릇한 신음에 세영이 놀라 입을 막으려고 했지만 카미드의 손에 의해 저지당했다.

"안 돼. 다 들려줘."

진지한 카미드의 눈동자에 세영은 고개를 끄덕였다. 그리고 예민한 가슴에 그의 숨결이 닿는 순간 크게 움찔했다.

"나 어디 이상한가 봐. 가만히 있질 못하겠어요."

사내의 손이 발목에서부터 허벅지 안쪽까지 거침없이 쓸어 올라오자 세영은 거의 우는 표정이었다. 낯선 접촉에 어찌할 바를 모르는 모습이 카미드의 가학심과 애잔함을 번갈아 일깨웠다.

"울고 싶으면 울어도 돼. 나는 그런 모습도 예뻐 죽을 것 같거든."

카미드의 속삭임에 세영의 표정이 더 울상이 되었지만 그것은 기폭제가 될 뿐이었다.

빈말이라도 크다고는 할 수 없는 하얀 가슴 위로 카미드가 키스를 하며 깊게 빨아들이자 세영은 호흡이 흐트러지는 것을 느꼈다.

"흐읏……."

온몸에 쏟아지는 키스에 세영이 정신을 못 차릴 동안 카미드는 씩 웃으며 세영의 무릎 뒤를 손으로 움켜쥐고 다리 사이를 벌렸다.

"엄마야!"

나른하게 침대에 누워 색색 숨을 내쉬던 세영이 놀라 상체를 일으키려 했지만 카미드가 선수를 쳤다. 무릎과 허벅지 안쪽에 키스를 하며 세영이 몸에서 힘을 줄 수 없도록 차근차근 자신과 함께하는 것의 즐거움을 느끼게 하고 있었다.

"창피해 죽겠…… 꺅!"

낯선 침범에 세영은 기절할 듯 놀랐다. 하지만 몸이 덜덜 떨릴 뿐 힘이 들어가진 않아서, 다리 사이에 있는 카미드의 머리를 밀어 내지도 못했다.

"그러지 말아요. 제발."

진짜 물기 어린 목소리에도 카미드는 밀려나지 않았다. 이미 카미드가 세영을 달구어 논 만큼 세영의 길은 충분히 젖어 있었다. 하지만 카미드는 세영이 자신과의 순간에 잊지 못할 쾌락을 느끼길 바랐다.

플라토닉? 개나 주라고 해.

회사 주식매각 때보다도 카미드는 진지했다. 이 여자가 자신의 손 밖으로 나가는 일이 없도록, 카미드는 아주 성실하고 최선을 다 해 세영을 '올리고' 있었다.

그가 뒤로 물러서자마자 세영이 상체를 일으키려고 했지만 그 역시 무리였다. 단번에 세영의 위로 올라온 카미드가 뭉근하게 하 체를 움직였다.

"말해. 당신이 나를 선택한 거야."

"……."

"내 곁에 있겠다고 해."

찌릿한 쾌감이 세영의 머리를 뒤흔들었다. 카미드가 무슨 말을 하는 건지 세영은 이해하지도 못했다. 그저 그가 무언가를 해 주 길, 자신이 느끼는 이 갈망을 채워 주길 바랄 뿐이었다.

그래서 그가 원하는 대답을 내뱉었다.

"당신 곁에 있을게요. 당신밖에 없어요. 제발……."

카미드도 한계였다. 그녀가 소중한 만큼 그녀에 대한 갈망이 컸다. 이를 악물고 참던 카미드는 결국 단번에 그녀의 품으로 침범했다.

"흐윽!"

고통과 안도감이 함께 찾아왔다. 세영의 얼굴은 이미 눈물바다였다. 아프기도 했지만 기분이 이상했다. 남자의 품에서 무너지는 기분이 썩 나쁘지만은 않다고 생각했다. 그러면서도 자신이 왜 울고 있는 것인지 알 수가 없었다.

"아파?"

다정한 목소리에 화를 낼 기운조차 사라졌다. 세영은 말없이 고개를 저었지만 카미드는 계속 눈물만 흘리는 세영이 걱정됐는지 움직이지도 않고 눈물 위로 키스했다.

이 체온을 잊을 수 있을까?

이 눈빛을, 이 감정을……

답은 정해져 있었다. 자신은 이 남자를 만나선 안 되는 거였다. 이렇게 각인될 거라면 만나지 않는 것이……

하지만 이미 늦었어. 나는 이 기억을 매일 매 순간 떠올릴 것이다. 그렇게 결정되어 버렸다. 그러니 후회할 일은 남기지 않을 거야.

"기분 좋아."

눈물로 젖은 얼굴로 세영이 노골적이고 요염하게 웃었다. 자신의 마음 그대로, 솔직하게 감정을 표현했고 카미드는 그것이 주체 못할 정도로 기뻤다.

혹여 놀랄까 움직임을 멈췄던 카미드가 욕심을 내어 거세게 움직였다. 세영은 다시 낮은 비명을 지르기 시작했지만 카미드와 잡은 손을 놓지는 않았다. 몰아치고 빠져나가는 그의 몸짓에 맞춰 세영의 호흡도 바뀌었다.

"사랑해."

젖은 목소리가 그렇게 섹시할 수가 없었다. 세영은 두 눈을 질끈 감으며 그의 어깨를 안은 두 손에 힘을 주어 그를 더 끌어당겼다.

둘의 호흡이 동시에 멈추어졌다. 만족감에 터진 신음이 세영의 입에서 나오는 것이 이 이상 사랑스러울 수가 없었다.

"피곤해?"

다정한 남자의 목소리에도 세영은 대답을 하지 못했다. 긴장됐던 몸이 한순간에 풀어지자 단숨에 잠이 몰려왔기 때문이었다.

"……갑자기 너무 졸려……."

"알았어. 어서 자."

한 번으로는 욕심이 채워지지 않은 카미드는 함께 씻으면서 기회를 엿보려 했지만 꿈뻑이는 그녀의 눈을 보아하니 그른 듯했다. 하지만 지금은 절제와 인내가 필요한 시점이었다. 어차피 그녀도 이제부터 자신의 곁에 있을 것이다. 앞으로 시간은 충분했고, 그는 그를 기다릴 줄 아는 신사였다.

품에 안은 세영의 몸이 자신에게 딱 맞았다. 카미드는 만족감과 아쉬움이 뒤섞인 마음을 뒤로하고 내일을 기약하기로 했다.

9
최선의 선택

불행일까 운일까, 세영은 열 때문에 흐릿한 정신 속에서도 이 상황이 웃겼다. 물론 진짜 웃음소리가 밖으로 새어 나가지는 않았지만.

"젠장. 왜 열이 안 떨어지는 거야?"

그래 봤자 몸살이었다. 주사 맞고 밥 잘 챙겨 먹고 약을 먹으면 낫는 흔한 증상이건만 카미드는 세영의 옆에서 오전 내내 안절부절못하고 있었다.

하긴, 세영의 몸이 이상하다 여겨 새벽부터 의사를 불러 난리를 친 장본인이니……. 세영은 숨소리만 색색 내쉴 뿐 마음속으로 그러려니 싶었다.

함께 보낸 밤도 만족스러웠지만 세영의 따뜻한 체온에 카미드는 오랜만에 단잠을 잤다. 품에서 들려오는 자그마한 숨소리가 카미드는 무척 마음에 들었었다. 그런데 새벽부터 잠결에 이상함을 느꼈다. 따뜻함이 금방 뜨겁다고 느껴졌고, 자그마한 숨소리가 앓는 소리로 들렸기 때문이었다.

잠에 빠진 세영을 깨우는 것이 미안했지만 카미드는 조심스럽게 세영을 깨우기로 마음을 먹었다. 그러나 아무리 불러도 세영은 깨어나지 못했다.

하룻밤 새 병색이 완연한 세영의 모습에 카미드는 진심으로 안타까운 마음이 들었다. 의사가 의문을 품고 아픈 사람과 뭘 한 것이냐 묻기까지 했지만 카미드는 한편으로 억울했다. 뭘 하긴 했지만 저렇게 앓을 정도는 아니었다. 카미드는 아파하는 세영을 위해 인내심을 발휘하기까지 했는데 새벽에 호출을 받은 하킴마저 카미드를 마치 호색한보듯 바라보았다.

"······괜찮아요······."

"세영. 괜찮아?"

자그마한 목소리를 놓치지 않은 카미드가 냉큼 침대 옆으로 다가왔다. 여전히 눈을 뜨지는 못했지만 작은 입술이 달싹이는 것으로 보아 그래도 한시름 놓았다 싶었다.

"링거······ 맞기 싫은데······."

작고 마른 손등에 꽂힌 커다란 주삿바늘이 아파 보였다. 하지만 빨리 낫게 해 주고 싶은 마음이 큰 카미드는 세영의 말에 고개를 저었다.

"이것만 맞고. 내일은 못 하게 할게."

"······응."

카미드가 5분 전 짚었던 이마에 다시 한 번 손바닥을 올렸다. 여전히 열 때문에 뜨끈했다.

"한국에선 아플 때 죽을 먹는다며. 조금 먹을래?"

열 때문에 멍했지만 세영은 그의 말에 웃음이 나왔다. 아마 입꼬리가 조금은 움직였을 게 분명했다.

"나도 아플 때 수프 먹으면서 자랐어요. 한국 떠난 게 언젠데……."

"그래서 수프도 준비하긴 했어."

"……나중에. 지금은 좀 잘게요."

"그래. 푹 쉬어."

뒤척이는 세영의 이마에 다시 한 번 카미드의 입술이 내려앉았다. 그러고는 이불을 끌어당겨 목 아래까지 덮어 주고 카미드와 하킴은 방 밖으로 나왔다.

"아니 내일이 파티인데 어쩌시려고……!"

"다시 한 번 말하는데, 내가 세영에게 과격한 일을 시켰다거나 변태 행위에 가담시킨 건 아니야."

"크흠. 아무튼, 파티에 세영 님은 불참하는 것으로 알겠습니다."

"……그래."

진심으로 카미드는 아쉬웠다. 이번 기회에 가족들에게 그녀의 존재를 못 박고 싶은 마음이었다. 어제까지만 하더라도 카미드는 세영이 마음을 자신에게 모두 내어 주지 않았다고 생각했지만 어젯밤을 함께하면서 자신감이 생겼다. 적어도 그녀 또한 자신의 곁에서 함께하고 싶어 하는 것은 분명했다.

"일단 파티는 그대로 준비해. 궁이 조용해졌으니 칭찬은 해 드려야지."

부모에게 하는 자식의 말이라고 생각하기 어려울 정도로 카미드의 말투에는 가시가 돋쳐 있었다. 하지만 하킴은 그를 지적하지 않고 조용히 고개를 끄덕였다.

"아루야는?"

"근래에는 발작도 없고 호흡도 괜찮다고 합니다. 의사도 별다른 이상 증세는 보이지 않는다고 했습니다."

"알겠어. 혹시 모르니 꾸준히 체크하고."

"예."

"사할은 얌전히 있나?"

"요즘 궁에서 공부를 하신다고 합니다."

"뭐?"

진심으로 놀란 카미드가 하킴의 얼굴을 빤히 쳐다보았다. 하킴은 자신이 거짓말을 하고 있지 않다는 것을 뜻하며 어깨를 으쓱였다.

"그래? 조용하다니 다행이긴 한데……. 그러고 보니 힐리도 요즘 조용한데?"

"공주님은 오후에 런던으로 쇼핑 가시겠다는 걸 겨우 말렸습니다. 말이 쇼핑이지, 가족 모임에 참가하기 싫다는 뜻이시죠."

"잘했어. 내일은 빠지는 사람 없도록 잘 챙겨. 힐리는 위험인물이니까 오전부터 사람 보내 놓고. 그래, 꽃다발 하나는 꼭 챙겨서 보내."

막내 동생을 다루는 데 노하우가 생긴 카미드였다. 하킴이 카미드의 주문을 확인하며 다시 한 번 고개를 끄덕였다.

"이만 가 봐. 나는 내 애인이 잘 자고 있는지 확인해야겠어."

고작 몇 분 나와 있었다고. 카미드는 하킴이 이제 귀찮다는 듯 손으로 훠이훠이 휘저으며 방으로 들어가려고 했다. 새벽부터 불려 나와 고생하고 있는데 저런 취급이라니. 삐쭉 마음 한구석이 불퉁해진 하킴이 카미드가 가장 신경 쓰고 있는 부분을 쿡 찔렀다.

"그나저나 다행이네요. 저는 카미드 님의 말과 다르게 세영 님이 어찌나 표현이 없으신지 계약서는커녕 단숨에 보스턴으로 돌아가실까 얼마나 걱정했는데요. 계약서에 사인은 하셨죠? 아, 이제 사인이 중요하지 않은 단계인가요?"

말해 놓고 이크, 너무 나갔다 싶은 하킴이 더 말을 보태지 않고 입술을 봉했다. 잠시 굳었던 카미드가 조심스럽게 고개를 돌리며 하킴에게 주문 하나를 추가했다.

"보스턴 출국 명단 매일, 매시간 확인해서 보고해. 별다른 뜻은 없지만 내 소중한 친구가 그 정도로 나를 염려해 준다니 내가 더 신경 쓸 수밖에."

생긋 웃는 남자의 완벽한 얼굴에 하킴은 절망할 수밖에 없었다. 완벽한 자본주의의 승리였다.

세영은 다음 날 점심 즈음부터 정신을 차렸다. 카미드가 회사 일과 가족 일로 바쁠 동안 세영은 앞으로의 일을 준비하고 있었다. 일어나자마자 '그 사람'에게 문자를 보냈다.

카미드에게 꿈결에 링거가 싫다고 했더니 현실이었는지 아침에는 손등에 멍만 남았을 뿐 링거는 없었다. 힘이 없는 몸을 일으켜 자신이 묵었던 방으로 이동했다. 그래도 몇 주간 지낸지라 꽤 짐이 늘었으나, 조용히 처리하기 위해 대부분의 물건들은 버려야 했다. 손수 꼭 챙겨야 할 것은 노트북이랑 크로키북…….

띵—

엘리베이터가 도착했다는 알림음이었다.

카미드는 오후까지 시간이 없어 점심을 함께하지 못한다고 메시지를 남겼다. 일이 늦어지면 파티에 바로 참석할 수도 있다며 미안해했다. 그렇다면 지금 도착한 사람은······.

혹시 몰라 짐을 챙기던 것을 대충 이불로 덮어 놓고 세영이 방 밖으로 나왔다. 힘이 없어 비틀거렸지만 참을 만했다. 짐 정리만 끝내면 어디 주방장이 새벽 내 만들었을 죽을 먹어야겠다고 생각했다.

"세영, 몸은 좀 어때요?"

엘리베이터 문이 열리며 방문자의 모습이 드러났다. 아루야 공주였다. 걱정 어린 아루야의 목소리에 세영은 미세하게 고개를 끄덕였다.

"어제부터 많이 아팠다고 들었어요. 나도 아픈 건 잘 아니까······. 키르자, 잠시 자리 좀."

"예."

그녀의 옆에 충직하게 서 있던 멀대 같은 남자가 그녀가 사 왔을 과일 바구니를 두 손으로 들고 있다가 그녀의 말에 고대로 주방 쪽으로 사라졌다.

"비행기표는 받았죠? 세영이 말한 그대로예요."

"네. 메일로 확인했습니다. 도와주셔서 감사해요."

세영은 힐리 공주의 생일 선물로 달아 두었던 빚을 떠나기 전 사용하기로 마음먹었다. 그리고 아루야 공주 역시 세영의 요청을 다른 말 없이 수용했다.

"오늘 파티에 참석하시나요?"

"왕가 모임이나 다름없으니 가야죠. 세영 덕분에 완성된 어머니의 그림도 새롭게 벽에 걸릴 예정이고요."

온화한 그녀의 모습에서 오늘만큼은 병색을 찾아볼 수 없었다. 명품이 분명할 원피스부터 자세까지 고고함이 느껴지기까지 했다.

"시간은 괜찮으세요?"

"나는 괜찮아요. 세영은 괜찮나요?"

"……."

세영은 중의적인 질문에 입을 다물고 침묵했다. 아루야는 작게 한숨을 내쉰 뒤 다시 입을 열었다.

"기회를 줄게요."

"……."

"다시 한 번 생각해요. 후회하지 않을 자신 있어요?"

"아뇨. 분명 후회할 거예요."

"그렇다면……."

"아루야 공주님. 분명 이 관계의 끝은 올 거예요. 그리고 그건 아름답지 않을 거고. 그때의 괴로움이 지금보다 클 걸 알기 때문에 먼저 그만두는 거예요."

"세영."

"좀 약았죠? 조금 한심하게 보일지도 모르겠지만 이해해 주세요."

"……."

"참, 마침 마지막 짐 정리를 하고 있었어요. 이것도 공주님께 좀 부탁드려야겠네요. 중요한 것들이라…… 저 대신 보스턴으로 배송 접수 좀 해 주세요."

"그래요. 내가 대신 해 줄 수 있는 거라면, 다른 것들도 해 줄게요."

"아니요. 딱 한 상자면 돼요. 다른 것들은 그냥 버리면……."

"알겠어요. 세영이 챙긴 물건 외에는 모두 소각시키라고 할게요."

"……조금만 기다려 주세요. 금방 끝날 거예요."

세영은 스스로 선택한 일임에도 손아귀에 감각이 없어 방으로 향하면서 주먹을 쥐었다 폈다를 반복했다. 정말로 짐은 간단했다. 갈 때 입을 옷을 침대에 꺼내 놓고, 준비해 두었던 상자에 물건을 깨지지 않게 봉하니 금방이었다. 노트북은 혹시 몰라 직접 들고 가기로 했다.

"이것만 부탁드릴게요."

"키르자."

"예."

아루야 공주의 호명에 남자는 간결하게 대답을 하며 상자를 받아 들고 엘리베이터를 타고 아래로 내려갔다.

"비행기표는 오빠가 알아채지 못하게 일단 가명으로 예약해 뒀어요. 탑승 20분 전에는 수정될 테니 걱정 말구요. 택시에서 내려 수속을 하기 전에 당신을 배웅해 줄 사람이 찾아갈 거예요."

"네."

"택시는 밤 10시에 도착하고요."

"네. 그런데…… 그, 혹시라도 이 일이 알려지면……."

"알려질 리 없어요. CCTV 영상은 모두 바꿔 놓을 거고, 내가 여기에 왔다는 건 아무도 몰라요. 병원에서 몰래 나오느라 엄청 고생했거든요."

아루야 공주의 도움이 있으니 준비는 완벽했다. 이제는 적당히 쉬다가 밤에 도착할 택시를 타고 공항으로 가기만 하면 되었다.

"세영. 진심으로 나는 당신에게 감사하고 있어요."

"저야말로 감사해요. 공주님이 도와주셔서 정말······."

"아니요. 세영은 나를 원망해야 돼요. 지금의 나는 엄청 나쁜 사람이니까."

공주에게 요청한 것은 세영 자신이었다. 하지만 맨션을 떠나는 마지막 순간까지 아루야 공주의 얼굴은 어둡기 그지없었다.

"당신을 진심으로 말리지 못하는 나를 원망하세요."

공주는 미안하다는 말을 남기고 떠났다. 세영은 한참을 엘리베이터 앞에 서 있었다.

카미드는 북적이는 파티장을 보며 질린 얼굴을 감추었다. 세영이 곁에 있었다면 그 누구든지 붙잡고 그녀를 소개하느라 정신이 없었겠지만 혼자서 저치들을 상대하려니 다 부질없이 느껴졌다.

"오빠."

등 뒤에서 익숙한 동생의 목소리에 카미드가 몸을 돌렸다. 하킴이 주문한 것이 분명한 요란한 꽃다발을 들고 힐리가 어색하게 서 있었다.

"힐리. 왔구나."

오랜만에 보는 상냥한 오빠의 모습에 힐리가 조금 놀란 듯했지만 싫지는 않은지 조용히 머리를 쓰다듬는 손길을 거부하지는 않왔다.

"아루야는?"

"몸이 좀 안 좋다고 조금 늦게 온대."

"그래?"

"그림은 어디 있어?"

"저 안쪽 벽에."

그리고 그 옆에는 아버지가 당당하게 서 있었다. 힐리는 그 모습에 피식 웃고는 다시 카미드를 바라보았다.

"오빠는 봤어? 정말 똑같아?"

"그래."

진심으로 카미드도 놀랐다. 세영을 일부러 추켜세우려는 것이 아니라, 완성된 그림을 보며 진심으로 그녀의 능력에 감탄했다. 기억 속 그림과 100% 일치했다. 무엇보다 새로 그린 것이 아니라 '복원'된 그림이어야 한다는 전제를 위해 작업한 그녀의 노력이 빛을 발했다.

"흥. 보기 전까진 모르지 뭐. 사할은?"

"글쎄."

그림을 떠올리고 나니 세영이 더욱 생각났다. 더 아픈 것은 아닐까, 밥은 먹었나? 약은? 아루야는 아플 때 제일 외롭다고 했는데 혹시 자신을 기다리다 울지는 않을지, 카미드는 무던한 '척' 하는 세영의 성격을 이제는 알기에, 혹시라도 자신이 없을 때 더 아픈 것은 아닐지 걱정이 되었다.

세영과 함께하기 위해 준비한 파티였다. 끝나기엔 아직 시간이 일렀다. 세영에게 전화라도 해 볼까 하는 순간, 다시 한 번 입구 쪽에서 동생의 목소리가 들렸다.

"언니. 몸은 괜찮아?"

"응. 조금 쉬고 왔더니……. 오빠는 오늘도 멋있네?"

"아루야. 혹시 쉬어야 한다면 먼저 돌아가도 좋아."

"아니야. 나도 오랜만에 놀고 싶어. 어머니 그림도 보고 싶고."

피곤해 보이는 얼굴이긴 했지만 본인이 괜찮다고 하니 카미드는 결국 고개를 끄덕였다. 만약 조금이라도 이상할 경우 바로 병원으로 돌아가는 것으로 한 뒤에야 아루야 공주도 파티장에 남을 수 있었다.

그 뒤로는 예상한 대로 시간이 흘렀다. 오랜만에 보는 친척들과 나누던 시시콜콜한 안부 인사는 곧 요동치는 유가와 주식 거래로 이어졌고 이윽고 사마르의 왕권계승 문제까지 거론되었다.

"오늘은 아버지와 저희에게 기쁜 날입니다. 부디 오늘은 복잡한 문제는 저 뒤로 미루고 즐기시죠."

미소 띤 얼굴로 단칼에 카미드가 자르니 심기 거슬리는 이야기는 쏙 들어가긴 했다. 하지만 이 파티가 끝날 때까지 저 많은 사람들과 어울려야 하는 것에는 변함이 없었다. 왜 이렇게 많은 인간들을 불렀던 건가, 세영을 소개하는 것에 정신이 팔렸던 과거의 자신에게 진심으로 화가 일었다.

"자, 오래 기다리게 해서 미안하네!"

시끄러웠던 좌중이 라마르의 외침에 일순 조용해졌다.

"모두 이렇게 한 자리에 모이게 된 것은 내 자랑스러운 큰아들이 나를 위해 준비한 선물 때문이지. 오랜만에 나의 가족들을 보니 기분이 좋군. 무엇보다……."

"아빠, 또 오버한다."

힐리가 샴페인을 홀짝이며 자신의 아버지를 향해 냉정하게 평가했지만 초조한 것은 마찬가지였는지 구두를 신은 오른발이 쉴 새 없이 까딱이고 있었다.

"오늘만큼은 먼저 떠난 살리마를 함께 추억해 주길 바라네."

한참을 떠들던 라마르 왕이 이윽고 벽을 가린 벨벳 장막을 거둬냈다.

"……."

벽에 걸려 제대로 장식된 어머니의 그림을 보는 것은, 참으로 오랜만이었다.

그것은 꽤 감정을 고양시켜 카미드도 일순 울컥하는 마음을 눌러 내리느라 고생이었다.

"햐, 정말로 세영 님은 대단하시네요."

자신보다도 완성된 그림을 더 많이 봐 온 하킴이었지만 감탄사를 감추진 않았다.

"당연하지."

"함께 계셨다면 더 좋았겠지만요. 아쉽네요."

"네가 왜 아쉬워?"

말이 그렇다고요. 기막혀 하는 하킴이 한마디를 보탰지만 카미드의 귀에는 들어오지 않았다. 아무래도 지금 이 순간을 세영과 나누어야겠다는 생각이 들었다. 카미드가 품에서 휴대폰을 꺼내는데, 옆에 있던 아루야의 몸이 일순 꺾였다.

"언니!"

조용히 눈물을 흘리던 힐리가 놀라 소리를 질렀다. 하지만 아루야는 대답조차 하지 못하고 신음을 흘리며 자리에 주저앉았다.

"키르자!"

카미드의 외침에 자리를 피해 파티장 입구에 서 있던 키르자가 단숨에 뛰어와 아루야를 안아 들었다.

"병원으로!"

카미드의 외침에 라마르 국왕이 튀어나왔다.

"아니다! 아루야의 방으로 데려가. 하킴! 의사를 불러!"

아루야가 정신을 차리면 질색을 하겠지만 차를 타고 병원으로 가느니 일단 궁 안에 눕히는 것이 두말할 것 없는 현명한 선택이었다.

"키르자. 방으로 데려가."

파티는 그것으로 끝이 났다.

10

그리고 가혹한 책임의 무게

땀을 뻘뻘 흘리면서도 세영은 아프다는 말도 하지 못하고 그저 앓고 있었다. 그 안타까운 모습에 속이 상한 성은은 몇 번이고 세영에게 똑같은 질문을 던졌다.

"너…… 정말 아무 일도 없었던 거 맞아?"

아파 죽을 것 같았던 일주일이 지나고 겨우 열이 떨어졌다. 이모가 건네는 콘수프를 후루룩 마시며 이제는 밥을 먹을 수 있겠다는 생각이 들었다.

몇 차례 이어졌던 이모의 닦달에도 세영의 대답은 한결같았다.

"그렇다니까."

"아니, 거기는 상도덕도 없다니? 아픈 애를 어떻게 그 새벽에 보내?"

"……내가 간다고 그랬어."

"진짜 병원에 안 가도 되겠어?"

"응. 괜찮아."

"아휴, 얼굴이 반쪽이네."

속상해하는 이모의 혼잣말에 세영은 그저 미소 지었다. 이제야 진짜 집으로 돌아온 기분이었다. 앓았던 일주일 동안 별별 꿈을 다 꾸었는데…… 이 낡은 방이 자신이 있을 곳임을 다시 한 번 깨달았다.

"너 정말 괜찮겠어? 이모 하루 정도는 더 쉬어도 되는데."

"아냐. 이모 지금 바쁜 시기잖아. 나도 열 다 내렸는데 뭐. 오후에 잠깐 연구소 다녀오고 바로 들어와서 쉴 거야. 내일부터 출근해야지. 그리고 주말에……."

세영은 잠시 숨을 멈추었다가, 숨을 들이쉬고 말을 이었다.

"촬영 팀이랑 언니 도착한다며. 정신 바짝 차려야지."

"……그래."

뭣 때문인지 엄마와 아빠는 촬영 팀이 입국하고 2일 뒤에나 도착한다고 했다. 세영은 애써 모른 척하며 그렇구나, 하고 수긍했다.

"아무튼 아프면 오늘은 집에만 있어. 연구소는 내일부터 가도 되잖아."

"그렇긴 한데 연락도 제대로 못 해서 얼굴이라도 비추고 오려고."

"힘들면 택시 타고 가. 응?"

"알겠어."

걱정 어린 이모가 겨우 출근하고 나서야 세영은 외출 준비를 할 수 있었다. 머리에 수건을 말고 방으로 돌아오자, 발에 걸리는 상자가 다시금 눈에 띄었다.

아루야 공주가 대신 보내 준 세영의 짐이었다.

보스턴에 도착하고 첫째 날은 그 사람이 너무 화가 나서 자신을 뒤쫓아 올지도 모른다 생각했다. 둘째 날은 사람을 보낼지도 모른다 생각했고, 셋째 날은 하킴에게서 연락이 올 거라 생각했다. 넷째 날은 어떤 말이든 연구소 측에 말을 전달했을 거라 막연히 생각했다. 그리고 겨우 다섯째 날이 돼서야 세영은 그가 아무 일도 하지 않을 것임을 깨달았다.

상자 안에는 챙겨 갔던 옷가지와 사마르에서 지내는 동안 잔뜩 그린 크로키북이 대부분이었기에 차마 지금 정리할 기분이 들지 않았다. 조금만 더 시간이 필요했다.

애써 상자를 외면한 세영이 드라이기에 전원을 켰다.

"이야! 이게 누구야! 우리 복덩이 케인이 아닌가!"

도대체 수수료를 얼마나 받았기에 일주일이나 병가를 내고 겨우 얼굴을 비추러 온 자신을 보스가 이렇게 극진하게 맞이해 주는 것인지, 세영은 순수한 의문이 들었다.

그리고 오랜만에 듣는 가명이 기분을 이상하게 했다. 분명 '한세영'이라는 이름보다 '케인'이라는 이름이 더 익숙한 것이 정상일 텐데, 사마르에 있던 두 달 채 되지 않는 시간이 한세영을 더 익숙하게 만들다니, 참 아이러니했다.

"다녀왔습니다. 오래 쉬어서 죄송합니다."

"괜찮아. 괜찮아. 그래, 몸은 좀 괜찮고?"

"네. 많이 나아졌습니다."

사실 연구소에 출근하면서도 내심 연구소 측에 사마르로부터 도착한 메시지가 있진 않을까 하는 생각을 했다. 그가 많이 화를 내겠지, 나에게 많이 실망했겠지, 그리고 나를……

하지만 그런 생각을 비웃듯 연구소에서 맞이하는 보스 마이크와 동료들은 환한 표정으로 수고했다며 응원해 줄 뿐이었다. 혼자 예상했던 그의 반응이 무색하게도 2개월 전의 일상 그대로였다.

"그래. 작업은 잘 끝났고?"

"네. 마무리까지 모두 마치고 왔습니다."

"그래. 내가 사전에 만나서 조율해 봤지만 무례한 사람은 아니었어. 어쨌든 케인 네 이력에도 좋은 일이야. 원래 돈 많은 사람들의 심리가 그렇거든."

세영도 안다. 다양한 이력보다 유명 인사의 소장품을 맡았다는 이력 한 줄이 더 효과적이라는 것을. 그래서 욕심내서 사마르로 갔던 것도 있었지만…… 아니다. 계속 생각을 하면 할수록 결과적으로 그를 떠올리게 된다. 세영은 애써 무시하고 기계적으로 마이크와 이야기를 나눈 뒤 사무실에서 나왔다.

어찌 됐든 주말부터 있을 촬영 때문에 적어도 일주일간은 시간을 최대한 비워야 했다. 프로젝트 진행 역할에 고심하던 마이크도 이제까지 열심히 해 주었으니 이쯤이야, 하며 또다시 세영을 배려해 주었다.

세영은 하킴에게 연락해 마이크에게 수수료로 얼마를 주었는지 진심으로 물어보고 싶었다. 이젠 그럴 수도 없지만.

"케인!"

제2팀 노라였다. 이렇게 사적으로 말을 걸어온 것은 처음이라 세영은 의심의 눈으로 노라를 쳐다보았다.

"어디 갑부 소장품을 맡았었다며? 왜 이렇게 오래 걸린 거야?"

"그냥 좀, 스케줄이 늘어났어. 왜 그러는데?"

"아니, 사실 이번 주 J박물관에서 열리는 파티에 너 대신 내가 가라고 마이크가 지명했거든. 나중에 너한테 원망이라도 들으면 내가 억울하니까 미리 이야기하는 거야."

파티라면 질색이었다. 세영은 '그래?' 하고 고개를 끄덕였다.

"그래. 잘 다녀와."

대수롭지 않은 듯 반응하는 세영의 말에 노라의 표정이 샐쭉해졌다. 이윽고 작은 목소리로 '재수 없어.' 라고 내뱉긴 했지만 신경 쓸 바가 아니었다.

사마르의 더운 날씨에 어느덧 익숙해졌나 보다. 실내임에도 서늘하다고 느끼며 자켓을 여몄다. 제1팀 사무실로 넘어가 동료들과 오랜만에 이야기를 나누고 스케줄을 조정했다. 그동안 자리를 비운 것도 미안한데, 앞으로 일주일간 시간을 많이 내지 못할 거 같다고 사과하자 다들 괜찮다며 어깨를 으쓱했다.

"이제까지 작업량이 제일 많았던 것도 케인 너잖아. 휴가도 제대로 안 다녀왔으면서 무슨 얘길 하는 거야."

"맞아. 우리가 열심히 작업하고 있을 테니까 푹 쉬다 와. 그사이 얼굴 살이 더 빠진 것 같다?"

"고마워. 미셸. 연락할게."

"알겠어. 잘 다녀오고."

가장 친하게 지내는 미셸이 선물은 없느냐고 추궁했지만 세영은 그저 웃으며 미안하다고 사과했다. 개인 작업을 했으니 다음에 비싼 술을 사야 한다며 어거지로 밀어붙였지만 세영은 그러마, 하고 약속했다.

❖　　❖　　❖

"몇 시 도착이랬지?"

"3시 30분."

"이제 곧 나오겠네."

나보다도 이모가 더 초조해 보였다. 세영은 웃으며 긴장 풀어, 라고 말을 건넸지만 이모의 얼굴이 더 딱딱하게 굳었다.

"만약에 다영이가 못되게 굴면 꼭 이모한테 얘기해. 알겠어? 바보같이 당하지만 말고. 어휴, 불안해서 두고 볼 수 있을까 모르겠네. 갑자기 일이 겹쳐서 많이 같이 있지도 못할 텐데……."

"걱정하지 말고 일에 신경 써. 프로젝트 성공하면 이모 승진이라며."

"네가 걱정이라 그렇지."

갑작스러운 스케줄로 촬영에 참여하기 어려워진 이모는 연신 한숨을 내쉬었다. 사실 세영도 긴장 때문에 한숨도 못 자고 나왔다. 이모와 그녀의 얼굴 모두 눈 밑이 퀭했다.

"어, 저긴가 보다."

출국장이 열리며 우르르 사람이 쏟아져 나왔다. 그 와중에도 십여 명이 뭉친 사람들 중심에 화려한 옷차림의 여자가 도도하게 걸어 나오고 있었다.

"와, 한다영이야!"

옆에서 한국말이 들렸다. 여행객으로 보이는 여자가 비명을 지르며 휴대폰을 들이대더니 사진을 찍어 대기 시작했다.

"죄송합니다. 촬영 중이니 사진은 자제해 주세요."

언니의 뒤에서 걷던 우락부락한 남자가 냉큼 다가와 여행객에게 말을 건넸고, 그 위압감에 여자는 '죄송합니다.' 하고 대답하며 휴대폰 사진을 삭제했다.

그 일련의 상황이 이어지는 것을 멍하니 바라보던 이모와 나는 언니가 손을 흔들며 하이톤으로 인사를 건네는 것에 정신을 차렸다.

"이모! 세영아!"

환하게 웃는 얼굴이 참 이질적이었다. 고개가 채 돌아가기도 전에 진한 향수 냄새가 코를 찔렀다. 단숨에 끌어당겨져 포옹을 한 모습이 타인에게는 완벽하게 반가움을 표하는 가족의 모습이겠거니, 하는 생각이 들었다.

"다영 씨. 이게 얼마 만의 재회인가요? 굉장히 반가워하시는데."

"글쎄요. 진짜 오랜만이라서 저도 잘 기억이 안 나요. 서로 바빠서 전화통화한 게 전부거든요. 그래도 2년 전에는 같이 여름휴가를 보냈는데……."

엄청난 연기였다. 이모와 세영은 입을 떡 벌리고 눈물 맺힌 얼굴로 반가움을 표하는 다영의 얼굴을 바라보고 있었다. 다영은 그 와중에 세영의 손을 꽉 잡는 스킨십을 놓치지 않았다.

"하지만 멀리 떨어져 있어도 가족은 가족이니까, 보고 싶어도 참을 수 있었어요."

다영의 말에 세영은 일순 팔에 소름이 돋았다. 자신이 이모밖에 한국말을 할 사람이 없었기에 단어를 왜곡해 기억하는 건 아닌가 하고 생각했지만 그럴 리는 없었다.

"이야, 정말 사이좋은 자매네요. 성함이 한세영 씨, 맞죠? 오랜만에 언니와 만났는데 어떠세요?"

"저도, 정말 기뻐요."

그 말을 짜내는 것이 고작이었다. 촬영 팀이 렌트한 차량을 접수하고 집 주소까지 확인하기 위해 이모와 이야기하는 사이 그녀는 언니와 매니저까지 딱 세 명이 남게 되었다. 보는 눈이 사라지자 자신의 두 손을 꽉 잡고 있던 가느다란 손이 단숨에 뿌리쳤다.

"미국물이 좋긴 한가 보네. 때깔 좋다, 너?"

"다영아. 좀!"

"오빠 왜 맨날 나한테 뭐라 그래? 좀 조용히 있어 봐."

"어휴……."

우락부락한 남자가 질렸다는 듯 고개를 절레절레 흔들었지만 그럼에도 다영의 옆에 서 있었다.

다영이 카메라가 돌아가는 동안 벗었던 선글라스를 다시 착용했다. 놀란 표정이었던 세영이 겨우 놀란 가슴을 진정시키고 인사를 건넸다.

"잘 지냈어? CF 나온 거 봤어. 예쁘……."

"됐고. 집은 어디야? 얼마나 가야 돼?"

또각또각. 높은 하이힐을 신은 다영이 세영을 지나쳤다. 촬영 담당자로 보이는 남자에게 다가가며 콧소리로 '피곤하시죠?' 하며 아양을 떨었다. 덩그러니 남은 세영이 쓴웃음을 짓자 남자가 입을 열었다.

"안녕하십니까. 다영이 동생이시라고. 다영이 매니저 한성신입니다."

"네. 안녕하세요."

"그, 사실 저희 기획사에서 몇몇은 다영이 가정사를 알고 있습니다. 어떤 일이 기사화되든 저희가 대비를 해야 돼서요."

"……그러시군요."

"정말 불편하시겠지만 이번 촬영만 잘 좀 부탁드립니다. 다영이한테 정말 중요한 시기라."

"네. 걱정하지 마세요."

언니는 복도 많지.

부러움인지 비웃음인지, 세영의 입가가 뒤틀렸다.

"장난해? 나보고 여기서 지내라구?"

어느 정도 예상은 했지만 낡은 집을 보더니 다영이 기겁하며 소리를 질렀다.

"왜? 분위기 있고 좋은데. 진짜 미국이라는 느낌이네요. 세영 씨방도 찍어도 되나요?"

"네. 뭐."

자신이 이 프로그램 피디라며 뒤늦게 인사를 건넨 남자가 세영에게 방을 보여 달라 이야기했다. 피디가 '분위기 있고 좋다.'고 하니 다영이 더 이상 말은 하지 않았지만 얼굴에는 여전히 못마땅한 기색이 역력했다.

"와, 그림이 굉장히 많네요. 그림 관련해서 일을 하신다고 했는데 정확히 어떤 일을 하시는지?"

"아, 간단하게 말씀드리면 손상된 그림을 복원하고 있어요. 보존상태에 따라 그림이……."

"피디님! 우리 저녁 먹으러 갈까요? 기내식이 너무 별로여서 많이 못 드셨죠?"

사전에 어떤 질문이든 편하게 대답해 달라고 했기에 세영은 최선을 다하고 있었다. 비록 그 노력을 무시하는 다영 때문에 매 순간 기운 빠지긴 했지만.

"그래요. 초반 분량은 뺀 것 같으니까 뭐…… 다영 씨, 추천해 줄 만한 곳 어디 없어요? 카메라 앵글도 중요해서 적당히 분위기 있고 촬영이 가능할 만한 곳으로요. 솔직히 맛은 별로 없어도 돼요. 이쪽에 자주 왔을 테니까 추천 좀 해 줘요."

"네? 음…… 어디가 좋을까."

갑작스러운 피디의 요청에 다영의 얼굴이 살짝 굳었다. 결국 보다 못한 세영이 끼어들었다.

"투 블럭 아래에 펍이 있는데 거기 햄버거가 괜찮아요. 지금 시간이 일러서 사람도 별로 없을 거고, 촬영도 미리 이야기하면 괜찮을 것 같은데."

"오, 펍! 역시 현지인 발음은 멋있네요."

순간 요란스럽게 반응하는 피디를 바라보며 놀리는 건가 싶었지만 애초에 텐션이 높은 사람 같아 보였다. 세영은 애써 웃으며 따라오세요, 하고 집을 나섰다.

차를 타기도 애매한 거리였기에 걸어가기로 했는데 촬영 팀이 나와 언니를 카메라에 담기 위해 앞쪽에서 움직였다. 부담스러워 뒤로 빠지려는데 자연스럽게 피디가 다영에게 질문을 던지기 시작했다.

"어떠세요, 다영 씨? 오랜만에 미국에 오셨다고 했는데. 요즘 인기가 급상승하면서 스케줄 소화하는 데 힘들진 않나요?"

"힘들긴요. 많은 분들이 예쁘다고 해 주시고 좋아해 주시는 게 정말 감사할 뿐이죠. 사실 드라마 시작하기 전에는 많이 침울해 있었는데……."

그 뒤로 펍에 도착하기 전까지 다영의 근황에 대한 인터뷰가 주를 이루었다. 카메라에서 멀찍이 떨어져 나와 앞장선 세영이 곧 펍이 있는 골목길에 도착했고. 피디에게 먼저 들어갔다 오겠다고 사인을 보냈다. 먼저 들어가 주인에게 양해를 구하자 흔쾌히 오케이 사인이 떨어졌다.

"잠깐 카메라 세팅 먼저 할게요. 이쪽 테이블에 앉는 게 조명이 더 잘 받을 것 같네요."

"음. 일단 이쪽으로……."

방송이라는 게 쉬운 게 아니구나. 이런 식으로 일주일이라니 엄두가 나질 않는다.

세영은 벌써부터 두통이 오는 듯했다. 이마를 감싸 쥐고 있으니 펍 주인이 말을 걸었다.

"케인. 이건 무슨 촬영이야? 네가 방송에 나오는 거야?"

"언니가 한국에서 배우거든. 언니가 나오는 방송인데 나도 같이 촬영하긴 해."

"뭐? 제시 말고는 가족 없는 거 아니었어? 나는 이제까지 들은 게 없어서 제시뿐인 줄 알았는데."

제시는 이모의 이름이다. 딱히 더 말할 수가 없어 세영은 어색하게 어깨를 으쓱했다. 주인장도 뭐 그러려니 하며 요즘 어떻게 지냈는지 안부를 건넸다.

"이야. 배우는 역시 다르구나? 엄청 예쁘네."

"그렇지?"

적당히 대꾸하며 앉아 있는데 한쪽에 서서 바라보던 다영이 다가와 옆자리에 앉았다.

"이번 달 돈 많이 넣었더라? 잘 버나 봐?"

"……개인 작업이 들어와서."

"뭐, 엄마 병원 다니는 거 수발하는 거에 비하면 한참 모자라지. 누구 때문에 그렇게 됐는데. 돈이라도 보내는 게 너도 마음 편하잖아. 그치?"

작은 얼굴에 퍼지는 웃음이 남들 눈에도 이렇게 끔찍하게 보일까?

세영은 차마 그 웃는 얼굴을 마주할 자신이 없어 고개를 돌렸다. 오른손이 덜덜 떨려서 그를 참느라 왼손에 힘을 주었다.

"나대지 말고 적당히 묻는 거에만 대답 잘해. 어차피 이번 촬영만 끝나면 더 볼 일도 없으니까."

조용히 속삭이듯 남긴 말을 끝으로 다영은 다시 피디에게 다가갔다. 한국말을 모르니 어떤 대화가 오고 갔는지 모르는 주인조차 분위기가 이상했는지 괜찮냐고 물었지만 세영은 그저 웃을 뿐이었다. 언제나 비슷한 하루였다.

"다시 한 번 확인했지만, 1시 35분 출발하는 보스턴행 비행기에 탑승한 것이 맞습니다. 공항에 도착하고 바로 택시 타고 자택으로 이동했고, 이후 일주일간은 자택에서 지냈다고 합니다. 그리고 일주일이 되는 목요일 오후 3시에 연구소에 다녀와 다시 집으로 향했고요. 오늘은…… 공항에서 한다영과 그 촬영 팀을 이모 제시와 함께 맞이했다고 합니다."

"……."

"한국에서 보낸 자료에 의하면 3주 뒤에 한다영 특집으로 이번에 촬영한 것이 방송에 나온다고 합니다. 이 때문에 부모가 재결합 관련해서 법적 절차를 밟느라 2일 뒤에 출국 예정이고요."

잔뜩 긴장한 하킴이 종이에 쓰여 있는 그대로 보고하면서도 카미드의 눈치를 살폈다. 아무것도 읽을 수 없는 무표정에 하킴은 더 긴장 상태였다.

"방송이라……."

정확히 세어 보진 않았지만 하킴은 오늘까지 세영이 새벽에 출국한 내용을 포함해 자신의 주인에게 족히 오십 번은 보고했음을 자신할 수 있었다.

"그, 카미드 님. 일단 급한 일이 있었을 수도 있고……."

"아무 말도 하지 마."

카미드의 오른손에 들린 종이 뭉치. 하킴과 카미드가 함께 세영에게 건넸던 계약서였다. 처음 건넸던 그때와 똑같이 여백은 백지 상태였다. 책상 위에는 타미를 통해 건넸을 휴대폰도 가지런히 놓여 있었다.

통화 내역을 조사한 결과, 세영이 떠나기 전 아루야와 통화를 한 사실을 발견할 수 있었다. 어떻게 된 일인지 추궁을 하고 싶었지만 아루야의 건강 상태가 아직 안정적이지 못했다.

아루야는 파티에서 쓰러진 뒤, 그다음 날까지 정신을 차리지 못했다. 새벽까지 호흡도 정상적이지 못해 가족 모두가 긴장 상태에서 뜬눈으로 밤을 새웠다. 카미드 역시 마찬가지였고, 그 와중에 뜬 해를 보니 세영이 걱정되기 시작했다. 그래서 하킴에게 이야기해 타미를 맨션으로 보냈지만 삼십 분 뒤 회신이 온 타미의 목소리가 불안했다.

'하킴 님. 맨션에 아무도 없어요. 아무리 찾아봐도 안 계세요.'

타미의 전화 내용을 그대로 하킴이 카미드에게 보고했지만 카미드는 처음에는 믿지 않았다. 혹시 너무 아파서 병원에 간 건 아닐까 생각했다. 아니면 갑자기 기분이 나아져서 쇼핑을 갔을 수도 있지 않은가.

다른 사람이 들으면 말도 안 되는 소리 하지 말라고 했겠지만 카미드에게는 세영이 말없이 사라졌다는 것이, 자신을 떠났다는 것이 더 말도 안 되는 일이었다. 그래서 맨션 근처에 사람을 풀어 그녀를 찾도록 지시했지만 아루야가 정신을 차릴 때까지도 아무런 수확이 없었다.

그때 당시 그의 사고 회로는 정상적이질 못했다. 하킴이 독단적으로 공항 측에 연락해 출국자 명단을 뽑아 와도 그는 믿지 않았다. 그럴 리 없다고 하킴에게 소리까지 질렀지만, 맨션으로 돌아와 그녀가 누워 있던 방 테이블 위에 놓인 종이를 보자 그제야 인정할 수밖에 없었다.

그녀에게 건넸던 계약서였다. 하지만 그녀는 거기에 사인하지 않았다.

"카미드 님. 알렉스가 미친 듯이 연락하고 있어요. 일단 뉴욕으로 가 계시면 제가 새로운 이야기가 들어오는 대로 연락을……."

"하킴. 이게 기회일까, 불행일까."

"예?"

"⋯⋯화가 나긴 하지만 그건 괜찮아. 다만."

"음⋯⋯."

"이제 어떻게 해야 할까."

카미드는 보고 받는 내내 CCTV에 녹화된, 맨션에서 나와 비틀거리며 택시에 타는 세영의 모습을 끊임없이 되감아 보고 있었다. 고민을 끝낸 것인지 카미드가 녹화 장면을 멈추었다. 세영이 택시에 타기 전 맨션을 되돌아보는 모습이었다.

이제껏 아무런 표정이 없던 카미드의 얼굴에 겨우 미소가 나타났다. 비록 그 미소를 바라보며 하킴의 등에는 한줄기 땀이 흘렀지만 말이다.

"엄마! 아빠!"

이틀 만에 다시 공항에 오다니. 그래도 한 번 해 봤던 일이라 다행이었다. 적당히 얼굴에 웃음기를 담고 출국장을 바라보니 중년의 부부가 천천히 이쪽으로 다가오고 있었다.

"오는 데 안 힘들었어? 밥은 잘 먹었고?"

살갑게 부부의 각각 한 팔에 팔짱을 끼며 다영이 이것저것 질문을 던졌다. 여전히 카메라는 돌아가는 중이었다.

"언니!"

어젯밤 내내 '눈물이 나면 어쩌지.' 하고 혼잣말로 고민하던 이모는 결국 엄마를 보자 눈물을 보였다. 감동적인 재회 장면이라 생각했는지 피디의 지휘 아래 이모와 엄마의 모습이 클로즈업 되는 것 같았다.

"세영아."

부둥켜안고 눈물을 흘리는 이모와 엄마를 바라보고 있는데, 낮게 가라앉은 목소리가 그녀의 이름을 불렀다. 마치 온몸에 녹이라도 슨 것처럼, 관절에서 이상한 소리가 나도 이상할 것 같지 않은 움직임으로 그녀가 뒤를 돌았다.

이십 년 만에 만나는 아빠였다.

"그, 잘…… 지냈니."

"안녕하셨어요."

이모가 눈물을 흘리는 게 다행이었다. 이렇게 어색한 부녀간의 재회라니 피디가 봤다면 왜 분위기가 이러냐고 너스레를 떨었겠지만 다행히도 그는 이모와 엄마의 포옹에 더 관심을 보였다.

"다영이한테 이야기는 많이 들었다. 미술 한다면서."

"네."

"그래……."

어디다 눈을 둬야 될지 모르겠다. 결국 분위기를 견디지 못한 그녀가 화장실로 발을 옮기자 대화는 그것으로 끝이었다.

"웩. 으……."

변기통에 쏟아 낸 토사물이 레버를 내리자 물길을 따라 흘러내려갔다. 맺힌 눈물을 닦아 내고 화장실을 나오자 다영이 서 있었다.

"왜, 구역질나?"

"……."

"이렇게까지 왜 너를 괴롭히나 싶어?"

"……."

"이 정도는 아무것도 아니야. 미쳐 버린 엄마를 버리고 도망 나올 땐 이 정도 재회도 생각했었어야지."

"도망 나와?"

"그럼 아니야?"

"아홉 살 때 머리가 잡혀 욕조에 처박혔어. 그런 엄마를 떠난 게 내가 버린 거라고?"

"엄마가 미친 게 너 때문이니까!"

말이 통할 상대가 아니다. 이제껏 수없이 받아 온 통화와 다를 바 없는 일방적인 비난과 책임 전가일 뿐이었다.

"그만해. 촬영은 조용히 끝내야지."

"지금 나 협박하니?"

"아니. 나대지 말고 적당히 묻는 거에만 대답 잘 하라며? 걱정하지 마. 나는 이 상황에 동참할 거야. 그래야 더 볼 일 없을 테니까."

어차피 이성적인 반응은 옛날에 포기했다.

일 년간 충격 때문에 말 한마디 제대로 하지 못할 때에도 그녀는 하염없이 엄마의 전화만 기다렸었다. 대답은 못 하더라도 엄마가 하는 말은 빠짐없이 기억해야지 하고 생각했다. 아픈 엄마가 다 나으면 그녀에게 먼저 연락할 거라는 믿음이 있었기에 먼저 전화하고 싶어도 꾹 참았다. 그래서 기다렸는데…….

처음으로 전화가 걸려 온 것은 11살 때였다. 그리고 언니의 원색적인 힐난이 시작된 것도 11살 때였다.

"하, 기가 막혀."

다영의 옆을 지나 세영이 화장실을 나왔다.

집이 좁아 오늘부터는 엄마와 아빠, 그리고 언니까지 시내 중심의 호텔에서 지내기로 했다. 스태프들은 지금 바로 호텔로 이동할지, 아니면 예정했던 레스토랑으로 이동해 점심을 먹을지 회의 중이었다. 밤에는 함께 안 있어도 된다니 불행 중 다행이었다.

"어머님이 많이 피곤해하시는 것 같으니 일단 호텔로 이동하겠습니다."

피디의 외침에 뒤늦게 나온 다영이 감격하며 스태프들에게 일일이 감사 인사를 건넸다. 간혹 그녀의 태도에 감명받은 이가 '다영 씨는 참 친절하네요.' 하는 말을 건네면 다영은 '뭘요.' 하며 쑥스러운 표정을 지었다.

세영은 다시 한 번 화장실로 가서 속을 비워 내고 싶었다.

"세영아. 아직 엄마랑 얘기 못 나눴지? 저녁까진 호텔에서 쉰다니까 너도……."

"아니. 이모. 나 연구소 들어가 봐야 할 것 같아. 갑자기 연락이 왔어."

"그래?"

이모, 미안해. 지금이 내 한계인가 봐.

세영은 그대로 뒤돌아 도망쳤다. 출구 밖으로 나와 택시를 타고 도착지로 연구소를 불렀다.

어차피 가 봐야 내 앞에 할당된 작업은 없겠지만 그래도 가서 잡일이라도 해야 정신을 잡고 있을 수 있겠다 싶었다.

"케인. 무슨 일이야? 이번 주까지 출근 못 한다고 들었는데."

"갑자기 시간이 나서. 뭐 시킬 것 있으면 말해. 잡일도 괜찮으니까."

세영이 어딘가 이상해 보였는지 동료는 '일은 괜찮아. 넌 좀 쉬어야 될 것 같은데?' 하고 대답하고는 사라졌다.

'너 때문이야!'

아니야.

'아니야. 세영이랑 같이 준비하고 애 아빠한테 다녀오게. 이렇게 끝낼 수는 없어.'

제발······.

'이 더러운······!'

그만······!

'내가 정말로 좋아요?'

'응.'

세영은 밀려드는 기억 속에서 반짝하고 빛이 나는 그를 찾아냈다. 그리고 그가 그녀의 머릿속에서 떠나기 전에, 그를 붙잡기 위해 미친 사람처럼 지하 작업실로 뛰어 내려갔다. 말이 작업실이지 각종 비품과 준비물을 쌓아 두는 창고였다. 입사 초반 물건들을 정리하며 많이 와 본 적이 있어 세영은 금세 필요한 물건들을 꺼냈다.

그리고 높은 구두도, 답답한 재킷도 저 멀리 벗어 던졌다. 큰 캔버스를 옮겨 두고 재고품 정리한 선반에서 손에 잡히는 물감을 꺼내 비닐 위에 짜냈다. 복원은 미술보다는 화학 분야에 더 가깝다. 작업실처럼 준비된 물감의 색이 다양할 리도 없거니와 붓이나 파레트가 창고에서 쉽게 뒹굴 리가 없었다.

고등학생 때로 돌아간 것처럼 미친 듯이 손을 놀렸다.

그의 얼굴이 어떻게 생겼지? 눈빛은? 몸의 선은? 근육은?

잊을 리가 없어. 이 기억만을 믿고 떠나 왔는데!

얼마 동안이나 손을 움직였는지 알 수 없었다. 사람이 오지 않는 지하였고, 또 그녀는 미친 사람처럼 그림에 열중했기 때문에 그저 그림이 완성되기 전까지 손과 눈을 캔버스에서 뗄 수가 없었다.

아냐. 이것보다 더 아름다웠어. 더 반짝이듯 빛이 났고, 섬세했어. 조금 더, 어디가 다르지? 어디를 고치면……!

"아……."

색이 덧칠해지고 선이 깎여 나갔다. 새끼손가락으로 작은 점을 채워 명암을 주고 어떤 부분은 손날로 문질러 흐릿하게 만들어 나갔다.

이윽고 투박한 선과 점이 모여 그녀의 머릿속 그의 모습을 완벽하게 완성했을 때, 세영의 두 눈에서 눈물이 흘렀다.

자신이 무엇을 손에서 놓아 버린 것인지 이제야, 완벽하게 깨달았다.

"카미드……."

이 남자 때문이냐고 묻는다면 정확하게 대답하기 힘들겠지만, 적어도 지금 심정이 마치 가슴에 큰 구멍이 뚫린 것처럼 텅 빈 듯 외롭다고만은 말할 수 있으리라.

세영은 아홉 살 이후 처음으로 아이처럼 울부짖었다.

11
숙달된 감정의 숨김

─촬영은 어때?

"괜찮아."

─엄마는 어때 보여?

"괜찮아 보여."

─……세영이 너는?

"나도 괜찮지."

걱정 어린 이모의 말에도 세영은 기계적으로 대답할 수밖에 없었다.

연구실을 간다는 거짓말로 도망쳐 온 그날 밤. 이모는 내가 집에 도착할 때까지 울고 있었다.

'매 끼니 먹는 약의 양이 너무 많아서 안쓰럽더라.'

'세영이 너한테 할 말이 많다고 그랬어.'

'미안해서 널 쳐다보지도 못하겠대.'

오랜만에 만난 엄마가 얼마나 딱하고 불쌍했으면 이모가 나에게 이럴까 싶었다.

세영 역시 울며 내가 지금 어떤 심정인지, 어떻게 버티고 있는지 소리 지르며 토해 내고 싶었지만 이모에겐 그럴 수 없다. 이모에게 만큼은 여전히 착한 '한세영'으로 남아야만 하는 그녀의 투철한 주제 파악과 위치 의식이 있었으므로.

"이모. 너무 걱정하지 마. 앞으로 삼 일이면 촬영도 끝인데 뭐."

견디기 힘든 시간이었지만, 세영은 스스로 굉장히 잘 헤쳐 나가고 있다 칭찬했다. 카메라가 돌아갈 때는 인위적이긴 했으나 잘 웃었고 피디나 작가가 던지는 질문을 유연하게 받아쳤다. 차마 대답하기 힘든 질문에는 너무 오래 외국 생활을 해서, 말의 뜻을 이해하기 힘들다거나 농담으로 받아쳤다.

이 촬영에서 가장 힘든 것을 꼽자면 나와 엄마가 한 번도 제대로 된 대화를 하지 않았다는 것을 들키지 않기 위해 언니 옆에 붙어 있으려 눈치 싸움을 하는 것 정도였다. 아빠도 더 이상 말을 거는 일은 없었다. 어차피 숙소는 호텔이니 같이 다닐 때만 피하면 된다. 이모의 말과 달리 엄마도 그다지 나에게 다가오고 싶은 생각은 없어 보였다.

아마 이 정도면 대화가 없는 것이 이상하다고 생각할 수는 있어도 이십 년이라는 시간의 틈이 있는 가족이라고는 그 누구도 생각하지 않을 것이다.

"그럼 오늘 촬영은 여기까지고요. 아, 어머님이랑 아버님은 모레 출국이시죠? 영상에 출국 장면은 따로 들어가지 않으니 저희 쪽에서 공항까지 모셔다 드리겠습니다. 이틀 뒤부턴 부모님이 빠지시니까 다영 씨랑 세영 씨 투 샷으로 뭔가를 좀 했으면 좋겠는데, 일단 관광지 위주로 장소를 뽑았으니 오늘 해산하기 전에 한 번 더 확인해 봅시다."

"그럼 수고하십시오."

아침부터 시달려 피곤한 기색이 역력한 엄마 아빠가 서둘러 촬영팀의 방에서 빠져나갔다. 방은 바로 건너편이지만 세영은 먼저 그 문을 두드릴 생각은 없었기에 고개를 까닥이며 인사를 하고 소파에 앉았다.

피디는 분명 시끄러운 사람이었지만 확실히 분위기나 상황을 이끌어 가는 것에 특출난 사람이었다. 세영도 오늘도 하루 종일 끌려다니느라 녹초가 된 상태였지만 할 수 있는 만큼은 맞춰 주고자 했다.

"다영 씨가 내 준 아이디어 때문에 그러는데, 확실히 화면을 좀 화려하게 꾸미려면 역시 뉴욕을 가야겠다는 생각이 들더군요. 그래서 모레 저녁에 이동을……."

"뉴욕이요?"

너무 놀라 큰 목소리가 나왔다. 작가와 피디, 촬영팀, 다영의 시선까지 일순 세영에게 꽂혔다. 그만큼 세영은 당황한 상태였다.

"그, 굳이 뉴욕이 아니더라도……."

"뭔 소리야. 당연히 뉴욕을 가야지."

이상하게 흥분한 다영이 열변을 토하며 세영에게 타박했지만 세영은 말 그대로 머릿속이 새하얗게 변해 버렸다.

'뉴욕 가면 누구든 그 남자를 만나기라도 한대? 뉴욕이 얼마나 넓은데. 이 정도면 망상병이다. 그래도 만에 하나 그의 회사 근처에서 볼 수도 있는 거잖아? 보면 어쩌려고? ……보면 보는 거지!'

마치 인격이 분열된 것처럼 세영의 머릿속은 난리법석이었다. 그와 반대로 다영은 뭐에 홀린 것처럼 화사하게 웃었다.

"어디가 좋을까요? 타임스퀘어는 기본으로 넣을까 생각 중이고. 유람선도 화면 잡기엔 좋을 것 같은데……."

"저는 유람선은 힘들 것 같아요. 물을 무서워해서."

"정말요?"

"얘가 조금 촌스러운 부분이 있어요~ 아니면 저는 혼자라도 괜찮은데."

"으음. 아, 그럼 미술관은 어떨까요? 찾아보니까 구겐하임이나 메트로폴리탄이 유명하던데. 세영 씨 전문 분야니까 해설 좀 해 주실 수 있으시죠? 두 분 풀샷 잡기엔 그게 최고 같군요."

"그건 가능하지만……."

"음, 조금 따분하지 않을까요? 제 생각엔 유람선이랑 여기 레스토랑 라인으로 이어지면 어떨까 싶은데."

"그런가?"

한참 회의가 이어졌고 결국 뉴욕에 도착한 다음 날 유람선과 타임스퀘어, 미슐랭 레스토랑과 호텔로 바로 이어지는 일정으로 정리가 되었다. 그날은 세영에게 촬영의 마지막 날이었으며, 해방의 날이었다.

"그럼 저는 이만 들어가 볼게요."

"아이고. 벌써 시간이 이렇게 됐네. 피곤하시죠?"

"조금요. 그래도 촬영이라는 게 신기하면서도 재밌네요."

"그렇죠? 나중에 편집본 나오면 꼭 연락드릴게요."

"네. 전 택시 타고 들어가면 되니까 나오시지 마세요."

"잘 가~"

세영은 언제 가져온 건지 뉴욕 관광책자를 펴 들고 성의 없이 인사를 건네는 다영에게 짧게 대답하고 호텔 방을 빠져나왔다.

호텔 정문으로 나와 택시를 잡을까 했지만 아직 그리 늦은 시간도 아니고, 지하철역으로 가기로 했다. 시내에 위치한 호텔 근처는 아직까지 열린 가게들 불빛으로 화려했다.

"저기, 한세영 씨!"

"매니저님. 왜 나오셨어요?"

"택시 타는 거 보고 들어가려고요."

"혼자서도 잘 갈 수 있어요. 들어가 보세요."

"불편해하지 마시고요. 내일도 아침부터 같이 동행해 주시느라 힘드실 텐데."

"정말 괜찮……."

"저기 택시가 있네요! 가시죠!"

진심으로 피곤했다. 세영은 얼마 남지 않은 시간을 곱씹으며 남자의 손에 이끌려 택시에 올랐다.

"이 새끼는 뭐야?"

알렉스에게 일정 보고를 받던 카미드는 막 도착한 메일 속 세영의 모습에 손이 부들부들 떨렸다.

호텔 앞에서 남자의 배웅을 받으며 택시에 오르는 모습. 알렉스의 눈에는 정말 별것 아닌 모습이었지만 배경이 배경인 만큼 카미드의 눈이 뒤집힌 것 같았다.

"메일에 적혀 있네요. 한다영 매니저라고. 촬영팀 숙소가 저 호텔이라고도 쓰여 있네요."

"그게 중요해?!"

'그게 포인트인데 당연히 중요하죠.'

알렉스는 주인의 성격을 아는 훌륭한 비서였다. 입을 꾹 다물고 카미드가 진정하기를 기다리는 것이 자신의 보고가 끝나는 가장 빠른 방법이었다.

"이 여자가 진짜!"

매시간 인터넷으로 잠복팀에게서 전송되는 '한세영 일과보고'를 카미드는 빼놓지 않고 확인하고 있었다. 그리고 이 사진, 불과 30분 전에 찍힌 것이었다.

카미드는 일단 진정하고 나머지 보고 내용을 확인하기 위해 크게 심호흡을 했다.

이 모습을 뒤에서 보던 알렉스는 집착하는 남자는 꼴불견이라고 생각했다.

《도청 결과 모레 저녁 뉴욕으로 이동하여 촬영 준비 및 시작. 그 다음 날 오전 센트럴파크, 유람선 관광과 타임스퀘어 방문, 미슐랭 레스토랑 '루'와 플라자 호텔 숙박 예정.》

"카미드 님. 제발 일에도 그렇게 집중을 해 주세요……."

"조용히 좀 해 봐. 생각 중이니까."

《유람선 관광 시간대에 한세영은 불참. 미술관을 방문하겠다는 이야기가 있었으나 정확한 명칭은 거론되지 않음.》

《추가 요청이 있었던 지난 저녁 연구소 방문에 무엇을 했는지는 확인되지 않음. 연구소 보안이 철저해 CCTV 자료 입수 불가. 추가 요청이 있을 경우 추가 팀을 보완하여 자료 획득 진행하겠음.》

"미술관."

"네. 미술관으로 가신다네요."

"얼마 전에 뉴욕에 누가 미술관을 개관한다고 했던 것 같은데?"

"미스터 로체 씨였죠. 카미드 님께 초청장이 도착했는데 무시하셨었고요."

그림에 환장하는 인간들이 얼마나 돈이 썩어나는데, 거길 안 가고 뭐 하시냐고 머리를 쥐어뜯던 알렉스였다. 굴러 들어오는 투자처를 뻥뻥 차 대며 '나도 돈 많아.'로 대꾸하던 카미드 때문에 알렉스가 한참 위장병을 얻었던 때가 불과 6개월 전이다.

"연락 좀 해 봐."

"뭐 하시려고요?"

"후원해."

"예?!"

"삼백만 달러쯤."

"차라리 그 돈 홍보팀에 주시죠! 아니면 사회공헌팀에 주시든가!"

"거기다가도 추가 배정하던가."

알렉스는 다시 한 번 위장병이 오겠구나 생각했다. 벌써부터 위가 지끈지끈 쥐어 짜이는 것 같았다.

"대신 엄청 크게 파티를 열라고 해. 삼 일 뒤에."

"개관식에도 안 가셨잖습니까!"

"이번에 가면 되지."

"게다가 삼 일 뒤라니, 엄청 큰 파티요? 말이 되는……!"

"오백만 달러라면 하지 않을까?"

해맑게 웃으며 대답하는 카미드의 모습에 알렉스는 일순 무너졌다. 엘리트 코스를 밟은 덕에 지금은 엄청난 연봉을 받는 수재였지만 진심으로 자신의 슈트 안 항상 지니고 있는 사표를 내지 않기 위해 두 눈을 감고 엄청난 갈등 중이었다.

다행히 이번에도 이성이 승리했다.

"네. 삼 일 뒤 엄청 큰 파티요. 유명 인사는 물론이고 당연히 한세영 씨도 초청해야겠죠."

"알렉스. 한 오 년만 기다리면 임원 자리 앉겠는데?"

비리가 난무하는 카미드의 사무실이었다.

"네? 로체미술관?"

—그래! 그 로체미술관에서 말이야! 너를 콕 집어서 초청하겠다고 하더라고. 드레스는 있지?

"있긴 하지만……."

—여긴 꼭 가야 돼. 케인! 보스턴이랑 뉴욕은 비교할 게 못 된다고. 거기 가서 우리 연구소 이름도 좀 알리고. 그래, 명함! 내가 새로 제작해서 우편으로 보낼 테니까 그걸 가지고 가! 케인 넌 역시 복덩이였어!

"보스. 일단 진정 좀 하세요. 개관식 할 때는 우리가 먼저 연락했었는데 그쪽에서 거절했었잖아요."

─그땐 그랬지만 이번엔 다르지. 사마르 왕족의 미술품을 복원하고 돌아온 케인 네가 있으니까! 그놈들도 콧대 한 번 꺾였을 거다. 으하하!

　"마이크!"

　─촬영하는 거 빠져서라도 꼭 가야 돼! 알겠지?

　"내 말 좀……!"

　─케인, 네가 타고 올 차량 수배 좀 해야겠군. 다시 연락할 테니 준비하고 있어!

　태풍처럼 휘몰아치는 통화였다. 끊긴 전화를 어이없이 내려다보며 세영이 다시 마이크에게 전화를 하려던 순간이었다.

　"파티?"

　점심을 먹던 때였기에 같은 테이블에 다영이 앉아 있었다. 유창하게 하진 못하더라도 어느 정도 영어를 구사하는 다영이 귀신같이 알아듣고 얼굴에 화색이 돌았다.

　"꺅! 오빠 들었어? 파티래!"

　"아니, 다영아."

　네가 초청된 게 아니잖아.

　성신은 그 말을 입안에서 삼키고 두 눈으로 세영을 바라보았다. 다영은 벌써 뒤 테이블에서 밥을 먹던 코디를 불러 의상을 체크하고 있었다.

　"나 안 갈 거니까 신경 꺼."

　"미쳤어?!"

　세영의 말에 다영이 꽥 소리를 질렀지만 세영은 굳건했다. 뉴욕미술관에서 파티라니, 위험 부담이 있는 일은 절대 사양이었다.

"왜 그래? 무슨 일이야, 다영 씨?"

큰 소리에 피디가 얼굴에 물음표를 띠고 다가왔다. 다영이 분에 못 이기는 표정으로 얼굴이 붉어져 있었지만 세영은 이것만은 양보할 수 없었다. 묵묵부답으로 접시를 내려다보며 손을 놀렸다.

"다영 씨?"

"흐윽……."

식당 안에 있던 모든 촬영 스태프들이 놀라 울기 시작한 다영을 쳐다보았다. 당황한 성신이 다영을 달래려 노력했지만 헛된 일이었다. 다영은 눈물을 그칠 생각도 하지 않고 눈물을 주륵주륵 흘리고만 있었다.

세영도 갑자기 울음을 터트린 다영의 모습에 놀라기도 했지만 그것보다 울고 싶을 때 울 수 있는 저 어이없을 만큼의 천진함에 질려 버렸다.

결국 성신의 부축으로 다영이 먼저 호텔 방으로 올라갔지만 남은 사람들의 수군거림은 지금부터였다. 지끈, 세영의 두통이 다시 시작되었다.

"저기, 세영 씨. 무슨 얘길 했길래 다영 씨가 저렇게 울어?"

"글쎄요. 개인적인 일이라 말씀드리기 좀 어렵네요."

"아, 으응."

피디가 난감한 표정을 지었지만 세영은 그를 외면했다.

한 시간 후부터 촬영 시작이었다. 세영은 자신에게 주어진 일만큼은 확실히 끝내기 위해 점심 식사를 마저 서둘렀다.

하루 종일 촬영은 최악이었다. 지금까지 세영이 부모님과 부딪히지 않아도 촬영에 임할 수 있었던 것은 카메라 앞에서만큼은 다정하고 활발한 다영의 모습 때문이었는데, 그 가면조차 쓰지 않을 만큼 다영은 지금 기분이 상한 상태였고, 그 때문에 이제까지 잘 숨겨 왔던 네 명의 부조화가 드러날 수밖에 없었다.

점심 이후 눈이 부었으니 선글라스를 써야겠다고 우기는 다영과 그건 삼가 달라는 제작팀의 요구가 팽팽히 부딪혔지만 결국 여배우의 승리로 끝이 났다. 갑작스럽게 고집을 부리는 다영 때문에 이제까지 항상 웃던 얼굴의 피디도 시간이 흐르면 흐를수록 딱딱하게 굳어만 갔다.

"나 잠깐 커피 한 잔 하고 올 테니까 잠깐 쉽시다!"

"아이고, 피디님."

결국 참다못한 피디가 자리를 박차고 떠났다. 미간이 찌푸려진 감독의 뒤를 아빠가 쫓았다. 당황한 엄마는 다영 언니의 옆으로 다가갔고, 매니저는 연신 언니에게 애걸복걸하고 있었다. 그 외에 현장에 남은 사람은 촬영팀 나머지와 작가, 그리고 그녀였다.

"어쩐지. 내가 잘 풀린다 했다."

"한다영도 별수 없는 거지. 윗공기 한 번 마시면 다시 내려올 수가 없대. 이렇게 한 번은 고집을 피워야 자기 급이 올라간다 생각하나."

"피디 또 빠쳐서 우리한테 지랄하는 거 아냐?"

"아씨. 오늘 분량 다 잘릴 거 같은데."

지나가는 스태프의 푸념 어린 질타가 세영의 귀에 꽂혔다. 어찌 됐든 자신의 말 한마디에 이 사달이 났으니 세영은 마음이 불편했다. 다영을 쳐다보니 곁에서 매니저가 쩔쩔매고 있는 것이 보였다.

"다영아. 이거 찍는다고 사장님이 얼마나……."

"그래서 지금 하기 싫은데 참고 하잖아!"

"아, 진짜 오빠 좀 살려 주라. 응?"

"다영아. 피디님이 곤란해하시는데……."

"엄마도 좀!"

시간을 보니 벌써 오후 5시였다. 저녁이 되면 조명을 들고 다니기가 힘들어서 보통 해가 지기 전 실내 촬영을 잡는 편이었다. 피디가 언제 올지 정확히 모르지만 어쨌든 더 이상 야외 촬영을 하진 않을 것이다.

피디를 쫓아간 아빠나 언니 곁에서 어쩔 줄 몰라 하는 엄마까지, 둘의 모습이 어쩐지 애처로워 보였다.

내일이면 엄마 아빠가 한국으로 돌아간다. 세영은 이 상황을 제3자의 위치에서 멍하니 바라보았다.

이번 기회에 뼈저리게 깨달았다.

저 가족이라고 불리는 울타리 안에서 자신이 포함될 수 없다는 것. '그때'의 과거부터 현재까지 자신이 다시 돌아가길 바라고 있었다는 것. 그리고 지금, 그것이 불가능하다는 사실에 슬픔보다 체념을 하고 있음을.

'세영아. 울고 싶으면 울어도 돼. 이모가 옆에 있잖아.'

아니야, 이모. 나는 이모가 옆에 있었기 때문에 울 수 없었어.

이모마저 나를 버리면 나는 어떻게 해?

지긋지긋하다. 이 답답한 상황을 벗어나고 싶어 세영은 서 있는 스태프에게 잠시 물 좀 사 오겠다고 이야기하고 자리를 떴다.

지이잉—

촬영 때문에 진동으로 바꾼 휴대폰이 또 울리고 있었다. 파티에 가지 않겠다고 한 이후 마이크가 매시간마다 전화와 메시지를 폭탄으로 보내고 있었다.

[다른 직원 말고 너를 지명했다니까. 꼭 너여야 해. 제발 케인.]

[문자 보면 꼭 답장 줘. 제발!]

[케인. 이러면 촬영이고 뭐고 사람 써서 널 납치할 수밖에 없어.]

이 문자를 경찰서 가서 보여 주기라도 하면 어쩌려고. 마이크의 절박함에 미안한 마음이 아주 조금은 들었지만 그래도 안 되는 건 안 되는 거였다.

"저……."

아주 가냘픈 목소리였다. 세영은 하마터면 귓가에서 흩어지는 목소리를 듣지 못하고 그냥 앞으로 걸어갈 뻔했다. 한국말이라는 것도 인지하지 못하고 "What?"이라고 대답하며 뒤를 돌았다.

"세영아."

공항에서 얼굴을 본 뒤로 엄마가 그녀에게 다가온 것은 처음이었다. 물론 말을 건 것 또한.

갑자기 심장이 쿵쿵 뛰기 시작했다. 과거의 장면과 소리가 한순간에 휘몰아쳤다. 정신을 차리고 내려다보아도, 자신의 시선 끝에는 엄마가 있었다.

먼발치에서 볼 땐 몰랐는데 엄마는 참 말라 있었다. 빛이 쟁쟁하던 눈도 어딘가 불안해 보였고, 셔츠 사이로 보이는 손목도 부러질

듯 메말라 보였다.

"네."

세영은 이 촬영이 시작하기 전 몇백 번은 머릿속에서 상상했던 상황 속에서 대처하기 위해 연습했던 대답을 겨우 할 수 있었다. 내뱉고 나니 무미건조하기 이를 데 없는 대답이었지만 세영에게는 이것이 최선이었다.

"그, 다영이가 말하길 네가……."

한참을 우물쭈물하며 나온 말에 세영은 마치 누군가에게 습격이라도 받은 양 자리에서 굳었다. 자신이 잘못 들었을 것이 분명하다며 되물었지만, 가냘픈 엄마는 여전히 파티 이야기를 하고 있었다.

"다른 이야기는요."

"어, 응?"

"저한테 하실 다른 이야기는…… 없어요?"

생각도 못 했다.

내일이 떠나는 날이어서, 그래서 기회를 엿보다 겨우 나에게 다가온 줄 알았다. 그래서 자신도 용기를 내서 겨우 대답을 했는데.

"아니……. 있지. 하고 싶은 말이 너무 많은데……."

"그것보다 언니 일이 더 중요한 거네요."

나에게 전해야 할 수많은 일들보다 엄마는 지금 패악을 부리는 언니의 태도가 더 중요한 거였다.

"하하."

버릇없이 굴려는 생각은 절대 없었다. 그녀는 엄마를 용서하기보다 위로해 줘야만 한다고 막연히 어렸을 때부터 생각해 왔다. 그래서 엄마가 그녀에게 전화를 한다면, 엄마에게 괜찮다 대답해 줘야지. 그렇게 스스로를 다독이고 다독였다.

그런데 지금은 그럴 수가 없다.

"그만하세요."

"세영아. 엄마는……."

"아니요. 나는 엄마가 없어요. 있을 리가 없어요."

"세, 세영아."

"축하드려요. 그때 아빠랑 다시 살기를 그렇게 원하셨잖아요. 서류 정리하고 입국하느라 늦어지셨다면서요? 이십 년 전부터 원하던 걸 결국 얻으셨네요. 정말 대단하세요."

"아니야. 그게 아니라."

"그럼 저도 그때 원하시던 걸 들어 드릴게요. 당신 인생에서 더 이상 나를 남겨 두지 마세요. 그때 당신이 죽여 버리려던 것처럼, 내가 사라질 테니까."

아, 다시 한 번 깨달았다.

세영은 자신에게는 더 이상 가족이 없다는 것을. 그리고 한국에 자신에게 돌아갈 곳이 없다는 사실에 가슴이 찢겨지는 아픔을 느끼고 있었다.

"아루야!"

시시때때로 산소포화도가 떨어져 호흡이 불안정한 상태였다. 눈을 뜬 아루야는 사할의 목소리에 천천히 고개를 끄덕였다.

"그동안 괜찮더니, 네가 갑자기 쓰러져서 난리도 아니었어. 이제 좀 괜찮아?"

"큰오빠는?"

"회사 때문에 뉴욕에. 네 소식을 들으면 바로 올 거야."

"세영은……."

정신이 들고 찾는 것이 그 여자라니. 사할은 순간 당황했지만 이미 보스턴으로 돌아갔다고 대답했다.

"그랬구나."

꽤 상태가 호전된 것인지 힘이 없다는 것 외에는 대화하는 데 큰 무리가 없어 보였다. 옆에 대기하고 있던 의사가 몇 가지 검사와 확인을 하더니 고개를 끄덕였다.

"아버지도 걱정 많이 하셨어. 파티에서 쓰러져서 친척들도 네 걱정 많이 했고."

"힐리는?"

"하도 울고불고해서 정신 사납다고 쫓겨났는데 다시 불러 줄까?"

"지금 밤이지? 나중에 날 밝으면 불러 줘."

"그래."

그 대답을 끝으로 아루야는 다시 눈을 감았다. 무슨 일이 있다면 비상음이 울릴 테니 차라리 조용히 잘 수 있도록 사람들을 모두 내보냈다. 물론 의료진은 만일의 사태에 대비해 옆방에서 대기를 해야겠지만, 어찌 됐든 사할은 마지막으로 조용히 문을 닫고 나섰다.

"하킴. 아루야 상태가 많이 괜찮아졌다고 형에게 연락해 줘."

"아, 다행이네요."

"그런데 정신이 들자마자 힐리보다 세영 그 여자를 먼저 찾던

데? 아루야랑 그렇게 친했어?"

"아. 네. 여기 있을 때 꽤 친하게 지내셨죠. 세영 님이 병원으로 자주 찾으셨고요."

"그 얘긴 들었었는데, 정신 차리자마자 그 여자를 찾을 줄은 몰랐네."

탐탁지 않은 표정의 사할에게 하킴은 케인의 좋은 점을 줄줄 나열했지만 그다지 그에게 감명을 주진 못했다.

"그 여자가 형이랑 뭔 사이야?"

"그…… 계약서를 건네셨죠."

"뭐?"

"3개월 계약 연애요."

"미쳤구나."

"그러셨죠."

사할이 기막혀 하며 큰형을 매도했으나 하킴도 그에 충분히 수긍하고 있었다.

가십이라면 치를 떠는 인간이 3개월을 어째? 파격적이다 못해 미친 짓이나 다름없었다. 아무런 일이 없어도 신문과 뉴스에 장식되는 것이 자신들의 인생이다. 그게 질려 사비를 들여 개인사에 대한 언론 통제까지 하고 있는 마당에 그런 가십거리를 스스로 제공했다는 것이 사할은 도무지 믿기질 않았다.

"뭐 별로 대단치도 않던데."

힐리의 생일 파티 때, 그리고 그날 밤 병실에 누워 있던 여자의 자태를 떠올리며 사할이 솔직히 대답했다. 하킴은 그 대답을 듣자마자 얼굴이 하얗게 질려 펄펄 날뛰었다.

"만에 하나라도 카미드 님 앞에서 그 말 하지 마세요! 난리 납니다!"

"뭐어?"

"알렉스한테서 하루에 한 번씩 연락이 옵니다. 카미드 님이 드디어 미치신 것 같다고……."

"그러니까 나도 말하잖아. 형이 미친 것 같다고."

"지금 카미드 님이 뉴욕에서 뭐 하시는 줄 아십니까?"

항상 냉정과 이성을 유지하는 하킴이었다. 알렉스도 형을 보며 종종 함께 보았기에 둘이 얼마나 프로페셔널하게 일을 처리하는 사람들인지 카미드 못지않게 사할도 알고 있었다. 그런데 그 둘이 우는소리를 하는 형의 모습이라니, 궁금해져서 사할이 고개를 숙여 하킴의 입가에 귀를 기울였다.

"개인수색대 투입해서 24시간 세영 님을 관찰 중이시랍니다. 매시간 보고 받으시고 상황 지시하시고요."

"뭐?!"

"세영 님이랑 다시 만나야 한다고 뉴욕에서 오백만 달러짜리 파티를 주도하셨다네요."

"아니, 그 여자한테 그냥 오라고 하면 되잖아."

가장 쉬운 방법을 두고 오백만 달러나 쓰는 형에게 어이가 없었다. 항상 이성적이고 똑똑한 자신의 형이 눈앞에 있었다면 분명 지금 하킴은 누구보다도 더 크게 비웃어 주었을 것이다.

"세영 님이 먼저 도망가셨거든요."

"뭐?"

"파티 당일에 아프셔서 참석을 못 하셨는데, 그날 밤에 비행기

타고 보스턴으로 뜨셨어요. 카미드 님이 차이셨다고요."

"세상에."

사할은 단언할 수 있었다. 지금은 자신의 형의 두뇌에 큰 의문을 갖게 되었지만 어찌 됐든 그의 재력과 외모는 사기급이었다. 이렇게 밸런스를 맞추기도 힘든데 형은 다 갖고 태어났다. 손가락 하나로 어떤 여자든 오게 만들 수 있었다. 이제까지 그래 왔고 앞으로도 그럴 거라 믿어 의심치 않았는데. 여자가 도망이라니!

"뭐, 이런 일이 처음이니 카미드 님도 당황하셨겠지요. 정신을 못 차리시는 것도 이해는 가지만 회사 일은 거의 뒷전이고 하루 종일 메일만 기다리신답니다. 대신 일 처리하는 알렉스는 죽을 맛이고요. 매일매일 사표를 낼 충동에 시달린다네요. 불쌍한 알렉스."

"내가 갈게."

"네?"

어디를요? 결의에 찬 사할의 얼굴에 하킴은 뒷문장을 잊어버리고 둘째 왕자를 바라보았다.

"뉴욕으로."

"네?! 왜요!"

"형이랑 만나기 전에 떼어 놔야겠어."

"안 됩니다! 사할 님은 제발 여기에 남아 있어 주세요!"

'괜히 일만 더 키우지 마시고요!'

하킴의 절규 어린 매달림에도 사할은 굳건했다. 고개를 강하게 내저은 사할은 결심했다.

"이제 겨우 안정을 되찾았는데 더 이상 논란거리 만들 수는 없지. 다녀올게."

"사할 니임!"

주둥이가 문제라며 마음의 눈물을 주룩주룩 흘리는 하킴과 달리 사할의 뒷모습은 당당하기 그지없었다.

그날 미국 전역 석간지에 '사마르의 제2 왕자, 의문의 뉴욕행' 이라는 제목으로 사할의 얼굴이 대문짝만 하게 실린 것은 당연한 일이었다.

12

다 시 한 번 더

애석하게도 세영의 최초의 반항은 오래가지 못했다.

첫 번째 이유로는 이 촬영이 끝나야만 이 지긋지긋한 관계가 끝이 날 것이라 생각했고, 두 번째는 이모의 부탁 때문이었다.

그렇게 뒤돌아서 자리를 뜬 지 얼마 되지 않아 이모에게서 전화가 왔다. 무슨 일인지는 모르겠지만 일단 진정하라는 이모의 말에 세영은 묵묵히 듣기만 했다. 한참 동안 이모의 목소리를 듣던 세영은 촬영장으로 돌아가겠다고 대답했다.

그리고 마켓에 들러 시원한 음료수를 잔뜩 사서 촬영장으로 돌아가 스태프에게 하나씩 나누어 주었다. 그리고 다영에게 다가가 파티에 함께 가자고 제안했다. 다영의 옆에 새파랗게 질린 얼굴로 앉아 있던 여자는 세영의 대답에 움찔했지만 그것이 다였다.

파티에 촬영팀은 당연히 함께 들어갈 수 없으며, 오랜 시간 있도 않을 것이라 이야기를 전했지만 그때 이후로 분위기가 반전되었다. 겨우 화를 누그러트리고 돌아온 피디에게 다영이 먼저 다가가 죄송하다고 고개 숙여 사죄했고, 생각지도 못한 태도에 피디는 얼떨결에 괜찮다고 대답했다.

작가가 그 여세를 몰아 저녁 촬영을 주도했다. 다영 또한 기운차게 참여하기 시작해 다시 카메라가 돌아가기 시작했을 때에는 이전처럼 왁자지껄한, 그야말로 행복이 충만한 가족 그 자체였다. 비록 세영은 아무 말 없이 웃고만 있었지만.

"몸이 안 좋으면 미리 얘길 하지. 난 또 다영 씨가 왜 그러나, 하고 머리 싸매고 고민했잖아."

"정말 죄송해요. 제가 그 정도는 컨트롤을 해야 하는데, 기분이 다운되는 건 어쩔 수가 없었나 봐요."

"그래그래. 우리 촬영 조금만 더 힘내자. 응?"

"네에. 걱정 마세요! 이제 그럴 일 없을 거예요."

파티를 준비해야 한다며 저녁 촬영을 서둘러 끝낸 다영은 신이나서 코디들과 수다 삼매경이었다. 어떤 드레스를 입을지, 어떤 액세서리를 할지. 가져온 물품들을 확인하며 혹시나 쇼핑을 해야 하는 시간까지 계산 중이었다.

"그, 세영 씨. 정말로 고맙습니다. 덕분에 다영이가 기운을 차려서."

"아뇨. 이만 가 보겠습니다."

"저, 택시라도……."

"제가 알아서 갈게요. 언니나 잘 챙겨 주세요."

"그래도."

매니저의 뒷말을 무시하고 세영은 옆방 문에 노크했다. 똑똑. 잠시 뒤 중년의 남자가 나왔다.

"세영이니?"

세영의 방문을 전혀 예상 못 한 남자가 놀라며 이유를 물었고 세영은 이제까지 지었던 형식적인 미소를 다시 얼굴 만연에 띠고 말을 전했다.

"내일 오전에 가신다고 하셨죠. 제가 내일은 연구소에 출근해야 해서 배웅은 못 할 것 같아서요. 조심히 가시라고 들렀어요."

"그렇구나. 잠깐 들어올래?"

"아니요. 이만 집으로 가려고요. 시간이 좀 늦은 것 같아서."

지금은 8시 30분밖에 되지 않았다.

"사실 너랑 시간을 좀 보내고 싶었는데 촬영 때문에 도통……."

"이해해요. 저도 얼마나 정신이 없었는데요. 이제야 대화다운 대화를 하는 것도 웃기지만."

"잠깐만 기다려 봐라. 엄마가 지금 씻고 있어서."

"엄마랑은 아까 촬영 대기하면서 이야기했어요. 아빠한테 인사하는 걸로 충분해요."

"그래도……."

"정말 괜찮아요."

잠시 끊긴 대화에 세영은 자신이 지을 수 있는 최대의 미소를 지었다. 그 모습에 남자는 한참을 말을 고르다, 겨우 입을 열었다.

"미안하다. 이렇게 낯선 곳에서, 이제야 만나러 온 것도 면목 없는 짓이지."

"전 괜찮아요."

"괜찮을 리가 있나. 그렇게 헤어져 놓고 다시 만나서는 카메라 앞에서 웃어야 한다니 너나 엄마나 고역이지 않니."

"전……."

"이렇게 서서 할 이야기는 아니지만, 너도 많이 힘들어 보이니 강요하진 않으마. 다만 너에겐 진심으로 미안하다. 어른들 때문에 어린 네가 다쳐서, 진심으로 미안하다."

조금만 일찍 이 말을 해 주시지 그랬어요.

그렇게나 기다리고 간절했던 말인데 이제는 아무런 감흥이 없었다. 미안하다면 미안한 채로 살길 바랐다. 더 이상 자신이 해 줄 것도, 해 주고 싶은 마음조차 없다.

"네. 전 정말로 괜찮아요. 조심히 가세요. 아마 다시 보긴 힘들겠지만……."

"한국으로는, 안 올 거냐?"

"네. 갈 일 없을 것 같아요."

기철은 겨우 고개를 끄덕였다. 더 이상 말을 하는 것도 사람이 할 짓이 아니라 생각했다.

"알겠다. 그래도 나중에 네 엄마한테는 전화라도……."

"원하시지 않을 거예요."

"아니야. 네 엄마는."

"건강하세요."

세영은 그 말만을 남기고 천천히 몸을 돌려 호텔 복도를 빠져나왔다. 아주 일상적인 보폭의 걸음걸이였다. 기철이 마음먹고 쫓아나왔다면 붙잡혔을 테지만 기철은 그러지 않았다. 그는 세영이 엘리베이터에 오를 때까지 문 밖으로 몸을 내밀고 조용히 바라보기만 했다.

세영은 천천히 호텔을 빠져나와 택시를 잡았다. 정신적 피로가 어마어마했다.

촬영이 끝날 때까지 연구소에는 가지 않아도 된다. 내일은 늦잠이나 푹 자야겠다고 생각하며 겨우 도착한 건물 계단을 올라갔다.

"이게 뭐지?"

문 앞에 놓인 커다란 상자를 여니 검은색 드레스와 귀걸이, 클러치와 구두까지 완벽하게 준비되어 있었다.

"마이크가 보냈나?"

오후에 메시지로 파티에 참석하겠다고 전하자 마이크는 드디어 밥을 먹을 수 있을 것 같다며 앓는 소리를 해 댔다. 명함은 미리 제작해 두었으니 걱정 말라며 웃기까지 하더니.

하지만 상자 안에는 명함은커녕 카드조차 없었다.

피곤하지만 일단 상자를 들고 집 안으로 들어왔다. 말이 그렇지 내일 저녁 뉴욕으로 이동하는 데 시간을 맞추기 위해 마이크도 고생 꽤나 했을 것이다. 그래도 사이즈는 확인해 봐야겠지 싶어 미리 입어 보았는데 몸에 딱 맞았다.

"의외네. 항상 몇 번은 가봉하고 뜯었었는데."

깔끔한 블랙 드레스가 잘 어울렸다. 구두도 발에 딱 맞았다.

"이거 지미추잖아. 마이크가 돈 좀 썼겠는데."

그렇게 가기 싫다고 해 놓고. 마치 오늘 아무 일도 없었던 것처럼 구두가 지미추라서 좋다고 헤벌레하는 꼴이라니. 세영은 그런 스스로를 어이없어 하며 옷을 벗어 그대로 상자 안에 넣었다. 오전에 시간이 있으니 뉴욕으로 갈 짐은 내일 챙기자.

일단 오늘은 잠이 필요했다.

세영은 한참을 먹지 않았던 수면제를 찾아 입에 털어 넣었다.

❖　　❖　　❖

―형부랑 언니는 잘 갔대?

"나는 일 때문에 못 갔는데 그런가 봐. 스태프가 연락 줬어."

―그래. 다행이네. 그…… 엄마랑 이야기는 좀 했고?

"응."

일 때문에 단기 출장을 간 이모는 시간이 나는 대로 전화를 했지만 수면제를 먹고도 잠을 설친 세영의 대답은 성실하지 못했다.

―언니가 뭐라고 해?

"미안하다고."

아빠가 한 이야기였지만 세영은 딱히 다를 것이 없다 생각했다. 트렁크에 옷 몇 개를 던지며 이모의 질문에 적당히 대꾸했다.

―그……래?

"이모. 나 저녁에 뉴욕으로 이동해야 해서 준비 좀 해야 해. 내가 나중에 전화할게."

―어? 알겠어. 점심 꼭 먹고. 해 먹기 싫으면 뭐라도 사 먹어!

"응."

이모의 목소리에서 기쁨이 느껴졌지만 세영은 모른 척 전화를 끊었다.

짐을 마저 싸면서 세영은 이 모든 상황들이 끝나면 집을 구해야겠다고 마음먹었다. 이제는 이모에게서도 독립해야 할 필요성이 느껴졌다.

"이 정도면 되겠지."

겨우 오늘 저녁에 이동해 내일 촬영이 끝이었다. 아마 파티에 참석하고 나면 시간 때문에 이동이 힘들 테니 뉴욕에서 하루 더 지내긴 하겠지만 어찌 됐든 2박 스케줄이니 짐이 그다지 많지 않았다. 비록 파티를 위한 물건들이 담긴 커다란 상자가 덩그러니 놓여 있긴 했지만.

딩동—

"네. 누구세요."

"택배입니다!"

문을 열고 남자가 건넨 것은 작은 상자였다. 사인을 하고 문을 닫기도 전에 무엇인지 짐작되었다. 아마도 마이크가 보낸 명함이겠지.

"이야. 금박 처리까지."

지미추에 호화 명함이라니, 마이크가 이번 파티에 큰 기대를 하고 있는 듯했지만 세영은 부자들에게 아양을 떨기 위해 몇 십만 달러를 써 가며 대학에 간 것이 아니었으므로, 파티장에 들어갔다가 한 시간 만에 나올 것이 분명했다.

'지명을 당했다니 어쩔 수 없는 부분이었지만, 투자자나 후원자 유치를 원했다면 영업 직원을 뽑았어야죠. 마이크.'

지미추 구두는 그 자체로 아름다웠지만 어쩔 수 없었다. 세영은 어깨를 으쓱하며 명함을 트렁크에 던져 넣었다.

마음을 내려놓으니 시간은 참 빨리도 흘렀다. 짐 때문에 택시를 타야 하나 고민을 했는데 해가 지기도 전에 촬영팀에서 나를 픽업하기 위해 건물 앞으로 차를 가지고 왔다. 게다가 직접 집까지 올라와 트렁크와 상자를 들어 주기까지.

고맙다고 인사를 하니 내일까지 잘 부탁한다는 상냥한 대답까지 돌아오니 껄끄러운 파티도 그럭저럭 견딜 수 있으리라 생각했다.

가장 놀란 것은 고작해야 2시간 비행인데 좌석이 이코노미가 아니라 비즈니스였다. 게다가 숙박도 플라자 호텔이었다!

한국 방송은 이렇게 돈을 쏟아붓나 싶어 언니의 매니저에게 슬쩍 말을 흘렸는데, 그는 우는 것인지 웃는 것인지 애매한 표정으로 대답했다.

"이번에 다영이 기 살려 주려고 돈 많이 썼거든요. 제작비도 일정 부분 소속사에서 댔고요."

매니저의 속사정을 모르는 다영은 역시 뉴욕이 최고라며 신이 나 호텔 로비로 들어갔다.

"세영 씨는 내일 오전까지 푹 쉬시고, 오후에 뵐게요. 점심을 따로 챙겨 드리기 애매하니까 이 카드로 먼저 식사하시면 저희가 경비 처리할게요."

"아니에요. 밥은 제가 알아서 먹을게요. 오전 촬영 끝나면 연락 주세요."

다음 날, 날이 밝고 센트럴파크에서 아침 조깅을 하는 다영의 모습을 담겠다며 호텔 복도가 시끄러웠지만, '서로의 숙면을 위해'라는 명목으로 개인 룸을 잡은 세영은 스태프에게 사전에 양해를 구해 다영이 유람선 관광을 끝내는 때까지 별도로 시간을 뺐다. 작가도 그 편이 좋았는지 별말 없이 피디와 상의해 수긍해 주었다.

세영은 오랜만에 단잠을 잤다. 해가 중천에 뜨고 나서야 외출 준비를 하고 배를 채우기 위해 혼자 슬그머니 호텔 지하 푸드 홀로 향했다.

'사람 좀 봐.'

몇 번 업무차 뉴욕에 온 적이 있긴 했지만, 이렇게 개인 활동을 할 정도로 여유 있는 일정은 아니었다. 시간에 치여 박물관과 전시회를 돌고 나면 바로 보스턴으로 돌아가는 스케줄이 대부분이었기에 세영은 뜻밖에 기대감에 차 있었다.

그래서 몇 번인가 인터넷에서 찾아보았던 루크 랍스타 샌드위치를 오늘 먹고야 말겠다고 생각은 했지만, 눈앞에 늘어진 긴 줄과 테이블에 꽉 들어찬 사람들을 보니 엄두가 나지 않았다. 사람 수에 질려 그냥 포장해서 방에서 먹을까 하던 차였다.

"혼자예요?"

뒤에서 들리는 낯선 목소리에 세영이 화들짝 놀라며 고개를 돌렸다. 그리고 순간 심장이 철렁 내려앉았다. 피부색 때문에 순간 하킴이라 생각했다.

"미안합니다. 이렇게 놀랄 줄은 몰랐어요."

"아니요. 누구랑 착각을 해서. 괜찮아요."

"괜찮다면 저랑 합석하시겠어요? 저쪽에 앉은 아주머니가 딱 20분 후에 자리를 뜰 거거든요."

능숙하게 손가락으로 식사를 마친 아주머니를 가리키며 아라비안의 남자가 생긋 웃었다. 이게 바로 작업인가 싶어 세영이 멍하니 남자를 바라보자, 그가 서둘러 손을 내저었다.

"혼자 여행 올 정도면 정말로 이게 먹고 싶었을 것 같아서 제안한 거지 다른 뜻은 없어요. 거절하셔도 됩니다."

"저도 상관없어요. 테이블이 생긴다면요."

십 분을 기다렸지만 꽉 들어찬 사람들은 빠져나갈 생각을 하지 않았다. 겨우 주문 차례가 되고 포장으로 주문하려는 순간 아까 남자가 지목했던 중년의 여자가 자리에서 일어나기 위해 준비하고 있었다. 그리고 자리에서 일어나기 전 이쪽으로 손을 흔들기 시작했다.

"아는 분이에요?"

"네. 제 고객분이셨죠."

남자가 웃으며 똑같은 메뉴로 부탁한다며 돈을 건네고는 여자에게 걸어갔다. 얼떨결에 대리 주문을 하게 된 세영은 속은 느낌에 어이가 없었지만 테이블까지 잡아 줬는데 그냥 좋게 생각하자 싶었다.

"여기요."

"고맙습니다. 대신 주문도 해 주시고."

억지로 돈을 쥐여 주고 가 버린 주제에 무슨.

넉살 좋은 남자의 모습에 세영은 빨리 먹고 일어나자 싶어 샌드위치를 한 입 베어 물었다. 그리고 예상보다 더 맛있는 음식에 두 눈이 동그랗게 뜨였다.

"와, 이거 진짜 맛있네."

"맛있죠? 본점은 다른 곳이지만 여기는 공간 때문에라도 한 번쯤 와야죠."

"그렇네요."

대화는 그것으로 끝이었다. 남자도 딱히 세영에 대해 묻지 않았고 세영도 그의 인종을 제외하면 흥미가 가는 부분이 없었다. 그는 세영의 미적 기준에 미달이었다.

줄을 서서 기다린 것도 무색하게 식사는 금방 끝이 났다.

가방을 챙겨 자리에서 일어나려는데 남자가 먼저 인사를 건넸다.

"그럼, 뉴욕에서 즐거운 시간 보내세요."

세영이 잔뜩 경계한 것이 우습게도 남자는 먼저 자리를 떴다. 세영이 "당신도요." 하고 겨우 대답하자 손을 흔들며 인사를 했다.

다른 사람들과 합석하거나 말을 섞는 건 보스턴에서도 종종 있는 일인데, 뉴욕이라 자신이 너무 날을 세웠나 싶어 뒤통수를 긁적였다.

방으로 올라가기 위해 엘리베이터 버튼을 누르고 있을 때 휴대폰 진동이 울리기 시작했다. 파티에 걱정하고 있을 마이크인가 싶었지만 등록된 번호는 아니었다. 성격상 모르는 번호는 받지 않기 때문에 세영은 거절 버튼을 누르고 막 도착한 엘리베이터에 올랐다.

띵.

엘리베이터가 층에 도착하고 서둘러 발을 움직였다. 아직 스태프에게서 연락은 없지만, 파티가 끝나고 바로 보스턴으로 넘어가기 위해 어느 정도 짐 정리를 끝내야 했다. 시간 계산을 하며 복도를 지나 방 앞에 도착했다. 출입 카드로 문을 열고 방으로 들어가자마자, 세영은 너무 놀라 하마터면 소리를 지를 뻔했다.

"왜 이렇게 늦어? 20분이나 기다렸잖아!"

짜증 섞인 말투와 표정, 그리고 팔짱 낀 태도, 그리고 카미드와 닮은 얼굴.

힐리 공주가 자신의 호텔 방 한가운데 앉아 있었다.

"힐리 공주님?"

"일단 들어오지 그래?"

어떻게 자신의 방에 들어와 있는 것인지도 궁금했지만 무엇보다 왜, 이곳에 힐리 공주가 있는지 궁금했다. 세영은 갑자기 가슴이 뛰기 시작했다. 불안감 때문인지, 아니면 묘한 설렘인지 구분하기는 어려웠으나 현실에서 벗어나 눈앞에 벌어진 이 상황이 세영의 심장 박동을 빠르게 만들고 있었다.

"이분들은?"

"내 보디가드. 외국에서 지낼 땐 이 정도는 기본이지. 신경 쓰지 말고 여기 앉아."

마치 자신의 방인 양, 힐리 공주가 선심 쓰듯 테이블 자리를 권했다. 세영이 얼떨결에 다가가자 검은 정장의 무리 중 한 명이 의자를 당겨 주었다.

"감사합니다."

친절하게 에스코트 해 주는 남자에게 인사가 끝나기도 전에 힐리 공주가 입을 떼었다.

"왜 말없이 떠났어?"

갑자기 직구였다. 세영은 신중한 대답을 위해 몇 번 머릿속에서 상황을 재연해 보았지만 정답은 없었다.

"공주님이 여기 계시는 것 하킴은 아나요? 어딜 가시든 연락은 꼭 하시고……."

힐리 공주의 방랑벽에 대해 하킴이 한참을 토로했던 것을 떠올린 세영이 말을 돌렸다. 힐리는 마음에 들지 않는다는 듯 미간을 찌푸렸지만 다시 추궁하지는 않았다.

"오빠가 널 찾아올지도 모른다는 생각에 뉴욕에 있는 거라면 잘못 짚었어. 내가 여기 있는 것도 모르는걸. 네가 생각한 만큼 물렁한 성격도 아니고, 네가 떠났으면 그걸로 끝이라고."

"알고 있어요."

"……너 정말 성격 재미없네. 오빠는 도대체 네 어디가 좋다고 그런 거지?"

아마 일부러 날 선 말투로 신경을 긁고 있는 듯했지만 세영의 반응은 무던했다. 눈물을 흘리지도, 짜증 내지도 않고 조용히 웃으며 수긍하고 있었다. 다른 사람에게는 정말로 카미드에 대해 미련 한 방울도 갖고 있지 않은 모습으로 비춰질 수밖에 없는, 완벽한 위장이었다.

"뭐, 놀란 건 둘째 치고, 현명한 선택이라고 생각해."

"감사합니다."

"그나저나 저 옷은 뭐야?"

옷장에 걸어 놓은 세영의 드레스를 보며 힐리 공주의 두 눈이 반짝였다.

설마…….

세영은 갑자기 엄습하는 불안감에 대답도 못 한 채 힐리 공주를 바라보고 있었다.

"파티? 나도 갈래!"

그리고 그 불안감은 적중했다. 세영의 입에서 깊은 한숨이 터져 나왔다.

'너 오빠한테 다 이를 거야!'

같은 차를 타고 이동하자는 제안을 거절하자 힐리 공주는 소리를 빽 지르고 방을 떠났다. 혼자 가는 것이 단순히 심심해 그랬겠지만, 세영은 다영을 생각하는 것만으로도 두통이 밀려와 도무지 힐리 공주까지 신경 쓸 틈이 없었다.

"아, 진짜 아쉽네요. 입구만이라도 짧게 찍으면 안 될까요?"

"보안경비원이 나오면 대변하기 어려워요."

세영이 피디의 징징거림에 단호하게 대처했다. 사실 다영의 욕심 때문에 촬영 시간이 대폭 줄여졌기 때문에 실상 피디가 세영이 아닌 다영에게 매달려야 하는 판국이었다.

"아, 그럼 클로징을 지금 해야 하나 따로 따야 하나."

작가가 이제까지 딴 인터뷰 중에서 어떤 멘트를 마지막으로 넣을지 고민하며 피디에게 여러 가지 제안을 했지만 피디는 이도저도 다 마음에 안 드는지 파티장을 딱 한 번만이라도 찍게 좀 부탁한다고 매달렸다.

안 될 소리지. 혹시라도 파티에 참석한 힐리 공주가 화면에 담겨지기라도 한다면 방송사에 사마르로부터 고소장이 날라 올지도 몰랐다. 자신뿐만 아니라 촬영팀을 위해서라도 세영은 절대 반대를 했다.

"우와, 다영 씨 오늘 진짜 예쁘네요."

피디가 골머리를 앓는 사이 단장을 마친 다영이 문을 열고 나왔다. 살구 빛의 몸매를 드러내는 드레스가 안 예쁠 수가 없었다. 사실 귀걸이가 마음에 안 든다고 다영이 신경질을 부리자 코디가 중간에 버그도프 백화점까지 가서 액세서리에 구두 쇼핑까지 하고 들어온 마당이었다.

"피디님. 저 어때요? 차에 탈 때까지 예쁘게 찍어 주셔야 돼요."

이번 촬영 기간 통틀어 단연 화사한 얼굴로 다영이 아양을 떨자 피디가 "그럼!" 하고 호언장담을 했다. 매니저가 세영에게 다가와 잘 어울린다고 칭찬을 해 주었지만 딱히 고마운 마음은 들지 않았다.

"차가 도착했을 테니 내려갈게요."

세영의 말에 스태프 전부가 일사불란하게 움직이기 시작했다. 당연히 다영이 가운데 서서 몸매를 부각시키며 매력적인 웃음으로 카메라를 보며 이런저런 이야기를 시작했지만 세영은 한 시간 뒤에는 이 난리법석도 끝이라는 생각에 안도감이 몰려왔다.

"우와, 벤츠!"

매니저가 벤츠 리무진 실물은 처음 본다며 호들갑을 떨었다. 마이크가 차까지 이렇게 신경 써 줄 줄이야. 나중에 고맙다고 인사라도 해야지, 하며 차에 먼저 올랐고 다영은 차에 올라 문을 닫은 그 순간까지 웃음을 잃지 않았다.

"우리도 바로 미술관으로 갈 테니까 일찍 나오면 연락 줘요!"

"네~"

다영의 간드러지는 목소리를 끝으로 드디어 스태프와 작별했다. 다영도 준비하는 데 기운이 빠졌는지 바로 시트에 등을 기대고 한숨을 내쉬었다.

기사는 이미 목적지를 알고 있는지 안정적으로 차를 몰기 시작했다. 호텔 위치가 좋아서 뉴욕 시내라면 금방 도착하는 것도 다행이라면 다행이었다. 차라리 사람이 별로 없을 파티 시작 시간에 가서 눈도장만이라도 찍고 돌아오는 것이 오늘의 목표였다. 힐리 공주가 마음에 걸리긴 했지만 어떻게든 되겠지, 하는 마음이었다.

클러치에 잔뜩 가져온 금박 명함을 원망스럽게 내려다보며 세영이 휴대폰 메시지로 마이크에게 감사 인사를 보내고 있을 때였다.

"파티에선 보통 뭘 해?"

초조한지 다영이 예쁘게 손질된 손톱을 물어뜯으며 세영에게 질문했다. 세영은 다영이 생각하는 바를 몰라 대충 대답했다.

"술 마시고 떠드는 자리지 별거 없어. 그리고 인사만 하고 바로 나올 거야."

"미쳤어? 몇 시간은 있어야지!"

"도대체 뭘 기대하는 거야? 가 봤자 다 모르는 사람이잖아."

어차피 한국에서 연예계 활동하는 다영이 뉴욕에서 뭘 바라는 건지 세영은 이해할 수가 없었다. 해 달라는 건 다 해 주고 있는데도 '더더더'를 외치는 다영에게 세영은 정말로 지쳐만 갔다.

"그래. 넌 이게 일상이다 이거지? 잘난 척하지 마. 재수 없어."

다영은 기분이 나빴는지 그 말을 마지막으로 고개를 돌려 미술관 앞에 도착할 때까지 창밖을 바라보기만 했다.

순간 며칠 전 노라가 나직이 뱉었던 '재수 없어.'가 떠올랐지만 세영은 웃고 넘겼다. 어딜 가든 미움 받는 자신의 처지가 어쩜 이렇게 한결같을까 싶은 자조적인 웃음이었다.

"도착했습니다. 문을 열어 드릴 테니 잠시만 기다려 주세요."

운전기사가 먼저 내려 다영이 있는 차 문을 열어 주었다. 다영이 오른발을 레드카펫 위에 내딛는 순간 카메라 플래시가 수도 없이 터졌다.

"세상에."

다영은 꿈을 꾸는 것만 같았다. 드디어 자신이 그토록 바라던 뉴욕 레드카펫에 서다니! 비록 영화제 초청도 아니고 자신이 초대된 자리도 아니지만 그게 중요한 게 아니었다. 이렇게 많은 사람들이 자신을 바라보고 있다는 것이 중요했다.

"얼른 들어가자. 뒤에도 차 기다려."

산통을 깨는 세영만 아니라면 다영은 더 좋았을 것이라 생각했지만 어쩔 수 없었다. 어쨌든 오늘은 세영의 곁다리로 겨우 함께 온 자리였으니까. 세영 옆에 서서 다영이 다소곳이 드레스 자락을 들고 계단을 올랐다.

"환영합니다. 초청되신 분 성함이?"

"S연구소 케인으로 확인 부탁드립니다."

"오! 이런!"

게스트를 접수받던 남자 뒤에서 멋들어지게 차려입은 노신사가 황급히 세영에게 다가와 인사를 건넸다. 접수대의 남자에게 노신사가 눈빛을 주더니 자신이 안내하겠다며 세영의 에스코트를 맡았다. 어중간하게 세영을 뒤쫓아 가는 꼴이 되었지만 일단 다영은 조용히 발을 옮겼다.

노신사가 바지런히 안쪽으로 안내했고 세영은 그를 따라갈 수밖에 없었다. 언론이 통제되어 있는지 미술관 내부는 한적하기 이를 데 없었다. 힐리 공주도 도착 전인 듯했다.

한참을 이동하고 나서야 노신사는 샴페인 잔을 든, 비교적 젊어 보이는 중년의 남자에게 세영을 소개했다. 'S연구소' 단어가 끝나기도 전에 남자가 노신사에게 샴페인 잔을 건네고 세영의 두 손을 맞잡았다.

"환영합니다! 케인. 당신의 훌륭한 이력에 대해서는 저도 잘 알고 있습니다."

"아…… 예. 감사합니다. 미스터 로체."

개관식 때 직접 그의 비서실로 참석 요청까지 했었기에 자신을 환대하는 남자를 세영 또한 잘 알고 있었다. 이렇게 다이렉트로 미술관 주인과 인사를 나누게 될 줄은 상상도 못 했다. 노신사가 자리에서 벗어나며 세영 뒤에 서 있던 다영을 다른 곳으로 안내했다. 이 넓은 장소에는 로체와 세영만이 남았다.

"사마르 국왕의 개인 소장품을 작업하셨다고 들었는데 사실입니까?"

주변에 아무도 없지만 미스터 로체가 속삭이듯 아주 작고 낮은 목소리로 물었다. 세영은 작게 고개를 끄덕이는 것으로 대답을 대신했다.

"미스터 로체. 미술품에 누구보다도 관심을 갖고 미술관 운영에 노력하시는 것은 알지만 제 의뢰인의 소장품에 대해서는 제가 대답해 드릴 수가 없네요. 죄송합니다."

"아, 알지요. 압니다. 사실 궁금한 것을 참기가 어려워서 실례를 무릅쓰고. 아마 오늘 파티 내내 이 질문에 시달려야 할 텐데 괜찮으시겠습니까?"

차마 서둘러 돌아가겠다는 말을 할 수가 없어 이번에도 세영은 웃는 것으로 대답을 대신했다.

한편 미스터 로체는 자신의 앞에 서 있는 자그마한 동양 여자를 내려다보며 불과 며칠 전 통화 내용이 떠올랐다.

세계경제가 불황이라더니 로체 클로이터는 죽을 맛이었다. 미술품 매입은커녕 미술관 운영에도 적자였다. 경제가 어려울수록 부자들의 지갑 사정을 두둑해진다는 말에 괜히 오기를 부렸나 싶을 정도로 미스터 로체의 경제 상황은 아주 좋지 못했다. 개관 후 겨우 6개월이 지났을 뿐인데 아주 절망적인 상황이었다.

그러던 중 사무실로 전화가 한 통 연결되었다. 또 돈 많은 여자들의 비위나 맞춰야 한다는 사실에 진저리 치면서도 로체는 영업용 목소리로 아주 기쁘게 전화를 받았다. 그리고 그의 예상과는 다르게 전화한 인물은 남성이었다.

—처음 인사드립니다. 미스터 로체.

"예. 안녕하십니까."

혹여 아는 사람일까 신상을 묻지는 못하고 힘차게 인사를 건네자 전화 건너편에서 낮게 울리는 웃음소리와 귓가를 때리는 이야기에 로체는 그만 의자에서 벌떡 일어나고 말았다.

—개관식에 참석하지 못해 진심으로 사과드립니다. 사마르에 일이 있어 이제야 인사를 드리는군요.

삼 일 만에 개관식 이래 최대 규모로 파티라니 말도 안 되는 일이었지만 돈만 있다면 안 될 게 무엇이냐 싶을 정도로 준비는 일사천리로 되었다. 파티 준비에만 수십만 달러가 사용되었지만 '그' 사마르 왕족과 연을 쌓을 수 있다는 것만 해도 엄청난 운이라 생각했다. 그래서 군말 없이 준비하고 있는데 어젯밤 우편물이 도착했다. 오백만 달러 수표였다.

그리고 그 오백만 달러 수표 주인의 간곡한 요청이 바로 눈앞에 있는 이 여자였다.

"아, 와인 한 잔 하시겠습니까? 얼마 전에 운 좋게 낙찰받은 아주 좋은 라벨입니다."

"정말 감사하지만 제가 술을 잘 못해서, 마음만 받겠습니다."

외모도 아까 뒤에 있던 여자가 더 나은 것 같은데. 성격도 뻣뻣하고. 그렇다고 사기꾼이라고는 상상도 되지 않을 만큼 앳된 얼굴이라 그 사람이 이 여자를 왜 그렇게 애타게 찾는 것인지 미스터 로체는 궁금증이 쌓이고만 있었다.

그 시각, 노신사의 안내로 자리를 이동한 다영이 사람이 들어차고 있는 로비 안쪽의 바에서 마티니 한 잔을 부탁한 채 초조하게 사람들을 훑고 있었다.

'어떻게 온 자린데! 누구 하나 물을 사람 없나?'

허황된 생각임은 자신도 알고 있지만 이렇게 돌아갈 수는 없었다. 아는 사람을 찾기 위해 이리저리 눈을 굴리고 있는데, 입구에서 막 들어오고 있는 남자를 발견하고 다영의 손이 허공에서 멈추었다.

"세상에. 니하엘이야."

전 세계적으로 이름을 날리고 있는 모델의 등장에 관 내부가 술렁였다.

막 등장한 니하엘의 모습이 그에게 다가가기 위해 움직이는 사람들에 의해 가려지자 다영이 이리저리 길을 찾아보았지만 역부족이었다. 초대받은 사람 모두 체면을 잊은 것인지 우아한 척 잰걸음으로 다가가 니하엘에게 인사를 건네기 바빴다.

'같이 사진이라도 찍어야 인스타에 올리는데!'

그때였다. 다영이 조급한 마음에 발을 동동 구르고 있을 무렵 실내 안쪽에서 아까 그 중년의 남자와 인사를 나누던 세영이 로비로 나오고 있었다. 세영이 다영을 찾는 듯 고개를 들고 이리저리 눈을 돌리고 있는데 니하엘이 갑자기 세영에게 다가가기 시작했다.

다영은 무슨 일인가 싶어 두 눈으로 똑똑히 보기 위해 세영에게 시선을 고정하고 있었다. 그리고 저 멀리 니하엘이 두 팔을 벌려 세영을 껴안은 행동에 쩍, 하고 굳었다.

"세영! 여긴 무슨 일이야?"

"니하엘!"

"역시. 너랑 나는 인연인가 봐."

니하엘이 수줍게 읊조리는 것을 세영은 무시하고 그의 품에서 벗어나기 위해 노력했다. 결국 가슴을 이마로 들이받고서야 그의 두 손이 풀렸다.

"모델이 미술관 파티에는 왜 온 거야?"

"심심해서 친구 따라왔지."

"그래?"

아, 이런. 제대로 차려입은 니하엘을 보니 다시 사마르에서 있었던 그 끔찍한 파티가 떠올랐다. 물에 빠지고 눈을 떠 보니 카미드의 방에⋯⋯.

안 돼. 또 무의식중에 그 사람 생각을 하고 있잖아. 제발 정신 좀 차리자, 한세영!

"공주님한테 차였다며?"

"차이긴. 합의하에 헤어진 거지. 각자의 이상향을 존중하기로 했어."

"아, 그러셔."

그 합의한 공주님이 조금 있으면 이 파티에 도착할 텐데. 니하엘에게 말을 해 줘야 할지 고민하고 있는데 니하엘이 미소 지으며 말을 이었다.

"너는? 그 왕자한테 차였어?"

"뭐, 그렇지."

자신이 대답했으면서 이렇게 속상한 이유를 모르겠다. 빤히 내려다보는 니하엘의 시선을 피해 세영은 모른 척 다영을 찾았다.

예상치 못한 만남이 있긴 했지만 어쨌든 관장에게 인사도 했고, 얼굴 도장도 찍었으니 세영은 힐리 공주에게 걸리기 전에 이만 돌아가야겠다고 마음먹었을 때였다.

"꺅! 카미드야!"

뭐? 누구?

세영은 그리움에 자신의 귀가 제 역할을 하지 못한다고 생각했다. 하지만 그를 비웃듯이 주위 사람들의 반응이 가히 폭발적이었다.

"세상에, 여기는 무슨 일이지? 예술품에는 관심 없다고 들었는데!"

"카미드! 이쪽 좀 봐 주세요!"

"여기요!!"

바깥에서 과열된 취재진의 외침이 살짝 열린 문 사이로 흘러 들어올 정도였다. 그 소리를 듣고 이미 내부로 들어온 초청자들은(특히 여자들이) 매무새와 화장을 고치기 시작했다.

"니하엘. 나 잘못 들은 거 아니지?"

"누구씨 전 남친이네."

니하엘이 불퉁하게 비꼬며 얘기했지만 세영은 그를 받아칠 정신이 없었다.

지금 이 순간에 카미드라니, 산 넘어 산이었다.

"미스터 로체! 여기 화장실 어디죠?!"

"아, 중앙문 옆에도 있고 위층에도…….."

"감사합니다!"

구두가 지미추가 아니었다면 당장 집어 던졌을 것이다. 세영은 기예에 가까운 몸놀림으로 서둘러 2층으로 이동했다. 출입 금지 팻말은 없었지만 메인 무대는 아래층이었는지 사람이 없었다.

기둥에 몸을 겨우 가리고 세영이 얼굴만 조금 내밀어 1층을 내려다보았다. 어느새 실내로 들어온 카미드가 웃으며 미스터 로체와 악수를 하고 있었다. 그러고는 그의 주변에 있던 니하엘과 짧게 이야기를 나누는 것이 보였다.

어쩌지? 지금 몰래 내려갈 수 있을까? 뒷문은 잠가 두었을 텐데!

세영은 지금 자신의 꼴이 불쌍하다 생각했지만 반대로 지금 이 일들이 모두 자신이 자초한 일임을 알고 있었다. 그에게 거짓말을 한 것도, 그 몰래 미국으로 돌아온 것도 모두 자신의 판단이었다. 그것이 후회되긴 했지만 정답이라는 생각에는 지금도 변함이 없었다.

사람이 많으니 분위기가 진정되면 몰래 나가는 데 큰 문제가 없을 것이다. 미술관 관장이 아까 자신이 있었던 로비 안쪽으로 그를 데려간다면 더할 나위 없이 다행이겠지만…….

"여기서 뭐 하세요?"

"엄마야!"

"저는 당신을 매번 놀라게 하네요. 미안하게."

루크 랍스터 샌드위치. 플라자 호텔 푸드 홀에서 만났던 그 남자였다.

"여기서 뭐 하세요?"

"비즈니스?"

그러고 보니 남자의 옷차림이 푸드 홀에서 봤던 것과 달리 차려입은 슈트였다. 아마 그도 이 파티에 초대된 사람인 듯했다.

"이쪽 일을 하시나 봐요."

"여기 온 사람들이 전부 그렇죠. 그런데 여기서 뭘 하시는지?"

"아, 아래 화장실이 북적여서요."

사실은 사람을 피해 올라온 것이지만 세영은 대충 둘러대며 남자의 시선을 피했다.

"잠깐 시간 괜찮으시면 차라도 한 잔 하시겠어요? 휴게실은 사용 가능하니까요."

"여기 박물관 직원이세요?"

"뭐 그런 셈이죠."

차라리 다행이었다. 잠깐 몸을 피했다가 상황을 보고 나가기만 한다면……. 아래층에 혼자 있을 언니가 걱정이었지만 무엇보다 자신과 카미드가 만나지 않는 것이 가장 우선이었다.

"들어오세요."

휴게실보다는 사무실 느낌의 장소였다. 2층까지 파티장으로 개방하지 않은 것 같은데 남자는 휴게실을 이용하는 모습이 자연스러웠다.

"커피? 아니면 홍차로 드릴까요? 어차피 인스턴트지만요."

"아무거나 괜찮습니다."

전기포트의 물이 금세 끓기 시작했다. 꽤 고풍스러운 분위기의 사무실을 이리저리 뜯어보고 있는데 남자가 쟁반에 머그컵 2잔을 함께 들고 다가왔다.

"따뜻한 커피예요."

"감사합니다."

후, 뜨거운 김이 올라오는 커피를 한껏 식히고 있는데 귀에 자그마한 소리가 들렸다.

툭.

뭔가가 부딪히는 소리였다. 가깝게 들리는 소음에 세영이 잠시 고개를 두리번거렸다.

"혹시 들으셨어요?"

"예? 뭘요?"

'나한테만 들렸나? 혹시 내가 잘못 들은 건······.'

그때였다.

툭.

"아까부터 무슨 소리가 들리는데요. 혹시 여기에 누가 있나요?"

"그럴 리가요. 오늘 파티에서 2층은 개방하지 않아요."

남자가 쾌활하게 웃으며 대답했지만 세영은 따라 웃을 수가 없었다. 자리에서 일어나 사무실을 둘러보기 시작했는데도 남자는 그저 커피를 조용히 마셨다.

"참, 그리고 보니 서로 자기소개도 하지 않았네요."

남자의 말에 세영도 아차, 싶었다. 어찌 됐든 도움을 받았으니 인사는 건네야 했다.

"아, 저는 S연구소 소속 케인이라고 합니다. 컨서베이터(소장품 복원가)예요."

"알고 있습니다."

"네?"

악수를 위해 내민 손이 대번 남자의 오른손에 잡혀 끌어당겨졌다. 놀란 세영이 큰 소리를 내기도 전에 남자가 세영의 입과 허리를 잡았다.

"당신이 이름을 알려 주었으니, 나도 알려 줘야겠죠?"

"으읍!"

갑작스러운 힘에 놀란 세영이 몸을 이리저리 비틀었다. 격렬히 버둥거리다 나무 벽장에 몸이 박혔다.

쿵!

"윽……."

통증에 눈을 찌푸린 세영이 정신을 차리기 위해 고개를 내저었다. 그리고 세영이 부딪혀 반동으로 열린 벽장문 사이로 사람 손이 보였다.

"으읍!! 읍!!"

"제 이름은 폴먼 톨루이즈. 케인, 내 아버지의 그림은 잘 복원되었나요?"

반항하기 위해 온몸을 뒤틀던 세영이 그의 이름을 듣자 배터리가 다 된 기계처럼 움직임을 멈추었다. 그리고 그 틈을 타 남자는 단숨에 세영의 목에 주삿바늘을 꽂아 약물을 주입했다.

'말도 안 돼!'

멀어져 가는 시선 끝에 벽장 안에 쓰려져 있는 힐리 공주가 보였다. 세영은 이 끔찍한 상황을 이해하려 노력했지만, 곧 정신을 잃었다.

세영의 몸이 끈 떨어진 인형처럼 축 늘어지자 남자는 준비한 대로 움직이며 콧노래를 흥얼거리기 시작했다.

13
가해자와 피해자, 그리고 가해자

"아, 정신이 들었나 보네요. 일부러 약을 덜 넣긴 했지만 벌써 깨어나다니. 한…… 삼십 분은 더 취해 있어야 했는데. 공주님과 달리 당신은 약이 잘 받지 않는 체질인가 봐요."

세영은 소리치려고 했지만 커다란 테이프가 입에 붙어 있어 할 수가 없었다. 의자에 고정된 팔과 다리도 마찬가지였다. 고개를 돌리자 옆에 자신과 똑같이 결박되어 있는 힐리 공주가 보였다.

"놀라게 해서 미안합니다. 나도 원래 상식적인 사람인데, 사마르의 제1 왕자가 직접 온다고 하니 더 이상 기다릴 수가 없었어요."

가까이 다가와 변명하는 낯짝에 구역질이 났다. 무슨 연유에서든 톨루이즈라는 이름이 자신에게 호의적이지 않음을 세영은 직감했다.

"옷이랑 구두는 마음에 들어요? 신경 써서 골랐는데 입은 모습을 보니 잘 어울리네요. 제가 그림에는 재능이 없어도 눈썰미는 꽤 알아주거든요."

'뭐?'

세영은 지금 자신이 입고 있는 이 옷과 구두를 이 남자가 보냈다는 사실에 경악을 했다. 마이크가 보낸 것이 아니고, 이 남자가 보낸 거라고? 어떻게? 왜?

"나는 미술품 경매사예요. 당신과 직접 마주친 적은 없지만 당신이 작업한 그림을 몇 차례 팔았죠. 나는 당신이 생각하는 것보다 당신에 대해 잘 알고 있어요. 아, 당신 상사에게 내 이름을 물어보면 알지도 모르겠네요."

"읍읍!"

세영이 더 바르작대자 결국 남자는 그녀의 입에 붙어 있던 테이프를 떼어 내 주었다.

"너무 움직이면 머리 어지러울 텐데. 참, 당신 기억력이 끝내준다고 소문이 자자하던데 시력이 별로인지 나를 알아보질 못하더군요. 사마르에서부터 당신을 관찰했는데 설마 푸드 홀에서 나를 못 알아볼 줄은 몰랐어요. 사실 그때 납치하려고 했는데 김빠져서 그러지 못했지만."

"당신……."

"물 좀 마시겠어요?"

"여긴 어디예요."

"내 작업실이요."

"경매사라더니?"

"하고 싶은 것과 할 수 있는 일의 괴리감이라고 해 두죠."

비명이라도 지르면 어떨까 싶었지만 이렇게 태연하게 테이프를 떼는 것을 보니 소리를 질러도 소용이 없는 장소임이 분명했다. 세영은 일단 힘을 빼기보다는 상황을 두고 보기로 결정했다. 무엇보다 아직 정신이 없는 공주를 옆에 두고 격렬히 저항할 수가 없었다.

"난 분명히 로체 미술관에 있었는데, 여긴 어떻게 온 거죠?"

"급하게 준비한 파티라 그런지 보안에 틈이 있더군요. 공주나 당신처럼 작은 체구를 옮기는 것쯤이야."

남자가 어깨를 으쓱하며 잘 차려입은 넥타이를 다시 한 번 조여 옷맵시를 다듬었다.

"케인. 나는 당신을 죽이기 위해 납치를 한 것이 아닙니다. 난 사이코패스도 아니고 아버지처럼 망상에 사로잡혀 있지도 않아요."

"그럼 왜 두 사람이나 데려왔어요?"

세영은 차마 '납치' 라는 단어를 쓰지 못하고 순화시켜 말했다. 저 단어를 쓰는 순간 이 상황을 받아들여야 한다는 사실이 끔찍했다.

"사마르에서 처음 당신을 봤어요. 나는 당신 얼굴도 알고 있었거든요. 마이크가 항상 당신을 최고의 전문가라며 칭찬했기 때문에 사진쯤이야 금방 찾을 수 있었고요."

"……."

"말을 걸고 싶었지만 항상 같이 있는 꼬마 때문에 그럴 수도 없어서 아쉬웠습니다."

"톨루이즈의 그림은……."

"당신이 완벽하게 복원해 줬겠죠. 당신 실력을 의심하지 않아요."

이 사람 어딘가 이상해.

세영은 갑자기 겁이 나기 시작했다. 조금이라도 빨리 이곳에서 벗어나지 않으면, 정신이 이상해져 버릴 것 같은 생각이 들었다.

"죽이지 않을 거라면, 공주랑 나를 어떻게 할 건가요?"

조금이라도 빨리 힐리 공주가 정신을 차리길 바랐지만 간절한 마음과 달리 힐리 공주는 아무 미동도 없이 의자에 앉아 늘어져 있었다.

"케인. 진짜 내 아버지와 사마르 전 왕비가 부정을 저질렀을까요? 어떻게 생각해요?"

그는 이 상황이 퍽 유쾌한지 연신 웃는 얼굴이었다. 세영은 귀에 꽂히는 웃음기 어린 목소리에 두통이 일었다.

"정답은 'NO'예요. 내 아버지의 열렬한 구애에도 왕비는 대답하지 않았어요. 술과 약에 찌든 남자라니 당신도 사양하겠지만. 하지만 그렇다고 개죽음당할 정도로 거지 같은 인생은 아니었어요."

술과 약에 찌들어 사는데 거지 같은 인생이 아니라고?

시니컬한 세영의 눈빛을 읽었는지 평온하던 남자가 눈빛이 변해 그녀를 향해 쏘아붙였다.

"얼마 전 아버지의 마지막 그림을 팔았죠. 얼마였는지 알기나 합니까?"

궁금하지도 않다. 세영은 혹시나 싶어 팔과 다리를 이리저리 움직였지만 의자에 고정된 팔다리는 꼼짝도 하지 않았다.

"아버지가 죽었다는 걸 알리기만 했더라도 더 받을 수 있었을 텐데. 아쉽긴 하지만 어쩔 수 없죠. 톨루이즈 이름이 세간에 알려지는 것조차 막고 있으니."

"누가요?"

"당연히 사마르의 국왕이죠."

"어째서……."

"당신도 알잖아요. 예술가에게 죽음은 자신의 예술 세계를 완성하는 최후의 수단이에요. 아버지 역시 그를 누릴 권리가 있지만, 사마르 국왕이 결코 허락하지 않겠죠. 자신의 아내를 추문에 휩쓸리게 한 죽어 마땅한 죄인이고, 내 아버지 이름이 들릴 때면 그는 그 추문이 사실이 아닐까 또다시 괴로워할 테니까요."

마주 앉아 있던 남자가 갑자기 자리에서 일어나더니 작업실 뒤편으로 사라졌다. 몸이 의자에 고정되어 있는 세영은 그가 무엇을 하는지 알 수 없었다.

잠시 뒤 그가 무거운 무언가를 끌고 오는 소리가 들렸다. 세영이 겁에 질려 눈을 질끈 감자 남자는 여전히 웃는 목소리로 '죽이지 않는다니까요.'라고 놀리듯 대답했다.

"사람들이 말하는 명작이라는 그림은 보통 아버지가 약을 하거나 술에 취했을 때 그린 그림들이었어요. 이것도 마찬가지고요."

남자가 지탱하고 있는 커다란 캔버스 위 그림은 미완성이었다. 절반 이상이 물감이 닿지 않아 하얀 캔버스 상태 그대로였다.

"약에 미쳐 그림을 그리는 아버지를 보면서 나만은 절대 마약에 손대지 말아야겠다고 결심했어요. 그런데 웃기게도 내 아버지가 죽고 나서 제일 먼저 찾아온 사람이 누구였는지 아나요? 프랑스 스트라스부르 지역 중간 판매책 마피아였어요. 자기들 베스트 바이어가 죽어 버렸으니 그쪽에서는 난감했겠죠."

그의 개인사 따위에 신경 쓰고 싶은 생각은 추호도 없었지만, 그는 나의 사정을 배려하지 않고 한풀이하듯 이야기를 풀어내기 시작했다.

"마피아들이 돈세탁을 하기 위해 스위스 비밀계좌나 보석, 금괴 등을 이용하는 건 보편적으로 다들 아는 사실이지만 의외로 제일 쉬운 방법은 따로 있죠."

그는 굉장히 이 상황이 유쾌한 듯 웃으며 세영에게 바짝 다가왔다. 그가 세워 두었던 그림이 쾅, 소리를 내며 바닥에 내버려졌지만 그는 그쯤은 아무런 문제가 되지 않는 듯 세영에게 시선을 고정한 채였다.

"바로 그림이에요. 케인! 나와 내 아버지의 남은 그림. 그리고 당신의 능력을 더하면 돈 따위는 문제 되지 않아요. 당신이 바라는 모든 것을 손에 쥘 수 있어요."

그는 스스로가 아버지처럼 망상에 휘둘리지 않는다고 대답했지만 실상은 아니었다. 그의 눈은 이미 스스로가 만들어 낸 무언의 신념을 세영에게 강요하고 있었다.

"당신이 마저 채워 줘요. 나의 아버지처럼 완벽하게."

이런 미친 새끼.

세영은 광기 어린 사람의 눈을 직면한 채 두려움에 떨 수밖에 없었다. 세영이 이 상황을 견디기 위해 할 수 있는 것은 기억을 더듬는 것이 전부였다. 그리고 지금 이 순간 세영의 머릿속에 떠오르는 사람은 단 한 사람.

'카미드!'

"네가 왜 여기 있지?"

기분 좋은 재회를 기대하고 온 카미드는 익숙하지만 기분 나쁜 얼굴을 보고 미간을 찌푸렸다. 상대방도 마찬가지인지 입술이 씰룩이며 하고 싶은 말을 참는 듯했다.

"이거 어쩌나. 전 남친이 온다는 소리에 전 여친이 도망가 버려서."

"누가……!"

"카미드 님. 진정하세요."

카미드의 뒤에 있던 알렉스가 황급히 다가와 카미드의 귓가에 '진정하세요. 제발. 그분이 보시면 어쩌려고요.' 등등 익숙한 태도로 준비 멘트를 읊자 카미드가 귀신같이 잠잠해졌다.

"내가 조언 하나 해 줄까? 남녀 사이에 제일 꼴불견이 끝났는데 끝난 걸 모르고 질척이는 거야."

"웃기는군. 세영은 너랑 아무 사이도 아니라던데."

"우와, 걔가 그래? 그림 때문에라도 그런 소리 못 할 텐데!"

흥분한 니하엘이 외친 소리에 카미드의 눈썹이 움찔했지만 애써 평정을 유지하고 '그림이라니?' 하고 되물었다.

"세영이 나를 그리고 싶어서 한 달이나 쫓아다녀서 겨우 그린 내 누드! 그림 말이야."

'신이시여.'

알렉스는 이건 당사자가 와서 해결해야만 하는 문제라는 것을 직감했다. 사리 분별이 확실한 알렉스는 나서지 않고 조용히 상황을 파악하고 있었다.

"누드라."

"그래! 걔가 하도 벗어 달라고~ 벗어 달라고 노래를 불러서 내가 한 번 벗어 줬지. 그리고 그 그림이 얼마나 색정적인지. 당신도 그걸 보면 당신 전 여친이 나를 좋아했었다는 걸 인정하게 될 거야."

자신만만한 니하엘의 말에 카미드는 자신의 인내심에 금이 가는 것을 느꼈다. 지금 당장 세영을 앞에 세워 두고 '저놈이야 나야.' 하는 촌스러운 질문을 하지 않으면, 그리고 세영이 단박에 '당연히 당신이죠. 저런 놈은 무시해요.' 하고 대답하지 않으면 잡지사 이후 최초로 모델 에이전시를 망하게 만들지도 모른다고 생각했다.

이런 내적 갈등을 벌이며 겨우 참아 내고 있는 카미드에게 니하엘은 마지막 한 방을 날리고는 승자의 미소를 취했다.

"세영이가 당신은 안 그랬나 봐?"

어퍼컷 KO펀치였다.

카미드가 보이지 않는 상처에 주춤하는 동안 기회를 엿보던 다영이 이 싸움에 끼어들었다. 카미드와 니하엘 모두 이건 뭐냐는 눈빛으로 그녀를 보았지만 다영은 굴하지 않았다. 이제까지 배운 영어를 총동원해서라도 자신은 이곳, 이 자리에 있어야만 했다.

"안녕하세요. 세영이 언니 한다영이라고 합니다."

다영은 타깃을 바꿔 카미드에게 다가가 손을 내밀었다.

누가 상상이나 했을까. 뉴욕에 와서 정말로 그를 만날 줄이야! 게다가 그는 세영을 아는 눈치였다. 이 기회를 놓친다면 남은 평생을 후회할 것이 분명했다.

그리고 카미드 또한 자신에게 손을 뻗은 이 당돌한 여자를 기억해 냈다.

매달 한국으로 송금하는 돈 때문에 세영의 학자금 대출 상환이 늦어지는 것도, 어렸을 때부터 낯선 미국 땅에서 자란 것도, 웃기지도 않는 가족 촬영에 세영이 이용되는 것도 전부 이 여자 때문이었다. 만약에, 아주 만약에 세영이 이 여자와 가족 때문에 자신을 떠난 거라면 이 징그럽게 웃는 여자를 가만두지 않으리라 생각했다.

그렇게 결론을 짓고 나니 카미드의 심기는 상당히 불편해졌다. 분명 이 자리는 자신과 그녀의 아름다운 만남을 위한 자리인데 불청객이 이렇게 많아서야 그녀도 불편할 것이 분명했다.

카미드는 다영이 내민 손에 아무런 반응도 해 주지 않은 채 알렉스에게 곧 돌아갈 것이니 차량을 준비해 두라고 이야기했다.

완전한 무시였지만 다영은 굴하지 않았다. 물론 자존심은 상했지만, 그보다도 그의 관심을 받는 것이 우선이라 생각했다.

"세영이, 아까 2층으로 올라가던데 가 보시겠어요?"

자신이 먹히질 않으니 얼른 세영이를 미끼로 내놓는 다영에 카미드는 결국 시선을 내어 주었다. 뜯어보면 세영과 닮은 구석이 더 많은 여자임에도 아무런 감흥이 일어나지 않았다. 카미드는 저 큰 두 눈으로 자신을 잡아먹을 듯 쳐다보는 여자가 진심으로 경멸스러웠지만, 반대로 다영은 카미드가 사진보다도 실물이 훨씬, 훨씬 더 아름다운 사람이라고 생각했다. 그리고 그가 자신을 바라보고 있다는 것이 그 어떤 카메라 플래시 세례보다 황홀하게 느껴졌다.

"당신."

겨우 한 마디인데도 다영은 카미드의 말에 고개를 연신 끄덕였다. 무슨 말이든 다 듣겠어요. 옆에서 카미드와 다영을 보던 니하엘은 니들 뭐 하냐, 하는 눈빛으로 관람하고 있었다.

"세영이 옆에서 떨어져. 구역질나니까."

다영은 자신이 듣기 실력이 부족해 잘못 들었나, 생각했다. 하지만 되묻기도 전에 카미드는 그녀를 지나쳐 2층으로 향했다. 한참 뒤에서 기다리던 미스터 로체와 카미드의 비서 알렉스도 그의 뒤를 따랐다.

남은 것은 사람들의 이목과 니하엘, 그리고 다영뿐이었다.

"넌 어떤 미운털이 박혔기에 나보다 더해?"

니하엘의 순수한 질문에도 다영은 아무런 말도 하지 못했다. 대답 없는 다영을 두고 니하엘은 어깨를 으쓱이고는 사람들 사이로 사라졌다.

결국 혼자 남은 다영은 두 주먹을 말아 쥔 채로 한참을 그 자리에 우두커니 서 있었다.

그로부터 삼십 분 뒤, 파티장의 분위기가 반전되었다.

오백만 달러 후원금의 목적이자 주인공이었던 여자가 2층으로 올라간 뒤 증발되었다.

급하게 준비한 파티라 생각되지 않을 정도로 만반의 준비를 했다고 생각한 로체는 사마르의 '알—미슈미쉬' 왕가와 함께하게 될 자신의 장밋빛 인생을 꿈꾸고 있었지만 애석하게도 여자의 묘연해진 행방 때문에 그러한 상상은 저 멀리 사라져 버렸다.

처음에는 카미드도 세영이 사라졌다고 생각조차 하지 못했다. 당연히 당황해서 일단 자신을 피했을 거라 생각했고, 기다렸다. 하지만 아무리 기다려도 그녀는 나타나지 않았고 뜯어말리는 알렉스를 뒤로한 채 직접 2층 여자 화장실로 들어갔다.

그리고 카미드는 텅 빈 공간을 바라보며 이상한 기분이 들었다. 일어나선 안 되는 일이 벌어진 것 같은 불안감이었다. 그 직후 카미드는 미술관 주인의 허락도 받지 않고 2층 전체를 뒤지기 시작했다. 차라리 세영이 어딘가에 쪼그리고 앉아 들이닥친 카미드에게 미안하다고 한다면 차라리 카미드는 웃으며 그녀를 용서해 주겠다고 말해 줄 수 있을 것 같을 정도로 끔찍한 기분이었다.

"알렉스."

"저쪽에도 없답니다. 파티에서 이미 빠져나가신 게 아닐까 싶습니다."

심상치 않은 느낌에 알렉스도 밖에서 대기 중이던 카미드의 보디가드를 미술관 안으로 들여 수색에 동참시켰다. 이미 그 시점에서 파티는 종료된 것이나 마찬가지였다.

"CCTV. 로체한테 당장 보자고 해."

"제가 확인해 보겠습니다."

"아니, 나도 간다."

불과 한 시간 전만 해도 자신의 눈앞에 있던 여자가 사라졌다는 말과 CCTV를 확인해야 하며 현재 수색을 위해 파티 초청자를 모두 내보내라는 요청을 들은 미스터 로체는 눈앞이 새하얗게 변하는 것을 느껴졌다.

'나는 이제 망했구나.'

"내가 왜 나가! 난 걔 언니야! 나도 여기에 남을 권리가 있다고!"

모두에게 잊혀진 다영은 미술관에서 손님들을 내보내는 보디가드 무리에 바락바락 소리 지르며 반항했다. 내가 이렇게 가면 한다영이 아니지, 쓸데없는 고집에 악이었지만 그 모습을 예쁘게 봐 줄 사람은 이곳에 없었다.

결국 미술관 정문 앞에 덩그러니 쫓겨난 다영의 모습을 저 멀리서 대기 중이었던 촬영팀이 발견할 때까지 다영은 외로이 서 있었다.

한편 관리실로 이동해 조금 전까지 있었던 세영의 모습을 찾기 위해 관리팀 직원과 로체, 그리고 알렉스와 카미드가 초조하게 모니터 앞에 섰다.

"47분 전. 여기에 미스터 로체와 이야기 중이시네요."

알렉스가 모니터의 한 점을 손가락으로 짚어 세영의 모습을 찾아냈다. 그 이후 2배속으로 그녀의 모습을 영상으로 쫓았다.

카미드가 등장하는 순간 사람들의 이목이 정문으로 쏠릴 때 그녀도 함께 그 쪽을 바라보았다. 그리고 놀란 건지 허둥지둥 2층으로 올라갔다. 여기까지는 니하엘과 로체의 말 그대로였다.

"2층 영상은?"

"여기 있습니다."

세영은 계단으로 올라와 벽 뒤에 몸을 숨겼고 한참을 그 자리에서 있었다. 그리고……!

"어!"

미스터 로체가 모니터 속 여자에게 다가가는 남자의 인영을 보고 놀란 소리를 질렀다. 함께한 카미드와 알렉스 역시 긴장한 채그 두 명의 모습을 바라보았다. 대화를 하는 듯한 모습이 잠시 이어지고, 남자를 뒤따라 세영이 움직이기 시작했다.

"이쪽 방향에는 뭐가 있죠?"

"사무실과 창고, 휴게실이 있습니다. 하지만 오늘 파티에서는 개방하지 않은 곳인데……."

애석하게도 카메라 각도 때문에 남자의 얼굴이 제대로 찍히지 않았다. 영상 속 남자는 보안 카메라의 존재를 아는 듯 유유히 카메라 밖으로 사라졌다.

"젠장! 다른 카메라는?"

"미스터 로체, 왜 다른 영상이 없습니까?"

다른 보안 카메라의 영상을 찾던 알렉스가 황망한 목소리로 물었으나 로체 역시 대답할 수 없었다. 자신은 책임자일 뿐 관리자는 아니었다.

불안한 느낌이 현실이 되자 카미드가 거칠게 욕설을 내뱉었다. 짐작 가는 바도 없었다. 세영은 사람을 피하면 피했지 원한을 얻을 행동을 하는 사람이 아니다. 그렇다면?

"남는 건 나겠군."

"설마요."

"보스턴이나 뉴욕에서는 만난 적이 없지. 세영이 노출된 곳은 사마르밖에 없어. 미술관 외부 영상은?"

"총 13대랍니다. 발생 시간은 확인했으니 그 이후로 확인해 보겠습니다."

"일단 하킴에게 연락해. 사마르 쪽 영상도 확보해야겠어."

흥분으로 머리가 제대로 돌아가질 않는다. 카미드가 정신을 놓아버릴 것 같은 분노를 겨우 잠재우고 나서야 하킴과 연락이 닿았다.

—예. 카미드 님.

"세영이 납치당했어. 아마 사마르에서부터 접촉한 사람일 거야.

맨션 주위 카메라부터 병원 실내외 영상까지 모조리 수집해서 이쪽
으로 보내."

―네?! 이게 무슨 소리십니까!

"자세한 건 알렉스한테 들어. 지금 돌아 버리기 직전이니까."

카미드가 휴대전화를 알렉스에게 건네려 할 때였다. 당황한 하킴
의 목소리가 다시 귀에 꽂혔다.

―그럼 힐리 공주님은요! 어제 세영 님을 만나러 뉴욕으로 가셨
단 말입니다! 지금 옆에 같이 계신 거지요? 예?!

카미드는 정신이 아득해졌다. 설마, 아닐 것이다. 지금은 세영만
으로도 버거운 상황이었다.

"힐리가 뉴욕에 온 게 확실해?"

―네. 제가 도착까지 확인했습니다. 제발, 카미드 님. 아니라고
해 주세요.

절망한 하킴의 목소리에 카미드가 두 눈을 감았다.

"제가 받겠습니다."

알렉스가 심상치 않은 카미드의 반응에 휴대전화를 받아 들었다.
이야기를 들으면 들을수록 상황은 심각해지고 있었다.

"하킴. 우선 사마르 쪽 영상 모두 취합해서 제게 보내 주세요.
이쪽에서 팀을 구성해서 최대한 빨리 찾아보겠습니다. 일단 공주님
신변은 비밀로 하세요. 이야기가 새어 나갔다간 국제 문제로 번지
게 될 겁니다."

알렉스와 하킴의 대화가 좀 더 이어지고 나서야 통화는 끝이 났
다. 그동안 머릿속을 정리시킨 카미드가 알렉스가 전화기를 건네자
다음 일을 지시했다.

"경찰에 신고하고 감시팀 보고서 전부 다시 전달해. 이상한 점이 없는지 한 번 더 봐야겠어."

"알겠습니다."

"우선 힐리는 제외하고 세영에 대해서만 TV에도 대대적으로 알려. 신고자에게 포상금을 걸고 작은 단서라도 수집해."

"예."

"'매그티'에도 전화해서."

사마르에 있는 개인 소유의 '해결' 조직을 불러들이면 더 일이 빠르게 진행될 수는 있겠지만 지금 힐리의 존재가 낀 이상 자칫하면 국제 문제로 일이 커질 수 있다. 그렇게 되면 오히려 문제를 해결하는 데 쓸데없는 시간을 허비하게 될지도 몰랐다.

카미드는 이성적인 판단을 위해 스스로를 다독였지만 결국 참던 화를 주체하지 못하고 주먹으로 책상을 내리쳤다.

"계약금은 물론이고 임무 완료 수당까지 백지수표로 줄 테니 카미드가 독점 계약을 원한다고 전해."

안 돼. 내가 이러고 있을 때 세영은 두려움에 질려 나를 기다리고 있을 거야. 힐리 또한 무사해야만 해.

"알겠습니다."

"그리고 미스터 로체."

"예, 예!"

자신이 여자를 납치한 것도 아닌데 자신의 건물 안에서 이런 일이 일어났다는 것만으로 로체는 겁에 질려 있었다. 마치 카미드의 말이 사형 선고라도 되는 양 절박한 눈빛으로 그를 바라보았다.

"오늘 파티의 초청자 명단이 필요할 것 같군요."

"예! 물론이죠."

"그리고 보안 운영 방식에 대해서도 설명해 주시죠."

오백만 달러에 눈이 멀어 이제 망하는구나. 로체는 피눈물을 삼키며 카미드 앞에 앞장서 걸었다.

❖　　❖　　❖

"이게 무슨 짓이야! 너따위, 오빠한테 걸리면 사형이야! 사형이라고! 알겠어?!"

"공주님. 진정하세요."

"너는 지금 이 상황에서 진정이라는 말이 나와?! 우린 지금 납치당한 거야!"

겁에 질린 것보다는 낫다. 의외로 대찬 힐리 공주의 반응에 함께 잡혀 있는 세영은 안도하고 있었다. 혼자였다면 벌써 열두 번은 더 기절했을 것이다.

기절할 것 같은 상황에서도 배는 고프다.

세영은 남자가 가져온 쟁반을 내려다보며 이 음식들을 먹을지 말지 진지하게 고민하고 있었다. 물 한 모금도 먹지 않은 지 오늘로 벌써 이틀째였다. 물론 힐리 공주도 마찬가지였다.

"내가 뭘 탔을까 봐 의심스러워서 그래요? 내가 먼저 먹으면 믿으려나."

"닥쳐! 이 더러운 범죄자 자식아!"

"힐리 공주님. 제발."

"아아악! 이 손 풀란 말이야!"

이런 상황 속에서도 지치지 않은 공주의 태도에 결국 폴먼이 먼저 손을 들었다. 정말 질려 버린 듯 폴먼은 너저분한 테이블로 가 주사기를 약병에 꽂아 피스톤을 뒤로 한껏 당겼다. 아마 자신을 기절시킨 그 약일 것이다.

"하지 말아요! 조용히 있도록 내가 말할 테니까!"

하지만 세영의 외침이 무색하게 힐리 공주의 입이 테이프로 봉해졌다. 그리고 거세진 반항에도 얇은 팔에 주삿바늘이 꽂혔다. 금세 기절한 힐리 공주의 모습을 내려다보며 폴먼이 한결 나은 표정으로 의자를 가져와 세영의 앞에 자리를 잡았다.

"……."

"케인. 어렵게 생각할 것 없어요. 당신은 여기서……."

남자는 이틀째 같은 말로 세영을 설득하려 했지만 세영은 제안에 대해서는 묵묵부답으로 일관하고 있었다.

"공주가 깨어나면 조용히 있도록 내가 잘 얘기할 테니, 약은 더 이상 쓰지 말아요."

"곤란하네요 정말."

남자가 한탄 어린 한숨을 내뱉을 무렵, 어제와 같은 시간에 남자의 휴대폰이 울리기 시작했다. 세영은 이틀째 의자에 묶여 앉아 있어서 온몸에 힘이 없었다. 조용히 눈을 감고 어제의 대화와 비교하며 상황을 떠올리고 있었다.

남자는 딱히 세영을 피해 장소를 옮기거나 통화를 미루지 않았다.

"예. 그림은 이미 준비되었습니다. 어차피 물건도 잠시 빼돌려야 하니 오늘 밤 전달하죠."

오늘 밤. 전달. 물건.

이 남자 역시 이미 마약과 얽혀 그에 관련된 조직과도 연관되어 있는 것이 분명했다. 휴대폰 너머로 들리는 굵직한 목소리의 남성의 악센트를 주의 깊게 기억하며 세영은 다시 한 번 기억을 곱씹었다.

"당분간은 제가 외부로 이동하기 힘듭니다. 예. 직접 이쪽으로 와 주시죠."

폴먼은 힐리 공주와 세영만 남겨 둘 생각이 없어 보였다. 세영은 다시 실눈을 뜨고 남자를 바라보았다.

"근처에 도착하시고 연락 주시면 주소 찍어 보내겠습니다. 어차피 이번 달은 물건 양도 많지 않으니 사람도 많이 데려오지 마시고요."

이윽고 통화가 끝났다. 세영은 메마른 입술로 겨우 목소리를 냈다.

"……난 그림 안 그려요. 약을 했든 술은 했든, 그린 건 톨루이즈예요. 내가 그 사람 이름을 대신해서 사기를 칠 수는 없어요."

"케인. 단순하게 생각하면 이건 그저 장사일 뿐이에요. 아무런 피해자도 없는."

"당신이 말했던 그대로라면, 당신 아버지의 예술 세계를 겨우 돈 때문에 망쳐도 되나요?"

"그건."

"여기에 반박한다면 당신은 그림은 안중에도 없고 돈만 생각하고 있다는 증거가 되겠죠."

"그게 아니에요. 당신만이 가능한 일이기 때문에……!"

"……."

"……후. 일 좀 보고 올 테니 조금 진정하고 있어요."

"나는 당신이 바라는 도움을 줄 수 없어요."

쾅!

진정이 필요한 것은 세영이 아닌 남자였지만, 어쨌든 폴먼이 자리를 비운 틈을 타 세영은 의자에 몸을 기대 깊게 숨을 들이켰다.

불안하게도 세영은 현재 몸 상태가 그다지 좋지 못했다. 뒤로 묶인 팔목도 통증이 있었고 이틀 내리 의자에 앉아 있는 허리도 끊어질 듯 아팠다. 게다가 지하라는 장소에서 어깨가 다 드러난 드레스를 입고 버티려니 춥기까지 했다. 고문이라고 할 것까진 없었으나 폴먼은 세영과 힐리 공주에게 배려라는 것을 해 주진 않았다.

또다시 머리가 멍해지면서 몸에 힘이 빠졌다. 자는 것처럼 기절하는 것이겠거니, 세영은 자신이 처한 상황에 어이가 없으면서도 한편으로는 자신이 정말 죄 많은 사람인가, 하며 자조했다.

세영이 다시 정신을 차렸을 때는 지상에서 지하실로 연결되는 문이 열리며 단번에 소란스러워졌다. 남자의 휴대폰 너머로 들렸던 러시아 특유의 악센트가 가장 먼저 세영의 귀에 꽂혔다. 세영은 눈을 뜨지 않고 잠자코 이야기를 듣고 있었다.

"물건은?"

"저기 있습니다. 위층에 있으면 제가 가져올 텐데요."

"쌍. 네놈을 어떻게 믿어? 보스 때문에 내가 직접 왔지만, 다음부터 또 똥개훈련 시키면 네놈 손가락 하나는 날라 갈 줄 알아."

"라노프. 물건 먼저 챙겨. 배 시간 얼마 안 남았어. 폴먼, 어디에 있다고?"

"저 뒤쪽이요."

나무 계단이 남자들의 발걸음에 따라 삐걱 소리를 냈다. 대충 가늠해 보니 족히 다섯은 되는 것 같았다.

"오, 이 여자는 뭐야? 동양인인데?"

"당신은 신경 쓸 것 없습니다. 내 비즈니스 파트너예요."

"파트너? 저 꼴이?"

지하실 한쪽에 의자에 묶여 기절해 있는 세영을 발견한 러시아 남자가 웃으며 걸어왔다. 지하실을 울리는 발소리가 세영의 앞에서 멈췄다.

자는 척하는 세영의 귀에 들리는 대화로 미루어 힐리 공주는 이 지하에 있지 않은 듯했다. 당장 고개를 들고 폴먼에게 공주의 행방을 묻고 싶었지만 상황이 상황인 만큼, 조금 더 연기를 하기로 했다.

"건들지 말아요. 그런 취급받을 여자가 아니니까."

"미친놈! 비실한 게 어떻게 같이 일하나 싶었는데 너도 꽤 하네? 이야, 피부 하얀 거 봐라."

"라노프!"

"쌍. 건들면 어쩔 건데? 여자가 이렇게 나 잡아 잡수 하고 있는데 그냥 넘어가냐? 고자새끼."

"여기에 물건 가지러 온 것 아닙니까? 늦어지면 위에서 난리 칠 텐데요."

"조용히 좀 해. 새끼야."

"옷 좀 벗겨 봐. 어차피 정신도 없는데 재미 좀 보고 가자."

"그래. 아직 시간 좀 있는데 뭘. 야. 니들이 물건 챙겨 놔."

거리감이 느껴지는 남자 여럿의 목소리에 세영은 이곳에 끌려온 이후로 지금이 가장 위험한 상황이라는 걸 깨달았다. 폴먼도 황급히 러시아 남자의 행동을 저지하기 위해 소리를 질렀다.

"이봐요! 하지 말⋯⋯!"

지이잉―

세영의 어깨에 축축한 손이 닿자마자 남자의 주머니에서 울리는 휴대폰 때문에 손이 거둬졌다. 남자의 욕과 함께 전자음을 내며 통화가 연결되었다.

"예. 보스."

―M에서 연락이 왔다. 여자 좀 찾아.

"여자요? 어디 스파이입니까?"

―지금 뉴스에 나오는 여자야. 찾으면 무려 천만 불이라고! 오늘 물건은 됐으니까 우리 구역에서 샅샅이 찾아봐.

"알겠습니다."

"뭐야? 보스가 뭐라는데?"

"물건 다시 옮겨 놔. 물건은 내일 옮긴다. 야. 여기 TV 있냐? 뉴스 좀 틀어 봐."

"뭔데 그래?"

"여자를 찾으래. 보나마나 납치된 어디 상원의원 딸년이겠지. 쌍, 재미 좀 보나 했더니 계집애 하나 찾으려고 밤새 구르겠구만."

"저 물건 오늘 배 타야 하는 거 아냐?"

"여자가 천만 불짜리야. 저 그림은 기껏해야 삼백만 불이고. 배를 매수하는 데 돈이 좀 더 들겠지만 이게 남는 장사지. 폴먼. 수수료는 물건 넘기고 내일 줄 테니까 다시 잘 숨겨 놔. 저 여자 때문에 경찰이 수색 나와서 물건 걸리면 너 진짜 내 손에 죽는다. 저거 잘 처리해."

"그럴 일은……."

"야, 야! 보스가 찾는 여자가 뉴스에 나오는 이 여자 맞아?"

"왜? 예쁘냐?"

"이런 미친. 폴먼 너 이 새끼, 도대체 무슨 짓을 한 거야?!"

라노프가 스마트폰 액정 속 뉴스에 도배되어 있는 여자의 얼굴을 확인하고 나서야 이윽고 세영이 눈을 떴다. 단숨에 찾아온 적막감 때문이기도 했으나 축축한 손이 다시 한 번 세영에게 닿았기 때문이었다.

"쌍! 맞잖아!"

남자가 거칠게 잡은 세영의 턱을 놓으며 한참을 욕을 내뱉었다. 이 남자가 라노프라는 이름의 러시아 남자임이 분명했다.

세영의 눈에 들어온 남자는 폴먼 톨루이즈까지 여섯 명이었다. 다들 휴대폰과 세영의 얼굴을 번갈아 가며 보고 있었고, 폴먼 또한 놀란 얼굴이었다.

"이런 미친!"

"라노프. 조용히 좀 해. 이봐. 당신이 이 여자 맞아?"

또 다른 남자가 들이댄 액정 속에는 세영 자신의 얼굴이 박힌 뉴스가 나오고 있었다. 실종 여성을 찾습니다, 라는 문구와 함께 앵커가 열심히 캐스터와 이야기를 나누고 있었다. 음소거가 되어 있었지만 분명 자신의 사진이었다.

"맞아요."

"어차피 며칠 있으면 잠잠해질⋯⋯."

아직 뉴스를 보지 못한 폴먼이 애먼 소리를 하자 결국 라노프가 폭발해 폴먼의 멱살을 잡고 주먹을 날렸다. 얻어맞은 폴먼이 벽에 박혔고, 이 상황이 모두 파악된 휴대폰 주인이 깊게 한숨을 내쉬며 뉴스의 음소거를 풀었다. 지하실에 울리는 멘트에 폴먼은 물론이고 다른 4명 또한 다시 한 번 굳었다.

—이 여성을 찾기 위해 현재 사마르 국가의 후계자인 제1왕자 카미드 샤힌 알—미슈미쉬가 대대적인 수색을 요청했다고 전해지고 있습니다. 당국 또한 혹시 모를 국제 문제에 대비하여 총력을 기울이고 있다고 발표했습니다.

—이 여성이 카미드와는 어떤 관계인지 밝혀졌습니까?

—사마르 국가의 현 국왕 라마르 라자끄 알—미슈미쉬의 개인 소장품을 복원한 전문가로 당시 사적인 만남이 있었을 거란 추측도 있으나 아직 정확하게 발표된 내용이 없습니다. 하지만 이제까지 미디어에 민감하게 반응했던 제1 왕자였기에 현재 이렇게 표면 위로 나서는 모습이 의외라는 의견이 있습니다. 이 실종 여성이 사마르의 왕자비가 될 가능성이 있을지는 차후의 문제이나⋯⋯.

"걱정할 것 없습니다. 제 일을 도와줄 사람이에요. 증거는 남기지 않았고 조금만 기다리면⋯⋯!"

박물관 CCTV는 물론이고 푸드 홀의 테이블 위치까지 따져 가며 접촉했다. 아무리 여자의 행적을 쫓아 영상에서 증거를 찾으려 하더라도 자신을 찾을 수는 없었다. 폴먼은 자신하며 주장했지만 그 외 남자들에게 먹히진 않았다.

"머리 회전 좀 빠른 것 같아서 껴 줬더니! 이 미친 새끼가 누굴

말려 죽이려고! 걱정할 게 없어? 네놈 뇌는 젤리로 만들었냐? 뉴스
나 보고 그런 말을 해!"

"폴먼. 중요한 건 이거야. 저 여자 때문에 매그티가 움직이고 있
어. 너나 나나 돈 때문에 약이나 팔며 뒷돈 챙기는 수준이지만 매
그티 그 새끼들은 돈 때문에 전쟁에 가담하는 새끼들이야. 문제 생
겨 좋은 꼴 못 본다고!"

매그티가 도대체 무엇인지는 모르겠지만, 라노프라는 남자가 상
당히 초조해하고 있다는 건 알겠다.

사실 언니가 파티 당일 자신의 실종 사실을 알기나 했을까 하고
생각했다. 힐리 공주가 함께 사라졌으니 곁다리로 실종 처리가 될
수는 있었겠지만. 경찰에 신고만이라도 해 주길 바랐는데, 반대로
카미드가 수사를 요청했다는 이야기에 감정을 추스르기가 어려웠
다. 눈앞의 남자들만 없었다면 눈물이라도 흘렸을 테지만, 세영은
용기를 내 입을 뗐다. 세영의 목소리에 열두 개의 눈동자가 다시
한 번 세영을 향했다.

"지금이라도 날 놔주면 경찰에 아무런 말도 하지 않을게요. 장담
해요."

"안 돼!"

폴먼의 외침에 라노프가 다시 한 번 욕을 내뱉었다. 하지만 얻어
맞은 폴먼은 꼴이 엉망임에도 안 된다고 소리를 질러 댔다.

"천만 불? 당신네들 보스가 그 매그티한테 천만 불을 받는다 치
더라도 그게 당신들한테 돌아가기나 할 것 같아? 병신새끼들! 이
여자만 있으면 그깟 천만 불쯤 우습게 벌 수 있어!"

이제까지 존대를 하던 폴먼이 미친 사람처럼 소리를 질러 대며

세영에게 다가왔다. 세영은 여전히 팔다리가 묶여 있어 그를 피할 수 없었다. 마주한 눈동자가 공포스럽게 뒤틀려 있었다.

"이 여자가 기억하는 것만 그려도 최소 수천만 불이야. 이 여자만 있으면 툴루즈의 이름은 부활할 수 있어. 이 여자만 있으면……!"

"미친 새끼."

흡사 사이비 교주를 숭배하는 광신도처럼 넋을 놓고 세영의 어깨를 붙잡고 같은 말을 반복하는 폴먼의 행태에 라노프가 질린 듯 머리를 절레절레 흔들었다.

"니첸. 보스한테 보고하고 우리도 이만 철수하자. 매그티에 전달하면 여자를 데려가겠지. 난 그 새끼들이랑 얽히기 싫어."

"잠깐."

"왜?"

"저놈 말이 맞아. 보스가 천만 불을 받아도 그중에 얼마나 우리한테 올 거 같아?"

"무슨 말이야?"

"폴먼. 여자를 나한테 넘겨. 네가 여자를 데려왔으니 삼백만 불 정도는 떼어 주지."

"미친 소리!"

탕!

"으아아악!!!"

니첸이 품에서 권총을 뽑아내 발포하기까지 10초도 걸리지 않았다. 순식간에 총알이 폴먼의 종아리를 관통했다. 덕분에 세영은 눈앞에서 피가 솟구치는 광경을 전부 볼 수밖에 없었다.

"지랄하지 마. 폴먼. 돈 좀 벌었다고 눈이 돌아간 모양인데, 어차피 네놈은 네 애비만도 못한 버러지 인생이야."

라노프를 포함한 네 명의 남자는 지금 상황을 이해하려고 노력하는 것 같았으나, 완벽히 받아들인 사람은 없었다.

"개새……끼!"

"그래그래. 너나 나나 개새끼지. 라노프, 여자를 옮길 테니 먼저 올라가서 차 준비해."

"어? 어…… 그럼 보스한테는?"

"당연히 입 닥치고 있어야지. 너희들도 움직여서 여자 찾는 시늉이라도 하고 있어."

"제발 날 풀어 줘요."

급변한 상황에 세영이 공포에 질려 더듬더듬 단어로 문장을 만들었다. 시선 아래 피 웅덩이가 점점 더 커지고 있었다. 발치에 누운 남자가 발작하듯 간헐적으로 몸을 떨었으나 그 누구도 더 이상 폴먼을 신경 쓰는 사람 없이 남자들은 지하실을 떠나고 있었다.

"놀랐지? 이쪽 생태가 좀 그래. 그렇게 겁먹진 말라고."

"나는……."

"좋아. 당신은 다른 여자들처럼 시끄럽게 굴지는 않으니까, 조금 설명을 해 주지."

"……."

"이쪽 동네는 우리 구역이라 여기서 당신이 발견되면 곤란해. 그래서 오늘 밤에 배로 당신을 아래 지방으로 옮길 거야. 한 며칠 당신을 숨겨 두었다가 딴 조직에 당신을 넘길 건데 당신은 잠자코 있다가 내가 하라는 대로만 하면 원래 있던 데로 돌아갈 수 있어."

"……."

"너무 걱정하지 말라고. 나도 내 신변을 보호하면서 최대한 돈을 받고 싶을 뿐이야. 서로에게 윈윈이지. 안 그래?"

발치에서 발작하던 폴먼의 움직임이 이윽고 멈췄다. 죽은 것인지, 아니면 통증을 못 이겨 기절한 것인지 알 수는 없었으나 세영은 그 모습이 기억에 깊이 남았다.

"자, 가 볼까? 왕자비님."

묶였던 끈이 잘리고, 세영의 두 손 두 발이 자유로워졌다. 하지만 대상이 달라졌을 뿐 여전히 자신은 납치된 상태였다. 게다가 힐리 공주의 행방은 발치에 기절한 폴먼밖에 알지 못했다. 카미드를 위해서라도 자신은 이대로 갈 수 없었다.

"잠깐만요. 여기에 더……."

탕!

세영이 남자에게 시간을 더 부탁하려는 순간, 다시 한 번 지하실에 끔찍한 소리가 울렸다. 자신의 앞에 서서 계단을 올라가던 남자의 몸이 꺾여 쓰러졌다. 단 한 발로 남자는 아무런 움직임도 없었다. 계단에 핏물이 주륵 내려와 세영의 구두도 적시기 시작했다.

세영이 상황 파악을 위해 고개를 돌리자 창백한 얼굴의 폴먼이 겨우 일어나 총구를 들이밀고 있었다.

"당신……."

"걱정 말아요. 당신은 내가 지켜 줄 테니까."

폴먼은 다리에서 피를 흘리고 있었지만 계단에 누운 남자는 머리에서 피를 흘리고 있었다. 지금 이곳에서의 시간은 세영에게 너무나 끔찍했다.

"장소를 조금 바꿔야겠어요. 이런 곳에서 작업이라니, 당신에게 모욕적이겠네요."

이 사람만은 안전하다 생각했던 세영은 스스로의 생각을 비웃었다. 이 남자가 그림과 자신에게 집착하기 시작했을 때부터, 그 누구보다도 위험한 인물이었는데 이렇게 피를 보고 나서야 깨닫다니.

세영은 더 이상 이 남자의 말에 반항을 할 수 없었다. 자칫하면 눈앞의 시체처럼 자신도 머리에 총알구멍이 날지도 모르니까.

"……그래요. 나도, 당신을 도와줄게요."

세영의 대답에 폴먼이 희미하게 미소 지었다. 세영은 마지막 말을 쥐어짜 냈다.

"대신 공주는 여기에 두고 가요. 나 혼자여야만 당신을 따라갈 테니까."

14
그녀의 행방

"오빠!"

아루야의 목소리에 카미드가 천천히 눈을 떴다. 방 안으로 사할과 아루야가 뛰듯이 빠르게 다가왔다.

"오빠, 세영은⋯⋯."

오늘로 나흘째 카미드는 잠도 자지 않고 세영에 관련된 정보가 들어오는 족족 확인하고 지시하고 있었다. 두 명 모두 하킴에게서 이야기를 듣고 사마르에서 날아온 것이라 더 이상의 설명을 생략했다. 몸이 약한 아루야는 금방이라도 주저앉을 듯 몸을 떨고 있었다.

"⋯⋯힐리는?"

"방금 병원에서 오는 길이야. 진정제 때문에 대화는 못 했지만 다행히 건강해. 검사 결과도 문제없다고 했어."

"범인이, 그 남자 아들이라며."

어젯밤 뉴욕 시내의 공사 중이던 빌라 지하에서 시체가 4구와,

그리고 의자에 묶인 채 소리를 바락바락 지르고 있던 힐리 공주가 발견되었다. 공주의 실종은 아예 언론에서 발표되지도 않았던 터라 이 사실이 새어 나가는 것을 막기 위해 법무팀이 오늘 아침까지 경찰서와 병원까지 동분서주하며 뛰어다녔다. 다행히도 힐리 공주의 눈은 천으로 가려져 있었다. 그래서 시체 4구 사이에서도 구조 요청을 목청껏 지를 수 있었다.

신원 조회 결과 지역에서 이름을 날리던 마피아 소속의 일원으로 마약유통과 돈세탁을 위해 미술품을 빼돌리던 정황이 뉴욕 경찰에 의해 포착되었다. 당시 지하실에는 그림은 없었으나 마약류 40파운드가 발견되었다고 발표했다.

여기까지는 일단 뉴스에서 전달하는 내용이었지만 카미드는 매그티에서 보낸 추가 자료를 받고 정신이 아득해졌다.

당일 총격 사건에서 겨우 도망친 마피아 조직원 한 명을 매그티에서 신변 확보했으며, 당일 총격을 가해 4명을 살해한 것은 31세 폴먼 톨루이즈이고, 마약 판매와 돈세탁에 이용된 그림을 유통하고 관리한 인물 또한 그라는 사실을 확인했다는 자료를 보내왔다.

하지만 그 두툼한 보고서 중에서도 카미드에게 가장 중요한 단락은 '확보한 조직원에게 갖은 고문을 가한 결과 그 지하실에 동양인 여자 한 명이 의자에 묶여 있었다고 실토함.' 이었다.

폴먼의 과거 행적까지 캐낸 결과 미술품 경매사로 세영이 작업한 물품을 세 차례 직접 경매를 담당했었고 사마르에서의 체류 기간이 상당 부분 세영과 겹쳤다는 점이 그가 가진 세영과의 접점의 전부였다.

현재 조직원의 차를 훔쳐 달아났으나 도난 차량이라 현재 정식

315

루트로 추적은 불가하여 뉴욕 근방으로 뻗어 나간 고속도로에 설치된 보안 카메라 데이터베이스를 매그티 정보팀에서 모조리 수색 중이라는 회신이 유일한 희망이었다.

"찾을 거야."

제대로 깎지 못한 수염과 움푹 들어간 볼, 퀭한 눈 밑까지 절대 매력적이라고 볼 수 없는 모습이었지만 아루야는 한편으로 마음이 놓였다. 엉망인 모습임에도 카미드의 눈은 여전히 냉정하게 빛나고 있었다. 자신의 오빠의 저 눈은 아루야가 이제까지 믿어 온 그 모습 그대로였다.

"꼭 찾아 줘, 오빠."

"걱정 마."

삐—

—M에게서 연락이 도착…….

"말해."

—방금 유튜브에 영상이 올라왔어. 그놈 짓이야. 화면 켜 봐.

다급한 M의 목소리에 카미드는 서둘러 컴퓨터를 켜고 M이 보내온 영상 링크를 클릭했다. 전방의 커다란 화면 안에 보이는 것은 의자에 팔다리가 묶인 채 눈이 가려진 세영의 모습이 담긴 영상이었다.

"세상에."

아루야의 비명 어린 한숨이 새어 나왔다. 사할도 놀라 숨을 삼켰지만 카미드는 아무런 미동도 없이 화면 속의 세영을 바라만 보았다.

—말해요.

모습은 보이지 않았지만 남자의 목소리가 들리자 세영이 작게 움찔했다. 하지만 영상 속 남자의 지시에도 세영은 조금도 입을 움직이지 않았다. 카미드는 화면 속 세영의 모습을 놓치지 않기 위해 눈도 깜빡이지 않고 세영을 뜯어보고 있었다.

—젠장.

남자가 화가 난 듯 짜증난 어조로 욕을 내뱉는 것이 영상의 끝이었다. 고작해야 10초 남짓한 영상이었지만 영상의 조회 수는 끊임없이 치솟고 있었다.

"이게 언제 올라왔지?"

—5분 전에. 하지만 IP 추적은 불가능해. 서버가 여러 국가를 거쳐서 업로드되었거든.

"여기서 알 수 있는 건?"

—이 별거 없는 동영상의 결론은 당신이야. 잘난 너를 지금 내가 엿 먹이고 있다, 이걸 자랑하고 싶은 거라고.

"쓸데없는 소리 하지 말고 빨리 구해 줘요! 벌써 나흘째라구요!"

—이봐, 공주님. 나도 놀고 있는 건 아니라고. 영상 속에 들어간 소리를 분석 중인데 마침 우리 정보팀 엘리트가 한 건 해냈거든. 4시간 전에 43번 휴게소 보안 카메라에 범인 키, 외형, 발걸음이 일치하는 놈이 하나 나왔어. 방향은 잡혔으니 그쪽으로 추적할 거야. 영상 분석까지 끝나면 오늘 중으로는 해결될 거라고.

"인터넷에서 저 영상 삭제하고, 오늘 중으로 끝내."

—걱정 마. 이번에도 최고의 서비스를 제공할 테니까.

유쾌한 남자의 목소리를 끝으로 카미드와 아루야, 사할만이 남겨져 있던 사무실 문이 열렸다. 알렉스가 아루야와 사할에게 마저 인사를 건네고 용건을 전달했다.

"병원에서 연락이 왔습니다. 정신을 차렸다고 하네요."

알렉스의 짧은 보고에 카미드가 고개를 끄덕였다.

세영의 실종 사실이 세영의 이모에게 전달되자마자 그녀는 그만 그 자리에서 혼절을 해 버렸다. 파티장에 있던 모든 사람이 경찰 조사를 받을 때까지 그녀는 병원에서 정신을 차리고 울고, 혼절하고를 반복했다. 한국으로 돌아간 부모까지는 신경도 쓸 시간도 없었다. 그 대신 세영의 언니라고 믿기 힘들 만큼 미친 여자의 습격을 하루에도 열 몇 번을 견뎌야만 했다. 카미드가 상대해 주지 않으니 다영은 방법을 바꿔 뉴스를 공략했다. 능숙하진 않지만 단어까지 선별하며 더듬더듬 범인에게 호소하는 방송에까지 등장했다.

이를 막지 못한 알렉스가 카미드에게 얼마나 쓴소리를 들었는지는, 지구 반대편에 있을 하킴만이 알 수 있으리라.

아무튼 다영의 애절한 호소는 미국 전역에 생방송되었을 뿐만 아니라 인터넷을 타고 한국에도 퍼졌다. 갑작스러운 비보에 한국이 뒤집어진 것은 물론이고 한다영에 대한 이야기가 한참 달궈진 것은 당연한 수순이었다.

"중요한 사람이야. 의료진 상주시키고 더 상태가 나빠지지 않게 관리하고. 또 그 미친 여자가 떠들지 않게 단단히 단속해. 또다시 세영 이름이 그 여자 입에 오르면 그 여자를 상대한 방송사를 뒤집어 버리겠어."

카미드의 살벌한 선언에 알렉스는 열심히 고개를 끄덕였다. 한다영을 어디 조용한 곳에 감금시키더라도 이런 일이 다시 발생한다면 자신이 혀를 깨물어야 할지도 몰랐다.

"아루야. 너는 힐리한테 가 있어. 지금 너마저 쓰러지면 도움이 안 돼."

"……알겠어."

"사할. 너는 우선 사마르로 돌아갈 준비를 해. 매스컴 때문에 네가 뉴욕에 있어 봐야 시끄럽기만 해. 힐리 몸 상태가 안정되면……."

삐―

―찾았어.

금방 들렸던 목소리와 다르게 낮게 깔리는 건조한 기계음에 카미드가 의자에서 몸을 일으켰다.

"나도 바로 이동하지."

―옥상으로 가. 10분 뒤에 헬리콥터가 도착할 거야.

'조금만 더, 기다려.'

카미드의 발걸음이 움직였다.

"이상하네. 레드리히는 이렇게 다 큰 여자한테는 흥미가 없는데."

"너희들 같은 잔챙이가 알 리가 있나. 됐고 자리나 비켜. 물건들 옮겨야 하니까."

"아, 우리는 들은 이야기가 없다니까!"

"만약 멍청한 너희들 때문에 물건 수령이 늦어지면 레드리히가 퍽이나 좋아하겠군."

"쌍!"

코가 큰 남자가 걸쭉하게 욕을 내뱉더니 철장으로 된 문을 밀어 개방했다. 세영은 손이 뒤로 묶여 빨리 걷는 것이 어려웠다. 얼굴에는 헝겊으로 된 주머니가 씌워져 있어 자신이 어디에 있는지 정확히 알 수가 없었다.

"여기 앉아요."

폴먼이 조심스러운 손길로 그녀의 시야를 가린 헝겊 주머니를 벗겨 주자 입가가 터져 피딱지가 앉은 세영의 얼굴이 나타났다. 맞은 곳에 멍이 들려고 넓게 피부가 변색되고 있었다.

"그러니까 왜 시키는 대로 안 했어요."

타박하듯 폴먼이 혀를 차며 말했지만 세영은 아무런 말도 하지 않았다. 영상을 찍어 어쩌려는 건지는 모르겠지만 이 미친놈의 장단에 맞춰 줄 생각은 없었다. 모든 준비가 끝났음에도 아무런 말도 하지 않는 세영 때문에 폴먼은 몇 번이고 다시 자신이 적은 문장을 세영에게 들이밀었지만 세영의 저항은 계속되었다. 결국 그 저항 끝에 두어 대를 얻어맞긴 했지만 세영은 후회하지는 않았다.

"뭐, 어차피 괜찮아요. 임팩트는 충분히 있었으니까."

"이미 인터넷에 내 얼굴이 다 퍼졌는데 앞으로 어쩔 건가요? 또 다른 지하실을 찾아 당신 아버지 그림과 함께 나를 감금할 건가요?"

"아뇨. 카미드가 그렇게 애타게 당신을 찾다니. 당신 때문에 막내 공주님은 포기했지만, 덕분에 방법을 바꾸기로 했어요."

"……."

"당신은 미국에서 나와 함께 영원히 사라질 거예요. 아무도 찾지 못하는 곳으로."

남자의 헛소리에 세영이 질린 듯 두 눈을 감으려는 사이로 폴먼이 자신의 허벅지에 또 다른 주삿바늘을 꽂는 것이 보였다.

이틀 전 밤 러시아인에게 총을 맞은 다리를 치료하는 대신 남자는 자신이 갖고 있던 다른 주삿바늘을 스스로에게 주입하는 것을 선택했다. 그리고 그 주기가 점점 짧아지고 있었다. 처음 주사로 여섯 시간은 버텼는데 지금은 불과 한 시간밖에 지나지 않았는데 약을 찾고 있었다. 통증을 잊게 해 주는 것일 뿐 상처를 낫게 하는 약이 아님은 분명했다.

폴먼 스스로 동여맨 천 조각은 이미 빨갛다 못해 검게 변한 상태였다. 상처에서 출혈이 멈추지 않고 있었다.

"아, 여기도 당신이 작업하기엔 좋을지도 모르겠네요."

"……."

작업과는 거리가 먼 장소였다. 공사가 중단됐는지 폐건물에 가까운 내부였다. 천장에는 철근이 노출되어 있었고 여기저기 시멘트가 부서져 가루가 날리고 있었다. 맥주캔이며 쓰레기가 바닥 여기저기에서 굴러다니고 있었다.

"그림만 팔면 배 하나쯤 사는 건 일도 아니죠. 레드리히가 바쁘긴 하지만 인심은 개중에 가장 후하니까 바로 돈을 줄 거예요."

경찰이 나를 찾고 있겠지. 그도 나를 기다리고 있을 거야.

소리만 들렸지만 뉴스에서 앵커가 보도하던 내용에서 그의 이름이 들렸을 때, 세영은 끈질기게 살고 싶어졌다.

조금만 더 기다리자. 괜찮아.

"하, 이제 좀 살겠네."

"지금이라도 안 늦었어요. 병원에 가서 치료받고……."

"당신을 놓아 달라?"

"……."

"당신도 참 포기할 줄 모르네요."

그러니까 이십 년을 기억에 끌려다녔지. 아닐 거라 생각하며 억지로 진실에서 외면하면서 스스로를 다독였었다.

하지만 그 기억 때문에라도 자신이 지금 이 상황을 견딜 수 있는 것이다.

"그래서 당신을—"

"으아악!"

"씨발! 어디 새끼들이야!"

뭐지?

갑작스러운 남자들의 고함 소리, 우당탕 하는 소란에 폴먼이 자리에서 일어났다. 바깥 상태를 파악하기 위해 자리에서 일어난 듯 했지만 다리의 통증 때문에 자리에서 일어나 있는 것도 어려워 보였다.

"개새……!"

남자들의 뜀박질 소리가 이윽고 가까운 곳에서 멈췄다. 세영은 의자에 팔이 묶여 도망가고 싶어도 할 수가 없었다. 무슨 상황인지는 모르겠지만, 혹시라도 자신을 구하러 온 사람들이라면 자신이 저 문 쪽으로 도망가야 했다. 하지만…….

"엉뚱한 생각 하지 말아요."

철컥.

차가운 금속의 물건이 장전되는 소리가 텅 빈 건물 안에 울렸다.

관자놀이를 향한 총구에 생각 많던 머릿속이 단숨에 정리되었다.

"걱정 말아요. 나는 내 목숨이 제일 귀하거든요. 그러니까 그 기분 나쁜 총 좀 치워요."

"뭘 믿고? 여기서 가만히 기다려요. 뒷문으로 나가기 전에 바깥 좀 보고 올 테니까 조금이라도 움직이면……."

"바깥이나 봐요. 소리가 점점 가까워지니까."

"젠장."

폴먼은 한쪽 다리를 질질 끌며 소리의 근원지를 찾아 문 쪽으로 다가갔다. 아마 자신이 들어왔을 건물 내부 쪽 문 반대에 있는 저 철문이 폴먼이 말하는 뒷문이겠지.

눈이 가려져 있었기에 정확한 건물 내부도 기억하지 못하는 상태였다. 자칫하면 저 총에 맞을 수도 있다. 하지만 계속 이렇게 끌려다니는 것은 더 사양이었다.

"보고해."

─건물 입구에 있던 남자 4명이 레드리히 조직원으로 확인되었으나 총격전이 발생, 전원 사살하였습니다.

"남은 인원은?"

─위층 3명 있습니다. 목표물은 3층에 위치, 여자는 의자에 묶여 있는 상태입니다. 도주 불가능입니다.

"세스, 각도 확인해!"

─벽에 가려서 목표 확인 불가능. 다음 계획 바란다.

"작전 A팀. 목표물이 총을 소지하고 있으므로 여자의 안전을 최우선으로 진입한다. 더 이상의 소란은 미친놈의 멘탈을 나가게 할 뿐이야. 단숨에 해치우고 2층 돌파하고 올라가."

—Copy that.

—Copy that.

—현재 목표물이 여자 관자놀이에 총을 겨누고 있다. 총을 든 손이라면 저격 가능하다. 지시를.

"안 돼! 그러다가 발포되면 다 끝장나는 거야!"

콰과광!

—삑. 여기는 A팀. 폭발로 인해 위층 진입이 불가능하다. 부상자 2명 발생. B팀 백업 실시.

—캡. 이 건물은 폭발을 견딜 만큼 견고하지 못해. 혹시라도 한 번 더 터지면 건물 축이 무너질 수 있으므로 작전 변경을 요청한다.

—상황 설명 제대로 해!!

작전 팀이 아닌 백업 팀 헬리콥터에 타고 있는 카미드의 목소리가 무선을 통해 함께 들어오고 있었다. 작전을 총괄하고 있는 마콥스는 물주 대신 백업 팀에게 삑 소리를 질렀다.

"쌍! 머리 아파 죽겠는데 누가 무선 민간인한테 돌리래? 너들 돌아가면 죽었어!"

—라펠링 훈련은 받았어. 아무도 안 내려갈 거라면 내가 가겠다고!

아이고.

물주를 떠나 저 남자가 내려갔다가 미친놈에게 총이라도 맞으면? 단순 시말서로 끝날 일이 아니다. 마콥스는 진심으로 사마르의 비밀 조직 부대와 대적하고 싶은 생각은 1g도 없었다.

"이봐. 왕자님. 제발 돈을 내고 우릴 고용했으면 좀 믿어 봐. 여자를 상처 없이 안겨 드리려고 짱구 굴리는 거 모르겠어?"

—니들이 아무것도 안 하고 있으니까 그렇잖아!!!

하여튼. 돈 많은 것들은 현장에서 뛰는 서민들 마음을 몰라도 너무 모르는구만.

"세스. 지금 각도는 어때."

—목표물 확인 불가.

—A팀 2층 2명 사살. 남은 1명 위층으로 도주 확인. 폭발 여진으로 건물이 위험하다. A팀 우선 탈출 후 재진입하겠다.

"세스. 목표물이 다시 여자한테 총구를 들이밀면 손모가지라도 쏴 버려."

—Copy that.

—캐, 캡…… 의뢰인이 건물 옥상으로 하강을 시도합니다. 지원하겠습니다.

"뭐? 미쳤어! 당장 못 그만둬?!"

—그게, 의뢰인이 저한테 총을 겨누고 있습니다.

점잔 빼는 모습에 낚였다.

마콥스는 아아악! 소리를 지르다 몸을 빼고 백업 팀 헬리콥터를 바라보았다. 순식간에 장비가 준비되고 외부로 카미드의 모습이 드러났다. 의뢰인 회사 옥상에서 픽업해 온 그대로 슈트바람이었다.

"야이 미친 새끼들아!! 방탄조끼도 안 입히고 내보내면 어떻게 해! 총이라도 맞으면 우린 다 죽어어어!"

—캡. 제가 동행하겠습니다. 제발 무선에 소리 지르지 좀 마세요.

"세스! 무조건 안전해야 돼! 저 몸에 총알이라도 스쳐 봐! 우린 사마르에 잡혀가서 고문당하고 죽을 거야!"

—마콥스. 제발.

—하, 하강합니다!

"B팀! 조건 추가다. 여자와 의뢰인의 안전이 최우선이다. 목표물은 보이자마자 죽여 버려."

—Roger!

—Roger!

—Roger!

"씨발! 이게 다 뭐야! 너 이 새끼, 뭘 끌고 온 거야?"

온몸에 피칠갑을 한 남자가 눈에 불을 켜고 폴먼에게 총구를 겨눴다. 잔뜩 흥분 상태인 남자에게 어떤 말도 들릴 리가 없었다. 세영은 폴먼의 주의가 남자에게 돌아간 동안 의자에 묶인 팔을 풀기위해 노력했다. 피부가 쓸려 피가 비쳤으나 그게 중요한 것이 아니었다.

"어떤 놈들이야?"

"저것들 분명 전문꾼들이라고! 우린 다 죽었어!"

"하하하. 들었어요? 당신이란 존재는 정말 대단하네요. 설마 카미드가 조직까지 동원할 줄은 몰랐는데. 헬리콥터도 왔네요?"

"……경찰일 수도 있어요."

"요즘이 어떤 세상인데 경찰이 사람을 저렇게 가차 없이 죽여요?"

맞다. 경고도 없이 저렇게 사람을 쏴 죽이는 것은 평범한 경찰기

동대가 할 일이 아니다.

"난, 살 거예요. 살아서 돌아갈 거야."

"처음으로 뜻이 통했네요."

폴먼이 웃었다. 그리고 순식간에 피칠갑한 남자의 미간을 정확히 쏘아 버렸다.

탕!

"자, 이걸로 저쪽도 누가 죽은 건지 추측하기 위해 머리 좀 굴리겠죠. 이 틈에 나갑시다."

"당신, 진짜 미쳤어……."

"자, 일어나요."

날렵한 나이프에 끈이 잘리고 세영의 손이 자유로워졌다. 하지만 다시 다가온 금속의 총구에 세영은 엉거주춤 폴먼이 이끄는 대로 발걸음을 옮겼다.

"저격수가 있을지도 모르니 내부로 이동하죠. 기동대가 위에서 올라오는 중이니 우리도 위로 가야겠네요."

"그다음은 떨어져 죽기라도 할 건가요?"

"아뇨. 헬리콥터를 탈취하죠 뭐."

이 남자는 약 때문에라도 정상적인 사고가 불가능한 상태였다. 약에 취해 고통도 못 느끼는지 이전보다 발걸음이 자연스러웠다. 움직일 때마다 피가 흘러내리긴 했지만.

등을 찌르는 총구에 세영이 서둘러 발을 움직였다. 이윽고 무거운 철문을 겨우 밀고 나서야 옥상에 도착할 수 있었다. 이동하는 중간중간 벽에서 우지끈, 하는 불안한 소리가 들렸지만 세영은 애써 그 소리를 외면했다.

문이 열리자 헬리콥터에서 쏟아져 내리는 빛 때문에 눈을 뜨기가 어려웠다. 하지만 그 환한 빛 사이에서 세영은 단 한 사람만은 또렷이 보였다.

아, 그다. 그가 왔어.

"카미드……."

"세영!"

—목표물 확인! B팀!

—예! 캡!

—절대 여자가 죽으면 안 돼! 세스. 준비해!

—조정 중. 5, 4, 3, 2, 1. 준비 완료. 신호 바람.

"우리 모두 잠시 움직임 좀 멈출까요? 안 그러면 내가 제일 먼저 움직일 텐데."

목소리가 모두에게 들릴 리가 없는데도, 폴먼이 손을 움직이자 주위가 조용해졌다. 다가오던 카미드도 발걸음을 멈추었다.

"안녕하세요, 왕자님. 만나 뵙게 되어 영광입니다."

"당장 그 여자를 놔줘."

"죄송하게도 그럴 수는 없습니다. 그녀가 있어야만 저의 목표를 이룰 수가 있어서요."

"카미드……."

내가 여기 있는 줄은 어떻게 알았어요? 얼굴이 왜 그렇게 상했어요. 나는 당신이.

"조금만 더 견뎌. 구해 줄게. 눈을 감고 아무것도 보지 말고 듣지도 마. 내가 구해 줄게. 제발."

"카미드."

카미드의 손에도 총이 쥐어져 있었다. 그 방향은 자신, 아니 자신의 뒤에 있을 이 미친놈을 향한 것이겠지만 그 모습이 안타까웠다.

그는 햇빛 아래서 아름다운 사람인데 이런 일을 겪게 하다니 자신의 잘못이었다. 자신이 이 사달을 만들었다.

어쩌면 자신은 정말로 불운한 사람인지도 몰랐다. 각기 다른 두 사람에게 두 번이나 목숨을 위협받는다는 것이 어떤 면에서 자신이 정말로 '나쁜' 사람일지도 몰랐다.

"당신은 그를 피하려고 했었는데, 그한테는 애절한 재회라니 아이러니하네."

"아니야."

"그래 봤자 당신은 겁쟁이야. 이 상황에서 벗어나면, 저 남자와 함께할 수 있을 줄 알아? 아니, 당신은 저 남자가 아니라 나와 함께 죽을 거야."

"웃기지 마."

"하하, 두고 보면 알겠지."

"돈이 목적이라면 내가 준비하겠어. 얼마를 원하나. 말만 하면 도주로까지 준비해 주지."

"이 여자가 당신에게 정말로 그 정도의 가치가 있습니까?"

"그래. 그러니까 얼른 그녀를……!"

"들었어요? 이야, 정말 절절한 사랑 고백이네요."

"……."

포기하지 않아.

이십 년도 견뎌 낸 자신이었다. 그에 비하면 찰나 같은 지금 이 순간에 이 미친 새끼한테 휘둘릴 수는 없었다. 세영이 발을 들어 총상 입은 다리를 있는 힘껏 차기 위해 몸을 돌린 순간이었다.

"그렇다면."

하지만, 폴먼이 좀 더 빨랐다. 등 뒤에서 움직임이 느껴졌다.

"헉."

비명도 지를 수 없었다. 등에 닿은 것은 총알이 아니라 예리한 칼날이었다.

"당신이 그 정도의 가치가 있다면 나는 당신이라도 **빼앗아야** 해."

"카미……."

"안 돼!!!"

"내 아버지가 살리마를 잃은 것처—"

퍽!

사람의 얼굴이 단숨에 부서졌다. 하지만 세영은 그 끔찍한 광경에도 몸으로 느껴지는 고통이 그보다도 더 생생했기 때문에, 그저 몸을 덜덜 떨며 견뎌 낼 수밖에 없었다.

"안 돼. 안 돼. 안 돼."

그가 다가왔다. 바닥에 쓰러진 세영의 몸을 조심스럽게 안아 들었지만 그의 두 손에는 상처에서 치솟는 세영의 피가 적셔져 있었다.

"카……."

"그래. 나 여기 있어. 세영, 제발."

아, 당신이다.

얼마 만에 보는 거지? 마지막으로 봤던 때가 기억이 나질 않아.

하긴, 상관없지. 지금 이렇게 눈앞에 있는데…….

"병원에 가자. 세영. 조금만 견뎌. 제발."

"미안……."

"아니야. 괜찮아. 아무 일도 없었어. 나는 괜찮아. 당신만 살아
있으면. 제발."

"떨어지세요! 헬리콥터로 수송하겠습니다."

"이것 놔!"

"그렇게 흔들면 더 위험……!"

세영의 시야는 그것으로 끝이었다.

종종 소란스러운 소리가 귓가로 흘러 들어왔지만 거기에 반응할
수는 없었다. 다만 카미드의 목소리가 끊임없이 머릿속을 울렸다.

'기다리고 있을게.'

'응. 돌아갈게.'

꼭 돌아갈 거야.

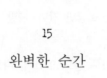

15

완벽한 순간

　—이틀 전 새벽 1시 53분. 납치범에 의해 칼에 찔려 응급 수술
에 들어간 한세영의 수술이 성공적으로 끝이 났다는 소식입니다.
현재 생명에는 지장이 없지만 의료진은 환자의 의식이 돌아옴에 따
라 재활의 필요 여부가 결정될 것이라 보고 있습니다. 경찰에서는
범인은 현장에서 사살되었으며, 배후 세력에 대해 조사가 진행될
예정이라고 이야기하고 있습니다.

　—응급 수술이 들어갈 당시 피투성이가 된 사마르 제1 왕자 카
미드 샤힌 알—미슈미쉬의 모습이 포착되었는데요. 매스컴에서는
그 모습을 다룰 수는 없으나 목격자의 생생한 증언이 잇따르고 있
습니다. 범죄 현장에 제1왕자가 함께했다는 주장이 나오는 가운데
경찰 측의 입장은 어떻습니까?

　—경찰에서는 사마르 제1 왕자가 현장에 함께 있었던 것이 아니
라 피해자의 병원행에 함께했을 뿐이라고 발표했습니다. 하지만 단
순한 비즈니스 관계였다면 응급 수술에 함께하지 않았을 것이라는

주장과 함께 제1 왕자와 피해자가 연인 관계가 아닐지 사실 관계를 주목하고 있는 상황입니다.

—그렇군요. 그렇다면 피해자가 어떤 자상을 당했는지 시뮬레이션으로 준비했습니다. 화면의…….

"거지 같아! 저런 거 통제 안 하고 뭐 하고 있는 거야?"

"힐리."

"그렇잖아! 남의 불행에 떠드는 것들은 죄다 입을 꼬매 버려야 해."

"세영. 괜찮아요? 머리가 아프다면 힐리를 내보낼게요."

"내가 왜!"

세영은 그 모습에 고개를 절레절레 흔들었다. 아루야가 웃으며 입가에 빨대를 가져다주었지만 세영은 그마저도 피했다.

"오늘 하루 종일 아무것도 안 먹었다면서요. 기운 차려야죠."

조용한 타박에 세영은 미안한 표정으로 웃었다. 그사이 병실 문이 열리고 간호사가 들어왔다.

"검사받으러 가실 시간입니다. 거동이 힘드시다면 휠체어를 준비하겠습니다."

간호사의 말에 그녀는 고개를 끄덕였다. 등의 수술 부위는 몸을 조금만 움직여도 피부가 당겨 통증이 일었다.

"또 무슨 검사를 해? 어제도 하루 종일 MRI 찍고 난리 쳤다며. 그래도 목소리는."

"힐리."

아루야의 다그침에 힐리가 합, 하고 입을 다물었다.

'금방 다녀올게요.'

뻐끔뻐끔, 세영이 입술을 크게 움직여 말을 전달했다. 아루야가 알아들었는지 고개를 끄덕였다.

"기다리고 있을게요."

카미드는 수사 협조 때문에 자리를 비운 상태였다.

병실 복도에는 보디가드가 의료진과 환자보다도 많이 깔린 상태였으며 의료진은 모두 카미드가 수배한 사람들이었다.

"오늘도 말하기 어려우신가요?"

의사의 말에 그녀는 조용히 고개를 끄덕였다. 아무리 목소리를 내려 해도, 아무런 소리가 나오질 않았다. 한국에서 미국으로 떠나오기 전 바로 그때와 똑같은 상태였다.

"스트레스 같은 심리적 요인이 가장 중요한 요인일 겁니다. 보호자와 의논하여 상담 치료를 병행해야 할 것 같습니다. 저희 병원 정신의학과 교수에게 연락해 놓겠습니다. 그리고 오늘 오후에는. 흠."

원래대로라면 수술 후 세영이 제정신을 차렸을 때 바로 했어야하는 검사였지만 카미드의 난동으로 할 수 없었다.

"괜찮으시겠습니까? 만약 정신적으로 힘드시다면 조금 더 시간을 갖고 진행해도."

'아니요. 오늘 할게요.'

자신은 몇 번이고 정신을 잃었다. 그리고 항상 정신이 들었을 땐 폴먼이 옆에 있었다. 만약 자신이 정신을 잃은 사이 몹쓸 짓이라도 당했다면 누구보다도 먼저 알아야 했다. 그래야만 했다.

"바로 준비하겠습니다."

❖　　　❖　　　❖

"누가 이딴 검사 진행하랬어!"

병원이 발칵 뒤집어졌다. 서둘러 병실에 도착한 카미드가 검사 결과를 기쁜 듯 설명하고 있는 의사와 마주친 것이 화근이었다.

"이 개새끼, 죽여 버릴 거야!"

"오빠! 아무 일도 없었대. 진정해 제발!"

"그게 중요한 게 아니야!"

세영이 자리에서 일어나 카미드에게 다가갔다. 차트를 집어 던지려던 카미드가 다가온 세영 때문에 움직임을 멈췄다.

"······괜찮아?"

'산책 가고 싶어요.'

"휠체어 갖고 올게. 기다려."

'그냥 걸을게요.'

카미드는 말없이 세영의 손을 조심스럽게 잡았다. 세영은 그 손짓에 밝게 웃으며 잡은 손에 힘을 주었다.

통증 때문에 걸음걸이가 빠르지는 못했지만 어쨌든 병원 내부를 걸어다닐 정도는 되었다. 목소리가 나오지 않아 대화는 할 수 없었지만 카미드는 개의치 않고 수다스럽게 입을 열었다.

"경찰 쪽은 걱정하지 마. 내가 처리할 테니까. 당신은 그냥 편하게 낫기만 하면 돼."

끄덕.

"몸은 좀 어때? 진통제 안 먹는다면서."

끄덕.

"아프면 참지 말고 먹어. 나쁜 게 아니야."

끄덕.

이런 식이였다. 카미드가 신경 쓴 덕분에 세영은 편안하게 치료 중이였다.

"왜 혼자 있을 때 검사받았어. 나한테 이야기하지."

'괜찮아요.'

"내가 안 괜찮아."

카미드는 이 모든 일이 자신 때문이라고 믿고 있었다. 그래서 지금 이 상황의 모든 것이 세영에게 미안해 죽을 것만 같았다. 큰 수술을 받고 몸에 흉터가 생긴 것도, 목소리가 나오지 않는 것도. 또 무슨 생각으로 받았을지 모르는 검사조차도.

"이모님이 걱정하고 계셔. 통화라도 하고 싶다고 하시는데⋯⋯."

'이모가 알면 또 울 텐데.'

하나뿐인 조카가 납치를 당한 것도 모자라 칼에 찔려 수술을 받고, 게다가 어렸을 때 트라우마 때문에 또다시 목소리를 잃다니.

스스로의 인생이 기구했지만 이모에게도 못 할 짓이었다. 숨길 일이 아니었건만 세영은 잠에서 깨어나면 아침에 다시 목소리가 돌아올지 모른다 생각하며 차일피일 미루고 있는 상태였다.

"다른 사람 걱정하지 마. 내 걱정도 하지 말고. 그냥 당신 생각만 해."

'⋯⋯왜 또 그래요.'

괴롭게 일그러진 카미드의 얼굴에 세영이 그의 뺨에 손을 가져다 대었다. 미간이 잔뜩 찌푸려진 표정을 보니 세영의 마음도 아팠다.

'미안해요. 그렇게 가 버려서.'

"지금은 사과 안 받을 거야. 목소리가 나올 때 그때 다시 사과해. 그럼 용서할 테니까."

어떻게 목소리를 냈던 건지 스스로 의문이었다. 의식하니 더 어려웠다. 아무렇지 않게 웃으며 자신은 괜찮다고 이야기해 주고 싶은데 목에 마개라도 넣은 것처럼 바람 소리조차 나오지 않았다.

"당신 언니가 뉴욕에 있어."

'아직도?'

"당신 부모도 한국에서 다시 돌아왔고."

'……'

"당신이 만나겠다면 자리는 만들게. 당신이 결정해."

'……'

상처도 많이 아물었다. 실밥은 좀 더 기다려야겠지만 이제부터는 통원 치료를 해도 되겠다는 말에 카미드는 자택으로 방문할 의사를 구했다. 세영이 외출하다 혹시 모를 일을 당할지 모른다는 생각에서였다. 대표적으로 한 달 동안이나 알렉스를 괴롭히고 있는 한다영 같은, 재앙 말이다.

"세영아. 짐 다 챙겼어?"

세영의 이모 성은은 더 이상 울지 않았다. 성은 또한 마치 그때로 돌아간 것처럼, 다시 이를 악물고 더 씩씩하게 세영을 챙겼다.

"왕자님은 오늘 안 오시나요?"

"예. 오늘은 급한 일 때문에 직접 오시지는 못했습니다. 차를 준비해 두었으니 타고 가시죠."

"우린 택시 타고 가면 돼요. 바쁜 사람이 괜히 시간만 버리고……."

"아닙니다. 직접 모셔다 드리고 보고를 해야 합니다. 걱정이 이만저만이 아니신지라."

아루야 공주와 힐리 공주는 3주 전 먼저 사마르로 돌아갔다. 떠나기 전 미리 밑밥을 잘 뿌려 놓고 있을 테니 걱정 말고 돌아오라며 응원까지 해 주었다. 그 말이 어떤 뜻인지 모르는 바는 아니었지만…….

알렉스가 정중하게 뒷문까지 열어 주며 에스코트해 주었다. 이모는 연신 고맙다는 인사를 하며 세영을 챙겼다.

"세영아. 괜찮아? 혹시 속 안 좋니?"

세영은 고개를 가로저었다.

"혹시 답답하면."

'괜찮아.'

걱정스러운 표정의 이모에게 환하게 웃어 주었지만 별로 소용은 없었나 보다. 세영은 다시 창밖으로 시선을 옮겼다.

"연락드리겠습니다."

"고마워요. 덕분에 편하게 왔네요."

"아닙니다. 잘 부탁드립니다."

'조심히 가세요.'

사건 이후 이모는 짐을 싸서 뉴욕으로 거처를 옮겼다. 이사는 아니지만 일단 그녀를 위해 일도 중단하고 와 있는 것이 미안했다.

하루라도 빨리 목소리라도 나와야 이모를 안심시킬 텐데, 이놈의 목소리는 나올 생각을 하지 않고 있었다.

"왜 그래? 토하고 싶어?"

'아니야. 나 조금만 잘게.'

"그래. 쉬고 있어. 뭐라도 만들어 줄게."

'응.'

근래는 하루가 평온했다.

연구소 측에는 양해를 구했지만 언제까지고 자리를 비워 둘 수는 없었다. 하루빨리 몸을 추스르고 이모도 보스턴으로 돌려보내야지. 엄마와 아빠는, 이제까지 그랬던 것처럼 그냥 각자 삶을 챙기면 그만이다. 언니에게서 미친 듯이 빗발치는 메일은, 이제 수신거부를 하자. 전화도 마찬가지고.

그리고……

'걱정하지 마. 내가 곁에 있을게.'

카미드. 나에겐 더 이상 남은 게 없는데 당신마저 잃으면, 어떻게 될까?

상상만으로도 가슴이 아렸다.

지금은 아무 생각도 하지 말고 잠을 자자. 세영은 조용히 눈을 감았다.

겨우 짬을 내서 세영이 있는 맨션에 들렀다. 마침 잠깐 외출을 한다는 이모님을 뵙고 인사와 세영의 하루 상태에 대해 짧게 대화를 나누었다. 다행히 오늘은 푹 쉬는 것 같다는 소식에 웃으며 당번을 바꾸듯 카미드가 맨션으로 들어왔다.

자켓을 벗고 커피라도 마시면서 서류라도 볼 생각이었는데, 자신이 소란스럽게 해서 깬 것인지 방에서 나오는 세영과 눈이 마주쳤다.

"왜 그래? 괜찮아? 나 때문에 깬 거야?"

"……."

"이모님은 볼일 때문에 잠깐 나가셨어. 나는 잠깐 시간이 나서 들렀는……."

세영은 멍하니 그를 올려다보다 더 고민도 하지 않고 그의 품에 뛰어들었다. 까치발을 들어 그에게 입을 맞추었다.

"괜찮아?"

갑작스러운 세영의 적극적인 공세에 카미드가 놀라 세영의 행동을 멈추려 했지만 세영은 카미드의 얼굴을 정면으로 바라보며 입 모양으로 말했다.

"카―"

그때였다. 세영의 입술 사이로 작지만 소리가 새어 나왔다. 카―

"카아."

마치 아기가 옹알이하는 것처럼 불완전한 소리였지만 카미드는 단번에 알아들었다. 세영이 자신을 부르고 있었다. 지금까지 수백 번, 아니 수천 번은 불렀을 것이다. 하지만 목 끝에서 막혀 터져 나오지 못하는 그 심정을 자신이 짐작이나 할 수 있을까.

"그래. 나 여기 있어. 나는 당신 곁에 있어."

안쓰러웠다. 처음도 아니고 두 번째였다. 타의에 의해 그녀가 어떤 형태로든 망가졌다. 하지만 괜찮다. 망가졌다면 고치면 된다. 아니, 고쳐지지 않아도 자신이 곁에서 함께하면 그뿐이다. 그녀는 아무런 문제가 없었다.

그녀는 그 자체로 사랑스럽다.

"카, 미……."

"응. 세영. 나 여기 있어."

자그마한 손을 마주 잡았다가 입을 맞추었다가 다시 목덜미로 옮겨 그녀의 맥박을 즐겼다.

톡톡, 혈관이 움직이는 소리가 어찌나 사랑스럽던지. 그녀의 전부가 마치 카미드의 취향 그대로를 빚어 놓은 것만 같은 느낌이었다.

"안 되겠어."

'……?'

세영이 카미드의 말을 이해하지 못해 상체를 뒤로 움직였다. 하지만 카미드는 그 뜻이 아니라는 듯 그녀를 따라 몸을 일으켰다.

"결혼하자."

이윽고 그의 말을 이해한 세영의 두 눈이 커졌다. 말도 안 돼, 이 표정이었다.

"말도 많고, 소란스럽겠지만."

카미드가 세영의 황망하게 공중에서 멈춘 손을 잡고 깍지를 꼈다. 자그마한 손, 부드러운 이 손을 다시 놓기 싫다. 카미드는 그 순간 결심했다.

"괜찮아. 당신만 있으면 모든 게 다 괜찮아질 것만 같아."

"아……."

세영이 결국 눈물을 흘렸다. 감격의 눈물인지, 놀라서 터진 눈물인지 카미드는 정확히 알 수는 없었지만 가장 확신할 수 있는 건 그녀가 자신의 프러포즈를 거절하지 않을 것이라는 것이었다.

하지만 초조한 마음은 별개인가 보다. 카미드는 눈물을 흘리는 세영의 눈만 시선으로 쫓았다. 차라리 대답이라도 해 주었으면 나을 텐데, 세영은 한참을 눈물 흘리다 손가락으로 그의 손바닥에 글을 쓰기 시작했다.

카미드가 그녀를 대신에 쓰여지는 문장을 소리 내어 읽었다. 제대로 읽고 있는 것인지 세영에게 눈짓으로 되물었지만 세영은 웃으며 고개를 끄덕였다.

"내가 당신마저 잃게 된다면."

'나는 아마 목소리가 나오지 않는 것만으로는 끝나지 않을 거예요.'

"……나도 마찬가지야."

카미드가 고개를 숙이고 세영에게 키스했다. 세영의 입에서는 여전히 온전한 단어가 나오지 못했지만 그것만으로도 완벽한 순간이었다.

—*fin*

Epilogue 1
행복수치

"힐리. 그러니까 지금 이게……."

—건강 회복기념 선물이야!

웃음기가 잔뜩 배인 예비 시누이의 목소리에 세영은 더 이상 말을 삼켰다.

"이걸 저보고 입으라고요?"

—그거 비싼 거야! 이번 시즌 신상인데?

"아니, 가격을 떠나서 이걸 어떻게 입어요."

손이 작은 편인 세영의 한 손으로 쥐어도 한참 모자랐다. 이걸 입고 무대 위를 걸었을 모델들에게 진심으로 존경심이 일었다.

—오늘 금요일이니까 밤에 도착하겠네! 이번 주는 방해 안 할 테니까 즐거운 시간 보내.

"힐리!"

—다음 주에 봐!

일방적으로 끊긴 통화에 세영이 한숨을 쉬며 여전히 왼손에 남아 있는 속옷을 내려다보았다.

사건 이후 재활이다 뭐다 정신없는 생활 속에서 카미드가 얼마나 자신을 배려해 주었는지 그 누구보다도 잘 알고 있었다.

"한 번 입어 볼까?"

십구금 디자인의 속옷이긴 했어도 세영이 쉽게 이를 던질 수 없는 것은, 의사의 '완치' 판정에도 카미드가 지금껏 세영을 피하고 있기 때문이었다.

'상처가 덧날지도 모르니까. 지금은 무리하지 말자. ……조금만 더.'

과거와 다르게 카미드는 세영에게 자중하자 제안하고 있었고, 주말마다 카미드에게 들이대는 세영이었다.

미친 척 이거 입고 한번 달려들어 봐?

보기만 해도 화끈거리는 디자인인데, 이걸 입은 애인을 두고 설마 오늘도 거절하겠나 싶은 생각이 들었다.

"일단 상황 봐서……."

보는 사람도 없는데 세영은 뺨을 붉게 물들인 채 손에 쥔 속옷을 한참 동안 바라보았다.

매주 금요일마다 서둘러 일을 끝내고 전용기를 타고 넘어오는 카미드에게 세영은 항상 고마웠다. 결혼 준비도, 가족 문제도 세영이 신경 쓰지 않도록 먼저 나서서 처리해 주고 있는데 주말마다 비행이라니. 힘들 것이 분명한데도 그는 항상 웃는 얼굴이었다.

"착륙까지 아직 시간이 남았는데 서 있지 마시고 앉아서 기다리시는 게……."

"아니에요. 금방 올 테니 여기서 기다릴게요."

그녀가 외부에 나올 때마다 함께하는 수행원이 제안했지만 세영은 거절했다. 출국장에서 그를 기다리는 것이 주말의 낙이었다. 다리가 아프다는 핑계로 이런 낙을 포기할 수는 없었다.

"카미드!"

세영이 손을 흔들었다. 카미드도 세영을 발견했는지 빠른 걸음으로 다가와 두 팔을 벌렸다. 세영 또한 말없이 그 품에 뛰어들었다.

"잘 지냈어?"

기분 좋은 저음에 세영이 미소 지었다. 매일 통화해도 그립고 좋았다.

"그럼요."

"몸은? 아픈 데는 없고?"

"응."

"다행이야. 호텔로 바로 이동하자. 차는?"

"준비했습니다. 이쪽으로."

수행원이 익숙하게 차가 대기하고 있을 게이트로 안내했다. 통화는 물론이고 문자로 서로의 일과를 시시콜콜 알고 있지만, 그래도 얼굴을 마주하니 또 이야기가 터졌다. 사소하고 재미없는 일이어도 함께하니 재밌고 즐거웠다.

"바꾼 물리치료사는 어때?"

"아, 친절하고 좋아요. 몸도 좋아진 것 같고."

"이상하면 바로 바꾸고."

"정말로 괜찮아요."

"이모님께 연락은 드렸어? 오늘 통화하니까 걱정된다고 한번 오겠다고 하시던데."

사건 직후, 세영이 먼저 이모인 제시와 떨어져 있고 싶다고 얘기하자마자 카미드가 배려해 준 덕분에 그녀는 개인 맨션에서 지냈다. 간간이 연락하고 지내긴 했지만 요즘 뜸해진 것은 사실이었다.

'엄마도 걱정하고 있을 텐데, 통화 한번 해 줘. 세영아.'

이모와 통화를 할 때면 엄마 아빠와 언니까지 거론되어 가족이라는 이름 아래 이제껏 희생한 것들이 떠올라 세영에게 엄청난 회의감이 느껴졌기 때문이었다.

"……내일 할게요."

카미드도 이를 모르지 않았다. 다만 그녀가 나중에라도 후회하지 않도록 적절하게 제시할 뿐이었다. 세영이 작정하고 가족을 외면하겠다고 결정한다면, 그 누구보다도 그 선택을 지지해 줄 생각이었다.

"도착했습니다."

굳이 비어 있는 맨션을 두고 주말마다 호텔에서 지내는 것은 식사든 집안일이든 신경 쓰지 않고 오롯이 둘만의 시간을 즐기기 위해서였다. 한 번은 세영이 식사 후 설거지를 먼저 하려고 하다가 카미드에 의해 호텔로 끌려간 적도 있었다.

"요즘 바쁘다고 알렉스가 그러던데, 오늘도 바빴나 봐요. 시간이 벌써……. 저녁은 먹었어요?"

"아니. 배고파."

"밥도 안 먹고 일했어요? 으이그. 방 들어가기 전에 라운지 먼저 갈까 봐."

"아니야. 방으로 가자."

카미드의 은근한 목소리에 세영은 예비 시누이의 선물이 떠올라 조용히 웃었다.

"수고했어. 그만 들어가 봐."

카미드를 따라온 수행원과 세영을 따라온 수행원까지, 카미드의 말 한마디에 정장 무리가 호텔 방 앞에서 흩어졌다. 아마 내일 오후부터는 또다시 서류를 붙들고 회사 일을 처리하느라 바쁘겠지만, 오늘 밤만큼은 세영과의 시간이었다.

"세영."

"룸서비스 시킬 건데 뭐 먹을래요? 배 많이 고파요?"

빠른 주문을 위해 수화기를 든 채 세영이 카미드에게 메뉴판을 건넸지만 카미드는 야릇한 미소를 지으며 건네받은 메뉴판을 등 뒤로 던져 버렸다. 그 모습에 세영이 두 눈을 동그랗게 뜨고 뭐 하는 거냐고 묻기도 전에 카미드가 성큼 다가와 세영의 자그마한 몸을 덮쳤다.

"밥은 나중에 먹고 일단."

"왜 이래요? 나보고 자중하라면서요."

짐짓 입술을 삐죽이며 세영이 대답하자 카미드의 표정이 일그러졌다.

"아니 그건…… 상처가 안 나았으니까 혹시라도 아플까 봐. 나도 죽을 맛이었다고."

"내가 몇 번이나 손 내밀었는데 다 거절했잖아요."

"그래서 오늘은 내가 하잖아."

애처로워 보이기까지 하는 표정이었다. 침대에 밀어 놓고 허락이 떨어지지 않으니 카미드가 용서를 빌 듯 세영의 얼굴 위로 자잘한 키스를 퍼붓기 시작했다. 간지러운 장난에 세영이 몸을 이리저리 뒤틀었지만 카미드의 완력에 이길 수 있을 리가 없었다.

"싫어?"

세영 한정으로 배려심이 강한 카미드는 세영의 대답이 없으면 오늘도 허벅지를 꼬집으며 견딜 것이다. 어차피 세영도 작정하고 온 마당에, 오늘은 한 번 미친 척해 보자 결심했다.

촉.

카미드의 입술에 세영이 먼저 가볍게 키스를 했다. 그리고 잠시 서로가 눈을 마주 보았고, 몇 초 지나지 않아 분위기가 반전되었다.

"하아."

침대에 누워 있던 세영을 단숨에 들어 카미드가 자신의 허벅지 위로 앉혔다. 카미드는 세영의 블라우스를, 세영은 카미드의 와이셔츠를 벗기는 데 여념이 없었다. 물론 그사이에도 몇 번 키스를 나누는 것을 잊지 않았다.

"언제부터 이런 속옷을 입었어?"

카미드가 세영의 목덜미에 키스를 하며 흥분한 목소리로 물었다. 세영도 오랜만에 겪는 일에 제대로 된 대답을 할 수 없었다.

"아, 잠깐만."

"미치겠네, 진짜."

결국 카미드의 완력에 세영의 몇 개 안 남은 단추가 뜯어졌다. 세영은 그를 지적할 새도 없이 카미드의 와이셔츠를 벗겨 내 침대 밑으로 던졌다.

서로가 정신이 없었다. 한 줌도 되지 않는 브래지어의 효과는 대단했다. 카미드는 일부러 속옷을 벗겨 내지 않고 세영의 허벅지를 쓸어 올렸다.

"이제 와서 안 된다고 할 거 아니지?"

"안 그래요."

세영도 급했다. 카미드가 허벅지를 만지고 있어도 우선 카미드의 바지 버클을 벗기는 데 집중하고 있었다.

"오늘은 내가 할 테니까 가만히 있어요."

"뭐?"

예상 못 한 말에 카미드가 놀라 되물었지만 세영은 대답하지 않았다. 그저 이미 올라탄 카미드의 상체에 고개를 숙여 키스하며 두 손으로 매끄러운 피부를 쓸었다.

일단 가만히 있기로 결정했는지 카미드가 세영의 하는 양을 내려다보며 숨을 몰아쉬고 있었다.

힐리가 보낸 속옷은 굳이 벗지 않아도 관계가 가능했다. 카미드는 세영이 하는 모습을 보며 진짜 미칠 것 같은 갈증을 느꼈다. 이 여자가 이 속옷을 입고 공항에서 자신을 기다렸을 것을 생각하니 심장이 쿵쿵 뛰었다.

"흐읏."

오랜만이라 그런지 버거웠다. 세영이 입술을 깨물고 카미드의 어깨에 이마를 기댄 채 천천히 움직였다.

"도대체……."

이를 악문 것은 카미드도 마찬가지였다. 힘들 세영을 위해 최대한 움직임을 자제하고는 있으나 이 인내심이 언제까지 갈지는 장담하지 못했다.

그래서 카미드는 움직임을 멈춘 세영의 등을 손가락으로 쓱, 쓸어내렸다.

"하, 하지 마요."

"뭘?"

카미드가 웃으며 세영의 허리를 두 손으로 감싸 잡았다. 따뜻한 피부의 감촉에 카미드는 결국 애쓰고 있는 세영의 몸을 들어 침대 뒤로 쓰러트렸다.

"잠깐……!"

"못 참겠어."

결국 세영을 아래로 눕힌 카미드는 세영의 하얀 종아리를 한입 깨물며 씨익 웃었다. 세영이 간지러워 버둥거렸으나 카미드는 세영의 발목을 잡고 놔주지 않았다.

"결혼식, 더 서둘러야 안 되겠다."

카미드의 혼잣말이 정신없는 세영에게 미처 닿지는 못했지만, 카미드는 자신의 아래에서 숨을 몰아쉬고 있는 애인을 사랑스럽게 바라보며 입술을 핥았다. 옆에 둬도 욕심이 나고, 같이 있어도 모자랐다.

지구 반대편에 있을 하킴이 적당히 하라고 외칠지도 모르지만, 어찌 됐든 지금은 눈앞의 행복을 좇아야 했다.

"사랑해."

카미드가 조용히 내뱉은 고백에 세영은 환하게 웃었다. 그리고 카미드의 팔목에 키스하며 대답했다.

"나도 사랑해요."

둘의 속삭임은 세영이 먼저 지쳐 잠들 때까지 계속되었다.

"……!"

또 그 꿈이다.

세영은 화들짝 놀라 잠에서 깼지만 다행히 큰 소리를 내지 않고 일어났다. 병원에서 수술받은 이후부터 꾸준히 꾸는 악몽.

세영이 옆에 누워 자고 있는 카미드를 내려다보며 조용히 한숨을 내쉬었다. 운동을 해도, 일부러 잠을 자지 않아도, 수면제를 먹어도 그때의 기억은 지독하게 세영을 괴롭히고 있었다.

"힘들다……."

흘러내리는 머리를 쓸어 올리는데 왼손이 무거웠다.

'뭐지?'

순간 약지가 반짝, 빛이 났다.

"설마……."

"설마는 무슨. 프러포즈 반지 맞아."

"엄마야!"

"당신, 진짜 한결같다. 어떻게 매번 놀라?"

졸음기 가득한 카미드가 웅얼거리며 놀렸다. 그러고는 두 팔을 벌려 세영을 끌어당겨 품에 가두었다.

"힘들면 얘기를 해야지. 왜 밤중에 혼자 중얼거려?"

"미안해요. 나 때문에 깼죠."

"꿈꿨어?"

"……응."

"나 없을 때도 이러는 거야?"

"가끔요."

세영은 대답을 피하며 카미드의 심장 소리에 귀를 기울였지만 카미드는 못내 속상한지 세영을 감싼 손에 더 힘을 주었다.

"안 되겠다. 내가 계속 곁에 있어야지. 밤중에도 이렇게 힘들면 어떡하나."

"……."

"당연히 대답은 예스겠지만."

세영은 두 눈을 감았다. 지금 잠들면 어쩐지 행복한 꿈을 꿀 것만 같았다.

"결혼 빨리하자. 건물도 사 놨어."

"……응."

"아픈 꿈 꾸지 말고, 지금부터는 행복한 꿈 꿔."

오늘이 아니더라도 또 악몽을 꿀지도 모르지만 문제가 되지 않았다. 카미드만 곁에 있다면, 충분히 이겨 낼 수 있을 것 같다.

애정 가득한 카미드의 목소리에 세영은 조용히 미소 지었다.

Epilogue 2
도달한 천국

사실 자신은 취향이 독특한 변태가 아닐까.

빛나는 태양 아래 물기가 뚝뚝 떨어지는 완벽한 턱 선과 날렵한 콧대, 그윽한 눈빛과 살짝 미소 띤 입매…… 아마 지금 그의 얼굴을 보는 사람이 있었다면 그 누구든 넋을 놓고 카미드의 모습에 빠져들었겠지만, 애석하게도 그의 내면에서는 자신의 성적 취향에 대해 열띤 토론 중이었다.

아내는 자신의 트라우마를 이겨 내겠다며 그녀의 내면과 싸우고 있는데 자신은 수영장 위에서 어쩔 줄 몰라 하는 아내의 모습을 보며 지금 당장 침대로 데려가고 싶다고 생각하다니. 말 못 할 감정에 카미드는 스스로에게 웃음이 났다.

"세영. 밥 먼저 먹을까?"

말없이 기다리던 카미드가 집중하고 있는 세영을 향해 말을 건넸다.

세영이 며칠째 노력하고 있으나 실패하고 있는 일. 그것은 바로 스스로 수영장에 들어가는 일이었다. 남들이 보기엔 까짓거 뛰어들어가면 되지 않나 할 일이겠지만 세영에게는 그렇지 못했다. 뜨거운 태양 아래임에도 공포감에 질린 얼굴이 새하얗게 질려 있었다.

"얼굴이 하얗게 질렸잖아."

한참 전부터 먼저 물속에 들어와 말없이 세영이 들어오기만을 기다리던 카미드였지만 시간이 갈수록 얼굴이 굳는 세영을 보니 걱정을 안 할 수가 없었다.

이제 그만둬, 라는 말을 세영이 기분 나쁘지 않도록 돌려 말했지만 세영은 고개를 내저었다. 질린 피부색과 다르게 눈빛은 도전적이었다.

"내가 오늘도 못 하면……!"

어제와 다르게 이를 악문 세영은 차마 뒷말을 잇지 못하고 고개를 푹 숙였다. 부끄러워하는 모습이 귀엽기도 했지만 참 섹시했다.

숙인 고개 때문에 카미드가 내 아내가 귀여워 죽겠다는 표정으로 입술을 깨무는 것을 세영은 보지 못했다. 세영이 표정을 애써 감추고 다시 고개를 들었다.

웅크린 작은 등에서 선명하게 남은 흉터가 보였다. 그를 보는 카미드의 시선이 서늘해졌지만 세영은 그를 알지 못하고 다시 한 번 이를 악물었다.

"조금만 더 기다려 봐요. 곧 될 것 같으니까."

"그래."

해내고야 말겠다는 아내의 모습에 카미드는 단번에 사랑스러워 죽겠다는 듯 세영을 바라보며 고개를 끄덕였다.

얼마 전, 드디어 세영이 보스턴 생활을 정리했다.

언론이나 가십지에서 둘이 속도위반으로 애라도 먼저 가진 것 아니냐 술렁일 정도로 카미드와 세영의 결혼식은 순식간에 준비됐다. 빨리빨리를 외치는 주제에 결혼식을 소박하게 준비하기는 싫었던 카미드는 하킴을 비롯한 아랫사람을 들들 볶아 댔다.

결혼식이 끝나고 신혼여행을 떠나던 날, 공항에서 하킴은 세영을 붙잡고 결혼식을 준비하는 내내 이 일을 그만둘까 고민했다며 우는 소리를 하기도 했다. 그만큼 카미드의 욕심에 최대한 화려하고 성대하게 치러진 결혼식이었지만, 결론적으로 카미드의 계산 착오였다.

그 사건 이후 재활에 온 힘을 다한 세영은 금방 회복되기 시작했다. 목소리도 시간이 흐르면서 점점 돌아왔고, 불면증도 많이 나아져서 더 이상 수면제를 복용하지 않아도 숙면을 취할 정도가 되었다. 상담은 여전히 받고 있긴 했지만 세영이 씩씩하게 이겨 내고 있기에 현재는 큰 문제가 없었다.

결혼식만 올리면 세영과 함께하는 행복한 나날이 있을 것이라 생각했지만 카미드의 생각보다 세영의 책임감이 너무나도 투철했다.

결혼 이후에는 프리랜서로 활동하겠다고 얘기한 터라 카미드는 당연히 신혼여행을 다녀온 날부터 함께할 줄 알았다. 그래서 그녀를 놀래 주기 위해 세영의, 세영에 의한, 세영을 위한 스윗홈을 뉴욕에 준비해 둔 카미드는 그녀의 말에 딱딱하게 굳어 버릴 수밖에 없었다.

"연구소를 그만두더라도 내 이름을 걸고 받은 그림들을 정리하려면 시간이 좀 걸리니까 당분간은 따로 지내야 할 것 같아요."

카미드는 자신이 이렇게 인내심이 없었나 싶을 정도로 주말부부로 지내는 동안 세영을 귀찮게 했다. 주말이면 만날 텐데 평일의 매일 아침 모닝콜부터 점심 식사 확인 전화, 퇴근 시간 전화, 잠들기 전화는 기본에 문자는 시도 때도 없이 도착했다. 세영은 이 사람에 의해 미국 주가가 움직인다는 경제 뉴스를 곱씹어 보며 작게 한숨을 내쉬었다.

사실 세영도 자신의 욕심 같아선 후임자에게 일을 넘기고 뉴욕에서 그와 함께 생활하고 싶었다. 하지만 자신의 이름으로 따 온 작품도 있고, 마이크와 함께하기로 했던 대학 프로젝트에는 욕심이 남았다. 무엇보다 마이크가 거의 세영의 바짓가랑이를 붙잡고 늘어지듯 애원하는 바람에 사람 된 도리로 최소한의 기간을 제시하는 것을 무시할 수가 없었다.

그렇게 강제 주말부부로 지낸 것이 3개월이었다.

한 싸구려 가십지에서는 동양인 여자라서 결혼하자마자 질린 것 아니냐며 그녀를 잘근잘근 씹어 대는 글을 잡지에 올려 파는 통에 카미드가 당장 그 회사를 '박살' 내 버리는 것으로 분을 풀었지만, 이러한 글이 인터넷에 한두 개가 아니었다. 세영도 모를 수가 없었다.

당장 한국 사이트에만 들어가도 해외 연예 뉴스란에 카미드의 얼굴이 떡하니 걸려 있었다. 경제인의 얼굴이 왜 연예뉴스에 뜨는지는 의문이었지만, 어쨌든 그랬다. 신경 쓰지 않으려고 했지만 세영도 사람인지라 속이 쓰린 것은 어쩔 수가 없었다.

이런 사실을 세영의 이모 제시와 통화하며 알아챈 카미드가 자신을 위해 보스턴 생활을 정리한 세영을 위해 서프라이즈 이벤트를 준비한 것이 공항에서부터 시작되었다.

카미드는 자신의 얼굴이 인터넷에 돌아다니는 것을 극도로 꺼렸다. 가족사에 대해 기사가 나가는 것도 사마르 국가 차원에서 민감하게 반응을 했기에 그에 대해 기사를 쓰기란 아슬아슬한 줄타기와 같다, 고 모 언론사 기자가 쓴 글이 있을 정도였다. 그런 그가 언론사에 자신의 스케줄을 뿌렸다.

자신의 아내가 뉴욕 JKF 공항에 도착할 때 그가 직접 마중을 나갈 예정이며, 아내의 사진이 인터넷에 올라가는 것은 원하진 않으나 자신의 얼굴이 찍힌 사진은 얼마든지 공개해도 좋다는 간략한 내용이었다. 하지만 그 연락을 받은 모든 언론사에서 카메라를 들고 나온 듯이 당일 공항에는 엄청난 인파가 몰렸다.

"세상에……."

비행시간은 고작 두 시간이었지만 최근 잠이 부족했던 세영은 꿀 같은 낮잠을 자고 눈을 비비며 입국장으로 나왔다. 그와 함께 엄청난 플래시가 터져 세영은 어리버리하게 주위를 바라보았고, 순간 그녀의 눈에 들어온 것은 환하게 웃음 짓는 자신의 남편의 얼굴이었다.

서둘러 그를 향해 세영이 다가가 어찌 된 일인지 물어보려고 했지만 단숨에 그의 품에 안겨 말도 채 끝내지도 못했다.

"이게 다 뭐예요? 저 사람들은 뭐고?"

"우리의 사랑에 다들 너무 관심이 많다 보니 귀찮아서 말이야."

뭐 때문인지 정확하게는 모르겠으나 그 속에서 세영은 그의 심기 불편을 읽어 내고 그저 작게 고개를 끄덕였다. 그나마 맨얼굴이라 썼던 모자가 있어 다행이라고 생각하며 얼굴을 더 푹 숙였다.

"세영."

어색한 발음이었지만 카미드는 세영의 이름을 부르는 것을 좋아했다. 세영 또한 그의 입에서 굴려지는 자신의 이름이 더 이상 싫지는 않았다. 귀여운 해프닝이라기엔 규모가 너무 크다는 생각을 하며 어떻게 해야 할까, 고민하던 세영이 남편의 목소리에 고개를 들었다.

그리고 찐한 키스가 이어졌다. 너무 놀라 흡, 소리를 낸 세영이었지만 사실 그녀의 얼굴은 챙 넓은 모자로 가려져 카미드의 얼굴만이 터지는 플래시 속에 카메라에 담겼다.

다음 날 뉴스에 어떤 제목으로 기사가 써질지 대충 예상이 가는 장면이었다.

"자, 이제 우리의 스윗홈으로 가 볼까?"

그의 말을 끝으로 카미드는 세영을 품에 안다시피 끌어당겼고 주위 보디가드 들이 기자들을 막으며 이동했다. 남편 덕에 몸은 보호했으나 정신적 소모는 컸다.

준비된 리무진에 겨우 몸을 싣고 나서야 그녀는 남편을 째려보았다.

'그리고 여기 도착한 이후로는 환상적인 나날이었지.'

카미드는 3개월을 기다렸던 자신에게 상이라도 주는 듯이 이곳에 도착하자마자 그를 침대로 밀치고 몸 위로 타고 올라왔던 그날의 아내의 자태를 떠올리며 작게 만족스러운 한숨을 내쉬었다. 그날 밤 과감했던 아내는 아직도 수영장 물의 표면을 찢어 죽일 듯 째려보고 있긴 했지만.

"식사 준비를 할까요?"

정확한 12시 30분. 지정했던 시간이 되자 하킴이 걸어 들어와 자신의 주인의 주문을 재확인했다. 아침도 거른 세영이었기에 카미드는 역시 밥을 먼저 먹어야겠다고 생각해 그러라고 고개를 끄덕였다.

흠뻑 젖은 카미드와 달리 세영은 여전히 비키니 위로 뽀송뽀송 그 자체였다. 수영장 위로 올라와 하킴이 건네는 바디타월로 물기를 훔치며 카미드는 자신의 아내에게 다가갔다.

"세영. 일단 밥을 먹고 다시 도전하는 게 어때?"

"……휴우."

몸이 마음을 따라 주지 않는 것이 못내 답답한지 세영이 한숨을 푹 내쉬었다. 아무리 고민해도 당장은 무리라는 것을 본인도 알았는지, 작은 머리가 위아래로 살짝 끄덕였다.

"그럼 식사를 바로 준비하겠습니다."

"그래."

"참, 1시간 전 아루야 공주님께서 전화하셨는데 일과 중이라면 차후 다시 걸겠다고 하셨습니다. 급한 용무는 아니라고 하셔서 직접 연결하지 않았습니다만……."

"그래?"

카미드가 하킴과 이런저런 이야기를 나누는 동안 세영은 다시 한 번 수영장에 가득 찬 물을 있는 힘껏 째려보고는 자리에서 일어났다. 아니, 일어나려 했다.

"어……."

세영은 오늘이야말로 꼭 들어가고 말겠다는 생각으로 한참을 쭈그리고 앉아 수영장만 쳐다보고 있다 보니 그런 자세로 얼마나 시간이 흘렀는지 알아챌 수 없었다. 생각 없이 힘차게 자리에서 일어나니 일순 두 다리에서 '찌릿' 하고 전류가 흘렀고, 자신의 마음과 다르게 그대로 다리가 풀려 버렸다.

첨벙!

"세영!!"

세영은 비명조차 지르지 못하고 꼬르륵 물속으로 가라앉았다. 갑작스러운 공포감에 두 손과 두 발 모두 굳어 버렸다. 발만 제대로 세운다면 수면은 분명 자신의 목 아래일 텐데, 생각같이 움직일 수가 없었다.

그녀가 빠지고 나서 수면에 다시 한 번 크게 파동이 일었다. 아마 남편이 놀라 자신을 건져 내러 오는 거겠지. 세영은 공포감에 몸이 굳어 있으면서도 마음 한편에 묘한 안도감이 드는 것을 느꼈다. 눈앞이 까맣게 점멸하는 와중에 물속의 그림자가 빠르게 자신에게 다가오는 것이 보였다.

그리고 그 순간 축 늘어졌던 세영의 몸이 강한 힘에 끌려 나갔다. 카미드는 미친 사람처럼 세영을 품에 안고 수영장 밖으로 나왔다.

"젠장! 하킴!"

"오고 있습니다!"

세영이 수영장에 들어가겠다고 카미드에게 선언했을 때, 그는 혹시라도 그녀가 패닉 상태에 빠질 때는 대비하여 그녀 모르게 건물 내부에 의료진을 상주시키고 있었다. 아마 세영에게 말했더라면 유난이라고 웃었겠지만 카미드는 지금 이 순간만큼은 다행이라고 생각했다. 다만 그들이 뛰어오고 있을 이 짧은 순간이 지옥같이 느껴졌다.

"콜록, 콜록!"

다행히도 세영은 잔뜩 먹은 물을 뱉느라 정신이 없을 뿐, 기절하거나 패닉 상태가 오지는 않았다. 온몸에 힘이 쭉 빠지긴 했지만 그럭저럭 맨정신이었다.

"괜찮아? 조금만 기다려. 의사가 오고 있으니까."

고작해야 물에 빠진 것인데, 그의 얼굴은 마치 자신이 총이라도 맞은 것처럼 보인다.

"캑, 이제 괜찮…… 콜록!"

"왜 아직도 안 와!"

카미드는 정말 놀랐는지 고함을 질러 대며 의사를 재촉했다. 엘리베이터가 띵, 소리를 내며 최상층에 도착했을 때 세영은 겨우 물을 다 토해 내고 카미드의 팔에 기댈 수 있었다.

"하아…… 진짜 놀랐다."

"젠장. 그렇게 조심성이 없어서……!"

"미안해요. 다시는 안 그럴게요."

사마르에서 호텔 수영장에서 빠진 다음 세영은 며칠을 앓아누웠다. 특별히 신체에 충격이 가해진 것도 아닌데 단순히 물에 '빠졌기' 때문이라는 단순한 상황에도 그런 일이 일어났었다.

카미드는 그를 못 견뎌 했다. 그때는 애써 카미드가 그녀를 외면했던 시기였기에 그 일이 벌어진 것이 마치 자신의 잘못이라고 생각하는 듯했다.

"검사는 할 거야."

단호한 카미드의 목소리에 세영은 그저 고개를 끄덕일 수밖에 없었다.

❀　　❀　　❀

왜 건강한 부부가 4개월째 함께 살고 있는 건물 안에 의료 시설이 준비된 층이 있는지 세영은 의문을 얼굴에 나타내며 카미드를 보았지만 카미드는 세영의 눈빛보다 세영의 체온과 심박동에 집중하고 있었다.

"지금은 괜찮긴 한데, 나중에 갑자기 쇼크가 오거나 충격을 받을 수도 있나?"

"충격을 받았을 때 기억이 떠오르면 갑작스러운 호흡 곤란이 올 수도 있습니다만……."

아마 세영 자신이 가진 '특성'에 대해 염려하는 것이겠지.

"나 이제 정말 괜찮아요."

근심 가득한 얼굴을 안심시키기 위해서라도 웃으며 말을 건넸지만 카미드는 세영의 머리를 쓰다듬으며 꼭 껴안고는 다시 의사와 대화를 나누기 시작했다.

타월로 비키니를 겨우 가리긴 했으나 사람들에 둘러싸여 간이침대 위에 있는 것이 썩 기분 좋지만은 않았다. 차라리 축축하게 젖은 수영복을 벗고 샤워라도 하면 정신 건강에 더 이로울 것 같은데…….

"하킴. 샤힌 좀 말려 줘요. 난 이제 정말로 괜찮아요."

"저도 '정말' 놀랐습니다. 하필이면 수영장이라 더 놀라셨겠지요."

"으음……."

하킴 또한 놀랐는지 내 부탁을 들어줄 것 같지는 않았다.

"혹시 속이 메스껍거나 두통이 있지는 않으십니까?"

"속이 안 좋긴 한데 아까 수영장 물을 한 번에 삼켜서 그럴 거예요."

"혹시 모르니 몇 가지 검사를 해 보겠습니다."

옆에 딱 붙어서 지키고 서 있는 남편을 위해서라도 세영은 의사의 권유에 결국 고개를 끄덕일 수밖에 없었다. 간호사의 안내에 따라 방을 이동하려는데, 자신처럼 타월 한 장만 두르고 물방울을 뚝뚝 떨어트리고 있는 카미드의 모습에 어쩐지 미안해졌다.

"금방 검사 받고 올게요. 따뜻하게 샤워라도 하고 옷 갈아입고 와요."

"괜찮아. 기다리고 있을게."

"하킴."

"걱정 마시고 다녀오세요. 당연히 문제는 없겠지만 만일에 대비한 거니까요."

하킴도 힘을 주어 강조했다. 세영은 그제야 완전히 손을 들었다.

간호사의 친절한 안내에 따라 채혈부터 안과 검사, 흉부 엑스레이, 심전도 검사. 심지어 소변검사까지 여러 검사가 시작되었다. 의사와 상담하고 자유의 몸이 되기까지 오랜 시간이 걸리지는 않았지만 걱정이 많아도 너무 많은 카미드는 끝까지 의사를 물고 늘어졌다. 검사 결과가 나오기에는 몇 시간이 걸린다는 대답을 듣고 나서야 우리가 거주하는 층으로 이동할 수 있었다.

"다리에 쥐 한 번 났다고 벌써 오후라니. 샤힌. 일단 대충 씻고 점심이나 먹어요."

"정말 괜찮아? 혹시 안 좋으면 바로 이야기해야 해."

"진짜로 괜찮아요."

걱정되니 직접 씻겨 주겠다는 카미드를 겨우 말리고 세영은 혼자 욕실에 들어올 수 있었다. 물에 젖은 수영복을 벗고 따뜻한 물로 몸을 적시니 대충 씻자는 생각은 저 멀리 사라지고 따뜻하게 몸을 담그고 싶다는 생각이 들었다.

수영장에 몸도 던졌는데, 이제 욕조에 몸을 푹 담그는 것 정도는 수월하다. 세영은 계획을 바꾸어 바스볼도 넣어 거품이 피어나는 뜨끈한 물에 몸을 집어넣었다.

"세영. 정말 괜찮지?"

"응. 조금 추워서 욕조에 들어가 있어요. 조금 있다가 나갈 테니까 밥 먼저 먹어요."

"기다릴게. 천천히 나와."

이 이후로 카미드는 세영이 나오기 전까지 4번을 더 문 앞으로 와 말을 걸었다. 세영이 겨우 목욕을 끝내고 나오자 카미드가 기다렸다는 듯 타월을 들고 다가와 세영의 젖은 머리를 조심스럽게 말려 주었다.

"배고프지? 밥 먹자."

"먼저 먹으라니까."

카미드는 대답 대신 촉촉한 세영의 이마에 짧게 키스를 하고 어깨를 감싸 끌어당겼다.

"미안해. 물에 빠지기 전에 잡았어야 했는데."

"말도 안 돼. 왜 당신이 미안해요? 나 혼자 삐끗해서 빠진 건데."

"놀랐지?"

놀라기야 했다. 그렇지만 생각했던 것만큼 떠오르는 과거의 기억이 괴롭지는 않았다. 고작 수영장에 빠졌다고 이렇게 호들갑을 떨며 걱정하는 남편이 있는데, 나한테도 괴로운 기억쯤 있어야 다른 사람들과 인생이 평등하지 않겠나, 하는 속 편한 생각이 들 정도였다.

"괜찮아요. 수영은 아무래도 무리일 것 같지만."

세영은 그의 품에 폭 안겨 있다, 이젠 정말로 배가 고파 돌아가실 것 같다는 생각이 들었다. 이미 주방에서는 식사 준비가 되어 있는지 맛있는 냄새가 솔솔 풍겨 왔다.

그녀의 허기짐을 눈치챈 카미드가 식사가 준비되어 있는 식사 테이블에 세영을 앉히고 샐러드 조금을 포크로 찍어 세영의 입에 넣어 주려고 할 때였다.

쾅!

"세영 님!!! 얼른, 얼른!"

"뭐야? 무슨 일인데?"

겨우 풋풋하고 안정된 신혼 분위기를 찾아 가려는데 엄청난 소리를 내며 식사 자리로 난입해 온 하킴 때문에 겨우 풀어진 카미드의 얼굴이 다시 굳었다. 흥분에 찬 하킴의 얼굴에 카미드의 목소리는 더 낮아져만 갔다.

"왜 그래요? 검사 결과가 벌써 나왔어요?"

급반전된 분위기에 세영 자신도 더럭 겁이 났다. 뭐 큰 병이라도 걸렸나, 하는 걱정에 하킴이 가리키는 대로 아까 다녀왔던 의료 시설 층으로 내려가려는데 하킴이 겨우 진정하고 단 한 마디를 내뱉었다.

"초음파 검사요!"

그 한마디에 카미드는 세영을 들어 안고 의사를 찾아 서둘러 뛰어 내려갔다.

Epilogue 3
작업의 완성

"그림이 그리고 싶어요."

함께 식탁에 앉아 아침밥을 먹는 것도 벌써 11개월째. 3주 뒤면 첫 번째 결혼기념일을 앞두고 있는 시기에 세영이 결심했는지 그림이 그리고 싶다며 호전적인 눈빛으로 카미드를 바라보았다.

"음. 이번 주는 무리일 것 같은데."

"그래서 따로 봐 둔 모델이 있어요."

아내의 말에 샐러드를 포크로 찍어 그녀의 입으로 넣어 주던 카미드의 손이 공중에서 멈췄다.

손은 물론이고 손톱까지 반듯하게 참 잘생겼다. 은으로 된 식기와 대조적으로 엷은 초콜릿 피부색이 참으로 섹시했다. 하긴, 저 남자는 근육 자체도 예술적으로 생겼지, 세영은 생각했다.

임신 중이라고 밥까지 떠먹여 주는 호사를 누리는 것도 남들이 부러워할 만한데 남편이 카미드라니, 세상 모든 여자들이 부러워한다는 것이 아주 거짓말은 아니었다.

세영은 마치 옆집에 꽃이 예쁘게 폈더라구요, 하는 평이한 말투로 카미드를 향해 핵폭탄을 투하했다. 물론 그와 그녀의 옆집은 물론이고 꽃나무도 없지만.

여튼 세영은 정말 별것 아닌 일상 이야기를 건넸을 뿐인데 카미드의 표정은 마치 세영이 "나 불륜을 저지르고 있어요."라고 말한 것처럼 충격 받은 얼굴이었다.

"왜 그래요? 속이 안 좋아요?"

"……누구야?"

세영은 카미드가 자신을 향해 이렇게 험악한 표정을 지은 적이 있던가? 생각하며 그의 얼굴을 빤히 쳐다보았다. 아, 이 얼굴은 기억해 뒀다가 나중에 따로 그려야지. 내 남편이지만 진짜, 정말로 섹시했다.

대놓고 팔불출 마인드를 모른 척하고 세영은 말을 이었다.

"보스턴에서 같이 일했던 후배 친구가 휴고보스 이번 시즌 모델이래요. 전시회를 하려면 뭐라도 그려야 하니까 혹시나 하고 물어봤는데 바로 오케이하더라구요. 어차피 지금 뉴욕에서 지내는 중이라고 해서 제가 호텔로 가기로 했어요."

"뭐?"

카미드는 세영의 입에서 '전시회'가 나오는 순간 불과 한 달 전의 자신을 총으로 쏴 버리고 싶다고 생각했다.

아내를 기쁘게 해 주고 싶었기에 하킴까지 합세해 머리를 굴리다 지나가듯 세영과 했던 대화가 떠올랐다.

"왜 그림복원을 배운 거야? 당신이라면 그림 그리는 걸로 나가도 됐을 텐데."

보통의 예술가들은 자신만의 세계를 창조해 나가며 삶의 행복을 느끼는 존재들이었다. 적어도 카미드는 그렇게 생각했고, '엄청난' 특기가 있는 자신의 아내 또한 자유롭게 살아가는 예술인에 걸맞다 생각했는데 결혼 후에도 복원 관련 작업만 하는 것이 이상했다. 욕실에서 나오던 세영이 뜻밖의 대답을 했다.

"대학생 때 교수님한테 찾아가서 조언을 구했거든요."

막 목욕을 끝내고 가운을 입고 나온 아내의 모습이 참 여러 의미에서 자신을 '돋웠'지만 카미드는 자신이 먼저 던진 질문의 대답을 듣기 위해 침대 위에 누워 그녀의 대답을 기다렸다.

"그런데 '너는 아날로그 프린터일 뿐이야. 그림을 그릴 때 도대체 무슨 생각을 해? 똑같이 따라 그리는 거라면 시간만 주어지면 누구든지 해.' 라고 하더라구요."

딱히 잘못을 저지른 것도, 사이가 나쁘게 될 만한 사건도 없었는데 교수는 그녀의 '특기' 를 안 순간부터 그림을 그리는 세영을 볼 때마다 이죽이기 바빴다.

"그래서 내가 정말로 그림 그리는 걸로 밥 벌어 먹고 살 수 있을까? 싶어서 한 일주일 동안 고민해 봤는데, 아니었어요."

그래서 공부를 했다. 복원 작업은 그림보다도 화학기술을 더 요하는 나름의 전문 분야였다. 흥미도 있었고 납득도 했다. 세영은 그렇게 순수미술과 안녕을 고했다.

그 이야기를 듣고 난 뒤 카미드는 그 교수가 누군지는 몰라도 눈이 먼 것이 분명하다고 생각했다.

그녀에게는 충분히 예술가라고 불릴 만한 소질이 있었다. 그 이야기를 들은 뒤 카미드는 세영을 기쁘게 해 주기 위해 그녀의 전시회를 열어 주자고 결심했었다.

"왜 딴 놈을 그려? 나를 그리면 되잖아."

"당신 얼굴로 도배할까요? 그리고 바빠서 모델도 못 해 주잖아요."

당연한 걸 왜 묻냐는 듯 평이한 세영의 대답에 카미드는 순간적으로 반박을 하지 못했다. 왜냐면 전부 맞는 말이었으니까.

"……."

"그냥 모델이에요. 홀딱 벗고 있어도 나는 아무런 생각도 안 든다니까요."

세영은 당신이 아니면 아무렇지도 않아요, 하고 카미드를 달래려 한 말이었지만 그 말에 카미드는 자신의 머리에 석유를 부은 듯 결혼 이후 처음으로 화를 냈다.

"누드는 안 돼!"

"생각해 봐! 우리 애가 배 속에서 자라고 있는 와중에 딴 남자 누드라니 가당키나 해? 좋은 것만 보고, 먹고 하기도 모자랄 시간에! 어떻게 생각해? 알렉스!"

"네……. 카미드 님 말씀이 다 맞죠. 암요."

출근한 이후 한 열댓 번은 족히 똑같은 질문을 하고 있는 카미드에게 알렉스는 반쯤 영혼이 나간 태도로 호응하고 있었다. 초반에는 뭣도 모르고 카미드의 의견에 동조하며 사모님을 까내렸다가 그 말대로 자신이 땅속에 묻힐 뻔했던 적이 있었기에, 근 11개월간 수도 없이 반복된 일들을 밑바탕으로 알렉스는 유연하게 맞장구를 쳤다.

"전시를 하라고 부추긴 건 난데 이제 와서 하지 말라고 할 수도 없고……."

"일찍 들어가셔서 직접 모델 해 주시면 되잖아요?"

"그건 이미 얘기해 봤다고!"

하지만 의외로 그 의견에는 세영이 반대했다. 자신의 남편의 누드를 그려 세간에 공개할 생각은 죽어도 없으며, 자신이 카미드를 모델로서 객관적으로 볼 자신도 없다고 하며 세영이 멋쩍게 웃었다. 그저 몰래 봐 둔 모습들을 그릴 테니 그것은 이해해 달라는 말이 끝이었다.

"그래서 결국 남자가 기다리고 있는 호텔로 보내 주셨단 말씀이세요?"

"……임신하고 한참 우울해하다가 겨우 기운을 차렸는데 뭐라고 할 수가 있어야지."

워낙 세영이 특수한 상황에 처한 것도 있지만, 임신이라는 낯선 변화에 세영이 때때로 입을 다물고 생각에 빠지는 것을 카미드가 모를 리 없었다. 차라리 카미드에게 화를 내거나 울기라도 하면 위로라도 할 텐데, 세영은 그런 생각조차 카미드에게 들키지 않기 위해 열심이었다. 그래서 때가 돼서 세영이 스스로 얘기할 준비가 된다면 그때 자신이 모든 이야기를 들어 주자 결심했다.

"휴."

심란한 카미드는 품속에 고이 넣어 둔 초음파 사진을 꺼내 입을 맞추었다.

"괜찮아. 사람도 붙이고 도청도 할 거니까."

'아니, 그건 범죄인데요.'

사모님에 관한 일이라면 이성적 판단이 어려운 걸까.

알렉스는 하루 일정에서 추가된 업무를 체크하며 작게 한숨을 내쉬었다.

하루라도 조용할 날이 없다.

세영은 TV에 나와 리포터와 신나게 떠드는 니하엘의 모습에 하마터면 손에 든 주스잔을 떨어트릴 뻔했다.

카미드가 외출한 것이 다행인지 불행인지 모르겠지만, 니하엘의 집 안을 공개하는 방송인 듯한데 벌써 5분이 넘게 세영이 그린 니하엘의 세미누드 초상화가 적나라하게 나오고 있었다.

이런 프로그램이 생방송일 리 없다. 세영은 휴대폰에서 착신거부를 해 두었던 니하엘의 번호를 찾아내 전화를 걸었다. 착신음이 얼마 울리기도 전에 수화기 너머로 숨이 찬 니하엘의 목소리가 들렸다.

—여보세요?!

"너 무슨 생각으로 그림을 공개한 거야? 내 이름까지 다 까발리고! 너 진짜 너무한……!"

방송에서 세영의 얼굴이 공개되지 않도록 카미드가 조치해 두었기에 겨우 이름만 거론될 뿐이지 카미드의 철저한 방비가 아니었다면 옛날에 대학교 졸업사진까지 털렸을지 모른다.

—너무한 건 너지! 모델 구한다면서 왜 나한테는 콜을 안 해?!

"뭐?"

—나 쫓아다닐 땐 언제고, 한 번 그렸으니 볼일 없다 이거야?

뭐가 그리 섭섭한 건지, 니하엘의 적반하장 태도에 세영은 할 말을 잃었다.

결혼은 이해하지만 자신이 세영에게 넘버원 뮤즈가 아니었냐며, 마치 태도를 바꾼 남자를 쏘아 대는 것마냥 니하엘이 전화기 너머로 악을 질러 대고 있었다.

"그래. 한 번 그랬으니까 볼 일 없어! 너 이런 식으로 매스컴에서 말 나오게 군다면 이제는 법적으로 대응할 거야!"

—뭐? 법? 야! 해해! 나도 변호사 자격증 있거든!

사실 그림이 공개되는 것은 상관이 없었다. 세영이 염려되는 것은 자신이 거론되는 것과 동시에 카미드, 그리고 사마르까지 타인의 입에 오르내리는 것에 민감하게 될 수밖에 없었다.

"이씨······."

—솔직히 말하면 나도 이렇게까지 할 생각은 없었는데, 네가 내 전화를 맨날 피하니까 그렇잖아. 너 솔직히 말해 봐. 내 전화 수신 거부해 놨지?

"당연하지!"

—이럴 줄 알았어!

"네가 시도 때도 없이 밤늦게 전화하니까 그렇지!"

—야, 그럼 전 애인이랑 대낮에 통화해?

"말조심해! 누가 전 애인이야?"

"그러게. 내 와이프 전 애인이 누군지 나도 참 궁금하네."

"꺅!"

언제 귀가한 건지, 카미드는 조용히 다가와 세영의 휴대폰을 빼앗아 들고 조용히 너머로 들리는 니하엘의 목소리를 잠자코 듣기만 했다.

　—솔직히 말하면 일방적으로 네가 나한테 꽂혀서 난리 쳤던 거지만, 새삼 돌이켜 보면 같이 밥 먹고 술 먹고 옷 벗고 설쳤음 사권 거지!

　아닌 말로 그림 그리기 전에 배가 고프다고 해서 니하엘에게 자신이 샌드위치를 사다 바쳤다. 또 제정신으로는 홀딱 벗기 힘들다고 해서 서로 맥주 한 캔을 하긴 했다. 그리고 옷을 벗은 건 니하엘 하나였다.

　"야!!!"

　흥분을 이기지 못하고 세영이 악을 지르자 놀란 카미드가 세영을 조심히 안고는 그녀가 진정할 수 있도록 낮게 속삭였다.

　"세영. 아닌 거 알아. 진정해. 흥분하면 아기한테도 안 좋아."

　"진짜 아니란 말이야. 저 나쁜 놈이……."

　"쉬, 알고 있어. 괜찮아."

　임신을 하고 나니 자신이 이렇게 감정적인 인간이었나 싶을 정도로 세영은 요즘 감정이 미친 듯이 오락가락했다. 지금도 이렇게 울 일이 아닌데, 세영은 자신을 어르는 카미드의 말에 눈물이 터졌다. 줄줄 흐르는 눈물 사이로 세영은 혹여 카미드가 오해라도 할까, 아니야. 진짜 그런 거 아니야. 하고 부정하기 바빴다.

　"니하엘. 내가 세영이랑 통화하지 말랬지."

　—내가 건 게 아니고 세영이 건 거야!

　어, 오랜만이야. 흥분했던 목소리가 사그라들고 너머의 니하엘의 태도가 조금 움츠러들었다. 예상치 못하게 눈물을 흘리는 세영을 침실로 부축하고 나서야 카미드는 다시 전화기를 잡았다.

"방송은 나도 봤어. 대체 왜 이래? 세영이한테 방탕한 예술가 이미지라도 씌우겠다는 거야?"

—그게 아니고, 내 까마득한 후배한테는 모델 콜을 했다는데 나한테는 아무런 연락이 없으니까……!

"그건 세영이 마음이지. 네가 이래라저래라 할 게 아니고."

—그래, 알아. 안다고. 하지만 그 후배 새끼가 나한테 와서는 얼마나 잘난 척을 하는지 도대체 내가 걔보다 뭐가 부족해서 연락을 안 했는지 궁금해 미칠 것 같았다고!

"안 그래도 임신 때문에 불안정한데 너까지 보태지 마. 진정되면 내가 다시 연락하라고 할 테니까 얌전하게 지내. 알겠어?"

이제는 묘한 유대감까지 생긴 두 남자였다. 니하엘이 잔뜩 주눅 든 목소리로 알겠어, 하고 전화를 끊고 나서야 카미드가 세영이 누워 있을 침실로 향했다.

"샤힌. 나는 진짜로……."

"알고 있어. 괜찮아."

어떤 면에서는 세영의 불안정한 정서 상태가, 카미드는 청신호라고 생각했다. 어린 시절부터 참는 데만 익숙해진 여자라 표현하는 것에 서툴렀는데 이렇게나마 자신에게 표출한다는 것이 마음에 들었다. 세영이 붙잡을 것은, 이렇게 불안하게 매달리는 것은 자신하나면 된다는 이야기니까.

"니하엘 만나면 얼굴을 손톱으로 그어 버릴 거야."

살벌한 이야기지만 카미드는 세영이 그러지 않으리라는 것을 알고 있다. 아름다운 것에 한없이 약해지는 사람이었고, 니하엘은(자신보단 못하지만) 세영의 기준에서 분명 아름다운 사람이었다.

"진짜로 긁으면 꼭 연락해. 변호사 불러 줄 테니까."

"응."

자신의 기분을 풀어 주기 위해 세영이 일부러 이러는 것도 알고 있다. 세영이 몸을 추스르고 침대에 앉아 카미드를 향해 팔을 벌렸다. 익숙하게 그 몸을 끌어당겨 품 안에 가둔 카미드가 함께 침대에 누웠다.

"왜 니하엘은 모델로 안 불렀어?"

"불러도 돼요?"

역시. 자신의 눈치를 보느라 그랬군.

카미드는 사랑스럽다는 듯 세영의 머리카락을 천천히 쓰다듬으며 좀 더 그녀의 몸에 밀착했다.

"이제는 다른 놈들보단 니하엘이 나을 것 같기도 해."

"정말요?"

대학 시절 세영이 니하엘을 쫓아다녔다는 부분은 정말로, 진심으로 마음에 들지 않았지만 현재 세영의 태도를 보아하니 걱정할 것은 없었다. 오히려 끈덕지게 매달리는 것은 니하엘이었지만 세영은 정말 순수하게 모델로서 그를 좋아하는 것이 전부였다.

"대신 조건이 있어."

디데이 당일, 전시회장 입구에는 취재진과 일반인들이 몰려 인산인해였다. 세영은 그림을 체크하고 둘러보느라 새벽같이 나와 돌아다니고 있었지만, 제법 부른 배가 오늘만큼은 무겁지 않았다.

직접 손님 리스트를 작성하고, 그림에 맞게 조명을 세팅하고, 하다못해 준비한 다과까지 신경 쓸 것이 한두 개가 아니었지만 직접 준비하는 모든 것이 왜 예전부터 해 보지 않았을까 싶을 정도로 신이 났다.

"미안해. 늦었어."

입구가 소란스럽다 했더니 카미드가 도착했다. 회사 일로 바쁠 텐데도 게스트가 도착할 시간보다 서둘러 도착해 준 것이다. 대충 입어도 멋있는데 아내의 이벤트에 동참하기 위해 차려입고 달려온 카미드의 모습이 진심으로 사랑스러웠다.

"우리 꼬맹이는 잘 있나."

이제는 누가 봐도 임신인 것이 보일 정도였다. 카미드가 조심스럽게 둥근 배를 쓰다듬자 세영이 편안하게 카미드에게 몸을 기댔다.

"고마워요. 나 그림 그리면서 오늘처럼 재밌었던 적은 없었어."

"피곤하진 않아?"

"하나도. 신기하죠. 밥도 잘 안 먹히는데 이거 준비할 때는 막 힘이 나."

그래도 아기 생각해서 때맞춰서 뭐라도 먹었어요. 세영이 변명하듯 말을 잇자 카미드는 그 모습이 너무나 예뻐 가볍게 입을 맞추었다.

"전시회 끝나면, 출산할 때까지 집에서 쉬는 거야."

"네. 그럴게요."

세영은 더 이상 여한이 없을 정도로 이번 전시회에 자신이 할 수 있는 모든 것을 쏟아부었다. 카미드가 대신 준비해 준 뉴욕 한복판에 있는 고급 전시회장도 마다했다. 자신이 모아 두었던 돈을 털어서 자신이 커버할 수 있는 정도의 금액대의 전시회장을 대관했고 예산에 맞춰 손님들도 소수로 추렸다. 처음이자 마지막으로 이 전시회만큼은 자신의 손으로 준비하고 싶었다.

"선생님! 여기요! 게스트 총 50분 다 확인했고 준비는 모두 끝났어요. 안쪽 방의 메인은 피날레 때 선생님이 끈을 당겨 주시면 오픈 될 수 있게 사전체크 해 두었구요."

스태프의 보고에 세영은 고마워, 작게 대답하고 손님맞이를 준비했다.

"세영!"

어찌 됐든 간에 니하엘은 항상 첫 번째였다. 얼굴을 긁니 마니했어도 결국 세영 또한 웃으며 그를 반겼다.

모든 상황을 떠나 전시회는 성공이었다. 대학 시절 자신이 쫓아다녔던 모델들을 수소문해 다시 한 번 이젤 앞에 세울 수 있었던 건 카미드의 아이디어였다.

생각지도 못했다. 항상 새로운 인물, 새로운 아름다움만 찾아다녔는데 과거의 자신의 행적을 되쫓는다? 생소하면서도 즐겁다는 생각이 들었다.

몇은 과거와 확연히 달라진 자신의 모습에 거절했고, 몇은 연락이 닿질 않았다. 그나마 다행인 것은 절반 정도가 이 제안을 흔쾌히 승낙해 주었다.

"사실 TV에 니하엘이 그림 들고 나왔을 때 깜짝 놀랐어. 모델이된 건 알고 있었는데 자신의 인생에 그 그림이 터닝포인트가 됐다고 하니까 말이야…… 나도 저렇게 될 수 있었던 건 아닐까? 하는 생각을 하게 되더라고. 하하하. 웃기지?"

모델에 승낙한 남녀 대부분 저런 생각이었다. 그때의 자신의 모습에서 세영이 쫓았던 그 무언가가, 지금도 남아 있기를 바라는 소망과 욕망이 다시 한 번 그들을 이젤 앞에 세운 것이 분명했다.

만찬을 준비하여 그 사이사이 한 명씩 이젤 앞에서 포즈를 취해 기억하는 것은 시간적으로나 체력적으로 세영에게 큰 문제가 되지 않았다.

그사이 니하엘이 등장하여 만찬장이 시끌벅적해졌지만 세영은 오로지 이 인원을 모두 기억하는 것에 집중을 다했다.

"옛날 생각나네."

니하엘이 웃으며 실크가운을 벗었다. 대학 시절에는 도서관에 박혀 공부하느라 몸이 새하얗다 못해 창백했는데 지금은 태닝을 한 건지 약간 검은 피부인 것이 아쉬웠다.

"솔직히 말하면 나는 지금보다 옛날의 네가 더 좋아."

"왜?"

이해가 안 된다는 듯 니하엘이 준비된 매트 위로 올라가 이리저리 포즈를 취했다. 세영이 몇 번 고개를 내젓고 나서야 만족스러운 포즈가 잡혔다.

"지금의 너는 네가 아름답다는 걸 잘 알거든. 그래서 반감이 돼."

"그게 뭐야."

어이없다는 듯 니하엘이 피식, 웃었지만 세영은 진심이었다.

"진짜야. 대학 시절 너는 책만 파느라 몰랐겠지만, 나는 그때의 네 모습을 다른 사람들한테도 알리고 싶어서 어쩔 줄 몰랐거든. 그때는 그랬어."

"그럼 왜 네 남편 누드는 왜 안 그리는데?"

한쪽이 나체라는 것이 의심될 정도로 담백한 대화가 오고 갔지만 세영은 니하엘의 질문에 잠시 침묵했다.

"미치지 않고서야."

빠른 데생을 끝낸 세영이 이젤에서 감춰져 있던 얼굴을 옆으로 빼꼼 내밀고 니하엘과 시선을 마주쳤다. 씩, 웃으며 자리에서 일어나며 당연하다는 듯 대답했다.

"나만 알기에도 아까운 걸, 왜 다른 사람에게 공개하겠어."

"좋겠수다. 아주."

말을 마치며 삐죽 입을 내밀고 샴페인을 마시는 니하엘 곁에서 카미드가 웃었다. 자신의 아내가 귀여워 죽겠다는 듯 눈빛을 반짝이고 있으니 니하엘이 더 이죽였다.

"아주 좋아 죽겠어? 아주 눈에서 레이저 나오겠다?"

"어쩌면 저렇게 사랑스럽지?"

"세상에."

대학 시절 세영의 모델이 되어 주었던 이번 전시회 그림들의 주인공들도 속속 도착했다. 자신의 현재의 모습이 어떤 모습일지 다들 흥분에 차 그림을 찾기 바빴다. 세영이 대학 시절 그렸던 그림 중 온전히 보존된 상태의 것들은 현재 그린 그림과 함께 나란히 걸려 있는 상태였다. 적나라한 비교이기도 했지만 솔직한 평가이기도 했다.

"아……."

그때도 그랬다. 세영이 완성된 그림을 건넸을 때, 환호하며 좋아한 사람들도 있었지만 이렇게 아름답게 그려 준 세영에게 눈물로 감사를 표하는 사람들이 있었다.

완성된 그림을 본 여자 몇몇은 다가와 고맙다고 인사했다.

"그런데 행사가 왜 이렇게 짧아? 준비한 기간이 얼만데 겨우 한 시간이야?"

"세영이 피곤해서 안 돼."

"물어본 내 잘못이지……. 이제 저쪽 홀로 이동하라는 거지? 세영도 저기 있네."

홀 안쪽에서 세영이 샴페인 잔을 들고 게스트들에게 감사 인사를 전하고 있었다. 다른 그림보다 상대적으로 더 커 보이는 그림이 장막에 가려 있었다. 혹시라도 저 그림의 주인공이 니하엘이라면, 아니 여타 다른 남자들이라면 어떻게 처리할까 카미드는 진지하게 고민하고 있었다.

"누구보다도 엄마의 욕심을 잘 참아 준 배 속의 우리 아기. 미래의 알—미슈미쉬 주니어에게 가장 고맙습니다. 물론 제 인생에서 가장 즐거운 작업에 함께해 주신 여러분 덕분에 이렇게 전시회도 준비할 수 있었네요."

세영이 잠시 말을 가다듬기 위해 샴페인을 한 모금 마셨다. 카미드가 저 샴페인이 무알콜이 맞는지 고민하고 있던 찰나에 세영이 다시 입을 열었다.

"오늘 함께 걸린 그림은 모두 안전하게 자택으로 발송해 드릴 테니 걱정 마세요. 만약 니하엘처럼 그림을 기부하겠다고 하신다면 공식 경매를 통해 판매해 대금을 국제기구에 기부할 테니 참고해 주시구요. 사실 이 그림도 함께 경매로 올려야 하나 고민을 했는데, 제겐 너무 소중한 그림이라 제가 제 돈 내고 구입하기로 했습니다. 공개도 안 하려고 했는데 깜짝 선물이라서 그럴 수가 없었네요. 흠. 음. 그럼 공개하겠습니다."

쑥스러운 건지 담백한 고백 뒤로 세영이 끈을 잡아당기자 그림을 가렸던 장막이 아래로 떨어졌다. 다들 천 너머로 특별한 뭔가가 있을 거라 생각은 했지만, 예상치 못한 그림에 다들 입을 크게 벌리고 숨을 내쉬었다.

아름다운 것에 그리는 사람의 애정까지 더해지면 어떻게 표현될지를 가장 단적으로 보여 주는 예 같았다.

단순히 캔버스의 크기가 크기 때문이 아니라, 그 안에 그려진 인물의 표정과 눈빛, 입매, 머리카락 하나하나가 이토록 아름답다 생각될 수 있다니, 사람들은 그림과 그 그림의 모델을 번갈아 보며 찬사의 눈빛을 숨기지 않았다.

"요란하게도 사랑 고백한다."

니하엘은 다시 한 번 인정했다. 세영에게 첫 번째는 자신의 옆에 있는 이 남자라는 것을. 자신의 감정이 예술과 뮤즈라는 이름으로 떡칠을 해도 이 남자를 이길 수 있을 리가 없었다. 안 그래도 잘난 남자를 저 눈을 통해서 저렇게 본다고?

누구도 저 사이를 휘저어 놓을 수 있을 리가 없다.

"그래. 둘이 천년만년 다 해 먹어라."

어느새 그림 앞에서 뜨거운 입맞춤을 나누고 있는 젊은 부부에게 니하엘은 샴페인 잔을 높이 들어 축하했다.

잔을 모두 비워도 그들의 키스는 계속 이어지고 있었다. 박수와 환호의 중심에서 두 사람은 여전히 함께였다.

작가 후기

저는 언제, 어디서든 걱정과 고민거리가 많은 사람이라 무언가를 결정하는 데 많은 시간을 쏟는 편입니다. 좋게 말하면 신중함이고 나쁘게 말하면 게으름이지요. 변명의 여지가 없습니다.

이런 성격 탓에 스스로를 탓하는 일이 많았지만 즐겁고, 또 많이 배울 수 있는 시간이었습니다. 이렇게 완결을 내고 후기를 쓰고 있으니 참 얼떨떨하고 정말 행복한 기분입니다.

살면서 항상 웃는 날만 있는 건 아니지만 한 번쯤 입이 찢어져라 웃을 수 있는 날이 옵니다.

제게는 〈브러쉬, 브러쉬〉가 여러분들께 보여지는 지금 이 순간이 그런 날입니다.

해야만 하는 것과 하고 싶은 것의 사이에서 겨우 찾아낸 제 즐거움처럼, 이 책을 읽은 모든 분들께도 잠시나마의 위로와 행복이 되었길 진심으로 바랍니다.

빠른 시일 내에 다시 뵐 수 있도록 힘내겠습니다.
감사합니다.

정인수 드림.